Démoniaque - 1
Chasseurs d'ombres

Dans la même collection
aux même Éditions J'ai lu

L'œil du tigre
N° 7894

Mémoire volée
N° 8690

La malédiction du cœur de Jade
N° 8849

L'œil des cieux
N° 9505

Marjorie M. Liu

Démoniaque - 1
Chasseurs d'ombres

Traduit de l'américain
par LUCE MICHEL

J'AI LU

Titre original
THE IRON HUNT

Ace Books are publishing by The Berkley Publishing Group,
a division of Penguin Group (USA) Inc

À ma mère, qui m'a appris à jouer à l'oreille,
Et à mon père, qui m'a conseillé
de ne pas procéder ainsi.

Remerciements

Mes plus profonds remerciements à mon éditrice, Kate Seaver. Son soutien indéfectible, sa perspicacité et sa gentillesse ont rendu ce livre possible.

Je voudrais aussi remercier mes correcteurs, Robert Schwager et sa femme, Sara.

Oh ces tromperies sont fortes
presque autant que la vie.
La nuit dernière j'ai rêvé
que j'étais dans le labyrinthe,
Et je m'y suis réveillé bien engagé.
Je ne connaissais pas cet endroit.

Edwin MUIR.

Prologue

J'avais huit ans quand ma mère m'a perdue lors d'une partie de cartes contre des zombies.

Ce n'était pas sa faute. Le blizzard soufflait. Six heures à tuer avant le coucher du soleil, égarées sur une route sinueuse du comté. La carte était mauvaise. Pas de visibilité. De la glace noire, des vents mugissants.

Je me souviens. Écrasée violemment contre ma ceinture de sécurité. Le break plongeant dans une crevasse, la neige montant aussi haut que ma fenêtre. Le bruit de la taule qui se froisse : le haut du pare-chocs, le pneu avant, ma portière. Au-dessous de nous, l'écho d'un craquement terrible.

Coincées. Emprisonnées. Au point mort sur nos quatre roues. Plus que mortes. Ma mère me montra les clous regroupés dans la neige et la glace. De petites étoiles métalliques, si effilées que leurs pointes percèrent ma paume lorsque je me penchai pour en toucher une. Elle me désigna les pneus du doigt, leur caoutchouc déchiré, en lambeaux, en petits morceaux. Me dit de ne pas m'inquiéter. Appela cela un jeu.

Ma mère nettoya la route devant nous. Je la regardais depuis la voiture. Le visage pressé contre la vitre froide, embuée. Elle jongla avec les étoiles et les clous pour moi, et ne cilla pas lorsque leurs bouts pointus rebondirent sur ses mains tatouées. Elle dansait dans la neige qui tombait, les yeux brillants, les joues rosies du sang des roses, et lorsque je ne pus plus supporter de rester immobile, je la rejoignis. Elle attrapa mes poignets et me fit voltiger en des cercles immenses jusqu'à nous faire tomber.

Je me souviens de sa gaieté. Je me souviens.

Je me souviens que je ne voulais pas aller avec elle. Je voulais rester avec la voiture. Je voulais rester avec l'épave, mon foyer. Écouter la radio. Jouer avec mes poupées. Ma mère ne l'autorisa pas. Trop dangereux. Trop de types bizarres. J'étais trop petite pour me débrouiller avec le calibre à douze coups planqué derrière le siège passager ou même avec le pistolet de la boîte à gants ; et les garçons dormaient encore. Tout pouvait arriver.

Alors nous nous emmitouflâmes. Fîmes l'effort de revenir sur nos pas dans le lourd silence de la neige et dans le cœur de l'hiver sans fin des arbres blancs fourchus. Ma mère me portait sur son dos. Je vis les nuages d'argent de ma respiration avalant les tatouages de sa nuque ; cet œil rouge paresseux, Zee, suivant les contours de mon visage dans ses rêves. Je sentais le renflement que formaient les couteaux sous le manteau de laine noire de ma mère, trop léger et trop court pour le blizzard, pour qui que ce soit d'autre qu'une femme qui ne sentait pas le froid. J'entendais la chanson qu'elle chantait. Elle couvrait le craquement de chaque coup de bottes sur la route déserte. « Folsom Prison Blues. » La voix comme un rayon de soleil et le grondement d'un train lent.

Un kilomètre devant nous, un quelconque bar local. Un poste solitaire. Sorti au milieu de nulle part, juste un abri, les néons de la forme d'une femme nue apparaissant et disparaissant à travers les vitres teintées, sales. Les tétons clignotant. Des pick-up garés dans le parking étroit, dont le sol avait été pelleté et salé. Des odeurs de nourriture grillée et d'huile de moteur brûlée dans mes narines.

Ma mère hésita devant le lieu, tout comme elle avait hésité plus tôt, lorsque nous étions passées devant en voiture. Elle vacilla, les épaules douloureuses. Nous deux couvertes de neige. Son visage m'était caché, mais je percevais sa tension. La respirais. Baissant les yeux, j'observai Zee qui luttait, somnolent, contre sa peau. Les tatouages commençaient à peler.

Nous entrâmes dans le bar. Ma mère laissa la porte se refermer dans un claquement derrière nous. J'étais incapable de voir quoi que ce soit : trop sombre, trop enfumé, trop de rires bruyants et de musique rock. Chaud comme un four comparé au froid du blizzard. Je m'accrochais à ma mère, le visage pressé contre sa nuque. Elle ne bougea pas. Elle ne parla pas. Elle se tenait dos à la porte, tellement immobile que je ne parvenais pas à sentir sa respiration, et tout autour de nous ces voix s'éteignirent jusqu'à mourir, et la musique, le hurlement bas, grondant, de la guitare électrique, se brisa et s'arrêta. Le silence s'installa. Lent, froid, lourd comme la neige. Plein – le mot que j'aurais utilisé pour le décrire. Enceint, empli de quelque chose de vivant et de mouvant, en gestation, dans cette matrice sombre et enfumée.

— Chasseuse Kiss, dit une voix profonde et basse. Madame la Chasseuse.

J'espionnais la scène par-dessus l'épaule de ma mère, au-delà des boucles noires lâches de ses cheveux criblés de neige. Elle serra ma jambe. Je passais outre. Je ne pouvais pas m'en empêcher. Il était encore difficile de voir. Juste une lampe sur le bar, projetant un éclat, un cercle de feu qui n'atteignait pas la poignée d'hommes et de femmes dispersés comme des mouches dans la pénombre enfumée. Immobiles. En équilibre. En volutes. Habillés de flanelle, de jean, accablés par le poids de leur épais pardessus, lourd et fendu. Chapeaux tirés bas. Des yeux comme des vieux puits – sombres, creux, avec seulement l'éclat de la lumière reflétée à l'ultime extrémité de leurs regards furtifs. Des auras noires comme les ténèbres. Ancrées et se tendant. Comme si une foule de fantômes se reposait au-dessus de leurs têtes.

Il n'y eut qu'un seul homme pour faire face à ma mère. Il portait un costume bleu et une cravate rayée qui miroitaient comme l'acier dans ses yeux enveloppés d'ombres. Cheveux blonds ondulés. Mâchoire carrée. Beau, peut-être. Un beau démon. Zombie.

Tous, des zombies. Des enveloppes humaines. Vivantes. Respirant. Possédées.

Ma mère me fit glisser jusqu'au sol. J'agrippai l'ourlet de son manteau. J'essayais de me faire petite. Je connaissais le danger. Je connaissais les menaces. Je reconnaissais un démon quand j'en croisais un.

Ma mère leva la main. Le métal jeta des étincelles entre ses doigts tatoués. Une étoile trouvée sur la route. Hérissée de pointes. Le zombie sourit. Il leva lui aussi une main. Dans sa paume, un paquet de cartes.

— Tout ce que nous voulons, c'est jeter un coup d'œil, dit-il. Juste un. Tu sais comment c'est.

— J'en sais assez.

Sa voix était si froide. Il ne pouvait s'agir de la même femme, de celle qui m'appartenait, ma mère. Sa main se resserra autour des pointes qui creusèrent sa peau, mais sans la percer, aussi fort qu'elle pût serrer. J'observai ses doigts, les tendons déformés. J'entendis le métal geindre.

Le sourire du zombie s'élargit.

— Tirage d'une carte unique. La plus haute l'emporte.

— Si je refuse ?

— Maintenant ou plus tard. Tu connais les règles.

— Vous les pervertissez, répliqua ma mère. Vous pervertissez ce monde.

— Nous sommes des démons, répondit le zombie avec simplicité.

Il se déplaça sur le côté vers le bar délabré, sa surface marquée de cicatrices et mutilée par des années passées sous des coudes durs et des verres brisés. Cendriers trop pleins. Bouteilles rassemblées. Et tout était poisseux de marques de doigts ; l'air même, comme marqué, coupé par la fumée et la transpiration.

Ma mère observait le zombie. Elle les regarda tous et haussa les épaules. Sa veste glissa lentement, tombant sur le sol à côté d'elle. Elle portait peu de vêtements. Un débardeur blanc près du corps, un harnais pour ses couteaux. Les tatouages argent descendaient en rappel le long de ses bras, rouges étincelant. Leurs yeux. Ouverts et le regard fixe.

Personne ne bougea. Même le zombie en costume s'immobilisa. Je vis leurs auras se tendre, se mettre à battre plus vite, plus fort. La bouche de ma mère se tordit. Elle prit ma main. La serra une fois. Me conduisit au bar où le zombie attendait, appuyé contre un tabouret. Le sourire de ce dernier avait disparu. Il contemplait les tatouages. Sa paupière eut un tic.

Ma mère tapota le bar.

— La dernière fois, c'était les échecs.

— Tu avais dix ans, répliqua-t-il, s'arrachant à la contemplation des bras de ma mère. Et c'était le jeu de ta mère. Tu n'es pas elle.

— Montre-moi le paquet, répondit-elle, lèvres serrées.

Le zombie le plaça entre eux et recula. Ma mère déploya les cartes. Son regard vagabonda, s'appuya une fois sur moi.

Elle battit les cartes. Le zombie fit de même. Trois fois chacun. Elles claquèrent comme un coup de feu.

Ma bouche s'assécha. Mon cœur tonnait. J'agrippai la jambe de ma mère et ses doigts s'enfoncèrent profondément dans mes cheveux. Elle me tint serrée contre elle. Le zombie tapa le paquet et fit glisser une carte sur le côté. Ma mère fit de même.

— Deux de diamants, dit-elle.

La voix dure, comme si elle voulait tuer.

Le zombie resta silencieux. Il donna une chiquenaude à sa carte et la poussa vers elle. Ma mère la regarda fixement. Sa main se resserra sur mes cheveux. Sa mâchoire se crispa.

— Tu t'enfuis, dit doucement le zombie, et cela sera pire la prochaine fois. Je crois que tu te souviens.

— Je crois que tu en demandes trop.

— Nous demandons si peu, tout compte fait. Juste un coup d'œil. Sans douleur. (Il se pencha en avant.) Ne sois pas ta mère.

Elle lui décocha un regard froid. Il se laissa glisser du tabouret, et le reste de la pièce se déplaça, les ombres rampant comme des vers – des zombies descendaient de manière désordonnée de leurs chaises pour venir traverser la salle. S'approchant. Le regard sombre. Les auras se tortillant. Ma mère leur faisait face. Je ne vis pas sa main bouger, mais ses doigts fléchirent et un couteau brilla soudainement, tenu d'une manière lâche. Pas de manche. Juste une lame. Tranchante comme un rasoir. Dans son autre main, cette étoile épineuse.

Le zombie desserra sa cravate.

— Tu ne peux pas tous nous tuer. Pas sans blesser nos hôtes. Innocents, tous autant qu'ils sont.

Ma mère ne dit rien. Si immobile. Respirant à peine. Ses doigts serrèrent la lame, et elle se tourna vers moi, dissimulant la pièce entière à ma vue. Elle baissa vers moi un regard vide, sinistre, d'une manière impossible à décrire. Les yeux, noirs comme la langue d'un démon et juste aussi froids.

— N'aie pas peur, chuchota-t-elle.

J'essayai de la retenir contre moi, mais elle glissa plus loin, et les zombies prirent sa place. Si nombreux. Les épaules larges comme des montagnes. Serrés les uns contre les autres. L'haleine chaude. Puant la sueur et la laine d'hiver. Je ne pouvais pas distinguer leurs visages dans l'ombre, mais celui qui portait un costume s'approcha. Il recourba son doigt comme un crochet. Je me souviens du choc froid. Des marteaux dans mon cœur. J'avais cru qu'il voulait ma mère, mais c'était moi. Moi qu'ils voulaient tous.

— Grenouilles et escargots et queues de chiots, murmura le zombie, ses yeux brillant d'une couleur argent. Sucre et épice, tout joli.

Il attrapa ma mâchoire dans l'une de ses mains. Pressa. Me tira vers le bas jusqu'à m'obliger à m'agenouiller. Je ne pouvais pas respirer. Je sentais mes pensées saigner – pour le coucher du soleil et les garçons, pour ma mère. Je souhaitais qu'elle me sauve. Je le voulais si profondément, si fort, j'espérais tant comprendre.

Je voulais comprendre.

Je ne pourrais oublier. Consommée et chassée – je sais ce que c'est que d'être chassé – ma peur et ma douleur, offertes comme autant de bonbons acides, nourrissant ces créatures. Les démons dans leurs peaux humaines volées, me fixant de leurs yeux assombris, cherchant une faiblesse, un chemin à arpenter dans mon esprit. Voulant faire de moi l'un d'eux. Zombie. Infectée par un parasite.

Je luttais. Je dois l'avoir fait. Je me souviens des voix dans ma tête. Chuchotements et huées. Zee et les garçons, chahutant dans leurs rêves. Je me souviens de mon cœur. Mon cœur, s'ouvrant comme une bouche sanglante, goûtant ma terreur – la repoussant hors de moi. Mon cœur, congédiant la peur et la lançant en l'air. Laissant quelque chose d'autre se glisser à sa place.

Quelque chose venu de moi. À moi. Né dans les racines de mon être. Une obscurité profonde et vaste, morte pour toujours, froide à jamais – et dans mon âme, une résurrection lente et traînante, une terrible faim béante, s'élevant à travers le sang et l'os comme si chaque cellule de mon corps était arrivée au monde vide, glacée et maintenant – ici – nectar, lait et miel.

À mon tour de prendre. À mon tour de voler. À mon tour de tuer.

Je ne me suis jamais sentie les idées aussi claires qu'alors. Aussi forte. J'aurais pu tuer ces zombies. J'aurais pu tous les tuer. Huit ans. Prête à tuer. Mourant d'envie de passer à l'acte. La peau me tirant. Les muscles se déployant depuis mes os. Moi, tout entière, m'élevant avec mon âme. Tentant de saisir les démons.

Le zombie libéra mon visage. Il me laissa filer et j'attrapai ses mains. Je l'attirai à moi, et une pâleur grise s'étendit – comme une pierre craquant sous sa peau, froide et morte – et je le volai. J'agis à la dérobée et sentis le goût du démon dans mon sang, riche et acide, comme un miel amer, bileux.

Puis, l'obscurité grandit et je pus la contempler. Je fermai les yeux et vis qu'il ne s'agissait pas d'un simple vide, mais d'un corps, tournant et tournant sous ma peau – scintillant comme une obsidienne touchée par la lumière de la lune, brillante, lisse et aiguisée.

Les yeux du zombie roulèrent en arrière. Ses amis l'agrippèrent, des mains apparurent sous ses bras, autour de sa poitrine, dans ses cheveux – le tirant, le traînant. Mes doigts ne pouvaient retenir ses poignets. Il s'échappa, libre. Tout le monde recula en trébuchant, et je les suivis. Quelque chose en moi voulait les suivre.

Ma mère se glissa parmi eux, m'attrapant. Me serrant fort alors que je luttais, essayant encore de donner la chasse à la chaude puanteur de ces zombies – ces petits démons effrayés – m'incendiant, aveugle et affamée. Ma mère dit mon nom, mon nom – Maxine, Maxine – et encadra mon visage de ses mains, m'obligeant à la regarder. Les garçons, ces tatouages endormis sur ses paumes, embrassèrent mes joues rougies.

Ils gobèrent l'obscurité. S'enroulèrent avec une tendresse perfide autour de mon âme et raccommodèrent mon cœur, le fermant comme une porte – une porte jamais ouverte, jamais vue. Ils mangèrent l'aiguille et le fil, détruisirent la clé. Meurtre, faim et mort – obsidienne et clair de lune – rien de plus qu'un mauvais rêve.

Un mauvais rêve. Un simple rêve, après toutes ces années. Je me souviens de ma mère à cet instant – son essoufflement, la douceur de son visage – et devant elle, ce zombie dans son costume, étendu au sol ; sa peau grise et ses yeux grands ouverts, le regard fixe. Son murmure, le sifflement lent et bruyant de sa respiration comme il disait :

— Elle a réussi. Elle est assez forte pour tuer les autres. Elle est assez forte pour eux.

Ma mère ne répondit rien. Elle me tint plus près d'elle. Je sentais le martèlement de son cœur. Les autres zombies – moins chair qu'ombre – reculèrent, perdus dans les ténèbres, et lui seul, avec ses cheveux brillants et sa peau fendue, essaya de rester plus près, se remettant lentement sur pieds, titubant, un pas plus proche. Il m'observa et dans mon cœur, quelque chose crépita, voulut sortir. Les bras de ma mère se resserrèrent. Elle alla vers la porte à reculons, me portant. Le zombie la suivit, se pencha en avant, tendant sa main. Ma mère secoua la tête.

— J'ai joué ton jeu. Tu as eu ton test.

— Cela ne faisait pas partie du test, chuchota-t-il en se désignant du doigt. Cela ne devrait pas faire partie de quoi que ce soit.

Ma mère se détourna et il lui attrapa l'épaule. Elle le laissa faire. Elle resta de glace tandis qu'il appuyait ses lèvres contre son oreille et lui chuchotait des mots que je ne pouvais comprendre ; et il chuchota longuement, bas et durement. Je vis le visage de ma mère changer d'expression.

Le zombie s'éloigna. La peau de son visage pelait en lanières. Du sang frais hachura le coin de ses yeux. Il oscilla, comme s'il était faible. Mourant.

— Fais-le, Chasseuse. Cela ne vaut pas la peine d'en courir le risque. Tue-la. Fais un autre enfant. Tu es encore jeune.

Les lèvres de ma mère se plissèrent. Elle me posa au sol et me frotta la tête. Gentiment, pour me rassurer. Ce qui ne collait pas avec son regard, dans lequel on pouvait lire la mort.

Un couteau apparut dans sa main.

Elle bougeait vite. Ouvrit la porte du bar et me bouscula pour me pousser dehors, dans la neige. Je tombai à genoux. La porte se referma en claquant derrière moi. J'essayai de retourner à l'intérieur, mais la poignée ne voulait pas tourner. Verrouillée. Je frappais violemment des poings contre le bois, hurlant après elle. Hurlant et hurlant.

Des hommes crièrent en retour. Des femmes mugirent. J'entendais la douleur dans ces voix, la terreur et maintenant – maintenant je m'en rends compte – la mort. J'écoutai ma mère se faire assassiner. Je trébuchai en arrière, la respiration coupée.

Le silence était pire. Je ne savais pas qui allait passer cette porte. Et lorsqu'elle s'ouvrit et que je vis ma mère, je ne savais toujours pas qui en avait franchi le seuil. Ses cheveux étaient à l'état sauvage. Son visage taché de rouge. Ses yeux sombres et brûlants.

Je ne sais pas ce que j'ai dit. Je ne m'en rappelle pas. Je suis sûre de l'avoir fixée. Jusqu'à ce point. J'ai essayé de ne pas flancher lorsqu'elle s'est agenouillée et m'a regardée droit dans les yeux. Elle leva les mains pour que je puisse les voir. Le sang brillait sur ses doigts. Du sang qui disparut doucement dans sa peau tatouée. Les garçons, le buvant. S'en nourrissant.

— Je ne veux pas que tu te souviennes de cela, chuchota-t-elle en caressant mon front. Bébé, mon bébé.

Elle me vola. Des souvenirs, cachés derrière des rêves. Je ne sais pas comment j'ai pu en perdre autant – comment elle a fait ça – mais j'en tiens ma jeunesse pour responsable. J'étais si jeune. J'ai tout oublié – même plus tard, quand j'ai été témoin de plus. Tellement plus. Même alors, je ne me suis pas souvenue de ces zombies, de ce bar – ma mère et l'obscurité, emprisonnées.

Si naïve. Je pensais que j'étais sage. Je pensais tout savoir. Mais treize ans après ce moment dans la neige, j'ai vu ma mère se prendre une balle dans la tête. Et j'ai enfin saisi. Je me suis souvenue. J'ai compris.

J'ai tout compris.

Chapitre 1

Je me tenais aux côtés d'un ancien prêtre dans la petite cuisine secondaire d'un foyer pour sans domicile fixe, essayant de convaincre une vieille femme que la marijuana n'était pas un substitut au sucre, quand un zombie ouvrit les portes en acier inoxydable et annonça que deux détectives de la police de Seattle étaient là.

Je tendis l'oreille. Je perçus le bruit des casseroles en train de se cogner les unes aux autres, des cris en provenance de l'autre cuisine : le grondement bas, bruyant, des voix dans la salle à manger, accompagné par la musique classique que jouait la flûte à l'heure du repas. *La Belle au bois dormant* de Tchaïkovski. Mon choix pour aujourd'hui. Cela sonnait agréablement avec la pluie qui martelait l'auvent de tôle, ou le vent qui soupirait contre la vitre embuée.

Je ne discernais pas le bruit de sirènes. Pas d'échos sinistres émis par les talkies-walkies de la police. Pas de voix au timbre officiel maugréant ordres et questions. C'était un certain réconfort. Mais sur ma peau, sous les manches longues de ma veste en cuir et mon col roulé, les garçons se retournèrent dans leur sommeil, agités et rêvant. Aujourd'hui, ils étaient particulièrement remuants. Frémissants depuis l'aurore. Pas bon signe. Lorsque Zee et les autres dormaient mal, cela signifiait généralement que quelqu'un avait besoin de se mettre à courir. Quelqu'un, c'est-à-dire moi.

— Impossible, marmonna Grant. Est-ce qu'ils ont dit pourquoi ils étaient ici ?

— Pas encore. Quelqu'un a pu les appeler.

— Aucune idée de qui il pourrait s'agir ?

— Fais ton choix, répondit Rex, le démon dans son aura voltigeant sauvagement. Tu attires les fouineurs comme la gravité aimante les gros seins.

La vieille femme continuait à nous ignorer et avait commencé à fredonner une mélodie compliquée de la comédie musicale *South Pacific*[1]. Elle était toute menue, maigre comme un clou, dotée d'un nez qui avait été brisé si souvent qu'il ressemblait à un éboulis. Pâle, la peau plissée, des cheveux longs et blancs comme la neige. Des bras noueux marqués de vieilles traces de piqûres et couverts d'épais bracelets de plastique.

Marie, l'une des résidents permanents du foyer. Une ancienne accro à l'héroïne que Grant avait trouvée vivant dans un égout plus d'un an auparavant. Son projet spécial. Une expérience en cours.

J'observais la vieille femme comme elle se penchait au-dessus d'un bol en plastique rouge, rempli jusqu'à ras bord de pâte à brownie et de pépites de chocolat. Sa main droite agitait le batteur, une paire de longues baguettes de bois qui avaient sombré sans aucune efficacité dans le mélange, pendant que, de son autre main, elle tenait un pot en verre bourré d'une herbe finement broyée – assez pour faire planer tout un pâté de maisons pendant une semaine.

1. Comédie musicale de Richard Rodgers et Oscar Hammerstein II en 1949 puis adaptée au cinéma par Joshua Logan en 1958. (*N.d.T.*)

Elle jeta un coup d'œil entre ses cils pour voir sir Grant la regardait – ce qu'il était en train de faire, même s'il tournait légèrement le dos – et nous tressaillîmes tous deux lorsqu'elle laissa tomber une autre motte de feuilles vertes dans le mélange et se mit à battre ce dernier plus rapidement.

— Il faut que tu te débarrasses de ce truc, dis-je. Divise-le entre la poubelle et les toilettes.

Les jointures de Grant se firent blanches autour de sa canne.

— C'est peut-être une coïncidence si la police est là. Certains flics s'arrêtent ici pour papoter parfois.

— Tu es prêt à courir le risque ?

— Tirer la chasse sur des preuves ne réglera pas le sort du sous-sol.

Je baissais les yeux vers le cuir usé de mes Santiags, prétendant voir au travers jusqu'au bas-ventre caverneux de l'entrepôt où le foyer s'était établi. Auparavant, on y fabriquait des meubles. Quelques-unes des grosses machines à coudre et des tanneurs récoltaient encore la poussière dans ces espaces sombres, obscurs. Beaucoup d'endroits où se cacher là-dessous. Des pièces inconnues.

Une en particulier, dissimulée derrière quelques marches brisées. Découverte par accident, le matin même. Emplie de lampes à chaleur. Envahie d'un mur à l'autre par une jungle de plantes complètement illégales cultivées avec un grand soin. Une opération rudimentaire. Et une vieille femme enfoncée jusqu'aux cuisses au milieu des plantes, chantant pour ses bébés verts. Tricotant de petits chaussons pour de vrais bébés.

Cette vieille Marie, folle, charmante, douce. Je n'avais aucune idée de la façon dont elle s'était débrouillée pour aménager une serre souterraine. On avait dû l'aider. Ou la manipuler. Peut-être était-elle simplement pleine de ressources, très motivée. Mais quelle que soit l'explication, il fallait nettoyer cette pagaille – et pas seulement pour le bénéfice de Grant, parce qu'il possédait le foyer.

Il aimait Marie. Il l'aimait suffisamment pour assouplir la rigidité de son étiquette morale et risquer sa réputation – tenir sa main et essayer de faire en sorte que cela aille mieux. Je ressentais des choses similaires. La vieille femme avait besoin de quelqu'un qui rendrait sa vie meilleure. En aucune façon elle ne serait capable de survivre à la prison. Je le savais. Il le savait. Elle ne survivrait pas même aux menottes. À la simple vue de leur reflet. Marie était comme une aile de papillon. Caressez-la dans le mauvais sens, et elle aurait peur même de voler.

— Le péché est au sous-sol, gazouillait-elle avec douceur, inconsciente. Allume la lumière, Jésus. Brille, Dieu, brille.

Le zombie rit. C'était un bruit horrible, moqueur, et je fixai Rex jusqu'à ce qu'il arrête. Il essaya de soutenir mon regard, mais cela faisait deux mois que nous jouions à ce jeu-là. Deux mois, à nous tourner autour. Luttant contre nos instincts.

Rex détourna les yeux. Ses mains dures comme le cuir bougeaient nerveusement comme il ajustait la casquette en tricot rouge effilochée qu'il tirait bas sur sa tête grisonnante. Le haut col de son épais manteau de flanelle enlaçait sa rude mâchoire. La peau de son hôte était marron, témoignage d'une vie passée à travailler sous le soleil. Paumes calleuses, couvertes d'entailles fraîches et de cicatrices blanches. Il portait ce corps volé avec aisance, mais c'était toujours le cas avec les vieux zombies, les propriétaires de longue date. Entièrement démon, dans une chair humaine.

Il avait peur de moi. Il le cachait bien, son masque humain calme, mais je pouvais le voir à de petites choses. Je pouvais le goûter. Cela rendait les garçons encore plus nerveux sur ma peau, mais d'une manière agréable. Nous aimions que nos zombies soient effrayés. Nous les préférions morts.

Grant lui lança un regard dur et s'inclina plus près de mon coude, s'appuyant fortement sur sa canne en bois sculpté. Il était grand, large, le visage trop anguleux pour être beau. Cheveux bruns dégringolant au-dessous du col de sa chemise thermique en flanelle. Son jean était vieux, ses yeux vifs, marron comme une forêt ancienne sous la pluie. Il pourrait être un loup, un autre genre de chasseur, mais pas comme moi. Grant était plus gentil que moi.

— Maxine, gronda-t-il, tu penses pouvoir te charger de Marie ?

Il y avait encore deux heures avant le coucher du soleil, ce qui voulait dire que je pouvais me charger d'une explosion nucléaire, du croque-mitaine et d'un minibus empli de clowns – le tout en même temps – mais j'hésitai malgré tout, étudiant la vieille femme. J'attrapai le devant de la chemise de Grant, me mis sur la pointe des pieds et appuyai ma bouche contre son oreille.

— Elle te préfère à moi.

— Elle m'adore, acquiesça-t-il, mais je peux négocier avec la police.

Je laissai échapper ma respiration.

— Qu'est-ce que je fais avec elle ?

La main de Grant se faufila jusqu'à ma taille, la pressant doucement.

— Sois gentille.

Je me reculai juste suffisamment pour voir sa bouche s'adoucir en un sourire triste, et chuchotai :

— Tu me fais trop confiance.

— Je te fais confiance parce que je te connais, murmura-t-il à mon oreille. Et je t'aime, Maxine Kiss.

Grant Cooperon. Mon remède miracle.

Et qui serait celui qui me tuerait un jour.

— OK, lui dis-je faiblement, ça ira pour Marie et moi.

Il sourit et embrassa mon front. La voix chantante de Marie se fissura et, lorsque je jetai un coup d'œil furtif par-dessus la large épaule de Grant, je découvris que la vieille femme me fixait du regard. Elle n'était pas la seule. Le zombie avait l'air d'avoir envie de vomir.

Qu'importe. Mes joues étaient rouges. Je m'éclaircis la gorge et jetai un coup d'œil à la boîte à flûte qui se balançait sur l'épaule de Grant.

— Tu vas utiliser ton hoodoo-vaudou ?

— Juste mon charme, dit-il avec esprit, déposant un baiser sur ma joue avant de quitter la cuisine en claudiquant, sa mauvaise jambe se tordant presque sous lui à chaque pas.

Rex me lança un coup d'œil rapide, comme s'il voulait dire quelque chose, puis secoua la tête et suivit Grant derrière les portes à battants.

Zombie fidèle sur les traces de son Joueur de Flûte. Ma mère se retournerait dans sa tombe si elle en avait une. Comme le feraient tous mes ancêtres. Ils tueraient Grant. Sans y penser à deux fois. Meurtre de sang-froid.

L'anéantissant comme n'importe quelle autre menace pesant sur le monde.

Je jetai un coup d'œil à Marie. Elle était en train de lécher la pâte à brownie sur les baguettes – m'observant avec attention. J'essayai de sourire, mais je n'avais jamais été douée pour ça, pas même lorsque c'était important, pas même pour les photos. Tout ce que je parvins à faire fut de tordre légèrement un coin de ma bouche. J'eus un geste en direction du bocal qu'elle tenait dans la main.

— Tu devrais probablement te débarrasser de ça.

Marie continua de m'observer. Zee s'agita sur ma nuque – une sensation saisissante, comme si ses minuscules talons griffus s'enfonçaient dans ma colonne vertébrale. Un frisson me parcourut ; ou peut-être cela venait-il de Marie qui soudainement me fixait avec plus de clarté dans le regard, plus d'incertitude. Comme si elle se rendait compte que nous étions seules et que je pourrais être dangereuse.

Elle avait de bons instincts. Cela me poussait à vouloir m'améliorer dans l'art de faire la conversation. Ou de savoir comment me retrouver seule avec une vieille femme et ne pas éprouver un sentiment de mal du pays pour quelque chose que je ne pouvais même pas nommer, mais qui me nouait la gorge comme si j'avais ressassé mon amertume pendant si longtemps qu'un morceau de la taille de mon cœur s'était logé, telle une pierre, sous ma langue.

— Marie, dis-je de nouveau gentiment en m'approchant d'elle avec lenteur, me demandant comment faire pour qu'elle lâche le bocal.

Je ne voulais pas l'effrayer mais il fallait que je me dépêche. Quoi que Grant ait pu dire, je ne croyais pas aux coïncidences. Le hasard ne collait jamais à ce point. Pas quand c'était si important.

Zee eut un tic. Je l'ignorai, mais un instant plus tard mon estomac commença à faire du bruit, comme si mes intestins se relâchaient. C'était suffisamment étrange pour me faire stopper net et me mettre à l'écoute de mon corps. Je n'étais jamais tombée malade, sauf des nerfs. Pas un seul jour de toute ma vie. Pas une toux, pas une fièvre, pas un vaccin dont j'aurais eu besoin. J'avais aussi un estomac en acier. Installez-moi à une gargote au Mexique avec de l'eau du robinet, une viande avariée, du fromage douteux – et je sortirais de là sans même un renvoi.

Mais là, cela ressemblait à un début de quelque chose. Je frottai mes bras, mon ventre. Zee se décala, traînant sur ma colonne vertébrale, puis les autres le rejoignirent – sur tout mon corps – et chaque millimètre de ma peau se mit à brûler comme si j'avais été plongée dans des orties.

Je me penchai, m'appuyant fortement sur la table. Marie recula. Je ne pouvais pas la rassurer. Je ne pouvais pas penser. J'étais trop abasourdie. Et je ne fus plus capable de faire quoi que ce soit, la douleur explosa dans mes yeux, comme si un rasoir taillait les tissus de mes orbites. Je m'inclinai, crispant mes doigts contre mon visage. Les y enfonçant. Respirant la bouche ouverte. Mes genoux cédaient.

Puis, plus rien. La douleur prit fin. Dans tout mon corps, juste comme ça. Sans mise en garde.

Je me tassai sur moi-même, attendant son retour. Je pouvais encore sentir son écho, brûlant à travers mon crâne et ma peau comme un fantôme. Mon cœur tapait si fort que cela me donnait envie de vomir. J'étais étourdie, prise de vertiges. Ma lèvre supérieure avait un goût de sang. Mon nez saignait.

Je sentis un mouvement. Levant les yeux, ma vision voilée par les larmes, je découvris Marie en train de me contempler, son batteur artisanal pointé dans ma direction comme une baguette magique au chocolat hallucinogène. Elle me perçait de ses yeux bleus. Mes genoux tremblaient. Le sang rugissait à mes oreilles.

— Le diable se présente toujours en frappant comme un salaud, murmura-t-elle.

J'entendis des bruits de pas, le claquement brut d'une canne. Je me saisis du bocal d'herbes que la vieille femme tenait toujours contre elle et ignorai son glapissement de protestation comme je me dépêchai d'atteindre l'évier et de déverser son contenu dans le système d'évacuation des ordures.

J'ouvris le robinet, allumai l'appareil d'une chiquenaude – et pendant que le broyeur s'agitait bruyamment, je passai mon visage sous l'eau. Je portais encore mes gants. J'attrapai une serviette en papier pour essuyer le sang de mon nez et la froissai dans mon poing, me tournant pour regarder en direction des portes battantes au moment même où Rex les poussait.

Son aura bourdonnait, couronne sombre si épaisse et noire qu'elle battait comme un nuage de pétrole pur. Une fois encore, je fus surprise par le fait que qui que ce soit dans ce monde puisse être trompé par ceux de son genre, que les démons arrivent à prendre possession de leurs hôtes, à se mouvoir aussi librement parmi leurs proies humaines sans que personne ait un battement de cils. J'étais vraiment incapable de comprendre un tel aveuglement. Le danger qu'il représentait.

Ou pourquoi je laissais Grant poursuivre ses expériences avec eux.

Il était juste derrière Rex. Ses yeux étaient féroces, mauvais, perçaient l'ombre. Il s'était passé quelque chose. Lorsqu'il entra dans la pièce, son regard glissa immédiatement vers la couronne sur ma tête, cherchant quelque chose. Je savais qu'il pouvait découvrir que j'étais blessée en observant mon aura. Il commença à parler mais j'entendis de nouveaux pas, et il me lança un regard de mise en garde juste au moment où deux hommes entraient dans la pièce à sa suite.

Les détectives. Je les reconnaissais, même si je ne savais pas leurs noms. Ils avaient la trentaine et portaient leurs cheveux rasés de près et des costumes soignés. Leurs visages m'étaient familiers parce qu'ils s'arrêtaient au Coop de temps à autre pour discuter avec Grant. Opérant des vérifications sur les gens. L'utilisant comme un porte-voix. Prêtre un jour, prêtre toujours. Les types lui faisaient encore confiance pour tendre l'oreille.

Les hommes restèrent un moment immobiles et silencieux, étudiant Marie et Rex. Puis moi. J'essayai de rester calme même si je me sentais comme un daim pris dans la lumière des phares. Je n'aimais pas la plupart des policiers. Pas par principe. Un grand nombre d'entre eux faisaient du bon boulot. C'était là le problème. J'avais enfreint trop de lois au fil des ans pour me sentir à l'aise à proximité de qui que ce soit portant un badge.

J'espérais avoir l'air suffisamment docile. Je m'étais lavée le matin même et mes cheveux étaient tirés en arrière. Une touche de rouge à lèvres, du mascara. Rien de lourd. Non pas que j'essayai d'impressionner. Je pensais qu'ils étaient venus pour Marie. J'en étais presque certaine. J'avais peur pour elle. Et pour Grant.

Mais je fus surprise.

— Maxine Kiss ? demanda le détective qui se trouvait sur la gauche, un Noir élancé qui avait glissé ses pouces dans sa ceinture. (Il avait l'air trop procédurier pour une posture aussi décontractée, ce qui m'amena à penser qu'il voulait avoir les mains proches de son revolver et de sa matraque.) Je suis le détective Suwanai, et voici mon partenaire, McCowan. Nous avons quelques questions à vous poser.

J'ouvris de grands yeux, me sentant encore mal. Ma tête me faisait souffrir. Cela n'aidait pas. Les détectives n'auraient pas dû me connaître – ni savoir que je vivais ici. Ils avaient peut-être passé un peu de temps au foyer, mais seule une poignée de gens à Seattle, excepté les zombies, connaissaient mon vrai nom. J'ai une certaine affection pour les pseudos. Je pensais que je faisais une bonne Annie. Ça me rappelait Sandra Bullock dans *Speed*. Drôle et compétente. Je travaillais mon côté drôle.

— J'écoute, dis-je, luttant pour rester impassible.

Très inquiète. Pensant que, peut-être, j'aurais dû nier être Maxine Kiss. Pas de preuve, pas de réalité. Mais c'était trop tard. Moi et ma grande gueule.

McCowan dépassait son partenaire d'une bonne dizaine de centimètres et devait bien peser sept kilos de plus. Pâle, aussi mignon qu'un étudiant, la ligne de la mâchoire douce. Et, dans quelques années, cette dernière tomberait jusqu'à son cou. Son regard passait de Grant à moi.

— Quelles relations entretenez-vous avec Brian Badelt ?

— Je ne sais pas qui c'est, répondis-je.

— Vous n'avez jamais entendu parler de lui ?

— Jamais.

Le Détective Suwanai sortit une photo de sa poche en en faisant des tonnes. D'une pichenette, il la fit glisser vers moi et je me penchai dessus. Je n'étais pas surprise d'y voir un corps, mais cela ne me rendait pas heureuse non plus. Un portrait, pris sur une table d'examen en acier inoxydable. Badelt était un homme plus âgé, le visage fin et les cheveux blancs. Nez droit, menton volontaire. Il avait l'air d'un dur à cuire, même dans la mort. J'aurais pu l'apprécier. Il n'y a pas de mal à être franc.

— Je ne le reconnais pas, dis-je.

— De quoi s'agit-il ? demanda Grant.

Et sa voix avait une qualité mélodique que je reconnus. La puissance. Zee m'a dit un jour que la voix de Grant chatouillait, mais c'était une manière gentille de le formuler. Quiconque capable de contrôler un démon, capable de changer la nature même d'un démon, faisait plus que juste… chatouiller. Cela me préoccupa. Cela m'inquiétait toujours quand Grant utilisait son pouvoir. La frontière qui séparait impulsion et possession était trop mince. Des liens tellement ténus entre l'obscurité et la lumière. Grant en était encore à apprendre cela. Je suppose que nous en étions là tous les deux.

Suwanai et McCowan se raidirent légèrement, une lumière étrange traversant leur regard : une trace de vacuité, un creux profond. Cela ne dura qu'un moment, mais lorsqu'ils se remirent à cligner des paupières, Suwanai reprit la parole :

— Le corps de Badelt a été trouvé dans une ruelle donnant dans University Avenue. On lui a tiré dessus.

Grant baissa le regard, sa mâchoire se crispant. Je fermai brièvement les yeux.

— Pourquoi venir me voir ?

McCowan hésita, mais Grant émit un son bas, de gorge, une note bourdonnante, douce, et le détective secoua la tête, fronçant les sourcils. Il se toucha le front.

— Il avait un journal dans la poche. L'un des canards de Chinatown, un quotidien. Votre nom était écrit dessus. Nous sommes en train de remonter la piste.

Suwanai eut à son tour le même geste.

— Où étiez-vous la nuit dernière, mademoiselle Kiss ? À partir de minuit ?

— J'étais ici, répondis-je.

— Avec moi, ajouta Grant.

— Vous en êtes sûre ? insista Suwanai.

— Nous étions nus, lui précisai-je. Je m'en souviens.

McCowan grogna, jetant un coup d'œil quelque peu surpris à Grant. Puis son attention se tourna vers moi, survolant mon corps de haut en bas. M'évaluant.

Je gardais la bouche fermée. Un homme était mort. Un homme que je ne connaissais pas, mais qui avait écrit mon nom. Et maintenant, j'étais suspecte. Rien de tout cela ne me permettait de me sentir bien. Ni particulièrement sexy.

Grant lança un regard dur à McCowan.

— Qui était M. Badelt ?

— Vous n'avez pas besoin de le savoir, répliqua Suwanai.

— Vous avez conscience que j'ai des contacts. Je pourrais aider.

La voix de Grant était calme, persuasive. Je croisai mes bras sur ma poitrine, cachant la tension de mes mains. Marie se tenait très immobile, mimant parfaitement la vieille femme saine d'esprit et innocente. Rex, quant à lui, s'appuyait au réfrigérateur, se mêlant aux ombres. Observateur. Espérant sans aucun doute que le couperet me tombe dessus.

McCowan finit par dire :

— Badelt était un détective privé.

La pression s'amoncela derrière mes yeux. Je voulais demander sur qui il avait concentré ses recherches, mais le nom sur le journal était une indication suffisamment mauvaise. Le fait qu'il soit mort, pire encore.

McCowan fit un pas en direction des portes de la cuisine. Il avait l'air égaré, un peu mal à l'aise. Je ne l'en blâmais pas. Suwanai semblait plus équilibré, mais peut-être était-il tout simplement plus doué pour jouer la comédie. Il lissa de haut en bas sa veste de costume de ses élégantes mains noires.

— Mademoiselle Kiss, avez-vous une idée de la raison pour laquelle un détective privé pourrait avoir votre nom dans sa poche ?

— Non, dis-je fermement. Aucune.

Suwanai hésita, observant mes yeux. Je le laissai faire. Je n'avais tué personne à Seattle. Pas encore. Personne qui soit humain, du moins.

Après un moment, il inclina la tête.

— Si jamais nous avions d'autres questions…

— Bien sûr, dit gentiment Grant, toujours citoyen modèle.

Le détective acquiesça, les sourcils toujours froncés, frottant l'arrête de son nez comme si le geste le réconfortait – ou lui infligeait de la douleur. Il ne regarda pas en arrière lorsqu'il ouvrit d'une poussée les portes de la cuisine, mais McCowan, lui, le fit. Juste une fois, dans ma direction. Un sillon creusé entre ses sourcils. Je rencontrai son regard, ne cillant pas, et après un moment il courba la tête et laissa les portes se refermer derrière lui d'un battement.

Je restai parfaitement immobile, effrayée à l'idée qu'ils pourraient revenir – mais lorsqu'ils n'en firent rien, lentement, avec précaution, je relâchai ma respiration. Grant se rapprocha en claudiquant, entoura ma taille de son bras. Il m'attira contre sa poitrine. Je restais là, reconnaissante.

— Tout ça ne me dit rien de bon, dis-je calmement. Pas seulement le meurtre, mais aussi le fait qu'un homme mort ait eu mon nom en sa possession.

— Et que la police t'ait trouvée ici, répliqua Grant.

Nous regardâmes tous les deux Rex. Il nous rendit notre regard, levant ses mains bronzées, balafrées.

— Je n'ai rien à voir avec ça.

— Tu dois savoir quelque chose.

— Pas du tout. Je ne suis plus dans le circuit.

— Vous êtes tous dans le circuit, murmurai-je. Ça m'est égal de savoir jusqu'à quel point ton cordon ombilical s'est desséché.

Rex me jeta un coup d'œil comme si j'étais plus abjecte qu'une éclaboussure de diarrhée.

— Tu n'en as juste rien à faire, point barre. Tu es encore en train de chercher une excuse pour me tuer, Chasseuse.

— Je n'ai pas besoin d'une excuse. Je tirai fort sur mes gants. Marie me regardait fixement, mais cela ne m'importait plus désormais qu'elle voie mes tatouages.

Rex, malgré sa bravade, recula. Grant m'attrapa le bras.

— Pas le temps, Maxine.

Je ne me détendis pas.

— J'ai besoin de découvrir ce que voulait Badelt, pourquoi il avait mon nom sur lui.

J'hésitai, cogitant dur.

— Il était dans cette ruelle pour une raison.

Un homme qui travaillait à son compte n'aurait pas perdu son temps dans ce quartier, qui regroupait des bars, divertissements ou restaurants que seul un pauvre étudiant pouvait apprécier. Il avait plu la nuit dernière, aussi - une pluie dure, froide, qui avait fait de la majeure partie du jardin une masse épaisse et flasque d'herbes et de feuilles. Pas la météo idéale pour se balader dans les rues uniquement pour le plaisir.

Grant semblait lire dans mes pensées.

— De nombreux SDF vivent sur University Ave. Quelqu'un aurait pu voir Badelt. Ou nous pourrions mettre la main sur son bureau d'abord, y chercher des réponses.

C'était la chose intelligente à faire, mais j'avais besoin d'air, de temps pour moi. Ma peau fourmillait encore, et pas seulement à cause des garçons.

— Je vais aller vers l'université. Tu passes ton coup de fil. Personne ne te dira grand-chose, de toute façon. Sujets confidentiels. Pas à moins que Grant ne s'y rende en personne. Son don de persuasion ne fonctionnait pas par téléphone.

— Ça ne peut pas être l'un d'entre nous, intervint Rex, se joignant à la conversation.

Je savais ce qu'il voulait vraiment dire. Aucun démon, aucun zombie n'irait engager un détective privé pour me rechercher. Ce serait comme payer pour trouver l'Éverest. Si l'Éverest était doté de dents, de griffes et capable de dévorer les gens.

Ce qui signifiait que quelqu'un d'humain voulait me trouver.

Ou peut-être était-ce déjà fait.

Je pensais à ma mère. À ses leçons. Elle m'avait appris à ne pas garder d'amis, à éviter de me créer des racines. Née loup solitaire, entraînée pour le rester. Plus sûr de cette manière, pour tout le monde. Pas d'autre foyer que les garçons.

Mais voilà où j'en étais. Chasseuse et chassée. Avec des amis. Un foyer et des racines. Mon goût pour le fruit défendu. Et je ne pourrais jamais retourner à ce qui était, avait toujours été – et aurait dû être. Je connaissais la différence maintenant. J'étais trop faible pour laisser tomber.

Je me mis sur la pointe des pieds, embrassai fort Grant sur la bouche – et jetai un coup d'œil par-dessus son épaule, allant de Rex à Marie, qui nous observait toujours, les yeux plissés. Sa bouche ratatinée se pinça.

— Je suis désolée pour ton bocal, lui dis-je, et elle haussa les épaules, le froncement entre ses sourcils s'accentuant.

— Va avec Gabriel, chuchota-t-elle. Les chiens de meute de Gabriel te guideront.

Je n'avais aucune idée de ce que cela pouvait vouloir dire, mais Grant lui lança un regard aigu. Un frisson me parcourut. J'avais une sensation bizarre dans le ventre. J'avais le sentiment terrible qu'on venait juste de me pousser au milieu de la proverbiale croisée des chemins et que j'avais aveuglément trébuché sur celui que les contes de fées déconseillent, un chemin d'un genre difficile et qui montrait la route jusqu'à un château enchanté, une forêt de ronces, et des fossés emplis de dragons affamés. Un chemin qui menait ou à la mort ou à la gloire. Aucune des deux ne m'intéressait.

J'avais suffisamment vu la mort. J'avais enduré la gloire.

Maintenant, je souhaitais juste qu'on me laisse tranquille.

Chapitre 2

De temps à autre, au fur et à mesure que je grandissais, ma mère baissait le son de la radio et me disait : « Il y a une chose que tu dois savoir au sujet des démons, mon bébé. Cela peut te permettre de rester en vie. »

J'écoutais, même si je savais ce qui allait venir ensuite. J'adorais écouter ma mère. Nos vies avaient beau être effrayantes, elle faisait de gros efforts pour en contrôler l'horreur. Pour m'en nourrir par petits bouts, de manière à ce que je puisse trouver le sommeil et ne pas redouter les quarante et quelques années de ma vie. Et même si elle laissa certaines choses de côté, elle se débrouilla pour m'en dire assez, à sa manière, afin que je puisse continuer à aller de l'avant.

Ma mère était une lady. Elle n'employait presque jamais de mots orduriers. Les seules fois où elle brisait cette règle étaient lorsqu'elle éteignait la musique.

— Les démons sont de sombres connards, disait-elle alors. Et en tant que tels, ils doivent être maniés avec délicatesse. Et cela vaut pour nous aussi.

Je conduisais la Mustang sous la pluie. Nous n'étions qu'en fin d'après-midi, mais la tempête rendait les nuages si épais et sombres que les feux des voitures arrivant à contresens brûlaient mes yeux nouvellement sensibles comme des feux de détresse. Je les frottais, me souvenant de la douleur. Je pouvais encore sentir le goût du sang dans ma bouche.

Seattle en hiver était un lieu horrible. Toujours humide, à peine un éclat de soleil mis à part certains rares jours où il se libérait brièvement et faisait pleuvoir des rayons d'une précieuse lumière fantomatique ; ou durant la nuit, lorsque les nuages volaient en éclats, que les étoiles scintillaient et que la lune, lorsqu'elle se levait, brillait.

Le seul point positif de ce climat c'est qu'il convenait à ma garde-robe : longues manches, hauts cols, jeans et gants. Je ne montrais jamais ma peau. Sauf celle de mon visage, et même ça, c'était une concession à la vanité. Mon visage, du haut de mon cou à la racine de mes cheveux : la seule partie de mon corps qui ne soit pas couverte de tatouages. C'était inscrit dans mon accord avec les garçons, le même que celui passé avec mes ancêtres. Notre manière de nous intégrer à la société. Une illusion de normalité.

Je me maintins sous la limitation de vitesse. La Mustang était une cible pour la police de la route : rouge et brillante comme la pomme empoisonnée de Blanche Neige. Coupe classique des années 1960, avec une banquette arrière dessinée sur commande pour être plus confortable pour les garçons. Sièges en cuir, stéréo modifiée, ornements chromés. Un moteur qui contenait le tonnerre dans ses veines. Très rapide. J'adorais ma voiture.

Des ours en peluche s'amoncelaient à l'arrière, la plupart d'entre eux démembrés. Des sachets vides provenant de différentes chaînes de fast-food jonchaient le sol, aux côtés d'un sac de clous, boulons et vis. Nourriture pour le goûter. Délicieux, m'étais-je laissé dire, avec une sauce jalapeno et des frites.

Steve Perry[1] vagissait à la radio. Je baissai le volume, et le battement rythmé des essuie-glaces prit le dessus.

1. Chanteur du groupe Journey dans les années 1980 avant d'entamer une carrière solo. (*N.d.T.*)

J'étais encore dans le quartier des entrepôts, effritement de ciment pâle, trottoirs brisés et vitres cassées. Trop de grillages. Je vivais ici depuis presque deux mois et j'avais vu les commerces aller et venir – de type artistique prétentieux pour la majorité. Loyer bas. Renouveau du basique et du délabrement. Le Coop, le foyer pour sans-abri de Grant, était l'une des rares installations à vocation d'habitat dans cette zone limitrophe du centre de Seattle.

Zee tira fort sur ma peau alors que je conduisais. Tous les garçons firent de même, comme si des morceaux de mon corps essayaient de s'en détacher comme une pelure. Pas bon signe. Comme si j'en avais besoin d'un autre. Je touchai mon nez, frottant le coin extérieur de mon œil gauche. Mon cœur se mit à battre plus fort. Je vis des mots dans mon esprit, l'écriture nette de ma mère. Elle avait tenu des journaux intimes. De gros carnets, à couverture de cuir, avec un papier épais et lourd qui sentait encore comme l'encens et l'eau de rose. Je les avais traînés dans la Mustang pendant les cinq années qui avaient suivi sa mort. Maintenant, ils reposaient dans un coffre de bois sculpté sur le plancher d'un appartement dans l'entrepôt.

J'en connaissais chaque mot. Chaque syllabe, chaque courbe. Je pouvais encore sentir la marque de ses doigts à travers les bosses de l'encre sur les pages raides, et – parfois, lorsque j'étais très nostalgique – j'avais le sentiment que ces sillons étaient sacrés. Comme si son âme logeait dans le papier.

Je me remémorais ce que ma mère avait écrit à propos de la souffrance. De douleurs étranges, peu ordinaires. Elle gardait des notes abondantes. Il était probablement temps que je fasse de même. Non pas pour la postérité mais pour la survie. Un jour, quelqu'un d'autre aurait besoin d'apprendre de mes expériences. Les mots écrits seraient ma seule voix après mon assassinat. La seule chose que je pourrais transmettre, en plus des garçons.

Tout comme ce simple fait : ma mère n'avait souffert de saignements de nez qu'à une occasion au cours de toute sa vie. Accompagnés d'une cécité temporaire et d'une douleur aiguë dans les yeux.

Elle coucha cet événement sur le papier et insista dessus. Dans un chapitre à part. Parce que, après cela, beaucoup de gens moururent. Après cela, elle-même faillit disparaître.

Malheureusement, mis à part ces petites connaissances, le reste de l'histoire se perdit. Elle s'en était débarrassée, arrachant les pages. Avant ma naissance, je suppose.

Mais pas toutes. Une ligne, juste avant la cassure dans son discours. Comme une bombe à retardement trouvée sous le siège d'un avion, ou le son d'un rire froid alors que vous croyez être seule.

Le Voile s'est ouvert, écrivit ma mère. Le Voile s'est ouvert et quelque chose s'est faufilé dans l'ouverture.

Quelque chose se faufilait toujours dans l'ouverture.

Pas de bonne explication pour cela. Simplement, il y a longtemps, les démons vivaient sur terre. Beaucoup de démons. Ils tuaient et détruisaient, puis il y eut une guerre. Les gens luttèrent contre eux. Des humains. D'autres qui ne l'étaient pas. Ils construisirent une prison hors de l'atmosphère, une prison faite de strates, de cercles et de lignes, et ils mirent les démons à l'intérieur, en les séparant selon des critères basés sur la force, la cruauté et l'intelligence.

Et ils y collèrent les démons. Pour toujours.

Sauf que rien ne dure pour toujours. Pas même les garçons, bien qu'ils aient passé les dernières dix mille années à s'y employer de leur mieux.

Quelqu'un avait dû penser à cela. Quelqu'un capable de faire la différence. Quelqu'un qui avait créé les Gardiens, des hommes et des femmes dotés de la rapidité et de la puissance suffisantes pour protéger ce monde d'une fissure dans le Voile de la prison. Des humains, engendrés pour lutter contre les démons.

Des humains, destinés à sauver le monde.

Mais les Gardiens non plus n'avaient pas survécu. Ils n'avaient pas les garçons.

Ne restait que moi. La dernière.

Les femmes de ma famille avaient toujours été les dernières.

Et le Voile s'était ouvert.

De nouveau.

Voilà encore une autre vérité : j'avais passé ma vie entière sur la route. Je n'étais jamais allée à l'école. Ma mère avait été mon professeur, et si je m'appuyais sur certaines choses dont j'avais été témoin au fil des ans, je dirais qu'elle avait vraiment fait du bon boulot. Nous trouvions toujours librairies et bibliothèques dans chaque ville, petite ou grande, et j'appris à en dire beaucoup sur un endroit en fonction des genres de livres qui étaient privilégiés, ou du soin apporté à une bibliothèque. Je n'ai jamais rien vu de mieux qu'à New York. Rien de pire qu'à Paoli, Indiana.

Seattle n'était pas si mal. Mais les librairies du centre se souciaient plus de fiction que de lectures commerciales, et c'était une indication, pensais-je, de l'atmosphère sociale. Yuppie, un petit peu trop préoccupée par ce que pensaient les autres, et amicale seulement en surface.

On pouvait aussi blâmer la ville pour son nombre d'enfants sans foyer. University Avenue était ce qu'il y avait de pire. Peut-être pas aussi grave qu'à Rio de Janeiro, mais en ce qui concerne les États-Unis, c'était juste là. Et deux heures après avoir quitté le Coop – deux heures passées à marcher dans les rues sous la pluie, essayant de trouver des réponses – je me retrouvai dans une ruelle sombre attenante à University Ave, près de la splendeur de type gothique qu'était l'Université elle-même. À mes pieds, un enfant était recroquevillé sur lui-même.

Beaucoup d'enfants. La pluie les avait amenés à se réfugier dans les embrasures de portes, à l'abri d'auvents en lambeaux, ou ici, dans les ruelles, sous des sacs-poubelles ou des cartons. Ça sentait le chien et je vis une queue au contour marron émerger de sous un imperméable, aux côtés de membres dégingandés, de nez percés et d'yeux luisants. Tatouages secouant les ombres. Pas les miens. Mes vêtements me couvraient encore des pieds à la tête, mes doigts bien au chaud dans mes gants.

Il me restait dix minutes. Le coucher du soleil s'annonçait. Je pouvais le sentir sur ma peau. Les lampadaires étaient déjà allumés, lignes fluorescentes revêches s'infiltrant dans l'allée. Les nuages orageux n'avaient pas diminué et étaient si bas, si épaissis de ténèbres, de pluie et de brouillard qu'on aurait pu croire que la nuit était déjà installée.

Je chassai l'eau de mes cils d'un battement de paupières et m'accroupis. Jetai un coup d'œil dans une boîte étroitement serrée contre la benne à ordures et découvris une paire d'yeux comme la neige et la pierre : blanc et gris, soulignés d'un trait de crayon noir. Un garçon. À peine quatorze ans. Pas assez vieux pour faire pousser plus qu'un duvet sombre sur le bout de son menton. Il portait un manteau épais et une paire de jeans troués aux genoux.

Son aura était pure. Pas de démon dans son âme. Pas de zombie. Un simple gosse en vrac, rien d'anormal.

— Hey, dis-je doucement, regrettant de ne pas avoir eu avec moi une photo de Badelt – et prise de son vivant. J'aimerais te poser quelques questions, si tu es d'accord.

Le garçon avait un regard perçant. Vieux comme le monde. Il m'étudia, et je soutins son inspection, ne cillant pas, comptant les secondes comme ma peau frémissait et tirait. Le soleil se couchait. Quelque part, derrière les nuages noirs.

— Tu n'es pas un flic, dit le garçon calmement.

— Gamin, répliquai-je avec soin, la dernière chose que je suis, c'est un flic. Mais j'ai vraiment besoin d'informations. Un homme a été assassiné par ici la nuit dernière. Son nom était Brian Badelt. Cheveux blancs, visage long.

Juste à cinq rues de là. Ruban jaune de police encore en place et voiture de patrouille garée à l'entrée. L'équipe médico-légale n'en avait pas fini, apparemment. J'étais passée devant, le col relevé, et n'avais jeté qu'un rapide regard – tout comme n'importe quel passant un peu curieux l'aurait fait. Rien vu, si ce n'est le ciment lisse, les ombres, et le souvenir du visage d'un homme mort. Cela n'apportait pas de réponse. Rien qui pourrait m'aider à comprendre pourquoi il avait mon nom ou s'il me recherchait. Et dans ce cas, pourquoi cela l'avait amené ici.

Je voulais savoir s'il était mort à cause de cette investigation. À cause de moi.

Peut-être que les enquêteurs connaissaient déjà la réponse. Ou pas. Au cours des deux dernières heures, j'avais appris que la police avait déjà approché la plupart de ceux qui vivaient provisoirement dans la rue. Au vu de la coopération quasi inexistante que j'avais moi-même expérimentée, je doutais que Suwanai, McCowan ou leur équipe aient fait beaucoup plus de découvertes que moi. À moins qu'ils ne l'aient joué salement, chose que je n'étais pas prête à faire. Adultes comme enfants avaient suffisamment de problèmes, qu'ils soient sans domicile ou pas.

Mais je vis quelque chose dans les yeux de ce gosse-là. Quelque chose qui me fit éprouver un sentiment que les autres n'avaient pas éveillé. Son regard était plus doux. Comme si les rues n'avaient pas complètement effacé toute gentillesse en lui. Cela me fit mal au cœur. Me donna envie de faire quelque chose que je ne devrais pas.

— Je l'ai vu, chuchota le garçon, et tout autour de nous, des yeux s'ouvrirent en fente, éclats d'acier froid dans l'ombre humide.

Sa révélation me troubla plus qu'elle n'aurait dû. Au point que je fus obligée de prendre un moment et de répéter les mots dans ma tête, les testant pour vérifier qu'ils correspondaient à ce que je croyais avoir entendu. Je l'ai vu. J'ai vu. J'ai vu.

Ma peau me picota. Ma peau bougea. Je me balançai en arrière sur mes talons. Je voulais fermer les yeux et serrer le garçon contre moi. Je retins ma respiration au cas où il se transformerait en fumée et disparaîtrait.

— Qu'as-tu vu ?

Il hésita, et même caché au fond de la boîte j'étais certaine qu'il sentait les autres enfants en train de le fixer du regard. Tous, l'écoutant. Le plastique s'agita bruyamment. Des pieds traînèrent. Son regard vacilla par-dessus mon épaule. Je jetai à mon tour un coup d'œil furtif et découvris une jeune femme. Elle avait la peau d'une couleur semblable à celle d'un fantôme, pâle et parfaite, et des clous courant sur le lobe de ses oreilles, sur son nez, sa langue. Yeux noirs, cheveux noirs en épi ruisselants de pluie. Treillis de toile embrassant son corps. Son coup-de-poing américain brillait. Tout comme la pointe d'une lame. Une gamine coriace. Du genre sympa.

Je lui tournai le dos et replongeai mon regard dans la boîte. J'avais une minute, maximum. Pas le temps pour une compétition chiante. Pas avec une enfant.

— Aide-moi, et je t'aiderai en retour, dis-je au garçon.

La pluie s'infiltra le long de mon col, contre ma peau. Je ne la sentais pas. L'eau était absorbée trop rapidement par mes tatouages. Plus rapidement maintenant encore. La chaleur se déploya sous mon col et ma veste, descendant jusqu'à mon ventre et le long de mes jambes. Mes doigts brûlaient.

Le garçon me fixait, le regard torve, les joues creuses. Comme un fantôme mordant le rebord de la vie ; pas vu, pas reconnu, pas sûr de lui. Quelque chose de dur frappa mon crâne. Le coup-de-poing américain. J'ignorai la fille et continuai d'observer le garçon dans sa boîte. Il en savait plus qu'il ne voulait le dire sur le meurtre. Je pouvais le voir dans son regard. Il savait.

La fille me frappa de nouveau. Je ne ressentais aucune douleur, juste un impact contre mon épaule qui m'envoya au sol, mes paumes gantées claquant violemment sur le ciment mouillé. Si j'avais été simplement humaine, elle aurait pu me briser quelque chose avec ce coup. La pluie courut dans ma bouche et mes yeux. Je léchai mes lèvres.

— Arrête de poser des questions, siffla la fille en se penchant plus près de moi. Ou tu arrêteras de respirer.

Je tournai la tête et la regardai dans les yeux. Plus loin, à l'entrée de la ruelle, des voitures passaient dans la pluie tombante, leurs phares brillant. Hommes et femmes apparaissaient fugitivement, marchant rapidement, têtes baissées, les mains encombrées de leurs sacs à dos et parapluies. Aucun démon en vue. Impossible de les supporter. Un vernis si fin, entre là-bas et ici. Si facile de créer des illusions. Spécialement quand les gens craignaient de voir la vérité.

Je pouvais lire cette vérité dans les yeux de la fille. Elle avait peur mais était sérieuse. Elle me blesserait si je ne m'en allais pas. Elle me rendrait la vie dure. Je finis par me demander si quelque chose de similaire était arrivé à Badelt. Et aussi, ce qu'elle ferait au garçon pour avoir parlé. Ce que quelqu'un d'autre lui ferait.

Je battis des paupières et les dents de la fille jetèrent des éclairs. Puis son couteau. Il était très petit, à peine plus long que sa paume. À peine un cure-dents. Elle vit que j'étudiais l'arme et sourit, comme si elle avait gagné.

En moi, le soleil. Fuyant, presque parti. Pas le temps. Pas pour des amabilités ni pour des politesses.

Je me saisis du couteau. Attrapai la lame au vol à pleines mains. Elle transperça mon gant de cuir. L'acier racla ma paume tatouée et fit un bruit terrible. Le couteau se cassa, frappa le ciment entre nous, mais la pluie noya le fracas, et la ruelle était sombre.

La fille vit tout cependant. Elle vit et regarda, les yeux écarquillés. En un éclair, j'attrapai l'arrière de sa veste, la faisant avancer jusqu'à l'entrée de l'allée. Elle tenta de lutter contre moi. Lança violemment son coup-de-poing américain dans mes côtes. Provoquant un impact aussi violent qu'un bisou de bébé. Je la tirai jusqu'au trottoir et l'eau courait le long de mon visage. Ma peau sifflait. Coucher du soleil. Le soleil.

— Pourquoi tu fais ça ? demandai-je durement à la fille. Qui t'a fait peur ?

— Va te faire foutre, gronda-t-elle, et elle agrippa mon sein, ses doigts s'y plantant avant de le tourner.

Je ne ressentis aucune douleur, mais cela me choqua. C'était une tactique étonnamment perverse de la part d'une gamine si jeune. Peut-être avait-elle été utilisée sur elle. Cette hypothèse me rendait malade.

— Je peux t'aider, lui dis-je, mais elle me cracha dessus, un gros mollard gras sur ma veste, et ce fut tout.

Il n'y avait plus d'autre option.

— Bien. Va-t'en. Ne te retourne pas.

Elle hésita plus longtemps qu'elle n'aurait dû. Quelque chose à perdre, quelque chose qui la retenait. J'aurais aimé avoir le temps de demander. J'aurais aimé avoir le choix, mais je ne pouvais rester là et garder en même temps un œil sur le garçon. Je ne pouvais pas prendre le risque que la fille continue de m'attaquer. Pas maintenant.

Je serrai mes doigts jusqu'à ce qu'elle pousse des cris, et m'obligeai à tenir bon, m'assurant qu'elle comprenne le message.

— Crains-moi plus encore.

C'était le cas. Je vis le changement lorsqu'il se produisit : dans ses yeux, dans sa bouche. Son comportement entier, petite comme un chaton pris dans la mâchoire d'un Rottweiler. L'amertume m'emplit. Je détestais ça, vraiment. J'étais un monstre. Terrifiant des petites filles, des petites filles brisées. Toutes autant que nous étions, des petites filles perdues.

Je relâchai ma prise. L'ado se dégagea sans un mot. Elle se détourna, partit en marchant rapidement et ne se retourna pas. Moi non plus. Je courus de toutes mes forces, furieuse après moi-même. Le cœur malade.

Je n'allais pas très loin. J'avais brûlé cette voie-là trente minutes plus tôt en ne rejoignant pas la Mustang et en restant assise dans le parking, me tournant les pouces autour d'un livre ou discutant au téléphone avec Grant, déterrant des ragots, en nous y mettant ensemble. Je poussais. J'attendis trop longtemps. Maintenant, j'avais un public.

Il faisait inhabituellement sombre pour l'heure du coucher de soleil, et c'était tout ce qui jouait en ma faveur. Je me glissai entre les pare-chocs de deux voitures garées – une Volkswagen cabossée et une familiale de bonne taille – et m'effondrai sur les mains et les genoux, le bout de mes cheveux trempant dans l'eau de pluie. Seulement des ombres – et moi, juste un corps tremblant de plus, effondré dans une rue qui en était remplie. J'entendis passer des gens. Personne ne ralentit. J'espérais que personne ne verrait rien. J'espérais qu'ils étaient aveugles. J'espérais que je n'étais pas baisée.

Quelque part, le soleil baissa. Je sentis l'horizon le gober, la poussée de chaleur dans ma propre gorge, comme si à l'intérieur de moi l'obscurité, le vaste espace de la nuit et des étoiles tournoyaient entre mes côtes. Mes tatouages commencèrent à peler. Les garçons se réveillaient.

À faire mal, comme toujours. Peau fendue. Écorchée par la fumée et les ombres. Je ravalai des bruits gênants, la gorge douloureuse, et arrachai mes gants. Je tremblai si fort que mes dents se mirent à claquer. Quelques minutes plus tôt, les tatouages auraient couvert mes mains – doigts, paumes et même mes ongles –, lignes noires, gravées. Mais maintenant les corps se tordaient, la peau argent se dissolvant en un brouillard qui se déversait par-dessous mes vêtements, et je sentais battre des cœurs qui n'étaient pas les miens. Des membres musclés, élancés, glissaient, chauds et lourds, à travers mes cheveux. De petits doigts caressaient mes joues. Des murmures mélodiques se mariaient au léger bruit de pluie.

Une pluie sans fin. Glaçante, trempant mes vêtements, lourds et serrés. J'éprouvai une gêne. Une gêne aiguë. Le froid et le vent, une douleur dans mes genoux provoquée par le ciment dur. Mes paumes étaient gelées. Mon nez coulait. Je pouvais à peine penser.

Ma peau était humaine de nouveau. Si terriblement humaine. Frappée, je me briserais. Poignardée, je saignerais. Abattue d'un coup de feu, étranglée, noyée : je pouvais dorénavant être tuée. J'étais humaine, jusqu'à l'aube. Vulnérable jusque-là. Mortelle.

— Maxine, chuchota Zee, douce Maxine.

Je m'assis, laissant tomber mes épaules contre les pare-chocs froids, lisses, de la voiture. Trois petits corps étaient tapis devant moi, perdus dans les ombres sombres et humides. Zee, Aaz et Raw. Peau couleur de la suie tachée d'argent et de mercure, minces et chauds. La vapeur était emportée depuis les écailles, semblables à des rasoirs, de leurs épines dorsales hérissées et de leurs bras grêles – deux bras, deux jambes –, griffes en lieu et place de doigts et orteils. Leurs pieds étaient vaguement humains, tout comme l'étaient leurs visages vifs, anguleux à en faire mal. Je sentais l'odeur du feu, du cuir – quelque chose d'autre dont je ne trouvais pas le nom mais qui avait le parfum de ma mère. Une odeur qui avait toujours été synonyme de foyer.

Le mien. Le leur. Jusqu'à ce que l'heure arrive.

Jamais assez de temps. J'essayai de me mettre debout, mais mon corps était douloureux. Je pris un moment. Des ronronnements grondèrent à mon oreille, des petites langues égratignèrent ma peau. Dek et Mal, leurs longs corps en serpentin enroulés autour de mon cou comme ils ondulaient sous ma veste pour aller à la pêche dans mes poches intérieures. Ils n'avaient pas de jambes, juste deux bras – vestiges de membres tout juste bons à m'attraper les oreilles. Des têtes comparables à celles d'hyènes, avec les sourires qui allaient avec. Les meilleurs petits gardes du corps sur terre.

Dek et Mal trouvèrent les ours en peluche que j'avais planqués pour eux – petites choses ridicules de la longueur de mon doigt, attachées à la chaîne des clés. J'entendis des bruits de mastication, des claquements humides. De minuscules gloussements. Les garçons aimaient manger des ours. Je devais les commander en gros. Je ne les emmenais jamais au zoo. Pauvres maudits grizzlys.

Zee étreignit mon bras, frottant sa joue contre mon manteau. Les épingles argent de ses cheveux miroitaient et entraient dans le cuir de ce dernier comme dans du beurre.

— Mauvais rêves, Maxine. Mauvais présage.

— Dis-moi. J'observais Aaz et Raw s'éclipser discrètement sur le ventre, yeux rouges cillant paresseusement. Ils auraient pu être des dragons, des loups ; ou les deux, prisonniers des limbes. Jumeaux parfaits à l'exception de la tache pâle argentée sur le bout du menton de Raw. Ils disparurent sous la familiale. Je pris plusieurs Snickers dans ma veste. Les lançai dans l'ombre et entendis une faible acclamation.

J'en donnai un à Zee. Ses griffes creusèrent des tranchées dans le ciment comme il avalait la barre en entier, papier compris.

— Tes rêves, lui rappelai-je. Ils m'ont blessée cet après-midi.

Il hésita.

— Pas le choix. Quelque chose dans l'air. Quelque chose qui approche. Devais te prévenir.

— Le Voile.

— Couteaux. Tranchoirs chauds.

Démons. Quelque chose de plus grand que des zombies parasites. J'en étais déjà arrivée là de mes suppositions. Je le regardai dans les yeux.

— Donne-m'en plus.

— Plus, répéta-t-il, me faisant doucement écho, arrachant son regard au mien. Plus est en chemin. Plus touche à sa fin. Maxine. Douce Maxine.

Il s'arrêta. Son silence était définitif. Je serrai les poings. Inutile d'insister. Zee avait les devinettes pour habitude. Malheureusement, il était le seul parmi ses frères à pouvoir tenir une conversation humaine. Pour autant que je le savais.

Je jetai un coup d'œil par-dessus mon épaule, faisant glisser les gants dans ma poche. Des gens arrivaient. J'entendais rire, la gifle des pas dans les flaques. La pluie sur les parapluies. Sympa. Normal.

— Nous sommes en chasse, dis-je à Zee. Gros problème...

— ... *In Little China*[1], fredonna-t-il.

---

1. Allusion au film *Big Trouble in Little China* de John Carpenter sorti en 1986 sous le titre *Les Aventures de Jacques Burton dans les griffes du Mandarin*. (*N.d.T.*)

Quel idiot. Il adorait les films. Les années 1980 lui manquaient. Et les Croisades, bien que je n'aie pas encore compris en quoi. Peut-être s'agissait-il des armures ? Il avait un faible pour les métaux croustillants.

Zee fit étinceler ses dents blanches, une langue longue et noire, et se fondit dans les ombres sous ses pieds. Disparu en un clin d'œil. Aucune idée de ce qui pouvait se trouver de l'autre côté d'une ombre, mais j'avais le sentiment que je me portais mieux ainsi. Je ne m'inquiétais pas de savoir si Raw et Aaz suivraient. Les garçons avaient leur système.

Je me levai et reçus quelques regards de la part des passants. Rien de sérieux. Personne ne partit en courant ou ne se mit à hurler. Personne ne l'avait jamais fait. Je faisais bonne figure, m'habillais joliment, restais propre – gardais les démons et tatouages hors de vue. Cela demandait si peu de cacher les gros secrets. Non que quiconque irait jamais imaginer une armée de démons vivant sur la peau d'une femme. À supposer que l'on croie en l'existence des démons.

Je pensais à Badelt et éprouvais un mauvais pressentiment dans mes entrailles.

Je retournai à la ruelle. Dek et Mal étaient glissants et lourds sur mes épaules, le col roulé de mon pull dissimulant leurs corps pendant que leurs têtes rusées, avec leur épi, restaient cachées derrière mes cheveux. Un observateur attentif pouvait être capable de discerner l'éclat d'un œil rouge, mais y verrait seulement un effet de lumière ou une illusion d'optique. Pas un démon. Ni un animal.

Je guettais les zombies. Vérifiais les auras dans les coins sombres. C'était une partie de la ville favorable aux parasites. Le jus humain suintant de chagrin. Toute cette souffrance requérait un esprit sombre pour rester en vie.

Les émotions fabriquaient de l'énergie. L'énergie était de la nourriture. Que la violence puisse entraîner la violence n'était pas une blague. Une certaine race de démons était nécessaire pour créer des zombies, mais les déchirures dans le Voile s'étaient agrandies tout au long du siècle dernier, facilitant à ces derniers la fuite de leur prison du premier cercle. Une fois ici, ils infectaient les humains qui étaient émotionnellement vulnérables. Les transformaient en marionnettes, outils vivants. Coquilles sans esprit. Bons pour les ennuis, les offenses – auto-infligées ou distribuées. Charmeurs, tous autant qu'ils étaient. Subtils.

Un zombie vous tuerait le sourire aux lèvres. Les sourires adoucissaient tout.

Dek et Mal sifflèrent à mon oreille. Je jetai un coup d'œil par-dessus mon épaule et vis un homme et une femme, à quelques mètres de moi, en train de déambuler sur le trottoir. Malgré la différence apparente de sexe, ils portaient tous deux des pantalons sombres et de grosses vestes coupe-vent qui se tendaient sur leurs larges épaules. Des yeux au regard intense me fixaient depuis leurs visages épais, aux joues vermeilles. Le côté de leur pardessus était déformé par une bosse identique.

Des téléphones portables vraiment gros, peut-être. Missionnaires urbains, rôdant dans la nuit pour aider les plus démunis. Innocents. Profondément inoffensifs. Jumeaux Prodiges.

J'atteignis la ruelle. M'arrêtai. Regardai. Je m'étais éloignée moins de cinq minutes.

Les enfants avaient disparu. Tous. Les corps s'étaient serrés contre la brique et le ciment, et maintenant, ces mêmes lieux étaient vides. Des sacs en plastique voltigeaient comme des fantômes ; des boîtes en carton enfoncées et écrasées ressemblaient à des châteaux pris d'assaut. Une absence étrange, cinglante. Je retenais un haut-le-cœur.

Un homme se tenait face à moi. Il était jeune et blond, comme les autres, et sentait le cigare. Taillé comme un taureau. Il aurait eu l'air plus à sa place dans une peau de bête avec une massue à la main. Les temps modernes n'étaient pas faits pour tout le monde.

Il me dit de ne pas bouger. Il avait un accent russe. Je ne prononçai pas un mot. Je n'aurais pu me soucier moins de conversation. Je pensais à ces gamins, particulièrement au garçon. Je lui avais attiré des ennuis, peut-être à eux tous. Je les avais mis dans la merde jusqu'au cou.

L'homme sortit un téléphone portable. Il parla avec quelqu'un. Je ne comprenais pas le russe, mais je saisis les allusions. Je sentis un mouvement derrière moi et découvris les Jumeaux Prodiges. Ils tenaient des armes. À proximité, Zee et les autres observaient depuis l'ombre, leurs yeux rouges luisant comme des rubis. Dek et Mal gémissaient dans mes oreilles.

Je fis un pas en avant. Les doigts sur les gâchettes se tendirent. S'ils se tendaient encore plus, les Jumeaux Prodiges allaient mourir. Je jetai un coup d'œil au type avec le téléphone.

— Les enfants. Où sont-ils ?

Il m'ignora. Le moteur d'une voiture mugit, et une paire de phares s'arrêta au bout de la ruelle. Une limousine. La porte s'ouvrit de l'intérieur. Personne n'en sortit. Je ne pouvais pas voir qui était assis.

Tout, ma mère avait-elle l'habitude de dire, est lié.

Et je pouvais, s'il le fallait, me montrer une femme très patiente.

L'homme agita son arme. Des ombres emplirent la limousine. Les garçons ont toujours aimé partir en balade.

Je montai.

Chapitre 3

Un vieil homme était assis à l'intérieur. Il portait un costume. Épaisses lunettes noires perchées sur le bout de son nez. Il était chauve. Un zombie.

L'homme qui avait un téléphone portable fit mine de monter après nous, mais le zombie leva la main et lui dit un mot en russe. Le blond hésita, recula et ferma la porte. La limousine se mit en marche. J'ouvris le minibar et attrapai un ginger ale. J'avais besoin de quelque chose de doux.

Le zombie m'observa, un sourire venant ourler le coin de ses lèvres. C'était un homme petit, mince, noyé dans l'immense siège qui me faisait face. Ses yeux étaient froids, son aura noire. Plus vieux et plus dangereux que la plupart. Plus haut sur la chaîne alimentaire. Mais il aurait dû prendre la fuite. S'attaquer à moi revenait à une condamnation à mort. Généralement.

Ce qui signifiait qu'il savait des choses sur moi. J'avais un mauvais pressentiment à l'idée de ce dont il pouvait s'agir.

— Chasseuse Kiss, dit-il. Si infâme. Qu'il est intéressant de finalement vous rencontrer en personne.

— Bien sûr, répliquai-je en avalant une gorgée de ma boisson. Je suis populaire ce soir.

Son sourire s'élargit.

— Vous ressemblez à votre mère.

Mes doigts se contractèrent sur la canette. Le zombie retira ses lunettes et en frotta les verres contre un coin de sa veste.

— Votre mère ne s'est jamais souciée des civilités elle non plus. Belle femme. Mais d'un autre côté, votre famille a toujours été impressionnante. (Il fit glisser ses lunettes à leur place et cligna des paupières, semblable à un hibou.) Je suppose que vos protégés ne sont pas loin ?

Je claquai des doigts. Zee, Aaz et Raw prirent formes en quittant l'obscurité. Ils vinrent s'asseoir à côté de moi, tous en rang, leurs jambes trop courtes pour le siège de cuir. À l'unisson, ils se mirent à balancer leurs pieds griffus, leurs mains enlaçant leurs genoux. Trompeusement guindés. Petits malins. J'ouvris de nouveau le minibar et Zee montra du doigt le whiskey et la vodka. Je fis passer les bouteilles.

Le zombie souleva un de ses sourcils.

— Comme c'est sympathique.

— Vous n'en avez même pas idée. (Je sentis mon cœur sombrer dans un coin obscur, dur.) Êtes-vous responsable de la disparition de ces enfants dans la ruelle ?

— Je suis responsable de beaucoup de choses. Mais pas de ça. (Il inclina la tête, regardant Zee et les autres avec un curieux – et plutôt peu naturel – manque de peur.) J'ai, quoi qu'il en soit, récupéré l'un d'entre eux. Un garçon. Celui auquel vous portiez tant d'intérêt.

Le zombie m'avait surveillée. Et pendant tout ce temps, je ne m'en étais pas doutée une seule fois.

— Vous croyez que cela me touche ?

Il rit.

— Ma chère, votre mère avait un cœur de lion, mais vous, à peine celui d'un agneau. Cela vous touche. Cela vous touche trop.

Dek et Mal dressèrent leurs têtes de mes cheveux. Raw inclina le whiskey dans leurs petites bouches.

J'aurais aimé attraper la bouteille et l'écraser sur la tête humaine du zombie. Et exorciser l'enfer hors de lui.

— Le garçon, lui dis-je, si vous lui faites du mal...

— Ce ne serait pas dans mon intérêt. Il est ma protection. Contre vous.

— Un homme est mort la nuit dernière. Étiez-vous impliqué dans cela aussi ?

Un pâle sourire effleura ses lèvres.

— Il y a beaucoup de joueurs dans cette partie, Chasseuse. Combien d'entre eux vous observent cachés dans l'ombre, vous ne pouvez jamais savoir.

C'était une mauvaise réponse. Je voulais taper du pied, mais gardais la jambe immobile. La limousine me donnait l'impression d'être en cage.

— Que voulez-vous ?

— Faire la conversation. Rien de plus. Vous avez ma parole, sur le sang de ma Reine.

Je me laissais aller en arrière. Zee s'immobilisa.

— Mama Sang vous a envoyé ?

L'expression du zombie ne changea pas, mais sa pomme d'Adam monta et descendit et son aura vacilla.

— Elle est inquiète.

Je retins mon souffle. Mama Sang était à la tête du premier cercle de la prison, une vraie reine zombie, plus puissante que tous ses enfants combinés – et elle se faisait plus puissante à chaque âme que ses enfants habitaient. La souffrance qu'ils infligeaient était celle qu'elle éprouvait et cela nourrissait une faim qui n'en finissait pas et ne finirait jamais.

Je l'avais rencontrée. J'avais traversé le Voile lui-même pour lui faire face. Je m'étais livrée, avais permis que mon corps soit traîné dans la prison. Pour sauver Grant. Mama Sang avait tenté de le posséder. Elle y était presque parvenue. Si proche de prendre tout ce qui m'importait. Encore une fois.

Mama Sang avait commandité le meurtre de ma mère.

Elle avait commandité les morts de toutes les femmes de ma lignée. Elle ferait de même pour moi, lorsque l'heure viendrait. Une décision qui dépendait entièrement de Zee et des autres. Mes garçons. Mes amis. Qui m'abandonneraient un jour en faveur de ma fille future, éloignée – qui qu'elle soit. Et lorsque cela arriverait, lorsque je ne bénéficierais plus de leur protection, Mama Sang le saurait. Tous les zombies le sauraient. Je pouvais presque entendre le bruit des fusils que l'on arme.

Non pas que je laisse cette pensée m'abattre. Non pas que j'abandonne tout espoir. Je n'avais pas peur. Plus maintenant – bien que je garde ces jours en mémoire. Je me rappelais avoir été terrifiée. Effrayée par ces possibilités. Une grossesse future, éloignée, qui lancerait l'horloge du compte à rebours de ma vie.

Certaines dans ma lignée avaient essayé d'éviter tout rapport sexuel, déterminées à échapper à leur destin. Mais les enfants étaient ce qui permettait à Zee et aux autres de survivre. Le célibat revenait à les tuer. Et si une Chasseuse ne procréait pas de son plein gré... Les garçons, m'étais-je laissée dire, lui forçaient la main.

Et c'était une chose à laquelle j'essayais de ne jamais penser.

— Je veux voir le gosse, dis-je au zombie. Et donnez-moi le nom de votre hôte.

— Edik Bashmakov. (Il inclina la tête vers moi.) Et vous ne pourrez pas voir l'enfant avant que nous ayons conclu nos affaires. Je ne peux pas courir ce risque.

Du verre se brisa. Aaz était en train de manger la bouteille de vodka.

— Pas confiance ? Je suis disposée à vous prendre au mot.

Il haussa les épaules ; un mouvement délicat, infiniment raffiné.

— Vous êtes la Chasseuse et vous n'avez aucun lien, aucune allégeance. Personne à qui répondre. Votre parole n'est pas d'honneur.

J'imaginais ma main sur son front, suçant le démon pour le libérer.

— Et vous ? Vous qui asservissez des corps humains, qui vous nourrissez de souffrance ? Est-ce cela, l'honneur ?

— C'est cela la survie, répliqua-t-il calmement. Ne nous jugez pas en vous basant sur des valeurs humaines. Vous, qui prétendez vous fondre parmi eux. Vous, qui n'êtes qu'une moitié de race, sorte de geôlier glorifié. Vous, petite Gardienne solitaire.

Zee laissa reposer ses griffes sur mon genou et fixa Edik. Le zombie rabaissa son regard. – Cela ne prendra pas longtemps, Chasseuse. Puis je m'en irai et vous aurez le gamin. D'accord ?

J'aurais pu le faire attaquer par Zee et les autres. Exorciser le démon de ce corps humain et le faire torturer jusqu'à ce qu'il parle. Ma mère m'avait appris ce tour. Mais, pensais-je, peut-être était-ce une limite que je n'étais pas prête à franchir ce soir. Eh oui, j'avais bien un certain sens de l'honneur.

Je bus mon ginger ale. Les garçons se pressaient contre moi, se cramponnant à moi. Mes yeux étaient douloureux. Dehors, la limousine dériva dans un quartier d'entrepôts, d'acier rouillé. Je pouvais sentir l'océan. Je pensais à Grant. Nous étions près de lui.

— Dites-moi pourquoi je suis là, demandai-je.

L'aura d'Edik vacilla encore.

— Le Voile. Il s'est ouvert ce soir. Vous l'avez senti.

— Savez-vous ce qui est passé au travers ? Il ne pouvait s'agir de Mama Sang ou de ses semblables. Les faiseurs de zombies n'avaient pas besoin d'attendre que le Voile s'ouvre.

Edik ne dit rien. Ne bougea pas, pas un muscle, pas un tic, bien que son aura fût en train de brûler. Ou il ne savait pas, ou il ne voulait rien dire. Je pris une autre gorgée de ginger ale.

— Que veut votre reine ?

Le zombie fit glisser ses mains le long de ses cuisses, de manière à ce que ses paumes viennent reposer sur ses genoux.

— Je crois que vous le savez, Chasseuse. La prison est en train de céder. Lorsque ce sera terminé, le monde mourra.

Pas de mystère, de surprise. Une conclusion logique, que j'avais essayé d'ignorer durant les dix dernières années. Mais je ne l'avais jamais entendue formuler d'une manière si franche.

— Je ne comprends pas pourquoi vous me prévenez. Vous êtes un démon. La prison s'écroule, vous gagnez.

L'aura vacillante d'Edik était la seule chose en lui à ne pas être parfaitement, froidement, calme. Même ses yeux l'étaient, durs comme l'acier. Si les balles avaient pu être taillées dans le dédain, j'aurais pu mourir à ce moment même d'un tir dans le crâne.

— Vous êtes si naïve, dit-il.

— Le suis-je ? répliquai-je. Waouh.

La bouche d'Edik se rétrécit de mécontentement.

— Vous n'avez aucune idée de ce qui repose entre les cercles de la prison. Mon espèce est de la vermine aux yeux des autres, moins que démoniaque. Des rats courant après la queue des loups.

Politique démoniaque. Quelque chose que je n'avais pas pris en considération. Peut-être étais-je naïve.

— Vous croyez que cela m'importe ? Tout ce que je veux savoir c'est ce qui est sorti du Voile.

— Supputations, dit-il mystérieusement, un pion, un éclaireur.

Soudainement, le ginger ale me donnait l'impression de brûler comme l'acide dans mon ventre.

— Quoi d'autre ? Comment vais-je trouver ce démon ?

— Seule ma Reine le sait. (Edik hésita.) Elle a été utilisée, Chasseuse. Elle a été utilisée par le service d'un autre. Obligée de passer un marché, de faciliter le passage du pion.

— Personne n'oblige Mama Sang à quoi que ce soit.

Edik détourna le regard, un muscle de son visage agité d'un spasme.

— Nos frères dans le Voile nous détruiront, vous savez. Ils nous tueront quand ils se libéreront. Ils nous consumeront. Mais avant qu'ils ne le fassent, avant que les murs ne tombent et que le Premier Quartier ne s'écroule, et que les Anges de la mort ne se saisissent des os de ce monde, les autres n'en feront qu'à leur tête avec vos humains – et qu'importe ce que vous pensez de Mama Sang et des siens, nous ne sommes rien comparés à eux.

Je ne dis rien. Je me tins très immobile. Seuls mes doigts bougeaient, bosselant la canette de soda. Mama Sang avait fait un bon choix. Edik Bashmakov avait du talent. C'était un vrai connaisseur, un professionnel dans l'art de transmettre les mauvaises nouvelles. J'admirais ses compétences. Je ne me sentais plus autant désireuse de le tuer. J'étais plus genre à fuir vers les montagnes en hurlant et à ne jamais regarder en arrière.

— Dix milliers d'années en paix. (Edik fixait ses mains flétries.) La prison a été une bénédiction pour nous.

Je laissai échapper doucement mon souffle. Essayai de me la jouer cool, mais au fond de moi, mes entrailles se fâchaient et mes muscles semblaient taillés dans la glace. Je voulais me cacher sous une couverture. Partir à la recherche d'une haute falaise et me terrer dans une grotte. Je voulais traiter Edik de menteur et de fou, et faire semblant d'être une femme normale, une femme aveugle, sourde - une femme heureuse, ignorante, désinvolte.

Je regardais fixement la vitre de la voiture. Y aperçus mon reflet distordu : peau pâle, cheveux sombres. Je me demandais à quoi cela pouvait ressembler d'être possédée et de ne pas s'en rendre compte, d'avoir quelqu'un qui vivait dans votre tête, manipulant votre esprit et votre corps comme s'ils n'étaient rien de plus que des outils.

Je me sentais moi-même comme un outil. Comme si j'étais sur le point d'être utilisée.

Zee et les autres eurent un rapide mouvement pour se tenir plus près encore, reposant leurs têtes sur mes genoux. Je frottais leurs cheveux rasoirs et observais le visage d'Edik, son aura. Il avait rencontré ma mère et survécu. Je voulais savoir comment mais ne posai pas la question. Je commençais à avoir peur des réponses.

— Qu'est-ce que Mama Sang attend de moi ? demandai-je précautionneusement, ne mettant pas en doute une seule fois que ce qu'il m'avait dit était vrai. Son aura ne pouvait mentir. Il avait pesé chaque mot. Quelque chose de mauvais était en route. Quelque chose s'était produit.

— Mama Sang ne l'a pas dit, répondit-il doucement. Mais comme vous êtes la Chasseuse, et plus à même que la plupart de tuer ceux de mon espèce, vous pouvez prendre en considération la possibilité qu'elle attende de vous que vous continuiez à faire ce pour quoi vous êtes la meilleure.

Ma bouche se tordit.

— Je pourrais commencer avec vous.

Il repoussa ses lunettes sur le haut de son nez, un geste normal et facile, compte tenu des circonstances effroyablement anormales.

— Chasseuse, je suis le cadet de vos soucis. C'est la fin du monde.

— Et vous gardez encore des informations pour vous.

Il hésita.

— Mama Sang avait un autre message.

J'attendis un temps.

— Et ?

Il eut soudain l'air mal à l'aise.

— Il s'adresse à eux.

Je le fixai du regard. Raw arrêta de se mettre les doigts dans le nez et Aaz se leva. Zee se pencha en avant, ses écailles coupant le cuir. Même Dek et Mal glissèrent de mes cheveux, leurs queues resserrant leur prise autour de mon cou comme Raw se reculait pour caresser leurs douces têtes. Je fis glisser la canette de ginger ale dans un support conçu à cet effet et ne dis rien.

Edik avait les yeux posés sur les garçons. La sueur perlait sur ses sourcils et ses pieds bougeaient sur la moquette de la limousine. Zee s'étira plus près de moi. L'observer provoqua en moi le même sentiment que la première impression laissée par un ouragan. Il ondulait lorsqu'il se déplaçait, coulait, glissait et miroitait comme de la soie liquide tissée de fils de mercure, vif-argent et mortel. Ils étaient tous les mêmes : des bouches faites pour la mort, sans pitié, sans conscience. Mettez ensemble chaque prédateur, choisi dans le passé, le présent et le futur de quelque monde naturel meurtrier – ajoutez de l'horrible – et si vous emballez tout ça dans un paquet bien serré, vous pourrez y trouver une ombre, un aperçu de ce qu'ils étaient.

Mes garçons. Mes petits garçons meurtriers.

Le vieil homme humain avala sa salive durement. Il pressa ses lèvres contre l'oreille pointue de Zee. Les cheveux rasoirs frôlèrent le visage du zombie, coupant sa pâle peau ridée comme un couteau chaud s'enfoncerait à travers le beurre. Zee aurait pu contrôler cela. Mais seules deux personnes étaient autorisées à le toucher sans en subir les conséquences.

Edik saignait à profusion, mais mis à part un tressaillement dans sa lèvre supérieure, il ne manifesta aucune douleur. Son discours ne dura pas non plus. Zee se recula, ses yeux rouges fermés, et les autres s'assemblèrent plus près comme une masse débitée d'obsidiennes et de couteaux. Le petit démon chuchota à l'attention de ses frères dans leur langue natale. Je gardais la bouche fermée.

Le zombie tapa du doigt sur la vitre de séparation à l'attention du chauffeur et la limousine ralentit. Je jetai un coup d'œil par la fenêtre et vis un portail fermé par une chaîne, la silhouette de bateaux cargos dans le lointain.

Edik tira un téléphone portable de la poche intérieure de sa veste. Il me le lança.

— Je vous appellerai pour vous donner la localisation du gamin.

— Les autres enfants.

— Ils se sont éparpillés hors de la ruelle de leur propre volonté. Je vous le promets, Chasseuse.

Je rencontrai le regard de Zee.

— Et nos affaires ? Les inquiétudes de Mama Sang ?

La mâchoire d'Edik se contracta.

— Prenez garde à vous.

Pas la réponse que je voulais entendre. Je poussai la porte de la limousine pour l'ouvrir, me glissai dehors et marquai une pause.

— La mafia russe, Edik ?

Son sourcil eut un sursaut.

— Ceci et cela.
Je soutins son regard.
— Gardez vos activités à l'écart des enfants.
— Si je ne le fais pas ?
— Les garçons ont votre odeur maintenant.
Je claquai la porte. La limousine démarra. Je regardai les feux arrière clignoter et avais à peine l'énergie de réfléchir à ce qui venait juste de se passer. Mais je le fis quand même et n'y trouvai aucun réconfort. Seulement des questions, de la confusion et la certitude profonde d'être complètement baisée.
Le téléphone sonna. Je répondis pour entendre Edik me dire d'aller à l'est sur le parking et de trouver un van blanc.
Il raccrocha. Je laissais Aaz manger le téléphone.
Le quartier des vieux entrepôts était en friche et aussi vide qu'un tas d'os. La nuit ne dissimulait pas ses cicatrices. Je remarquai des projecteurs dans le lointain, brillants au-dessus des docks. Derrière moi, usines délabrées et verres brisés, quelques corps pliés dans les recoins, essayant de s'y blottir contre la brise froide qui s'enroulait autour de mon visage. Mes cheveux étaient humides depuis qu'il avait plu, et le trottoir était inégal. Des touffes d'herbes poussaient à travers le ciment. J'entendais l'autoroute et les bruits de construction et du travail de nuit mené sur le chantier naval.
Je vis aussi le parking, à moins d'une rue de là.
Je courus. Les garçons restaient proches de moi, sautillant à mes côtés, dansant entre les ombres. Zee tendit la main et prit la mienne. Je pressai doucement ses griffes. Il cilla. Quand j'atteignis enfin le petit parking crissant, il était déjà perché sur le toit d'un van blanc garé près d'une enseigne déchiquetée recouverte par une publicité pour Starbucks qui pelait. Il y avait très peu de voitures. Il y avait très peu de quoi que ce soit dans le quartier.

— Est-il dedans ? interpellai-je Zee.

Il acquiesça, surveillant les environs comme une sentinelle de garde.

— Petit pois, petit pot.

Je jetai un coup d'œil à Raw, et il prétendit ne rien voir dans la pénombre. Un moment plus tard, les portes arrière du véhicule s'ouvraient dans un battement. Je vis un matelas, et le garçon. Il était inconscient. Pieds et poings liés.

Raw se glissa à ses côtés et coupa les liens avec précaution. Hésita, puis laissa traîner une griffe le long de la joue sale du garçon. Raw était capable de tailler à travers l'acier avec ses mains. Il pouvait faire saigner la pierre. Mais le gamin resta indemne.

— Raw, dis-je, et le petit démon me jeta un coup d'œil.

Son regard était triste. Me donna un choc. Je n'avais jamais vu une telle émotion sur son visage. Pas depuis la mort de ma mère.

Zee fit son apparition. Il fixa son frère, puis le gamin.

— Ah, murmura-t-il.

— Quoi ? demandai-je.

— La Sicile, répliqua-t-il en tapotant le dos de Raw.

Je n'avais aucune idée de ce que cela signifiait, mais il était clair que le gosse rappelait quelqu'un aux garçons. Et que ce n'était pas un bon souvenir.

Je me penchai par-dessus le gamin, lissant ses cheveux noirs vers l'arrière. Il avait l'air plus jeune avec le visage détendu. Il avait une odeur douceâtre, comme le chloroforme.

Mais il était vivant.

J'expirai lentement et sortis mon téléphone portable de ma poche.

Chapitre 4

Grant arriva en dix minutes. Il conduisait sa vieille Jeep qui avait été bricolée pour s'adapter à sa mauvaise jambe. Il se redressa, ouvrit la portière, et tendit un long bras pour m'attraper et m'attirer contre lui en une étreinte brutale. Il sentait la cannelle et le coucher de soleil, chaleureux comme un feu en hiver. Grant était toujours chaleureux.

Sa flûte était sur le siège passager. Arme de choix. Il me libéra et atteignit sa canne derrière lui, puis il claudiqua jusqu'à l'arrière du van. Je le suivis. Entendis sa respiration se faire sifflante.

— Le garçon a vu Badelt, expliquai-je.

— C'est pour cela qu'il est là ?

— Difficile à dire. Mais il a été utilisé comme bouclier par un zombie.

— Raconte-moi ça, me demanda Grant.

Et je dus prendre un moment. Pas parce que l'histoire était difficile. Ça allait chercher plus loin que ça.

Grant ne pourrait jamais comprendre ce que cela signifiait pour moi, de me tenir là avec un autre humain qui me connaissait, entièrement, et me posait une simple question sur un ton d'attente et d'intimité si familier. Mis à part les garçons, personne ne pouvait mesurer exactement à quel point j'avais été seule, toutes ces années. Combien j'avais pensé l'être pour le reste de ma vie.

Ou combien ces petits moments étaient importants. Combien je les chérissais.

Je lui expliquai ce qui s'était passé. En y incluant le message d'Edik. Grant attrapa mon poignet, ses yeux sombres, pensifs.

— Tu vas bien ?

— Non, répondis-je, et je rampai dans le van.

Je tirai précautionneusement l'ado dans la nuit froide et le suspendis à mon épaule. Il était léger pour son âge et j'étais plus forte que ne le sont généralement les femmes de ma taille. Que la plupart des hommes aussi. Je n'avais pas le choix, pour supporter les garçons. Ils étaient compacts et leurs corps avaient le même poids, qu'il soit de chair ou tatoué.

Le gosse restait inconscient. Je le fis glisser dans la Jeep. Grant jeta un coup d'œil autour de nous pour voir si personne ne nous observait, mais il y avait juste Zee et les autres en train d'examiner les recoins du parking. Mangeant du verre brisé. Dans le lointain, j'aperçus des phares. Mon visage était humide. La pluie.

Grant referma la porte arrière.

— Est-ce que le garçon court toujours un danger ?

— Je ne sais pas. (J'hésitai, pensant à la fille avec le coup-de-poing américain.) C'est ma faute.

— Non. Badelt, ce qui est arrivé à cet enfant...

— ... ne serait pas un problème si j'étais restée en mouvement.

Il ne dit rien. Baissa juste le regard entre nous deux, les longs doigts de sa main gauche donnant de petits coups comme s'il était en train de jouer du piano ou de la flûte, pensant et visualisant la mélodie. Et c'était le cas.

Grant avait une maladie neurologique. Synesthésie. Lorsqu'il jouait de la musique, entendait des voix – n'importe quel son en fait, du claquement d'un plat au chant d'un oiseau –, il voyait des couleurs. Sur les gens aussi, en fonction des bruits qu'ils faisaient. Le rayonnement des âmes et des esprits, l'essence d'un cœur humain, se reflétait en tons de lumière et d'énergie. Des auras chantantes.

Et lorsque Grant répondait à ce chant... il se passait des choses.

Il toucha le bout de mes cheveux, délicatement. La sensation, la vision que j'eus de ce geste firent courir une sensation de chaleur le long de mon dos, dans mon cœur. Chaleur que je désirais ardemment.

— Doux cœur, murmura-t-il, et je pouvais entendre et voir l'espace qui séparait ces deux termes parce qu'il me laissait des petits mots comme cela, gribouillages spontanés lorsqu'il voulait me rappeler quelque chose, ou lorsqu'il se réveillait le premier le matin.

Mon doux cœur. Mon cœur.

Pas assez doux. J'appuyai mon front contre son épaule, savourant la force rigide de sa main se glissant jusqu'à ma taille sous ma veste. J'étais si fatiguée. Grant repoussa mes cheveux pour embrasser mon oreille et grattouilla Mal sous le menton. Dek ronronna.

Nous montâmes en voiture. Grant conduisait. Les garçons s'étaient assis à mes pieds, reposant leur corps osseux contre mes genoux comme je caressais leur tête. Zee rampa pour venir s'asseoir sur moi et ferma les yeux. Je le berçais comme un enfant. Il planta son pouce dans sa bouche. J'en connaissais un qui avait besoin de regarder Yogi l'Ours[1] ce soir.

— J'ai trouvé le bureau de Badelt, m'informa Grant. C'est à Chinatown.

Je posai ma tête contre la vitre froide.

— Tu as téléphoné ?

---

1. Yogi Bear est un personnage de dessin animé apparu à la fin des années 1950 aux États-Unis. Il porte un chapeau, un col blanc et une cravate et adore les pique-niques. (*N.d.T.*)

— Je suis tombé sur un répondeur automatique. Du coup, j'y suis allé moi-même. Il n'y avait personne. Ou tout du moins, personne n'est venu ouvrir la porte.

J'acquiesçai, plongeant plus profondément mes doigts dans les cheveux de Zee. Il me faudrait vérifier cela. Les hommes comme Badelt ne restaient pas dans le circuit sans s'organiser d'une manière ou d'une autre. Il devait y voir des traces de paiements, des noms et des numéros. Peut-être un carnet de rendez-vous. Quelque chose qui pourrait conduire à la personne qui lui avait donné mon identité.

C'était important. Trop peu d'humains avaient entendu parler de moi pour que ça ne le soit pas. Non pas que je sois invisible. J'avais des comptes bancaires, une maison au Texas. Des appartements à Chicago et New York. Des avocats à San Francisco et Londres qui s'occupaient des différents trusts et patrimoines qui passaient de mère en fille depuis les cinq derniers siècles. Le processus avait été lancé par une Chasseuse italienne, noble par alliance, qui avait compris que garder le Voile de la prison n'était pas un appel à la pauvreté.

Malgré tout, j'avais un nom différent pour chacun de ces papiers administratifs. Pas Maxine Kiss. Maxine Kiss n'avait existé pour personne d'autre que ma mère et les garçons. Quelques zombies. Grant.

Vivant hors quadrillage. Une traînée de documents m'aurait donné le sentiment d'être en cage.

Ça ne m'avait pas protégée de la police de Seattle pour autant.

Grant entra dans le parking devant le foyer pour sans-abri, et nous restâmes assis là, dans le cliquètement du moteur, la pluie frappant le pare-brise. Il baissa les yeux vers Zee et chatouilla le ventre du démon. Il était le seul à pouvoir le faire.

— Quel était le message ? Que t'a dit Mama Sang ?

Son ton était doux, mais tendu. Il avait ses propres soucis avec Mama Sang : sa tentative de possession, comment elle l'avait presque tué pour affaiblir son esprit. Aucun autre démon n'aurait pu y parvenir. Grant était trop fort.

Mais ce souvenir me gardait éveillée certaines nuits. Grant était un homme bon. Il aurait fait un monstre terrifiant.

Aaz et Raw se tournèrent. Dek et Mal cessèrent de ronronner. Zee détourna le visage, enterrant sa tête dans mon ventre.

— Non. Privé.

Grant fronça les sourcils. Je secouai la tête. Si les garçons avaient pris leur décision, rien ne les ferait revenir dessus. Effrayant pour moi, malgré tout. Tout cela. Dans mes entrailles se mettait de nouveau en place la même sensation qui avait rampé en moi plus tôt, mais sans la douleur. Je n'aimais pas les mystères. Particulièrement quand ils m'impliquaient. Trop de choses au sujet de ma vie, de ma lignée, étaient déjà un point d'interrogation.

L'ado fit un petit bruit. Je cherchai sa main. Grant chuchota :

— Viens, installons-le à l'intérieur.

À l'intérieur, à la maison. Grant habitait au-dessus du foyer : trois entrepôts adjacents achetés des années plus tôt avec l'argent dont il avait hérité de son père. Les journaux locaux et nationaux publiaient régulièrement des articles sur le lieu, mais je suspectais que c'était moins dû à l'émergence d'une prise de conscience qu'au fait que les journalistes étaient des femmes et que Grant était mortellement sexy. Et un ancien prêtre. Certaines nanas aimaient ça.

De l'herbe verte et de jeunes chênes couvraient le terrain, accompagnés de trottoirs sinueux et de petits bancs illuminés par des lanternes à l'ancienne en étain.

Il y avait un jardin, dont une partie, appartenant à un lot contigu, avait été transformée. Certains des SDF qui fréquentaient régulièrement le foyer avaient la main verte. Grant les laissait mettre leurs dons en pratique. Pas de fleurs en pleine éclosion à cette époque de l'année, mais les rosiers venaient juste d'être taillés. Les plantes locales, plus petites, nichées dans les racines greffées des plantes vertes et des cèdres, étaient vertes et luxuriantes. Moins d'un demi-hectare, mais une oasis, abritée en silence en plein cœur de la ville.

Grant avançait vite avec sa canne. Il garda sa flûte coincée sous son bras et prit par un chemin plus court qui coupait à travers le coin le plus au sud du jardin. Les garçons glissaient entre les ombres. L'air humide sentait le froid et le sucré. J'entendis un verre se briser à quelque pas de là, et des cris d'ivrognes. Mauvaise nuit pour quelqu'un d'autre aussi.

L'appartement de Grant possédait une entrée privée. Il déverrouilla la porte et je passai devant lui, portant le gamin à l'étage. Beaucoup de marches. Grant disait que cela le maintenait en forme, aidait à son équilibre. Pour ma part, je pensais qu'il était masochiste.

L'appartement occupait tout l'étage supérieur de l'entrepôt sud. Une jolie vue sur la ville, planchers de bois doux, murs de briques, et des kilomètres de bibliothèques. D'autres choses aussi : une mobylette, un piano à queue, le coffre en chêne cabossé de ma mère avec ses journaux intimes et ses autres objets. Les lumières étaient allumées et l'air était doré et chaud. Je jetai un coup d'œil à Grant comme il finissait de grimper les dernières marches en claudiquant et il pointa du doigt la chambre supplémentaire près de la cuisine.

Personne n'avait utilisé cette chambre depuis deux mois que j'habitais ici. Grant n'avait pas beaucoup de visiteurs ; encore moins maintenant, je suppose, depuis mon arrivée. Zee et les autres auraient rendu les choses difficiles pour des invités, même si les garçons restaient invisibles.

La chambre disponible se résumait à cette définition en fait : disponible, presque vide, mis à part un lit, une table de chevet, et une armoire cabossée en chêne qui avait été achetée chez un antiquaire. Grant ouvrit les couvertures. J'allongeai le gosse et lui enlevai ses chaussures. Il n'eut aucune réaction et ne fit pas le moindre bruit.

— Il est blessé. Dans son cœur. (Grant s'appuya durement contre sa canne, fixant l'ado. Sa main gauche, libre, voleta.) Quelque chose est... éteint.

— Bon ou mauvais ?

Le froncement de sourcils de Grant s'accentua.

— Il ne va pas partir à la recherche des couteaux de cuisine. Mais il pourrait s'enfuir. Il ne va pas nous faire confiance.

— Quel médium tu fais. (Je poussai légèrement son bras.) J'aurais pu te dire ça moi-même.

Un sourire plana sur ses lèvres.

— Je peux essayer de le guérir. Ou au moins éloigner une partie de la peur.

— Pas encore. Pas avant que tu ne penses qu'il puisse se faire mal ou faire mal à quelqu'un.

— Il ne le fera pas. (Grant montra du doigt la poitrine du garçon.) Il a un point tendre, juste ici. J'aimerais que tu puisses le voir, Maxine. C'est une lumière qui bat, au-dessus de son cœur.

J'aurais aimé pouvoir, moi aussi.

— Ça signifie de bonnes choses, je suppose.

— Ça signifie qu'il y a de l'espoir, répondit Grant calmement. Ça signifie que c'est un bon gamin, tout au fond de lui.

J'étais arrivée aux mêmes conclusions.

— Je dois aller opérer des vérifications au bureau de Badelt.

Grant ne dit rien dans un premier temps. Il me regarda juste en silence, ce silence que j'en étais venue à considérer comme un autre genre de musique, sa voix calme. Un léger sourire effleura ses lèvres.

— Tu as ce point tendre aussi, Maxine.

Je baissai les yeux.

— Probablement de la taille d'une épingle.

— Essaie plutôt celle du soleil, me dit-il. Plus gros et meilleur que le soleil.

La chaleur envahit mon visage. Il se pencha pour embrasser ma joue.

— Je vais rester avec le gosse. Juste au cas où il se réveillerait.

Je frottai ma main contre ma cuisse, pensant encore aux mots qu'il avait dits, à la manière qu'il avait eue de me toucher en les employant.

— Essaie de l'empêcher de partir.

— Ne te laisse pas abuser par cette jambe folle.

— Comme *Greased Lightning*[1], dis-je, essayant de sourire sans y parvenir.

Je scrutai son visage, voulant lui demander si tout allait bien se passer, si nous survivrions même après la fin du monde, mais c'était stupide et sentimental, et le dire à voix haute m'aurait effrayée. Je voulais être là, maintenant, et ne pas m'inquiéter du futur. Parce que même si Edik avait tort, et que le Voile restait en place jusqu'après ma mort, cette dernière arriverait bien de toute manière. Tout avait une fin. Rien ne durait pour toujours.

— T'ferais mieux d'y aller, dit Grant. Avant que tu ne me pousses à te garder ici par peur.

J'hésitai.

— Je suis si prévisible que ça ?

---

1. *Greased Lightning* est un film qui met en scène la vie de Wendell Scott, le premier coureur automobile noir aux États-Unis qui remporta de nombreux prix. (*N.d.T.*)

— Tu ne peux pas dissimuler ton âme Maxine. Pas à moi. (Son regard se fit plus tendu.) Vas-y. Appelle si tu as besoin d'aide. Garde les garçons à proximité.

Ensemble, ou morts. Pas d'alternative, pas dans ma vie. Et dans la leur non plus.

La Mustang me manquait, mais elle était - si tout allait bien - encore parquée du côté de l'université, et la Jeep avait un bon moteur. De petites mains sortirent des ombres sur mes genoux pour s'empresser autour de la radio. Les garçons trouvèrent la station des années 1980. Whitesnake[1] hurla, avant de laisser place aux vibrations d'AC/DC. Dek et Mal dansaient follement, le bout de leurs queues frappant fort contre mon omoplate. Je conduisais rapidement.

J'atteignis Chinatown en dix minutes et trouvai l'adresse que Grant m'avait donnée. C'était un petit immeuble de briques serré entre les néons brillants d'un restaurant de nouilles chinoises plein à craquer et dont la devanture embuée était ornée d'idéogrammes embellis ; pendant que, de l'autre côté, martelant de la musique jouée fort, se trouvait un vidé-oclub couvert de posters internationaux, jaunissant avec l'âge.

Le bureau de Badelt se trouvait au premier étage de l'étroit centre commercial en brique. Porte de devant verrouillée. Je vis des boîtes aux lettres à travers le panneau de verre et baissai mon regard vers Aaz. Il me lança un sourire rayonnant et s'évanouit dans l'obscurité. Un moment plus tard, la porte s'ouvrait de l'intérieur. J'entrai, Dek et Mal toujours fredonnant *Is this love* dans mes oreilles.

Je ne rencontrai personne dans les escaliers et, mis à part les bruits du restaurant voisin perçus faiblement à travers les murs, l'immeuble semblait calme, vide. Je pas-

1. Groupe de heavy metal de la fin des années 1970. (*N.d.T.*)

sai devant un petit bureau d'avocat au rez-de-chaussée, et au premier étage, je trouvai deux portes qui annonçaient M. CHEN, COMPTABLE, ET MABEL LEE, MÉDECINE PAR LES PLANTES. Au bout du couloir, le plus loin possible des escaliers, se trouvait une autre porte, en bois et endommagée, avec une affichette sur laquelle on pouvait lire BRIAN BADELT, DÉTECTIVE PRIVÉ.

J'hésitai, écoutant encore, et inspectai les coins du couloir faiblement éclairés ainsi que le plafond pour voir s'il s'y trouvait des caméras de surveillance. L'endroit semblait suffisamment sûr. La plus grande part d'ombre était projetée par mon propre corps. Les garçons l'utilisèrent comme un conduit pour ressortir libres dans le couloir, se groupant autour de moi comme des loups. Seul Aaz manquait à l'appel – jusqu'à ce que la porte de Badelt s'ouvre et que le démon observe l'extérieur depuis le seuil avec un sourire rusé courant d'une oreille à l'autre.

Le bureau était petit. Une pièce, une fenêtre. Pas de place pour un secrétariat. L'air sentait la cigarette. Pas de plantes, pas de tableaux au mur. Juste un meuble à tiroirs, un bureau, trois fauteuils – deux devant le bureau, un derrière – et un téléphone-fax. Simple. Un homme d'action, pas de frivolité. Peut-être pas d'argent pour les fioritures, quoique je me souvienne de sa photo – j'avais pensé : dur à cuire – et décidai qu'il s'agissait juste de sa personnalité.

— Les flics étaient là, dit Zee en reniflant le sol. Partout.

Je m'en étais douté. Un homme meurt de blessures par balles, vous vérifiez son boulot et sa maison. Ça, plus le fait que le bureau de Badelt avait l'air en pagaille, les papiers éparpillés. Il semblait être du type soigneux, trop tatillon pour supporter le désordre. Je fis le tour du bureau et vins m'asseoir dans son fauteuil, écoutant les garçons vagabonder. J'essayai de m'imaginer dans la peau de Badelt, assis ici, observant mon domaine. Regardant mon propre nom.

— Zee, lançai-je, vérifie le meuble.

Il fit claquer ses griffes en direction de Raw, et tous les deux se mirent à en tirer les tiroirs. J'enfilai mes gants, me penchai en avant et passai le bureau en revue. Dans le premier tiroir, je trouvai une boîte de métal déverrouillée. Je l'ouvris et mon regard tomba sur des balles. Pas de pistolet. Dans le suivant, je découvris une photo de Badelt. Il s'y tenait aux côtés d'une Chinoise pas très grande et d'âge moyen, qui avait le bras enroulé autour de sa taille et un sourire sur le visage qui était si grand et heureux qu'il aurait pu faire fondre les pierres. Elle était belle d'une façon saisissante, inhabituelle aussi. La plupart des femmes qui ressemblaient à celle-là ne se trouvaient que dans les films, ou sur les pages des magazines. Badelt avait l'air tout aussi heureux. Pas de grand sourire, mais ses yeux se ridaient d'enthousiasme. Une bonne image à garder de lui. Mieux que celle de sa mort, ça, c'était sûr. Je me demandais si la femme avait été son épouse, mais si c'était encore le cas, le fait qu'il garde sa photo dans un tiroir n'était pas bon signe.

J'entendais les garçons qui murmuraient entre eux et replaçai la photo du couple là où je l'avais trouvée. Il n'y avait rien d'autre. Je commençai à pousser les papiers qui se trouvaient sur le bureau. Vers le bas de la pile, quelque chose attira mon regard. Un journal, daté de la veille. J'hésitai, puis dépliai le papier, scrutant les pages. Dehors, le vent se leva, sifflant contre la fenêtre qui se trouvait dans mon dos. Dek et Mal arrêtèrent de chanter.

Je me tournai, regardai dehors, mais ne vis rien qui sortait de l'ordinaire. Zee et les autres étaient encore en train de mettre la pagaille dans les tiroirs du meuble. Je me concentrai sur le journal.

Il s'agissait, comme Suwanai l'avait dit, d'un canard de Chinatown. J'en voyais tout le temps, particulièrement quand Grant et moi venions dans le quartier pour déjeuner ou dîner. Il existait une édition publiée exclusivement en chinois, mais celle-ci était la version anglaise, un papier fin qui présentait les nouvelles locales, la politique, les annonces, la plupart d'entre elles en lien avec la communauté asiatique.

C'était logique que Badelt ait trouvé cela intéressant. Son bureau était à Chinatown. Il semblait évident que la plus grande partie de son travail pût être basée sur la communauté asiatique aussi.

Je faillis la rater. Je passais les pages rapidement, le sentiment de perdre mon temps s'infiltrant en moi. Mes yeux survolèrent la photographie qui se trouvait en bas de la page 4.

Elle était vieille, mais nette. Selon la légende, elle avait été prise en 1957. Au premier plan et au centre se tenait un jeune homme qui semblait grand et fort, farouchement attirant, doté d'une virilité lumineuse, saine, qu'on ne rencontrait pas souvent chez les mâles modernes. Il était habillé simplement et avait l'air joyeusement sale. Derrière son épaule droite, je pouvais voir un Bouddha de pierre géant qui se tenait sur une colline rocailleuse au pied de laquelle se trouvaient des tentes. La hanche de l'homme s'appuyait sur une table dressée au milieu des pierres et du sable, sa surface recouverte de petits objets ouvragés : tessons de poterie, petites pièces de métal.

JACQUES INGÈRE, disait la légende. ARCHÉOLOGUE.

Mais c'était de la femme qui se trouvait à sa gauche que je n'arrivais pas à détacher mon regard. Elle était élancée, habillée d'une simple chemise, d'un pantalon et de bottes hautes. Elle portait des gants, un foulard noué lâchement autour du cou. Fine, les traits délicats, pommettes hautes, bouche pleine, peau parfaite. Ses cheveux étaient tirés en arrière. Elle avait des yeux remarquables, emplis d'une force à l'état brut, vous défiant, qui semblait traverser la photographie même –

téméraires, inoubliables. Les yeux d'une combattante. Une Chasseuse.

Ma grand-mère.

Mes poumons me faisaient mal. Je m'obligeai à respirer. Je sentis des petits corps se presser plus près de moi et je me reculai pendant que Zee et les autres jetaient à leur tour un coup d'œil.

— Oh, commenta Zee très calmement.

Il me fallut un moment pour pouvoir parler.

— Qu'est-ce que c'est ?

— Route de la soie, dit-il, comme les autres échangeaient un long regard. Après grosse bombe.

Grosse bombe. La bombe. Ma grand-mère s'était trouvée à Hiroshima pendant la Seconde Guerre mondiale. Je n'avais jamais appris pourquoi, seulement qu'elle avait eu de la chance : la bombe était tombée à 9 h 15 du matin. Soleil dans le ciel. Tatouages en sécurité. Les garçons la maintinrent en vie. Couvrirent son visage et respirèrent pour elle jusqu'à ce qu'elle puisse voyager en sécurité. Tout, n'importe quoi, pour survivre.

Je regardai de nouveau la légende. Elle apparaissait simplement sous le nom de Miss Chambers, un pseudonyme qui ne m'était pas familier. Mlle Chambers. Aventurière. C'était son titre. Approprié, je suppose.

J'examinai l'article, qui évoquait comment le Dr Jacques Ingère, alors qu'il était en expédition sur la route de la soie, était tombé sur un ancien temple enterré dans les sables à presque une centaine de miles au nord de Xi'an. Un lieu de cultes divers, pour les chrétiens, les musulmans et les bouddhistes.

Maintenant, certains des objets sortis de terre et originaires de ce temple allaient être visibles au Musée d'art ancien de Seattle, intégrés à une exposition itinérante d'antiquités asiatiques. La cérémonie d'ouverture, à en croire le journal, se tiendrait le soir même. Elle faisait partie d'un gala organisé pour concorder avec le Nouvel An chinois, qui approchait à grande vitesse.

Jacques Ingère serait présent.

Je m'appuyai contre le dossier du fauteuil de Badelt et fermai les yeux. Je ne croyais pas aux coïncidences. Ingère avait connu ma grand-mère, et voilà que j'étais là, à regarder une photo d'eux ensemble, trouvée dans le bureau d'un détective privé qui avait posé mon vrai nom sur papier.

Je contemplai ma grand-mère. Étudiai son regard, si semblable au mien, et eus également le sentiment de regarder ma mère. Une sensation étrange.

Je découvris aussi une autre chose curieuse.

Ma grand-mère se tenait très près d'Ingère. Si près, en fait, qu'elle pourrait bien avoir tenu sa main. Ou sa taille. Peut-être son cul. Difficile à dire. Je ne pouvais pas voir leurs mains, qui étaient cachées derrière leur dos. Leurs épaules étaient comme collées l'une à l'autre, leurs corps tournés l'un vers l'autre, juste légèrement. Tous deux avaient l'air à l'aise, comme s'ils avaient l'habitude d'être proches. De travailler ensemble.

Je vérifiai la date une fois encore – 1957. Pas de mois précis.

Un frisson me parcourut. Ma mère était née en 1958.

— Non, dis-je à voix haute, et je regardai les garçons, qui me rendirent mon regard avec un air d'enfants de chœur.

Bien trop innocents, ces petits démons. Zee battait des pieds. Dek et Mal s'étaient enroulés sur mes épaules, très immobiles.

Non, c'était impossible.

Mais cela faisait sens, aussi. Ou peut-être était-ce un espoir secret. Les femmes de ma famille ne parlaient jamais des pères. Ni des grands-pères. Aucune trace d'eux dans les journaux intimes. Pour tout ce que ma mère avait évoqué concernant le sexe, les hommes et les bébés, on aurait pu croire que les cigognes étaient impliquées dans le processus de la reproduction. C'était un sujet douloureux.

Je vérifiai l'heure à ma montre. Il était à peine plus de 20 heures, et le gala se terminait à 23 heures. J'avais encore le temps. Encore une fois, j'observai longuement la photo, puis, pliai le journal avec précaution et le rangeai dans la poche arrière de mon jean. J'aidai les garçons à remettre les dossiers en place. Ils étaient très calmes, assombris. Tout comme moi.

Je ne connaissais ma grand-mère que par des photographies et son journal : un seul, son écriture et son langage secs, allant à l'essentiel. Je pensais à toutes les femmes qui l'avaient précédée, des femmes innombrables qui avaient lutté contre les démons, une chaîne jamais brisée de mère en fille depuis plus d'un millénaire et que je contemplais prudemment. J'en connaissais encore moins à leur sujet.

Je me demandais si je manquerais à Zee et aux autres quand j'aurais disparu.

Lorsque le bureau de Badelt fut de nouveau en ordre, je regardai les garçons, levai la main pour tapoter Dek et Mal et dis :

— Est-ce que l'homme sur la photo est mon grand-père ?

Zee resta silencieux. Raw et Aaz fixèrent le sol, leurs petites griffes creusant dans le bois, leurs épines à plat contre leur dos écaillé. Pas moyen de dire s'il s'agissait là d'un oui ou d'un non, mais il s'agissait à l'évidence d'un autre sujet dont il ne fallait pas discuter. Il y en avait eu trop du même ordre ce soir.

Je leur lançai un regard dur. Marchai jusqu'à la porte. L'ouvris.

Et découvris un démon en train d'attendre de l'autre côté.

Chapitre 5

« *Attends-toi à l'inattendu,* me disait ma mère. *Parce que l'inattendu, c'est plus que certain, t'attendra au tournant.* »

Le démon était plus grand que le cadre de la porte, si grand que j'avais mal à la nuque rien qu'à le regarder. Il était enroulé dans une cape – s'il s'agissait d'un vêtement – qui flottait et se gonflait dans l'air immobile du couloir, fouettant son corps avec une telle violence qu'il aurait pu aussi bien se tenir au cœur d'un ouragan. Je vis des ombres dans les mouvements de ces plis, sans fond, sans fin – comme les oubliettes de l'âme.

On distinguait peu de choses de son visage ; un chapeau noir au large bord tombait bas sur ses yeux, révélant seulement de la chair blanche, un menton pointu, la longue ligne masculine d'une bouche dure. Des cheveux noirs bouclés descendaient plus bas que sa mâchoire, le bout de leurs pointes s'accouplant et se tordant comme des serpents.

Je ne vis pas de mains. Et bien que ses yeux aient été cachés sous le rebord de son chapeau, je sentais qu'il me regardait. Ses yeux me fixaient, comme un tison brandi sur mon visage, sa chaleur s'insinuant en moi avec une force insondable.

Je perdis la tête. Cela faisait longtemps. La plupart des démons que je rencontrai tendaient à être d'une espèce fantomatique, porteur d'enveloppes humaines.

Substantiels comme une goulée d'air nauséabond. Ceux faits de chair et d'os étaient rares. Plus difficile pour eux de passer à travers le Voile. De profiter d'une ouverture. Mais plus encore, cela nécessitait un autre niveau d'évasion, à travers les cercles, les dimensions ascendantes de la prison. La puissance était nécessaire pour obtenir la liberté. La détermination. Ce qui voulait dire que ceux qui parvenaient à se libérer étaient, comme ma mère l'aurait dit, de vrais connards.

Les garçons et moi-même en avions eu notre lot. Certains avaient été sur terre depuis des siècles, se cachant à peine jusqu'à ce que nos chemins viennent à se croiser. Je n'avais aucun moyen de savoir combien de fugitifs il y avait. C'était un vaste monde. Avec une unique Chasseuse.

Je reculai d'un pas et claquai la porte. Comme si cela allait me sauver. Je me tins là, la fixant, m'attendant à ce que le démon passe au travers. Je m'attendais aussi à ce que les garçons forment le rang, mais ils observaient la porte, eux aussi. Immobiles. Yeux écarquillés.

— Zee, sifflai-je.

— Maxine, répondit-il, son expression indéchiffrable, les oreilles aplaties contre le poil hérissé de son crâne.

Raw et Aaz enterraient leurs griffes dans le sol, les épines de leur dos se déployant en éventail dans un claquement, en tremblant violemment. Dek et Mal frissonnaient, leur haleine s'agitant bruyamment, chaude contre mes oreilles.

Aucun d'entre eux n'avait l'air prêt pour le combat. Et ça n'allait pas, ce n'était jamais arrivé auparavant. Ça ne pouvait arriver. Mon sang était le leur. Ma mort signifiait leur suicide. Les garçons ne vivaient que parce que je vivais. C'était supposé être un stimulant. Au-delà de l'amitié. Ou de la loyauté.

— Zee, répétai-je.

— Ouvre la porte, chuchota-t-il.

— Tu vas nous faire tuer.

— Jamais, Maxine.

— Tu te trompes.

— Jamais, s'irrita-t-il, et il y avait une chaleur dans sa voix, de la colère.

Pas dirigée contre moi. Je pouvais m'en rendre compte. Je pouvais goûter la vérité. Les garçons ne m'avaient jamais induite en erreur.

Mon cœur battait à tout rompre. J'ouvris la porte.

Le démon avait disparu.

Je ne perdis pas de temps. Je courus le long du couloir et dévalai les escaliers, trois marches à la fois, mes pieds les martelant. Les garçons suivaient, coupant à travers les ombres, disparaissant complètement au moment où j'atterris en dérapant sur le trottoir, au beau milieu d'une foule qui quittait le restaurant de nouilles. J'ignorai leurs cris. Ma peau picotait. Mon estomac me faisait mal. Bile dans ma gorge. Grosse cible grasse.

Cours Maxine Cours Cours Cours.

Je courus, volai, m'emmêlai les pieds dans ma fuite vers la Jeep. J'avais un vague plan. Éloigner le démon. Trouver quelque terrain élevé. Isolé. Loin des gens. En espérant violemment que les garçons m'aident.

Juste avant que je n'atteigne la Jeep, Dek et Mal se mirent à siffler à mes oreilles. J'hésitai. Sentis l'air bouger contre mes cheveux, et me tournai à temps pour voir une tache sombre s'élancer violemment sur le trottoir derrière moi. Le ciment craqua. Comme un millier d'épingles se brisant. Je baissai les yeux et vis des pieds taillés comme des couteaux ; littéralement des lames ; ou des griffes qui auraient pu être des lames, longues et droites, brillantes comme le mercure. Le démon se tenait sur ces pieds dans la même position qu'un danseur, *en pointe*[1]. Il fit un pas. Ses orteils cliquetaient en tranchant le trottoir. Sa tête restait courbée, la cape miroitant comme de l'eau noire.

1. En français dans le texte.

— Chasseuse, chuchota le démon, cela fait si longtemps, Chasseuse.

Sa voix était douce et chaude, semblable à la lave d'un baiser, un lent bain dans un liquide en feu. Je ne pouvais détourner mon regard de sa petite bouche, parfaite, qui bougeait à peine lorsqu'il parlait. Terrifiant. Étrange. Mon cœur battait si fort que je me sentais étourdie.

Je reculai en titubant dans la même foule qui avait quitté le restaurant. Rien n'arriva. Personne ne remarqua ma présence. Hommes et femmes s'écartèrent autour de moi. Les regards traversaient mon visage. Se parlant encore les uns aux autres, passant un bon moment. Ils dépassèrent le démon sans un battement de cils, se séparant de chaque côté de lui comme une rivière autour d'une île.

La bouche du démon s'inclina en un brutal sourire, yeux cachés derrière les bords de son chapeau noir. Zee et les autres coulèrent hors des ombres. M'observant, moi, pas le démon. M'observant attentivement. Comme s'ils s'attendaient à ce que je fasse quelque chose. Comme si je n'avais pas besoin de protection. J'essayai de les convoquer, mais ma voix dérapa. Je m'étranglai sur les mots.

Et puis, je me mis tout simplement à suffoquer.

J'étais lente. Cela me prit un moment pour me rendre compte de ce qui était en train de se passer, et j'avais le sentiment que cela me demandait le temps d'une vie, ma peau chaude, les larmes jaillissant de mes yeux. J'essayais d'inspirer, mais l'air rencontra un mur dans mes poumons, et j'étais incapable de respirer. J'en étais incapable.

— Nous sommes ta respiration, chuchota le démon, et je le sentis.

Je sentis son sourire dans mes poumons. Et cette fois encore, les garçons ne me sauvèrent pas. Ils avaient sur le visage la même expression que s'ils avaient été tenus au bout de quelque terrible longe, et je voulais hurler dans leur direction, mais je ne pouvais émettre un son et c'étaient les garçons, Zee – ma famille.

— Ne lutte pas, murmura le démon. Chasseuse.

Je luttais. Je luttais avec force, et sentis un tumulte entre mes côtes, familier et lancinant. Une froide sensation. Froide comme la neige. Froide comme un bar paumé sur une quelconque route de campagne du Wisconsin. Froide comme les couteaux de ma mère. L'obscurité, s'agitant.

Le démon sourit.

— Oui. Tu te souviens.

Zee aboya un court mot, et le démon inclina la tête. Je tombais lourdement sur mes genoux, des étoiles battant dans mes yeux. Je pensais à ma mère, aux garçons. Grant. Tout devint noir.

Puis cela prit fin. Dix heures, dix secondes, je n'en avais aucune idée. Je me retrouvai sur le sol, presque aveugle. Vivant et respirant. Les garçons étaient sur moi, petits traîtres. Dek et Mal se ficelèrent autour de mon cou pendant que Raw et Aaz saisissaient mes mains, amortissant le sol sous ma tête. Zee léchait mon front, langue dure râpant ma peau. J'espérais qu'il attraperait les larmes qui couraient depuis mes yeux. Tant de larmes. Je ne pouvais pas m'arrêter de pleurer. Il y avait quelque chose en moi. Quelque chose qui brûlait mon cœur. Je brûlais.

Ma tête ballotta. Je vis le démon qui me regardait. Les yeux toujours cachés derrière le rebord de son chapeau, cape et cheveux s'empêtrant à travers les ténèbres. J'agrippai Zee par la nuque.

— Tue-le, lui ordonnai-je, le souffle court, osant le braver de me défier.

Ce qu'il fit. Il resta immobile, et on pouvait lire une histoire dans ses yeux, dans leurs yeux. Je ne pouvais supporter de la regarder. Impossible. Je me forçai à me redresser, respirant lourdement, et je fis face au démon.

Ce démon avec son sourire. Mes genoux s'entrechoquaient, mais j'avais mes poings. Je respirais. C'était quelque chose. Peut-être.

Oh, Dieu. Oh, merde.

Zee attrapa mon poignet.

— Non, Maxine.

Je résistai. Il tira plus fort, me traînant derrière lui, puis il aboya un ordre. Raw et Aaz arrachèrent des épis de leur dos, les utilisant comme des lances. Je regardai vers le bas de la rue et vis des gens arriver, riant et discutant. Personne ne semblait nous remarquer.

— Oturu, gronda Zee, assez.

Le démon pencha la tête, juste comme ça, et son corps se tordit, glissant comme l'écume d'un requin à travers l'eau. Il dansait quand il bougeait, enroulé d'ombres : un baiser sur les yeux, le ballet d'un diable et seuls ses pieds bougeaient, seule sa cape avait des bras ; et ses cheveux s'élevant et glissant comme s'ils étaient perdus dans une tempête. J'entendis le tonnerre, et lorsque ses orteils tranchèrent le ciment en spirale, j'écoutai le vent enterrer l'hiver ; et lorsque je goûtai sa grâce, sa grâce n'eut pas de nom ; seulement la nuit devenait quelque chose d'autre en sa présence, comme si l'obscurité avait une âme, ici, gouvernant le hurlement des battements de mon cœur.

J'étais incapable de détourner le regard. Le démon vacilla pour venir s'arrêter devant moi, si proche que nous aurions pu nous toucher. Zee, Raw et Aaz se regroupèrent plus près, leurs poings agrippaient les épis.

— Chasseuse, dit-il, ton visage nous a manqué.

— Je ne te connais pas, chuchotai-je, tous mes instincts bourdonnant, comme s'ils étaient à vif dans mon corps.

Le sourire du démon s'élargit encore.

— Le sang n'est pas seul souverain, Chasseuse. Tu nous connais bien.

Je ne connaissais rien. Moins que rien. Je pensais à ma mère. Elle lui aurait déjà mis un coup de pied au cul. Elle aurait jeté un coup d'œil à ce bouffon et aurait ajouté un nouveau trou à son visage. Que Zee aidât ou pas.

Des boucles de cheveux furent emportées plus près de moi. Mal les repoussa en sifflant. Je mis la main sur mes propres cheveux et Dek s'enroula autour de mon poignet et de mes doigts. Le démon s'avançait suffisamment pour pouvoir m'embrasser.

Je lançai mon poing dans son visage. Mon poing, enroulé serré dans le corps d'un autre démon. Je n'avais pas besoin de coup-de-poing américain. Dek laissa des épis dans la mâchoire du démon et emporta ainsi un gros morceau de sa joue, y perforant un trou qui béait, fumait et brûlait. Le démon s'éloigna de moi en dansant, sifflant, la cape ondoyant brutalement.

— Reste loin de moi, grondai-je.

Le démon se tourna juste assez pour montrer son profil, et les pointes agiles de ses cheveux ôtèrent les épis que Dek avait plantés dans son visage, les faisant tomber un à un dans sa cape, qui absorba les fragments d'os comme un abysse vorace. Sa joue commença à se régénérer. Raw tremblait contre ma jambe, mais je ne pensais pas que c'était dû à la peur. Son regard, comme celui de Zee et Aaz, était dur, froid, affamé.

Des hommes passèrent à proximité. L'un d'entre eux – un type trapu avec un gros ventre, muni d'un sac de plats à emporter se balançant à son bras – marcha presque directement sur moi. Inconscient. Riant avec ses potes à propos du cul d'une fille. J'avais l'impression d'être un fantôme.

— Chasseuse, murmura le démon incertain. Tu es encore trop neuve.

Je jetai un coup d'œil à Zee qui fixait le démon, avec une familiarité qui me terrifiait presque autant que la créature elle-même.

— Que veux-tu ?

Ses cheveux étranges serpentaient dans les airs.

— Tu nous as réveillés. Ton âme a cherché à nous atteindre. Dans les abysses, nous avons senti ton appel.

— Je n'ai rien fait de tel.

— Ils savent. La cape du démon ondoya brièvement en direction des garçons. Il n'y a pas d'autre raison qui explique que nous nous trouvions ici.

— Tu es venu à travers le Voile.

— Nous ne sommes pas du Voile, dit le démon. Mais il s'est ouvert. Il s'est affaibli. Quelque chose l'a traversé. Tu as... besoin de nous.

Je sentais la pluie sur mon visage, et le journal creusant mon dos. Jacques Ingère, pensai-je. Ma grand-mère. Je n'avais pas le temps pour ces conneries.

— Je n'ai pas besoin de quoi que ce soit venant de toi. Tu es un démon.

Il sourit faiblement, mais cette fois-ci, avec un humour sarcastique qui était horrible tant il manquait d'humanité.

— Tout comme toi.

Zee dit un mot brutal. Le démon inclina la tête et recula. Le geste était étonnamment respectueux.

— Chasseuse, née de nouveau, chuchota-t-il.

Et ses cheveux se ruèrent alors en avant, plus vite qu'un battement de cils. Ils piquèrent mon visage sur le doux emplacement qui se trouvait entre ma mâchoire et mon oreille. Je tressaillis, reculai en vacillant. En palpant, je ne sentis pas de sang sous mes doigts – juste une bosse et des petites séries de lignes.

Zee lança violemment son poing dans le trottoir. Le démon se prosterna et fit quelques pas de côté dans la pluie et l'ombre, les bouts de ses orteils pointus creusant des tranchées dans le ciment.

— Nous t'appartenons, murmura-t-il. Mais, Chasseuse, tu es aussi à nous.

— Non, commençai-je à dire, mais c'était comme regarder un abysse vivant s'ouvrir en une respiration, un creux.

Le démon bougea – et disparut. Évanoui. Si totalement que c'était comme si le monde avait ouvert sa bouche et l'avait avalé.

Je regardais fixement devant moi, mes yeux n'étaient rien de plus que deux trous brûlant dans mon crâne. Je regardais Zee, Aaz et Raw. Tête baissée, observant leurs pieds. Dek et Mal étaient silencieux, frémissant. De peine. De honte. Je pouvais la percevoir en eux, et cela faisait mal. Me brisait le cœur. Je voulais encore pleurer, mais n'en avais pas le temps. Je n'avais pas de place pour les larmes.

— Qu'est-ce qui vient de se passer ? chuchotai-je, mais Zee ne dit rien.

Aucun des garçons ne voulait me regarder. Cela était plus douloureux que je ne l'aurais imaginé.

Je touchai l'épaule de Zee.

— Tu as refusé de te battre pour moi. Tu m'as trahie. Je veux savoir pourquoi.

— Désolé, souffla Zee. Vraiment désolé, Maxine. Du fond du cœur, désolé.

Je me frottai les yeux. Des gens plus nombreux descendaient le long du trottoir ; des voitures passaient rapidement sur la route lisse et brillante. La musique résonnait depuis la boutique de location, et les odeurs des restaurants, la graisse.

Je me courbai, étouffant. Dek et Mal fredonnaient à mon oreille. Je me tournai vers la Jeep, faible, tâtonnant à la recherche des clés. Ma tête martelait. Les larmes s'échappaient de mes yeux. Zee toucha mon genou, et je l'en détachai.

Je montai dans la voiture, lançai le moteur et démarrai sans attendre de voir si les garçons suivaient. Pour la première fois de ma vie, je m'en fichais.

Chapitre 6

Si j'avais eu les idées plus claires, j'aurais sans doute pensé au fait qu'un gala au Musée d'art serait un événement habillé.

Mais j'étais préoccupée. Essentiellement parce que j'étais terriblement honteuse. Je me sentais inutile, sans valeur. J'étais vivante, mais pas grâce à moi. Le démon n'avait pas voulu me blesser – aussi simple que ça – et l'idée de m'être trouvée à sa merci me rendait malade. Je ne pouvais même pas en tenir les garçons pour responsables. C'était de ma faute. J'avais fait preuve de suffisance. Toujours à avoir Zee et les autres dans mon dos, sachant qu'ils prendraient soin de moi, du mieux qu'ils le pouvaient.

Confiance aveugle. Ma désillusion. Ma mère avait toujours travaillé si dur : arts martiaux, entraînement aux armes, jeux de stratégie et de rôles. Gardant son corps et son esprit aiguisés. Elle m'avait entraînée, aussi – mais elle était morte depuis cinq ans et j'avais tout laissé tomber. J'étais rouillée. J'étais une parfaite imbécile. Compter sur les garçons était une chose – être paresseuse, c'était complètement différent.

Ces derniers étaient assis très calmement à l'arrière. Pas de musique. Pas de nervosité. Je jetai un coup d'œil à l'arrière une fois ou deux et les trouvai les mains croisées sur leurs petits genoux, leurs minuscules pieds griffus se balançant au-dessus du sol. Dix minutes à les écouter renifler rendaient toute colère impossible. J'étais blessée, peut-être, mais je ne pouvais leur en vouloir. Pas à eux.

— J'ai besoin de réponses, dis-je finalement. (Zee émit un petit bruit hésitant, visiblement gêné. J'ajoutai :) Tu me dois bien ça. J'ai cru que j'allais mourir.

— Non, dit-il avec fermeté, pas la mort.

— Je pensais que nous étions une famille.

— Liés comme les doigts de la main.

— Alors, que se passe-t-il donc ?

— Peux pas, dit-il à voix basse, et un moment plus tard il se détacha des ombres pour venir sur le siège passager à mes côtés.

Il agrippa ses genoux pointus et noueux pour les serrer contre sa poitrine.

Je cherchai son regard.

— Pourquoi ?

Des petits doigts tirèrent fort sur les boutons de ma veste. Raw et Aaz se tortillèrent autour du levier de vitesse, sous mes bras, pour s'installer sur mes genoux. Ils rendaient ma conduite difficile, mais je n'avais pas le cœur à les repousser. Zee resserra encore un peu plus sa prise autour de ses genoux.

— Secrets, Maxine.

— Tu as promis de ne pas me dire ce qui est en train de se passer ?

— Promis de ne le dire à personne. (Sa voix était douce, presque enfantine.) Promis sur notre sang.

Mes mains serrèrent le volant. Les démons pouvaient être défaillants sur le plan moral – selon les standards humains – mais ils tenaient parole. Toujours. Je ne savais pas ce qu'il adviendrait en cas contraire, mais c'était important. Et les garçons n'étaient rien moins que démoniaques. Leur parole valait loi. Mais la lier au sang était une autre affaire. Le sang était la vie. Le sang se transmettait. Le sang durait jusqu'à la mort.

Mais les garçons ne mourraient jamais – et c'était une promesse faite pour durer une vie.

— Quelqu'un t'a fait promettre de ne rien dire au sujet du démon que nous venons de rencontrer ? Qu'en est-il de Jacques Ingère ? De ce message que Mama Sang t'a fait transmettre ?

À énumérer ces questions, je me sentais comme un disque rayé. Mais je le regardais fixement, attendant – avant de freiner brutalement comme le feu devant moi passait à l'orange. Nous plongeâmes tous en avant, Dek et Mal resserrant la prise de leurs queues autour de mon cou. Aaz frappa du front le klaxon, et la Jeep laissa échapper un petit son monotone.

— Tout lié, dit Zee, ce qui me donna envie à moi aussi de me frapper la tête contre le klaxon. Maman te l'a dit.

Ma mère m'avait dit beaucoup de choses. « Lave-toi les dents. Lis les trois premiers chapitres de *Guerre et Paix*. Garde toujours un calibre à portée de main. » Mais je crois que je me serais souvenue de quelque chose sur des démons dotés de couteaux à la place des pieds, ou de messages privés entre Mama et les garçons. Je pense qu'elle aurait approfondi le sujet.

J'attrapai la main de Zee.

— Tu dois m'en dire plus. Je joue hors de ma catégorie, là.

Il secoua la tête.

— Jamais. Tu es la Chasseuse.

J'avais l'impression de n'être personne. Je fis courir mes doigts le long des épis tranchants de la joue anguleuse de Zee. Sensation d'herbe soyeuse. Il se laissait aller contre ma caresse, les yeux à demi fermés.

— Est-ce que tu as fait ça à ma mère ? demandai-je. Lui dissimuler ces secrets ?

Il ne répondit pas. Je me contrôlai, mais à peine.

— Le démon ?

Il hésita.

— Oturu. C'est Oturu. Aussi… Un Chasseur.

— Il n'est pas venu de l'intérieur du Voile. Ce n'est pas lui que j'ai senti traverser.

— Non. (Il leva les yeux pour me scruter du regard, et Raw et Aaz firent de même. Dek et Mal léchaient l'arrière de mes oreilles.) Aurais jamais fait en sorte que tu meures, Maxine.

— J'avais peur.

— Nous tous effrayés, chuchota Zee. Mais pas parce que tu risquais de mourir.

Des frissons me traversèrent. Le feu passa au vert. J'hésitai, puis avançai en accélérant. J'étais dans le centre-ville et le musée n'était pas loin. Je trouvai une place pour me garer dans la rue, songeai un instant à poser plus de questions, mais laissai finalement tomber. Plus tard. J'avais besoin d'air. J'avais besoin de penser à quelque chose d'autre. J'avais le sentiment d'être un chien en train de courir après sa queue, tournant en rond.

Jacques Ingère, me dis-je en marchant rapidement vers Union et First Avenue. Peut-être pourrais-je apprendre quelque chose de sa part. Comme savoir s'il avait engagé Badelt. Ou couché avec ma grand-mère.

Il était presque 21 h 30. Il me restait une heure et demie pour le traquer.

Si j'arrivais à entrer.

Le Musée d'art de Seattle avait récemment été agrandi. Le nouveau bâtiment, rattaché à l'ancienne galerie – un bloc de pierres Art déco incurvé – était une étendue de verre et d'acier qui s'élevait dans les airs, scintillant dans la nuit de sa vanité sophistiquée, austère. Les heures normales d'ouverture étaient passées, mais je vis des ombres tourner à l'intérieur – smokings, robes de soirée noires, l'éclat et le tintement du verre et des diamants.

Mon jean était sale, mes cheveux en bataille. J'avais encore des morceaux de trottoir incrustés sur le visage et mon mascara avait probablement coulé. Pas le temps de me nettoyer et rien pour me changer. Je n'avais plus porté de robe depuis le décès de ma mère, et des talons me tueraient probablement plus rapidement qu'un zombie.

Le jeune homme qui se tenait devant l'entrée, posté sur une estrade, était petit et épais. Il portait un smoking mal coupé qui plissait au niveau de la taille et pendait maladroitement sur ses épaules. Un intérimaire, ou peut-être un employé du musée embringué au dernier moment. Il me jeta un bref coup d'œil, puis reporta son regard sur un membre de la sécurité non loin. Ce dernier commença à s'avancer tranquillement dans notre direction, se pavanant avec un air d'autosatisfaction sur le visage qui me donnait envie de lui enfoncer ma botte dans le dos.

— Il faut une invitation, dit le receptionniste d'un ton méprisant en lissant ses cheveux bruns et raides en arrière... et un peu d'hygiène personnelle.

— C'est urgent, répliquai-je. Je dois parler au Dr Jacques Ingère.

— Je n'en doute pas. (Il s'affairait sur ses manches et regarda de nouveau rapidement l'agent de sécurité.) Mais pas maintenant.

Je n'étais pas de bonne humeur et me sentais comme une merde.

— C'est un problème familial. Une urgence familiale, devrais-je dire. Et son téléphone portable est éteint.

— Je ne vais pas interrompre le gala.

J'avançais de son côté de l'estrade, envahissant son espace personnel, si proche de lui que nos poitrines se touchèrent brièvement et je soutins son regard comme l'aurait fait un charmeur de serpents : sans ciller, froidement, et durement. Sa voix s'étouffa. Je dis d'un ton bas :

— Tenez-vous vraiment à avoir à expliquer pourquoi l'invité d'honneur s'est vu refuser la délivrance d'un important message personnel, simplement parce que le messager n'était pas habillé conformément au code vestimentaire ? (Plusieurs femmes en robes de soirée qui sortaient à ce moment-là nous regardèrent avec curiosité et consternation à la fois. Je les ignorai.) Quel est votre nom ?

L'homme hésita, sa suffisance se dégonflant. L'agent de sécurité commença à faire tout doucement marche arrière.

— Je ne vois pas comment...

— Votre nom, dis-je froidement. Ne m'obligez à expliquer pourquoi je vous le demande.

Il fronça les sourcils, essayant de garder son calme, et recula d'un pas. Je le laissais faire. L'observais pendant qu'il me regardait de haut en bas, donnant un spectacle exaspérant.

Puis, d'une voix très forte, dont le but sans aucun doute était de donner l'impression aux invités qui sortaient qu'il me faisait une énorme faveur et en aucune manière ne violait les règles de son poste, il annonça :

— D'accord, mais ne prenez qu'un moment pour transmettre votre urgent message familial au Dr Jacques Ingère. De nombreuses personnes souhaitent lui parler ce soir.

— Merci, répondis-je. Je vais essayer de ne pas laisser de traces de doigts graisseux sur les peintures ni de jeter des os de poulet par-dessus mon épaule pendant que je le cherche.

L'homme roula les yeux. Je le frôlai en passant devant lui.

La confiance en soi était toujours la clé pour avoir l'air d'être à sa place, qu'importait combien les circonstances pouvaient être élitistes et froufroutantes – ou de bas niveau. Et même si un démon venait juste de m'en mettre plein la tête, je savais encore qui j'étais – et c'est ainsi que je traversais le musée, la tête haute, le dos droit, avec un balancement des hanches que, je l'espérais mais j'avais des doutes, tout top model m'envierait.

Le gala avait attiré une bonne foule. Je passais devant une flotte déconcertante de voitures blanches qui pendaient du plafond, entortillées à l'envers parmi des bandes de lumières colorées, et suivis la trace d'individus bien habillés jusqu'à la vieille aile du musée, où des filles vêtues d'uniformes ajustés portaient des plateaux garnis de champagne et de sushis.

Je reconnus certains visages pour les avoir vus aux nouvelles du soir, notamment plusieurs politiciens qui s'étaient récemment arrêtés au Coop pour être pris en photo de manière opportuniste, aux côtés de volontaires servant le dîner aux SDF. Je reçus quelques regards curieux – mais les ignorai tous et partis en *quête du prix*[1]. Dek et Mal s'étaient blottis dans mes cheveux, se glissant plus profondément sous ma veste. Impossible de dire où se trouvaient Zee et les autres, mais j'étais certaine qu'ils n'étaient pas loin.

Je regardai furtivement les œuvres d'art exposées. La plupart d'entre elles étaient faites d'un or pur et doux, un jaune riche et profond qui ressemblait à du velours taillé dans le soleil. Ferronnerie compliquée, composée en une collection d'urnes, ornements et statues que je voulais apprécier plus longtemps. Si ces œuvres étaient le résultat du travail auquel ma grand-mère avait participé, alors s'y trouvait une partie de mon histoire. J'avais si peu de choses venant d'elle. Je voulais voir des

1. *Searching for the Prize* est un poème de George Cassutto, Américain blanc né à Baltimore au début des années 1960 et dont les parents sont des rescapés de l'Holocauste. Dans ce poème, Cassutto parle des difficultés entre Blancs et Noirs et de l'importance d'effacer les différences. L'auteur fait référence aux regards qu'elle attire en n'étant pas comme les autres à cette soirée. (*N.d.T.*)

objets qu'elle avait touchés. Je voulais goûter la saveur de son aventure.

Et c'est ainsi que je trébuchai presque sur Jacques Ingère.

C'était un homme imposant, difficile à rater, mais j'étais momentanément distraite par un brassard en or incrusté d'onyx dont le dessin me rappelait les garçons, comme si les tatouages que leurs corps formaient avaient été estampés, par fragments, sur le bijou. Il m'était difficile de détourner le regard, et lorsque j'y parvins, je me retournai trop rapidement et heurtai les épaules de l'homme que je cherchais.

— Oh, dis-je avant de m'en rendre compte, puis je reconnus son visage et ajoutai : oh.

C'était lui, pas de doute. Jacques Ingère devait avoir près de quatre-vingts ans, mais je pouvais encore voir en lui l'homme de la photo. Grand, dur, avec le même charme raffiné et une intelligence nerveuse qui pétillait dans son regard. Il avait de beaux yeux. Des yeux doux. Des yeux qui me fixaient, la surprise amusée qui s'y lisait laissant la place à la confusion, puis à la stupeur.

— Jeannie, chuchota-t-il, ce qui me choqua à mon tour.

Jeanne. Le vrai nom de ma grand-mère. Elle avait fait confiance à cet homme et le lui avait dit. Je commençais à lui expliquer qu'il avait fait erreur, mais il secoua la tête, fermant les yeux, les serrant.

— Non. Vous n'êtes pas elle.

— C'était ma grand-mère, dis-je doucement.

— Oui, répondit-il, me regardant de nouveau, cette fois avec émerveillement, et une perplexité teintée d'une tristesse profonde.

Cela lui donna l'air fatigué et vieux, et bien que je sois venue chercher des réponses, je me sentis soudainement gênée de l'avoir dérangé ; cette nuit-là particulièrement, qui était la célébration de son travail. C'était grossier et j'étais une intruse qui n'avait aucun droit sur ce moment – qu'importait le mystère qui m'avait conduite ici.

Mais Jacques toucha mon bras, si doucement, et alors, avant que je ne puisse l'arrêter, sa main glissa autour de mon cou, ses doigts se pressant contre Dek et Mal. Je me glaçai, retenant ma respiration. Un instant plus tard, les garçons se mirent à ronronner.

— Ah, dit le vieux monsieur en soupirant. Ces types m'ont manqué.

Je pouvais à peine parler.

— Vous saviez ?

Jacques sourit, et plongea son regard plus profondément dans le mien.

— Bien sûr, ma chère. Je suis si heureux de vous connaître enfin. Petite Maxine Kiss.

Jacques présenta quelques excuses. Nous quittâmes la soirée. Quand nous sortîmes du musée par les portes principales et passâmes devant l'estrade, je fus assez attentive pour remarquer, avec un amusement cruel, l'expression consternée sur le visage de l'homme en charge de l'accueil lorsqu'il nous vit ensemble, Jacques et moi.

— Nous pouvons marcher, dit Jacques, relevant le col de son manteau. Mon bureau est à côté.

Pour une raison ou pour une autre, cela m'étonna qu'il vive à Seattle. Sous mon nez pendant tout ce temps. J'éprouvai un sentiment étrange, comme si j'étais à côté de ma vie.

— Vous gardez un bureau dans le centre-ville ? Je croyais que vous étiez archéologue.

— Oh, dit-il. Ceci et cela.

Il marchait comme un jeune homme, d'un pas joyeux et sans heurts. J'avais du mal à tenir l'allure.

— Ma grand-mère...

— Jeannie, me coupa-t-il. Vous lui ressemblez tellement.

— J'ai vu une photo de vous deux. (Je retirai le journal de la poche arrière de mon jean.) Là-dedans. Je l'ai trouvé dans le bureau d'un homme qui me recherchait. Un détective privé.

L'expression sur son visage vacilla.

— Vraiment ?

— Vous essayiez de me retrouver ?

— Pas moi, dit-il, et son ton de voix était curieux : indécis et pensif. Mais je suis heureux qu'il t'ait trouvée.

— Ce n'est pas le cas. L'homme a été assassiné.

Il me lança un regard perçant.

— Assassiné ?

— Tué par balles, lui appris-je, et je pensais qu'il devait mentir sur le fait qu'il ne me recherchait pas. La nuit dernière.

Jacques serra la mâchoire. J'entrevis Zee, Raw et Aaz dans l'obscurité, tous les trois se tenant à part les uns des autres, nous observant depuis sous une voiture, depuis une bouche d'égout sur le côté de la rue, et de l'intérieur de la fine ligne d'ombre projetée par le pied d'un réverbère. Leurs yeux rouges brillaient, le haut de leurs têtes hérissées émergeant des épaisses ténèbres comme des loutres démoniaques sortant de l'eau. L'air était lourd de pluie. Peu de gens marchaient sur les trottoirs. Je luttais contre le désir pressant d'inspecter les cieux à la recherche de capes noires prêtes à en descendre.

— Le connaissiez-vous ? Il s'appelait Brian Badelt.

— Je ne l'ai jamais rencontré, répondit précautionneusement Jacques.

J'avais l'impression d'être Suwanai, attentive à mes propres réponses.

— Il savait quel était mon vrai nom, insistai-je. Il l'avait écrit sur un journal comme celui-là. Avec la photo de vous et de ma grand-mère. Comment expliquez-vous cela ?

— Ma chère, j'aimerais pouvoir le faire.

— Alors, comment se fait-il que vous connaissiez mon nom ? (Je tâtonnai, à la recherche de mes mots, maladroite, mal à l'aise, pensant à ma grand-mère – Miss Chambers pour le monde entier – disant à cet homme qu'elle s'appelait Jeanne Kiss.) Nous ne nous sommes jamais rencontrés.

Il sourit légèrement.

— Pas que vous vous souveniez.

Je le regardai fixement. Il reprit.

— Nous y voilà, ma chère. La porte juste devant vous.

Tout ce que je pouvais voir, c'était la façade de verre moderne d'une galerie d'art, une présentation soignée qui puait le fric et – j'imaginai – de trop grandes peintures qui sans aucun doute consistaient en des points noirs et blancs, ou des imitations abstraites d'âmes torturées, conçues pour soulager le malaise intellectuel des très riches. Pas le genre de foyer pour un chasseur de trésor, ou un homme qui – si ma grand-mère l'avait apprécié – menait sans aucun doute sa vie en marge de la société.

Mais Jacques me surprit en s'arrêtant devant la porte de verre et en libérant un jeu de clés de la poche de son long manteau noir. D'une écriture élégante, les mots suivants avaient été imprimés sur la vitre : SARAI FILES : GALERIE D'ART.

Il me jeta un coup d'œil et sourit.

— Oh, ne soyez pas aussi étonnée. De plus, cet endroit appartient à mon associée.

Sarai. Je pensais qu'il devait s'agir d'elle. Je ressentis, pendant un instant, une jalousie déraisonnable et gênante pour ma grand-mère, à l'idée que Jacques Ingère puisse être impliqué dans une relation avec une autre femme. Je dus me rappeler à moi-même, sévèrement, que, si cela se trouvait, Jeanne Kiss n'avait peut-être même pas été liée à l'archéologue – et qu'elle était morte depuis presque trente ans. Je devais laisser un peu de répit à ce type.

Et arrêter avec cette obsession. Toute cette agitation autour d'un vieux monsieur – quand il y avait tant d'autres choses sur lesquelles se concentrer – était une vraie perte de temps.

Mais j'étais là. Il connaissait mon nom. Et les garçons. C'était suffisant.

La galerie d'art était plus petite que ce à quoi je m'attendais – et les peintures aussi étaient très différentes, sensationnelles même. Mes idées étaient préconçues, étayées par les points noirs et les éclaboussures abstraites. Je dus prendre un moment, à observer. Déconcertée. Frissonnante.

Parce que toutes les œuvres d'art suspendues au mur – toutes sans exception – représentaient des licornes.

Pas de l'espèce de celles que l'on voit dans les jardins, non plus. Pas celles de Thomas Kinkade[1], aux yeux rêveurs, littérature fantasy soft pleine de chevaux blancs avec de grandes cornes. Pas un poster de quelque coucher de soleil rose avec le cabrage magique de sabots argentés comme un fantasme prépubère plein de stéroïdes de contes de fées.

Rien de tout cela. Je me tenais sur le seuil de Sarai Files et regardais fixement les incarnations les plus viscérales de cette créature qu'il m'ait été donné de voir de ma vie. J'avais le sentiment d'avoir de nouveau treize ans, âge auquel ma mère avait empilé devant moi des livres d'art : les préraphaélites étaient mes préférés, les

1. Notamment dessinateur pour le cinéma, il a fondé une véritable industrie de ses œuvres et s'autodéfinit comme le « peintre de la lumière ». (*N.d.T.*)

artistes anglais du XIXe siècle ; comme Rossetti ou Burne-Jones, leur travail sincère ; les thèmes romantiques, classiques.

Ces peintures tenaient du même ton ; lignes fortes et couleurs riches, détails naturalistes : une licorne au-dessus d'un champ de bataille, rempli et encombré, comme noyé par des sables mouvants de soldats en armure médiévale et aux yeux écarquillés, piégés dans un moment de mort et de violence, sans fin ni horizon ; à peine des corps, dégringolant les uns sur les autres, se débitant sur les épées et les haches éclaboussées de sang. Et la licorne, ancrée parmi eux, pure et brillante, se tenait comme un tigre affamé – le regard au-delà du tableau avec des yeux qui me rappelaient ceux du démon : Oturu, son sourire. Révélant une puissance ancienne et facile.

Maître en la matière. Hypnotique. Je voulais acheter ce satané truc. Je voulais poser un oreiller au sol et me poser là pour le contempler.

Il y avait d'autres peintures, et chacune d'elles donnait le sentiment que l'on regardait la vérité en face. Comme si la licorne avait été sur ce champ de bataille, ou au-dessus des remparts de l'ancienne citadelle dans le désert, entourée d'archers – ou dans l'océan, spectre gris de ce qui semblait être le jour J, avec les forces alliées luttant et mourant sur la tête de pont en Normandie, et la créature fantastique presque perdue dans les vagues écumantes, combattant avec les hommes comme ils luttaient et mouraient. Je pouvais le sentir. Au plus profond de moi.

Les toiles étaient peu nombreuses, probablement parce qu'elles étaient immenses et l'espace mural limité – mais c'était mieux ainsi. Les regarder trop longuement me donnait la même impression que si mon cœur avait été mis à nu – et que quelque chose d'autre pouvait me renvoyer mon regard.

— Remarquables, n'est-ce pas ? murmura Jacques. Sarai est vraiment inspirée parfois.

— Oui, répondis-je, alors que Dek et Mal repoussaient mes cheveux pour y jeter à leur tour un coup d'œil.

Je me crispai, consciente que Jacques les observait, mais tout ce qu'il fit fut de tendre la main et de les gratter sous le menton. Ils gloussèrent, ronronnant, et c'était suffisamment surréaliste pour me donner envie de m'asseoir et de mettre ma tête entre mes genoux.

Mais Jacques s'arrêta soudain et, bien qu'il ne manifestât aucun signe alarmant, son immobilité était suffisante pour que se dresse le duvet sur ma nuque.

Un air froid emplit la galerie. Pas une brise ou une respiration agitée, mais une froideur ambiante qui allait augmentant, comme si quelqu'un venait juste de jeter cinq cents kilos de glace sous nos pieds. C'était une chute des températures impossible à manquer, un choc pour l'organisme – pas un dysfonctionnement du climatiseur.

La chaleur était un autre genre d'énergie. Absorbez-la, il ne restait que le froid. Comme manger du feu et pisser de la glace. Toutes ces images archétypes de l'Enfer – soufre et puits de lave, des types faisant des claquettes dans les flammes – rien d'autre que l'illustration d'une bonne vieille vérité. Certains démons l'aimaient chaud.

Dek et Mal grondèrent. Zee et les autres n'étaient visibles nulle part, mais je les sentais massés dans l'ombre comme des fantômes rusés. J'avais d'ailleurs l'impression d'être à la recherche d'un fantôme. Je tendis ma main vers mes cheveux, mes doigts s'enroulant autour d'une épaisse queue tremblante.

— Jacques, quelque chose ne va pas. Nous ne sommes pas seuls.

— Ce n'est rien, dit-il calmement.

— Vous ne comprenez pas.

— Mais si. (Jacques jeta un coup d'œil à un point situé derrière mon épaule droite, le coin de sa bouche s'abaissant.) Laissez passer.

Il en savait trop. J'aurais dû trouver cela excitant, mais ce n'était pas le cas. Peut-être était-ce parce que je sentais un regard horrible et dur en train de s'infiltrer à l'arrière de mon crâne. Plus que tout, je voulais me retourner, mais je ne bougeais pas un muscle. Je jouais l'ignorance. Jouais le jeu. Faisais confiance aux garçons.

Et juste comme cela, le froid se brisa. La chaleur nous submergea comme si la porte d'un four géant s'était ouverte, mais elle était superficielle. Mes os restaient gelés. Mon cœur, arctique.

Dek et Mal arrêtèrent de gronder, mais leurs queues déformées étaient tendues comme une corde et je les tapotais tous deux tandis que Zee tendait le cou hors d'une ombre – directement derrière Jacques, en dehors de son champ de vision – et secouait la tête à mon intention. Quelle qu'ait été la chose, là, elle était partie.

Jacques dit :

— Je devrais garder plus de pulls dans le coin.

Je laissais lentement échapper ma respiration.

— Vous avez l'air habitué à ça.

Il haussa les épaules, extrêmement nonchalant. Ou peut-être s'agissait-il d'un rôle.

— Certaines associations attirent une attention non désirée. Rien ne peut changer cela.

Certaines associations. Ma grand-mère. Mais il était trop détendu. Je n'y croyais pas.

— Jacques, qui êtes-vous ?

Il eut une lueur de surprise.

— Pourquoi ? Un archéologue. Vous le savez bien.

— Et je suppose que, comme simple archéologue, vous êtes au courant pour les... démons.

— Eh bien, non, répondit-il avec une vague exaspération. Cela n'a rien à voir avec ma profession.

Je le regardai fixement, perplexe. Ayant peur pour lui, même. Mais Jacques eut simplement un geste de la main et me précéda, passant derrière un petit écran en bois de rosier et sculpté de fleurs de cerisiers et de moineaux. Se trouvait là une étroite porte blanche et une volée de marches étriquée. Nous montâmes jusqu'au premier étage. Il ressemblait si peu au rez-de-chaussée qu'il me fallut quelques instants avant de reprendre mes esprits. Et me demander si j'allais être enterrée vivante.

Des tables m'entouraient, longues surfaces de bois croulant sous les notes et les livres. Des montagnes de livres. Partout. Les étagères s'alignaient contre les murs, mais elles aussi étaient pleines et le seul moyen d'avancer – comme le sol lui aussi était couvert de livres – était un chemin étroit, long, où menaçait de s'effondrer une avalanche de paperasse à chaque tournant. Je vis des caisses de bois pleines de matériel d'emballage et de minerai, des statues sur les tables, des éclats de poterie. En revanche, pas traces de fenêtres. La pièce donnait l'impression de se trouver dans un grand cocon de papier, chaud et en pagaille. Les lampes, déjà allumées, emplissaient l'air d'une lumière dorée. J'entendais Jimmy Durante[1] chanter doucement.

— Mettez-vous à l'aise, me dit Jacques qui ajouta, Zee, tu peux te montrer maintenant. Pas besoin d'être aussi formaliste.

Je me mordis la langue. Zee sortit de sous la table, Raw et Aaz derrière lui. Les garçons vagabondèrent,

1. Chanteur originaire de N.Y., acteur, pianiste, mort en 1980 à 86 ans. (*N.d.T.*)

reniflant l'air, et Jacques les observa avec le même sourire triste que celui que j'avais remarqué au musée.

— Vieux loup, grinça Zee.

— Petit garçon, lui répondit le vieil homme. Toujours le même.

— Comme toi. (Zee fit luire un large sourire aux dents saillantes.) Peau ridicule.

Je croisais mes bras sur ma poitrine. Jacques me jeta un coup d'œil et gloussa sous cape.

— Je connais ce regard.

Je fronçai les sourcils.

— Je ne vois pas comment.

— Jeannie. (Jacques descendit l'étroit chemin.) Et votre mère.

J'avais commencé à le suivre et m'arrêtai.

— Vous avez connu ma mère ?

— Brièvement. Vous étiez bébé. (Jacques s'agita bruyamment, hors de ma vue.) Thé ?

— Non, répondis-je, encore irritée par ma récente confrontation en bas. Et pourquoi je ne sais rien de tout cela ?

— Ma chère, j'ai appris il y a longtemps à ne jamais questionner une femme sur l'éducation de son enfant, et surtout vous, les femmes d'un genre particulier. Vous êtes des créatures obstinées.

Il fallait que je m'asseye. Mes jambes l'exigeaient. Je me perchai sur le coin d'une table, ma hanche frôlant la paperasse et un bocal en verre empli de vieux pennies. Aaz se reposait, la tête sur mes genoux, bavant légèrement comme je le grattais derrière les oreilles.

— On dirait que vous les connaissiez bien.

Jacques émit un son confus que je pris pour un oui. J'entendis des tasses s'entrechoquer. Je voulais lui demander plus de choses – comme : est-ce que je peux vous appeler grand-père ? – mais c'était trop, absolument fou. Pourtant lorsque j'essayais de poser des questions différentes de celle-là, ma bouche refusait de former les mots. Mon corps voulait du silence. Alors je lui obéis, flottant dans une douce démence, lisant attentivement les titres des livres sur lesquels je m'appuyais.

La plupart d'entre eux, d'une manière surprenante, concernaient les traditions mythiques de l'Europe du Nord : spécifiquement celles des fées, et encore plus précisément quelque chose appelé la Horde Furieuse, la Chasse Sauvage.

Le concept m'était familier. Je n'en étais pas experte mais j'étais tombée dessus dans des librairies et des bibliothèques au cours de tous ces voyages. J'avais le vague souvenir d'un homme portant une ramure et un pagne de mousse, menant fantômes, gobelins et fées lors de quelque chasse spectrale à travers bois. Pas un sujet sur lequel je m'étais penchée plus que ça. Hans Christian Andersen était bien plus mon genre.

Mais j'étais nerveuse et j'avais besoin de me sentir occupée – et ces textes étaient nouveaux pour moi, avec des ajouts faits à la main et à la machine. Je me retrouvai à les parcourir, emportée par les mots – une page en particulier, qui, à mon sens, devait avoir été écrite de la main de Jacques.

Elle vient de nous, lis-je, cette chasse, cette sauvage et terrible chasse qui prend sur elle-même la nature d'un Âge, et détruit de telle manière que les autres puissent revivre.

Ce n'était pas tout, mais Jacques en personne apparut le long du passage étroit entre les tas de papier. Il tenait deux tasses fumantes entre ses mains.

— Ah, tu as trouvé la lampe de bureau, je vois.

— C'est intéressant.

Je fermai le livre – et la page.

— Je pensais que vous étiez seulement un archéologue. Pas un spécialiste des légendes populaires.

— Je suis l'homme de plusieurs disciplines. Et les deux ne sont pas si dissemblables. Il n'y aurait pas de villes à trouver, ma chère, sans les cœurs qui leur ont donné forme.

Je tapotais le livre.

— Contes de fées ?

— Rêves et signes, répliqua-t-il, et il me tendit une tasse.

Je voulais pousser plus loin mes questions, mais je gardai la bouche fermée et mis avec précaution le livre de côté. Je pris le chaud breuvage. Thé. Le liquide était d'un riche rouge sombre, et j'en avalai une gorgée, avec prudence. Il avait un bon goût sucré.

— Jeannie préférait du sucre dans le sien, dit Jacques. J'ai pensé que vous deviez avoir des goûts similaires.

— C'est étrange de vous entendre parler d'elle. J'ai été choquée quand j'ai vu cette photo.

— C'est l'une de mes préférées. (Jacques s'appuya sur la table face à moi et baissa les yeux vers Zee.) Il y a une boîte à outils sous l'évier, si tu as faim.

Raw et Aaz échangèrent un regard, les oreilles dressées, et disparurent dans l'ombre. Zee resta où il était, regardant le vieil homme avec une prudence qui me rendit nerveuse. J'entendis le métal faire du bruit. Dek et Mal pépiaient doucement, et je mis la main dans mes cheveux pour les dégager. Ils descendirent de mes épaules en un clin d'œil et le poids manquant me fit me sentir nue.

— Ma grand-mère vous faisait confiance, dis-je. Tout comme ma mère devait l'avoir fait. J'aurais aimé comprendre pourquoi elle n'avait jamais mentionné son nom. Ou pourquoi les garçons avaient refusé de parler de lui lorsque je leur avais montré sa photo pour la première fois dans le bureau de Badelt.

Je pensais au démon. Oturu. Jacques dit :

— Nous nous sommes rencontrés en 1955. Je travaillais alors depuis quelque temps en Perse, cataloguant certains objets ouvragés, preuves d'une migration culturelle entre la Chine et le Moyen-Orient, et je suis tombé sur Jeannie au marché. Elle achetait du raisin et était très en colère contre le prix qu'on lui en demandait. (Jacques sourit dans sa tasse de thé.) Je suis venu à son aide.

Je me retrouvai à couvrir ma bouche, cachant mon propre sourire. Je mordis ma lèvre inférieure.

— Qu'est-il arrivé ensuite ?

— Elle et moi avons commencé à parler. Il s'avéra qu'elle avait voyagé de manière considérable à travers toute l'Asie centrale, et qu'elle était plutôt familière de certaines régions significatives sur le plan archéologique et qui m'étaient inconnues – comme de tout étranger. Elle m'offrit de m'y emmener. Pour un prix. Elle aimait l'argent, celle-là.

— Et les garçons ? Comment avez-vous découvert leur existence ?

— Nous avons été attaqués. (Le regard de Jacques se fit distant.) Des pillards du désert. L'un d'eux tira sur moi. Il était trop proche pour me manquer. Jeannie... me protégea... de son corps. Les balles mirent ses vêtements en lambeaux, mais elle en sortit indemne. Cela flanqua une trouille bleue à nos assaillants, je peux vous le dire. Nous étions les seuls survivants. (Il sourit de nouveau, mais ce n'était pas un sourire aussi heureux que le précédent.) Elle m'expliqua le reste. Elle n'avait pas le choix, vraiment.

— Combien de temps... je dus m'arrêter, et me calmer avec une gorgée de thé. Combien de temps avez-vous été ensemble ?

— Oh, des années. (Jacques flancha, regardant fixement son propre thé.) Je suppose que votre mère est décédée.

J'hésitai.

— Il y a cinq ans.

Son visage était toujours détourné de moi, mais son menton s'enfouit plus profondément dans sa poitrine, et ses mains se resserrèrent sur sa tasse de thé. Un tremblement le traversa. Si faible qu'il aurait pu ne s'agir de rien d'autre qu'un souffle.

— Tu étais si mignonne, dit-il calmement, et je pensais qu'il parlait peut-être au souvenir de ma mère jusqu'à ce qu'il ajoute : Pas un cri ne sortait de ta bouche. Un gentil bébé.

Je ne savais pas quoi dire. Peut-être parlait-il vraiment de ma mère. Peut-être. Peut-être, peut-être. Trop de peut-être.

— Elle m'a emmenée vous voir ?

— Juste après ta naissance. Ce fut l'une de ses dernières visites. (Jacques posa son thé.) Viens, j'ai quelque chose pour toi.

Il avança avec précaution le long du chemin. Je l'observai intensément, ses mots résonnant encore, prononcés d'une manière si détendue. « Ce fut l'une de ses dernières visites. »

Je lui emboîtai le pas, mais Zee m'arrêta, levant ses mains. Je l'attrapai et le balançai dans mes bras, et il appuya sa bouche contre mon oreille.

— Nous avons promis, Maxine. Môman nous a demandé. Pas de discussion au sujet de l'Homme Ingérant.

— Pourquoi, chuchotai-je ?

Zee hésita.

— Regarde en profondeur, sous la peau. L'Homme Ingérant n'est que peau.

Une devinette. Pas la pire. Mais elle me mit mal à l'aise, alors que tout ce que je voulais c'était de la joie.

Je trouvai Jacques de l'autre côté de la pièce, près d'une étagère qui servait uniquement de cloison. Je vis un évier, une cuisinière, un lave-vaisselle – quatre petits démons en train de manger les restes d'une boîte à outils –, une table qui était, de manière remarquable, à moitié recouverte par les livres – un réfrigérateur qui avait vingt ans d'âge, et une porte qui menait à ce que je supposais être une chambre ou une salle de bains.

Jacques marmonnait pour lui-même, et j'essayai de mémoriser chaque détail le concernant – encore en smoking, perdu dans une masse de livres et de papiers. C'était un trésor, un ravissement. Mieux que ce que j'aurais pu imaginer.

Je faillis poser la question – là, tout de suite. Elle se libéra presque en glissant entre mes lèvres. Me demanda toute ma volonté pour la retenir, mais j'avais trop peur de ne pas y parvenir. Trop effrayée par moi-même. Jacques Ingère était un étranger. Je n'avais aucune raison de lui faire confiance. Pas de cause en laquelle croire.

Mais je le voulais. Je voulais qu'il dise oui. Je voulais qu'il soit de ma famille, si violemment que je pouvais en goûter la sensation.

Et si c'était quelqu'un d'autre que lui... je ne désirais pas le savoir. Pas encore. Je pouvais faire semblant, juste pour un petit moment.

— Ici, dit-il triomphalement.

J'avais encore Zee dans les bras. Je m'inclinai un peu plus près, observant l'objet que le vieil homme tenait dans ses mains. Il était recouvert d'une fine toile qu'il retira rapidement, révélant une pierre plate et ronde. Un disque. Plein de profondes lignes concentriques qui semblaient miroiter, comme si la pierre elle-même était dentelée de veines de perle.

Ma vision se brouilla. Mon ventre se serra. Je m'appuyai à la table de la cuisine. Les mains de Zee agrippèrent plus fermement mon cou.

— Qu'est-ce que c'est ? demandai-je.

Ma voix sonnait étrangement à mes oreilles.

— Un cadeau, dit lentement Jacques, de la part de ta mère. Elle a dit que s'il arrivait un jour que nous… tombions l'un sur l'autre… tu devrais l'avoir.

— Tombions l'un sur l'autre ? (Je me frottai les yeux.) Quelle en était la probabilité ?

— Ma chère… Tu es là, n'est-ce pas ?

Raw et les autres cessèrent de manger. Ils étaient assis par terre, les yeux rivés sur la pierre dans les mains de Jacques. Dek et Mal tombèrent des ombres dans mes cheveux pour venir se draper autour de mes épaules.

Il me tendit le disque. Je le lui pris. Ma main picota. Zee semblait retenir son souffle.

Mais il ne se passa rien. C'était juste une pierre. Une pierre douce, polie au point d'avoir le brillant du beurre. Du grès peut-être. Elle était agréable à tenir et le dessin en son cœur était simple. Ces cercles dans des cercles. Je touchais celui qui se trouvait à l'extérieur, enfonçant mon doigt dans la ligne gravée. Je ne pouvais m'en empêcher. Je commençais à en suivre le tracé, et, une fois encore, je sentis ma peau picoter. La tête me tourna légèrement. Je m'arrêtai.

— Qu'est-ce que c'est ? redemandai-je.

Jacques ne répondit jamais. Nous entendîmes tous deux le grincement de la porte qu'on ouvrait et une femme appela :

— Es-tu là, Vieux Loup ? Il s'est passé quelque chose.

Zee s'évanouit de mes bras, pendant que Raw et Aaz disparaissaient en un clin d'œil dans la pénombre sous l'évier. Dek et Mal arrêtèrent de ronronner. Jacques hésita, comme s'il pensait sérieusement à rester silencieux.

— Oui, Sarai. Nous avons de la compagnie.

Je n'entendis pas la femme bouger dans l'autre pièce, mais subitement elle se trouva là, je pouvais la voir du coin de l'œil. Je me tournai vers elle.

Et une pièce du puzzle trouva sa place.

Sarai était la femme sur la photographie de Badelt. Pas d'erreur. Elle était mince, plus petite que moi, avec de longs cheveux argent qui entouraient un visage si délicatement parfait, si adorable que je ne pouvais qu'imaginer Troie et Hélène, un millier de navires, et penser que oui, une telle chose avait peut-être pu avoir lieu, peut-être qu'une femme pouvait être belle à ce point-là.

C'était en tout cas sûrement le cas de Sarai. Une centaine de fois plus belle en personne, comme si la photographie de Badelt n'avait capturé qu'une copie grossière de la femme – et bien que j'eusse deviné qu'elle devait avoir autour de la quarantaine ou la cinquantaine, je ne pouvais voir trace sur sa peau d'une ride, d'une imperfection. Pas de maquillage non plus. Elle était irréelle.

— Vous, dis-je lentement. C'était vous qui avez lancé Badelt sur ma piste.

— Oh, répondit-elle, merde.

Chapitre 7

D'une manière assez étrange, j'ai en premier lieu pensé à Shakespeare. Un de mes cadeaux d'anniversaire pour mes douze ans : un livre de citations du poète d'Avon. Ses maximes. Ma mère était forte dans ce domaine.

Mais ceux dont la culpabilité en leur sein repose,
Imaginent que chaque regard observe leur blâme[1].

Peut-être. Mais Shakespeare aurait pu attendre de voir l'enfer geler avant de pouvoir lire la culpabilité – ou n'importe quelle autre émotion – dans les yeux de Sarai Files.

— Il est mort, n'est-ce pas ? demanda-t-elle. Brian ?

Je ne répondis pas. J'étais trop occupée à étudier sa réaction. Ma mère avait caché ses sentiments à la plupart des gens, sauf à moi. La survie, appelait-elle cela, et peut-être Sarai était-elle de la même espèce – bien que les questions que j'avais à lui poser prissent le pas sur sa personnalité. Je voulais savoir comment elle me connaissait. Ou pourquoi le fait de me voir l'amenait à penser qu'un homme était mort.

1. *Les Sonnets*, précédés de *Vénus et Adonis* et du *Viol de Lucrèce*, traduction d'Yves Bonnefoy, Poésie/Gallimard, 2007. (*N.d.T.*)

— Il a été assassiné, dit Jacques calmement. Je suis désolé, Sarai.

Elle ferma les yeux et courba la tête. Ses cheveux argent tombèrent autour de son visage, et elle appuya un doigt contre son sourcil, comme si elle avait mal à cet endroit. Je me sentis soudain plus attristée pour elle et me demandai s'il s'agissait d'un piège.

— Vous étiez proches, dis-je avec précaution. J'ai été dans son bureau. J'ai vu la photo de vous ensemble.

— Nous avons été mariés. Brièvement. Il y a des années. (Sa voix contenait peu d'émotion, une légère touche aiguë, rien de plus.) Comment est-il mort ?

— Tué par balles. La nuit dernière. (Je n'adoucis pas la vérité. Mentir au sujet des morts, alors qu'ils n'avaient plus de voix pour se défendre eux-mêmes, m'avait toujours hérissée.) Il avait mon nom sur lui. La police l'a trouvé. Ils sont venus me voir parce qu'ils pensaient que j'avais pu le tuer.

Sarai continuait de se tenir tête baissée, mais les mains de Jacques se contractèrent. Je lui lançai un long regard dur.

— À côté de quoi suis-je en train de passer, ici, Homme Ingérant ?

Sarai émit un petit bruit étouffé. Sa main délicate, barbouillée de peinture, passa devant ses yeux.

— L'Homme Ingérant. Cela faisait des années que je n'avais pas entendu ce nom.

— Mais vous connaissez le mien.

Elle finit par me regarder. Les larmes qu'elle ne versait pas brillèrent.

— Maxine Kiss. Chasseuse et Surveillante. Gardienne de la prison du Voile. La dernière de votre espèce.

Ma voix refusa de sortir. Les bords du disque de pierre s'enfoncèrent dans mes mains. Son regard vacilla, survola l'objet, et ce masque prudent revint à sa place.

— Vous devriez partir. Revenez demain. Nous pourrons parler.

— Non, parvins-je à articuler, la voix rauque. Je suis désolée pour la perte que vous venez de subir, mais il me faut des réponses.

— Vous n'avez rien à exiger, s'irrita-t-elle.

— Sarai, intervint fermement Jacques, et elle fila sans ajouter un mot, descendant le chemin étroit et encombré de livres avec un balancement d'une grâce impossible.

Elle n'eut pas un regard en arrière.

J'aurais aimé la poursuivre. Je l'aurais fait, si Jacques n'avait fait barrière de sa main.

— Laisse-la partir.

Ma réaction fut mordante et grossière.

— On dirait un vieux couple.

— Nous avons eu des années pour comprendre nos différences, répliqua le vieil homme avec une douceur particulière qui empêchait toute colère.

Je repoussai mes cheveux en arrière, tenant ma tête douloureuse entre mes mains.

— Comment se fait-il qu'elle sache qui je suis ? Lui avez-vous dit ?

Jacques ne répondit pas. Je le regardai et trouvai ses yeux fixés sur le bord de ma mâchoire, qui était maintenant découverte. Je me demandai un moment pourquoi, mais me souvins alors de Oturu, de la manière dont il m'avait frappée avec ses cheveux. Je l'avais oublié ; mais Jacques m'observait fixement – une rougeur maladive, lisse, sur les joues. Il avait été si calme en bas, si joyeux tout au long des événements. J'aurais difficilement cru possible de voir cette expression sur son visage.

Mais il étudiait ce point sur mon visage comme s'il s'agissait d'une bombe nucléaire, le compte à rebours déjà enclenché passant de dix à une seconde. Une peur glacée, résignée, épaissie par l'effroi.

Comme s'il voulait partir en courant – et savait qu'il était trop tard.

Je touchai ma peau et sentis ces marques. Je cherchai un miroir des yeux. En trouvai un près de l'évier, à côté d'un exemplaire du *Vocabulary of Military Trickery,* d'Everett Wheeler, dont la couverture servait de support à un vieux rasoir dangereusement rouillé, et à un bol en bois rempli de mousse à raser à l'ancienne, que venait compléter un blaireau.

Le miroir était délicat mais lourd, avec un cadre en argent massif. Le verre semblait miroiter légèrement pendant que je me regardai dedans et vis, sous mon oreille, un petit éventail de lignes presque invisibles. Pas de traces de coup, pas de sang. Juste des dentelures, comme si un tison froid m'avait été appliqué, appuyé si fort qu'il m'avait laissé une marque permanente. Les lignes remontaient les unes sur les autres ; fluides, donnant l'impression qu'elles se déployaient, ressemblant au contour d'une aile. Ou d'une cape. Ou aux cheveux vivants de ce démon.

Je retins mon souffle. Jacques continuait d'étudier la chose, son regard distant, vide.

— Vous connaissez cela, murmurai-je. Ce que cela signifie.

Il hésita.

— Non. Mais je sais qui te l'a fait.

J'en laissai presque tomber le miroir.

— Comment est-ce possible ?

La chaude main de Jacques glissa par-dessus la mienne, un bref contact auquel je n'étais absolument pas préparée, à tel point que je restai plantée là, muette, jusqu'à ce que je me rende compte que la seule raison pour laquelle il m'avait touchée était qu'il m'avait pris le miroir des mains. Il le réinstalla sur la table, avec beaucoup de précautions.

— Demain, ma chère, nous serons là.

— Nous y sommes déjà, protestai-je, une partie de ma réticence s'expliquant par la peur, une crainte irrationnelle que si je laissais le vieil homme, je risquais de ne plus jamais le revoir.

Cette pensée me rendait faible, comme un petit enfant, et je pressais le disque de pierre, jusqu'à en avoir mal. La douleur était le seul moyen que j'avais de me souvenir de moi-même, mais même cela était creux.

Zee attrapa ma jambe, me suppliant du regard. Tous les garçons me regardaient. Je les connaissais à peine, eux aussi.

Je levai les yeux vers Jacques.

— Demain. Promis ?

— Pas une puissance en ce monde ne pourrait me faire revenir sur la promesse que je t'ai faite, dit-il, avec une dignité si solennelle et grave que je sentis ces mots peser lourd, comme si une promesse venant de Jacques était quelque chose qu'on pouvait inscrire sur une carte au trésor et considérer avec l'assurance complète qu'il s'agissait de la vérité.

— D'accord, soufflai-je. (Mais avant que Jacques puisse se détendre, j'ajoutai :) Encore une question. Comment Sarai me connaît-elle ?

Jacques soupira.

— Elle a aussi rencontré Jeannie. Et ta mère.

— Impossible. Ma mère, peut-être, mais pas ma grand-mère. Cette femme est trop jeune.

— Pas si jeune que ça. Il faut regarder ce qui se cache plus profondément derrière la peau pour connaître quelqu'un comme Sarai Files, ma chère. Bien plus profondément.

— Zee a dit la même chose à votre sujet, lui répondis-je froidement. « L'Homme Ingérant n'est que peau », a-t-il dit.

— Vraiment ? (Jacques sourit tristement.) Eh bien, tu devrais écouter tes amis.

Et sur ces mots, il me fit sortir du bureau.

Je pris mon temps pour rentrer en conduisant à la maison. Pas une bonne nuit pour compter sur la chance. Les garçons étaient calmes. Ma tête me faisait souffrir.

J'entendis le piano alors que je me trouvais encore sur les marches. Lorsque j'ouvris la porte de l'appartement, Grant ne cessa pas de jouer. Il ne sourit pas non plus. Ses doigts glissaient au-dessus d'une cascade de Mozart et je pouvais sentir la tension dans chaque note.

Je me débarrassai de mes bottes d'un coup de pied, jetai ma veste sur le côté, et m'effondrai près de lui sur le banc du piano. Mes os me donnaient l'impression d'être en compote. Tout comme mon cœur. Dek et Mal gazouillaient, puis disparurent de mes épaules. L'appartement donnait toujours l'impression d'être suffisamment sûr pour qu'ils marquent une pause dans leur mission de gardes du corps.

— OK, dis-je au profil de Grant, selon les zombies, le monde court à sa perte, il y a un démon capable de m'étouffer avec son esprit qui déclare que je l'ai convoqué, et j'ai peut-être trouvé mon grand-père biologique. Qui semble partager la vie de l'ex-femme de Badelt.

— Waouh. (Grant ne s'arrêta pas de jouer.) Tout ce que j'ai, moi, ce sont des gaz.

Je me fendis d'un sourire.

— Peut-être que tu peux prier très fort pour qu'ils s'en aillent.

Grant souleva ses mains des touches. Je pris le relais, jouant avec un doigt. Il se joignit à moi un moment plus tard, notre duo évoluant en quelque chose de plus en plus compliqué, jusqu'à ce que je me retrouve pratiquement sur ses genoux, nos mains et nos bras enchevêtrés.

— L'apocalypse, dit-il finalement, lorsque nous nous arrêtâmes. Ce n'est pas un scoop. Parle-moi du grand-père et de l'ex-femme.

Et c'est ce que je fis. À partir de là, je remontai le cours des événements et décrivis le démon, la réaction des garçons. Leur refus de combattre la créature. Oturu.

Grant ne dit rien pendant un long moment. Ses bras étaient lourds et chauds autour de ma taille. Avec tout ce qui s'était passé, je ne pouvais imaginer dormir, mais mes paupières commençaient à se faire lourdes.

— Ne t'évanouis pas sur moi, me dit-il gentiment, embrassant l'arrière de mon oreille. Le garçon est réveillé.

Je me redressai, frottant mon visage.

— Depuis quand ?

— Moins d'une heure. Je l'ai convaincu de rester, mais il ne se sent pas bien. Le chloroforme.

— Il doit être effrayé.

— Il a peur des hommes. Je ne pouvais pas rester dans la chambre avec lui, même pour parler. Et non, je n'ai pas essayé de le... modifier. Bien que j'aie été tenté de le calmer.

Je réfléchis à ce qu'il venait de dire.

— Il ne s'est passé rien d'autre ? Suwanai et McCowan ont rappelé ?

— Non.

— Marie ?

— Rex est en bas, au sous-sol, en train de nettoyer la pagaille.

— Assistant personnel zombie.

Grant grogna.

— Je sais qu'il t'ennuie.

— C'est un humain possédé par un démon.

— Il s'amende.

— Est-ce que cela inclut de laisser tomber son hôte ?

Grant ne répondit pas. Je me tournai sur ses genoux pour lui faire face.

— Le démon et l'homme sont différents. L'un est encore prisonnier de l'autre.

— Je ne peux pas tuer Rex, dit-il calmement, cherchant mon regard. Je ne peux tuer aucun d'eux, Maxine. Pas quand je sais que leur nature peut changer.

— Parce que tu les forces à le faire.

Grant secoua la tête.

— Parce que je les vois autrement. S'ils ne voulaient pas de mon influence, ils pourraient abandonner ces corps, aller n'importe où dans le monde. Tu sais tout ça. Ils restent parce que c'est leur choix.

Malheureusement, je savais effectivement cela. Et ça me détruisait. Je tuais les démons. Je les tuais parce que je croyais, sans équivoque possible, qu'ils méritaient de mourir. C'est ce qu'on m'avait appris depuis ma naissance. On m'avait dit et répété que les démons étaient des prédateurs irrémédiables pour la race humaine, et ma vie entière, j'avais accepté cela, sans le moindre doute ou la moindre question.

Jusqu'à Grant. Et maintenant je vivais sous le même toit que des zombies. Ma pauvre mère.

Je sautai de ses genoux, mais il attrapa mon poignet et ses yeux étaient sombres, hantés. Il tourna ma tête avec beaucoup de précautions pour regarder la marque derrière mon oreille, et après un long moment de silence il écarta vers le bas le col de mon pull pour examiner ma gorge. Je me tins immobile, les yeux fermés, essayant de ne pas me rappeler ce que cela faisait d'étouffer jusqu'à la mort. Aspirant à pouvoir oublier cette cape, ou ces cheveux, ces pieds, et ce sourire.

Les lèvres de Grant touchèrent ma peau. Sa bouche était chaude et douce.

— Je suis sur la touche, murmura-t-il le long de mon oreille. Et je déteste ça. Je fais semblant du contraire. Je fais comme si tout allait toujours bien, mais quand tu rentres à la maison et que tu racontes toutes ces histoires, cela me terrifie.

— Tu le caches bien.

— Tu me connais mieux que ça. (Grant se recula, tenant mon visage entre ses mains.) Je viens avec toi demain. Je ne vais pas te perdre de vue jusqu'à ce que tout soit réglé.

— Je ne peux pas te laisser faire ça, Grant.

— Tu ne pourras pas m'arrêter. (Ses mains larges et puissantes allèrent s'enrouler derrière mon cou, cheminant dans mes cheveux.) Nous veillons l'un sur l'autre, d'accord ? N'est-ce pas ce que nous nous sommes promis ?

— Si, dis-je doucement.

— OK.

— Pour un prêtre, lui lançai-je, tu es sacrément tyrannique.

— Un ancien prêtre, rectifia-t-il. (La courbe de sa bouche se fit plus douce.) Et c'est toi qui dis ça.

Je souris, et entendis le bruit d'un frôlement lointain au-dessus de nous. Comme du gravier. Cela me prit par surprise.

— Il est sur le toit ?

— Il a dit qu'il avait besoin d'air.

— Un conseil ?

— Tu n'en as pas besoin. (Ses doigts dansèrent sur le clavier, égrainant une série de notes.) Tu sais toujours ce que tu dois faire, Maxine.

Il avait tort, bien sûr. Être à court d'idées ne m'avait certes pas arrêtée auparavant. Mais c'était un art de vivre, et parfois cela requérait une détermination inexorable, implacable, pour continuer à aller de l'avant, un pas après l'autre difficilement. Et bon sang, qu'importait ce que vous étiez en train de faire.

Le reste se faisait tout seul.

Le jardin suspendu de Grant n'était accessible que par l'appartement, et était, par conséquent, le seul endroit où nous pouvions nous détendre à l'extérieur, ensemble, sans avoir à nous inquiéter de couvrir mes tatouages, ou que quelqu'un voie les garçons. Cela donnait le sentiment d'être sur une île au sommet du monde, et même si Grant n'avait pas la main aussi verte que d'autres personnes au foyer, il s'était débrouillé pour hisser quelques pots de fougères et de lierres. Tout ce qui pouvait sentir bon ou présenter une note de couleurs s'était flétri avec l'hiver.

Le gosse était assis sur l'une des deux chaises longues en plastique, disposées près du foyer de la cheminée qui était pour le moment froid et mort. L'humidité ne semblait pas le gêner. Il fumait une cigarette.

Il me vit arriver mais ne se leva pas. Il bougea juste ses pieds et regarda par terre, tirant fort sur son sweat-shirt. Je m'assis à côté de lui sur l'autre chaise. Le centre-ville s'élevait devant nous, miroitant comme un chapelet d'acier et de bijoux. J'entendais l'écho de voitures et de voix dans le lointain, le ronronnement d'un avion. Je sentais les garçons proches, dans les ténèbres.

— Dure nuit, dis-je.

— J'ai vécu pire, répliqua-t-il.

— Bonne planque pour réfléchir.

— Je ne sais rien. Au sujet du meurtre.

J'étudiai son profil.

— Ce n'est pas ce que tu m'as dit dans la ruelle.

Il se lécha les lèvres et prit une longue taffe de sa cigarette. Souffla la fumée dans les airs, et je l'inhalai, appréciant l'odeur. Le silence du garçon s'étira. Je fouillai dans la poche de ma veste, raflée avant de monter ici, et trouvai un paquet de M & M's. J'en déchirai le papier et en fis tomber quelques-uns dans ma bouche. Tendis le reste au gamin. Il hésita, puis les prit. Le chocolat l'apaisa.

— Je m'appelle Maxine.

Mon vrai nom. Il sortit de ma bouche avant que je puisse m'empêcher de le prononcer et, pendant un moment, j'éprouvai un sentiment de peur. Je dus me calmer. Pas facile. Je perdais de mon mordant. Peut-être, pensai-je, n'en avais-je jamais été doté.

— Mon nom est Byron, dit le garçon.

Qu'il soit vrai ou faux, il lui allait bien. Il avait le regard de quelqu'un de plus âgé. Comme celui d'un poète.

— J'ai rencontré son ex-femme aujourd'hui, dis-je. Celle de Brian. Elle s'appelle Sarai. Elle peint des licornes.

— Je n'ai rien vu, répéta-t-il.

— Tu connaissais Brian Badelt. Je l'ai lu dans tes yeux.

Le gamin n'ajouta rien. Je me cantonnai à mon propre silence. Nous restâmes ainsi un long moment et mon estomac se mit à gargouiller. Pas de dîner. Je n'avais mangé rien d'autre que des M & M's et ils m'avaient donné soif. Je pouvais à peine entendre la respiration du gosse. Il n'était qu'un visage pâle et maigre entouré d'ombres.

— Je suis désolée que tu te sois trouvé au milieu de tout ça, finis-je par dire. Je ne savais pas que ça allait se produire.

— Peut-être que cela t'était égal.

— Non. Je t'ai récupéré.

Ce qui était plus ou moins vrai. Je voulais que Byron se sente en sécurité, malgré tout, et pas pour l'amener à parler. Je voulais juste qu'il se détende. Je voulais qu'il sache que personne ne lui ferait de mal. Pas de souffrance, de prix, rien qui ne viendrait de sa propre volonté.

Son regard papillonna dans ma direction.

— Comment avez-vous fait ?

— L'homme impliqué m'a trouvée. Nous avons parlé. Il t'a rendu à moi.

— Peut pas avoir été si facile que ça.

— Cela a-t-il de l'importance ?

Son regard se fit plus aiguisé.

— Vous n'êtes pas l'une d'eux.

— Non, répondis-je, sans être certaine de ce que « l'une d'eux » impliquait – la Mafia, ou des types avec des flingues, ou juste les miasmes de la société, fondant sur sa tête. Je suis bien plus effrayante.

Sa bouche se crispa. Je me penchai en avant, les coudes sur les genoux.

— Badelt avait mon nom dans sa poche lorsqu'il est mort. C'est pour cette raison que je veux en savoir plus sur lui. Je voulais découvrir ce qu'il faisait dans cette ruelle.

J'étudiai le visage de l'adolescent, illuminé par les lumières de la ville.

— Était-il là pour te parler ?

Il ne dit rien. J'ajoutai :

— Tu ne vas probablement pas me croire si je te fais des promesses. Les mots ne valent rien. Mais je vais te dire ceci – je ne vais pas t'obliger à quoi que ce soit. Si tu veux partir, tu le peux. Si tu veux rester silencieux, tu le peux. Mais ton aide me serait utile.

— Où sommes-nous ? me demanda-t-il.

— Au Coop. Peut-être en as-tu entendu parler. C'est un foyer pour sans domicile fixe, près de Chinatown. L'homme qui se trouve à l'étage en dessous en est le propriétaire. C'est quelqu'un de bien. Tu peux rester aussi longtemps que tu le souhaites. Dans ta propre chambre. Pas d'attaches, à moins que tu n'aies dans l'idée de faire dans le trafic de drogues ou dans les fêtes sauvages.

Il me lança un regard perçant.

— C'est de la foutaise. J'ai entendu parler du Coop. Personne n'y a sa propre chambre.

— Certains, si. Les cas particuliers. Toi, si tu le veux.

Byron sortit sa cigarette.

— Rien n'est gratuit. En plus, quelqu'un me signalera aux services sociaux. Ils n'auront pas le choix.

— Tu as une bonne raison pour ne pas te trouver chez toi ?

Il haussa les épaules et plia avec précaution le mégot de sa cigarette dans la poche de sa veste.

— Si ce n'était pas le cas, j'y serais en ce moment.

Évidemment. Question stupide. Je me laissai aller en arrière. La chaise en plastique était humide, mais malgré tout pas autant que moi-même. J'aurais pu alimenter le cours d'une rivière rien qu'en essorant mes vêtements.

Le gamin palpa son pull, le haut de la fermeture Éclair de son manteau. Ses ongles étaient peints en noir, et rongés jusqu'à mettre la chair à vif. Je l'observai, avant de lever mon regard vers le ciel. Pensant aux démons et au Voile. Aux hommes et aux femmes âgés. Aux secrets.

Je sentais les garçons tout autour de nous, épiant, cachés dans l'obscurité. Je résistai au besoin pressant de porter mes doigts à la marque sous mon oreille. Ma seule cicatrice.

Byron demanda :

— Je peux partir n'importe quand ?

— Oui. Nous commencerons probablement à t'embêter dans quelque temps pour que tu prépares un équivalent du bac, ou quelque chose de ce type, mais personne ne t'y obligera. Et personne ne te jettera dehors.

Il ne me croyait pas. Je pouvais le voir dans son regard, mais ce n'était pas vraiment une surprise. Quatorze, quinze ans, et vivant dans la rue avec une expression dans les yeux aussi vieille que le monde ? Il y avait une histoire derrière cela. Et elle n'était pas gaie.

Il se mit à observer ses mains.

— Brian m'amenait des sandwiches de temps à autre. Il me les tendait. À plusieurs reprises, il est venu avec des manteaux et des couvertures, ou juste avec des BD. Il n'a jamais rien demandé en échange. C'était sympa.

Plus que cela, à voir l'air soudain misérable, dévasté qui s'affichait sur son visage. Il ne me regardait pas, mais avait les yeux rouges, tout comme ses joues. Sa main droite se ferma en un poing.

Grant avait dit que Byron avait peur des hommes. S'il avait fait confiance à Badelt, c'était quelque chose d'important. Et ça le deviendrait pour moi aussi. Sa peine commençait à se faire plus profonde.

— As-tu vu qui l'a blessé ? demandai-je doucement. Byron, que s'est-il passé ?

Il secoua la tête, frottant sa manche contre son nez.

— Les choses ont commencé à être difficiles. D'autres gens se sont installés. Des armes. Plus de drogue. Il y avait de l'argent en jeu. Les jolies filles avaient disparu. Brian m'a donné un numéro de téléphone à appeler si jamais j'avais besoin d'aide. Alors, j'ai appelé. Il allait venir me retrouver. Il a dit qu'il avait d'autres questions. Sur quelque chose de différent.

— Quelque chose de différent ? T'a-t-il dit de quoi il s'agissait ?

Byron hésita.

— Il s'intéressait à vous. À quelqu'un qui s'appelait Maxine, en tout cas.

— « S'intéressait » ?

— Pas dans un sens sexuel. Juste... intéressé. Curieux, quoi. Si jamais j'avais entendu parler de vous.

Curieux. À mon sujet. Cela n'avait pas de sens, mis à part que Sarai connaissait mon nom et mon visage et avait été mariée à Badelt. Et même cela n'était pas une réponse – juste une autre question. Une nuit pleine d'interrogations.

Je mis cela de côté.

— Parle-moi des armes et de la drogue. Des filles disparues. Est-ce que les hommes qui t'ont enlevé sont ceux qui sont responsables de cela ? Ont-ils tué Badelt ?

Byron mangea un M & M's, la main tremblante.

— J'étais seulement en train de partir. L'homme qui a tué Badelt avait les cheveux bonds. Il portait un long manteau. Bleu ou noir. Cher. L'un d'entre eux.

Une fois encore, cette expression.

— Était-il russe ?

Byron haussa les épaules, ce qui pouvait vouloir dire tout et n'importe quoi. Je me reculai dans mon siège, réfléchissant difficilement. Les Jumeaux Prodiges et leur compagnon au téléphone portable étaient sûrement blonds, mais ils étaient vêtus de pantalons bas de gamme et de coupe-vent, rien à voir avec un manteau cher et long.

Et Edik, bien qu'étant flou au sujet de la mort de Badelt, avait laissé entendre que quelqu'un d'autre en était responsable. Quelqu'un qui m'épiait. Ou peut-être était-ce un nouveau jeu de mots pour que j'arrête de concentrer mon attention sur lui.

Je détestais ça. Ma tête me faisait encore souffrir, un faible mal au crâne dont l'origine se situait derrière mes yeux. Je pris une profonde inspiration.

— Une dernière question, Byron. M'avais-tu déjà vue, avant ce soir ? Lorsque nous nous sommes rencontrés la première fois, j'ai pensé que c'était peut-être le cas.

— Non, répondit-il en me regardant droit dans les yeux. Mais vous me sembliez familière. Je ne sais pas pourquoi.

« Sicile », avait dit Zee, je m'en souvenais. La peine dans le regard de Raw.

J'acquiesçai.

— Merci, Byron.

Il me jeta un regard incertain.

— Et maintenant quoi ?

— Cela dépend de toi.

Il hésita.

— Peut-être pourrais-je rester ce soir.

— OK. Fais un essai. Tu peux garder ta chambre, et demain, tu emménageras dans l'un des studios. Comme un mini-appartement, rien que pour toi.

Il me fixait comme si des serpents me sortaient de la tête, ce qui aurait pu être le cas si Dek et Mal s'étaient encore trouvés sur mes épaules. Les petits démons étaient justement derrière le garçon, enroulés autour de la nuque de Raw. Tous les trois nous espionnaient cachés derrière un tonneau rempli de fougères.

— C'est la vérité, insistai-je. Je peux te le montrer maintenant.

— Non, répliqua-t-il. Mais je continue à penser que tout ça, c'est que des foutaises.

Les nuages s'éclaircissaient. J'aperçus la lumière des étoiles et pensai au démon avec sa cape, dansant sur des couteaux.

Ton visage nous a manqué.
Tu nous as réveillés. Ton âme nous a appelés.
Du fond de l'abysse, nous avons senti ton appel.
Le sang n'est pas seul souverain.
Tu as besoin de nous.

Je me levai, savourant la brise froide qui venait balayer mon visage. Je sentais l'océan et les docks, des relents de graisse en provenance de Chinatown.

Byron se leva aussi. Il était plus grand que moi, et presque aussi mince ; un air avide sur le visage, affamé de bien plus que de simple nourriture.

— Depuis combien de temps vis-tu ainsi ? lui demandai-je doucement.

Je crus qu'il allait s'énerver, mais il prit une profonde inspiration et ses épaules s'affaissèrent.

— À peu près six mois.

— Et tu n'as personne ?

— Si, répondit-il en baissant les yeux au sol. Mais il est mort la nuit dernière.

J'opinai en silence. Commençai à avancer. Byron se racla la gorge et je m'arrêtai, regardant derrière mon épaule. Il s'agitait nerveusement, ses doigts s'inquiétant de la fermeture Éclair de son pull. Mon estomac se noua, j'étais mal à l'aise.

— Oui ?

On aurait dit qu'il était sur le point d'être malade.

— Je ne tenais pas à vous le dire.

Je fis un pas dans sa direction.

— Quoi ?

Le gamin appuya sa paume contre son sourcil, comme s'il souffrait. Sa voix tomba au point de n'être plus qu'un murmure rauque.

— L'homme qui a tué Brian... m'a surpris en train de le regarder faire.

J'arrêtai de respirer.

— T'a-t-il fait du mal ?

Byron acquiesça, son visage se plissant. Mon esprit s'aventura en des lieux que je ne voulais pas imaginer, puis s'échappa, sauvage.

— Il t'a laissé partir. Tu survivras.

Les larmes coulaient le long de ses joues.

— Il a dit qu'une femme viendrait et poserait des questions. Il a dit qu'il me tuerait si je parlais. Lorsque j'ai été capturé ce soir…

« J'ai cru que j'allais mourir », l'imaginai-je finir.

Son corps tout entier trembla. Je me sentis moi-même mourir, juste un peu. Je pris l'ado dans mes bras. Délicatement. Je n'avais pas l'habitude de ce type d'étreintes, mais il s'accrocha à moi, pleurant, brisé par une peine si violente que je ne pouvais imaginer que seule la mort de Brian fût responsable de toute cette émotion.

Il pensait encore qu'il allait mourir. Je pouvais le sentir. Je lui avais offert un répit, c'était tout. Byron était terrifié.

Je vis les garçons nous observer. Zee avait un point noué contre sa poitrine. Raw et Aaz, Dek et Mal – tous, nous fixant, profondément plongés dans leurs souvenirs. Je pouvais discerner cela. C'était dans leurs oreilles, leurs bouches. Négligés, distraits.

Je tins le garçon contre moi. Je le tins longtemps.

Chapitre 8

J'étais incapable de faire face à cela seule. Grant m'aida à mettre le gosse au lit, et cette fois-ci je le laissai utiliser la flûte. Je me tenais près de la porte et le regardai, assis sur une chaise près de la table de nuit et jouant sa propre musique, sa création. Inventée sur l'instant pour l'âme de Byron.

La psyché de l'ado avait à peu près la même mélodie que *L'Oiseau de feu*[1], cadencée, mystérieuse et triste. Je ne pouvais pas voir son aura – seulement et toujours les ombres des démons – mais je sentais la puissance de Grant couler à travers moi et s'introduire dans mes os. J'imaginais ce que c'était de réarranger les couleurs de l'âme d'un garçon – la couleur reflétait l'énergie, l'énergie représentait une émotion. Un coup de coude ici, une poussée par là. Gentiment. Subtilement. Pour guérir. Le garçon dormait. Grant avait commencé par là. Pour rendre les choses plus faciles.

Après un moment, je les quittais.

Zee et les autres étaient dans la chambre. Leurs ours en peluche étaient sortis, des membres amputés laissaient dépasser le coton blanc de leur rembourrage. Les garçons commencèrent à fredonner *Livin' on a prayer*[2],

---

1. Premier grand ballet d'Igor Stravinski. (*N.d.T.*)
2. Titre de Bon Jovi. (*N.d.T.*)

tandis que j'entrais dans la pièce, leurs voix haut perchées comme une version démoniaque d'Alvin et les Chipmunks[1] ; mais c'était une version lugubre, et lorsqu'ils se mirent à envoyer valdinguer leurs ciseaux, ce ne fut qu'avec un faible enthousiasme qu'ils visèrent les yeux les uns des autres. Je les observais faire un moment, avant d'avancer en marchant sur les numéros du mois de *Playboy, National Geographic* et du *Wall Street Journal* qui s'empilaient à côté de livres de coloriages et de crayons à moitié mâchonnés.

Je me débarrassai de mes vêtements en allant à la salle de bains. Je sentis quelque chose de lourd dans ma poche, et me souvins, brutalement, du disque de pierre que Jacques m'avait donné. Un cadeau de ma mère. Je le regardai, frottant de ma paume la surface douce et lisse, mes doigts suivant les traces des lignes circulaires qui y étaient gravées, blotties les unes contre les autres.

Je le mis sur la table de nuit, le cœur douloureux.

J'évitai de me regarder dans le miroir. Je pris une douche. Cela me fit du bien. J'essayais de ne pas trop penser. J'essayais aussi de ne pas flipper, mais ma chance n'alla pas jusque-là.

Je pleurai. Je pleurai sur moi-même, sur ma mère. Je pleurai sur Badelt et Byron. Je ne savais pas pourquoi. J'avais vu des gens mourir. J'avais tué. Mais j'avais le sentiment de faire face à la mort de ma mère une fois encore, et c'était plus que je ne pouvais en supporter. Même penser à Jacques Ingère ne me distrayait pas. C'était juste une terrible douleur de plus.

---

1. Groupe de musique imaginaire où les chanteurs sont des sortes d'écureuils. Le « groupe » est né au début des années 1960. (*N.d.T.*)

Je mis mon cerveau en mode off. Restai sous l'eau un long moment. Bouillante. Je pouvais à peine voir les murs à travers la buée. Je me sentais prise de vertige.

Lorsque je sortis de la salle de bains, Grant était couché. Les lumières étaient tamisées. Les garçons, disparus. Je repoussai les couvertures. Vit beaucoup de peau. Je laissai tomber ma serviette.

Grant, très délicatement, me dit :

— Je vais faire en sorte que ça aille mieux.

Et il y parvint.

Je n'étais pas douée pour les rêves. J'ai toujours fait des cauchemars – ou mieux, j'eus des visions d'éléphants volants, de criquets à chapeaux haut de forme chantants – mais, depuis la mort de ma mère, mes rêves ont été dépossédés, obstinés dans leur simplicité ; ma vie était si terriblement bizarre qu'il ne restait rien à conjurer dans mon sommeil. Si je rêvais, alors j'étais bonne pour tout oublier à mon réveil. Le plus souvent, il n'y avait qu'obscurité dans mon esprit.

Mais lorsque je m'endormis cette nuit-là, je rêvais de tambours. Je rêvais d'une vallée fondue dans la lumière de la lune, s'étendant sous moi comme des joues rondes, et il y avait des extrémités d'ailes contre mes pieds, comme le manteau d'un dragon, et un goût dans ma gorge, composé de cannelle et d'épices, et de quelque chose de pire, d'horrible et de métallique – crémeux comme du beurre fait de sang.

Je n'étais pas seule dans mon rêve. Les garçons étaient là, alignés contre moi tels des loups, et j'étais en compagnie de loups, réels, aux yeux d'or, rapides et à la fourrure argent. Je portais aussi de la fourrure. Je portais de l'or et de l'argent, et sur mon front une mince couronne qui piquait ma peau de ses épines. Dans ma main, une épée.

Et derrière moi, s'élevant contre mon dos, un mur d'obscurité, une cape se tordant et se balançant, une bouche pâle souriant.

C'est l'heure, pensai-je. Voilà le sang.

Et il en fut ainsi.

Lorsque je m'éveillai, ma peau était couverte de tatouages. Lever du soleil. J'avais survécu à la nuit.

Ma bouche avait le goût de la cannelle. Je posai mon regard sur ma main, presque perdue dans les couvertures. Des yeux rouges me renvoyèrent mon regard, sans ciller et plats. Raw, le menton grisonnant, distordu sur ma peau. Il s'était reposé sur ma cuisse hier, mais les garçons ne dormaient jamais deux fois au même endroit. Je laissais rarement d'autres gens voir mes tatouages. Certaines choses étaient difficiles à expliquer.

Un pied chaud nichait contre ma jambe. Je roulais sur le côté. Les oreillers soutenaient Grant, la lumière matinale réchauffant ses cheveux marron. Il tenait le disque de pierre.

— Pardon, dit-il, absent, j'ai été curieux.

Je me couchai sur le ventre, empilant des oreillers sous mon ventre, et le surpris en train de vérifier les tatouages sur ma poitrine, l'un de mes seins servant actuellement d'oreiller à Zee. Je baissai les yeux et trouvai sa main couleur mercure figée contre mon sternum, la griffe du milieu levée.

— Eh bien, dis-je légèrement, je sais qu'il n'est pas en train de me repousser.

— Ne demande rien, marmonna Grant, et il fit rouler la pierre dans sa large paume. Qu'est-ce que c'est ?

— Ornement de jardin en édition limitée. Les garçons ont encore regardé la chaîne de télé-achat.

Il grimaça.

— Maxine.

— Jacques Ingère me l'a donnée. Il a dit que cela venait de ma mère.

— Juste comme ça ? Une coïncidence quelconque.

— Tu sais ce que je pense de ces dernières. (Je fis courir mon doigt contre les muscles durs, épais, de son avant-bras.) Crois-tu aux contes de fées ?

Grant rentra plus profondément sous les couvertures et se tourna sur le côté, plaçant la pierre entre nous, sur le coin de mon oreiller.

— Je crois en toi. Et je sais ce que je peux faire. Je suppose que cela veut dire que tout est possible.

J'observais la pierre, et dans la lumière du matin les coins de ses lignes circulaires ressemblaient à des veines animées d'éclats de lavande et d'argent – des perles écrasées – et, bien qu'il ait pu s'agir d'une illusion oculaire, j'imaginais un pouls faible, comme si un cœur minuscule battait à l'intérieur.

— Pourquoi ? demanda Grant.

— Je ne sais pas. Ça me trottait dans la tête. (Je me tournai, exposant ma mâchoire.) Tu vois quelque chose ?

Son observation se fit plus approfondie.

— Un tatouage se prolongeant hors de la ligne de tes cheveux. Dek ou Mal, je n'en suis pas sûr. Juste suffisamment pour couvrir la marque. Je ne la sens plus non plus. Est-ce que les garçons peuvent se débarrasser d'une cicatrice ?

— Pas à ma connaissance.

Je me demandais pourquoi les garçons préféreraient se retrouver exposés au lieu de laisser la marque visible sur mon visage. Et comment Jacques l'avait reconnue.

Grant grogna.

— J'ai parlé à Zee la nuit dernière. J'ai essayé de lui soutirer quelques réponses.

— Et ?

— Il m'a dit qu'ils avaient fait des promesses.

J'enfouis ma tête dans les oreillers.

— J'ai eu droit à la même réplique. T'ont-ils fourni quoi que ce soit d'utile ?

Il sourit.

— La culpabilité. Chose en laquelle je suis bien versé.

Je ne pouvais pas rire.

— Lorsque tu étais prêtre, acceptais-tu les confessions ?

— Bien sûr. Un poids dont tu voudrais libérer ta poitrine ?

— Ha. (Je frottais la pierre du doigt.) Je me demandais juste si tu avais jamais... rencontré quelque chose de vraiment bizarre. Si horrible que tu aurais eu du mal à le garder pour toi.

— N'as-tu jamais gardé de secrets ?

— Pas le genre de secrets qui met la pagaille dans la vie d'une personne.

Grant m'attira plus près de lui.

— La confession, le sacrement, la pénitence... Tout cela est supposé aider les pécheurs à converser avec Dieu. Un auto-examen, avec moi, comme prêtre, représentant Jésus pour exercer le pardon. Mon rôle n'était jamais de juger. Et quant à répéter ce que j'entendais... c'est quelque chose que je ne pourrais jamais faire, pas même pour sauver ma vie. Ou celle de quelqu'un d'autre.

— Mais tu jugeais bien. Tu agissais. (Je le regardai droit dans les yeux.) Tu savais que tu pouvais réparer les plus dérangés. Et tu utilisais le confessionnal pour les trouver.

Il ne nia pas. Il m'en avait dit autant dans le passé, et c'était là l'une des raisons pour lesquelles il avait quitté la prêtrise. Trop de conflits. Trop de dangers. Venant, non de lui-même, mais de l'Église.

Grant ferma les yeux.

— Il fallait que tu remettes ça sur le tapis.

— Désolée, dis-je.

— Ce n'est pas grave. Simplement, je... ne pouvais pas laisser partir certains d'entre eux. Pas tels qu'ils étaient. Et peut-être était-ce une erreur de ma part. Il est possible que tout ce que je fais soit mal. Mais tu ne peux pas comparer cela à Zee et aux autres, à ce qu'ils gardent pour eux... (Il s'arrêta, soupira.) Il doit y avoir une bonne raison pour expliquer leur attitude. Ils t'aiment, Maxine. Et pas seulement parce qu'ils ont besoin de toi pour survivre.

Je l'espérais. J'attrapai la pierre et la berçai au-dessus de nos têtes, essayant de faire attention. Ma mère avait voulu que je l'aie. Ma mère. Je pouvais à peine imaginer cela.

Et ne parvenais pas à comprendre pourquoi.

— C'est un labyrinthe, dit Grant, tapotant le haut du disque. Du moins, c'est ce que je crois. Il est un peu différent de ceux dont j'ai l'habitude.

Je le fixai, surprise.

— Tu as déjà vu quelque chose comme ça auparavant ?

— Cette figure est un pilier de l'Église. Elle symbolise le chemin jusqu'au salut, à la lumière.

Intéressant.

— Alors, qu'est-ce qui est différent dans celui-là ?

Le regard de Grant était perçant, pensif.

— Un labyrinthe a seulement un début et une fin. Tu vois où ces lignes rencontrent le bord ? Il y en a neuf. Neuf manières d'y entrer.

— Ce n'est probablement pas à prendre au sens littéral.

— J'en suis sûr. Mais le symbolisme est le même à travers les cultures, de la Grèce antique à l'Iran et à la Chine. Des reliques ont été découvertes en pré-Colombie de l'Amérique du Nord et du Sud. En Australie, même. Et dans tous ces lieux, les labyrinthes sont décrits d'une certaine manière. Pas comme celui-là.

— Connaisseur éclairé ?
— Fallait bien.
— Tu as ce petit éclat dans le regard.
Il eut un large sourire.
— C'est un sujet fascinant. Et un cadeau très approprié. Ta mère savait ce qu'elle faisait.
— C'était généralement le cas, répliquai-je sèchement.
— Mais tu vois, regarde ça. (Il tapota la pierre, suivant du doigt les lignes concentriques.) Il y a peut-être neuf manières d'y entrer, mais il n'y en a qu'une seule pour aller vers le centre, une fois qu'on se glisse par cette ouverture... juste là. Un chemin unique. Un dédale tracé en une fois. Et pour atteindre le bout, cela demande uniquement d'y croire. Pas de la logique, mais de l'endurance.
— Ma mère aurait apprécié ce sentiment.
— Il y a autre chose qu'elle aurait encore plus aimé. L'archétype du guerrier. (Grant me regarda dans les yeux.) Si tu étudies les mythes associés aux labyrinthes, il y a toujours une présence malveillante liée à ces derniers – le Minotaure, Satan, Khumbaba. Mais là où se trouve le malin...
— ... se trouve quelqu'un qui lutte contre lui.
— Dans le labyrinthe, le guerrier vaincra les ténèbres, dit-il calmement. Et gagnera le salut pour tous.
Je fermai les yeux, imaginant ma mère en train d'observer la pierre et ses gravures. Contemplant le futur de sa fille.
— Cela n'explique pas pourquoi elle ne m'a pas donné cela elle-même.
— Une part du message ? (Grant leva un sourcil.) Confier les choses à la foi, au chemin qui serpente ? Peut-être a-t-elle pensé que cela signifierait plus de choses si tu le recevais... plus tard.

Après sa mort. Un message d'outre-tombe. Cela aussi avait un sens. Ma mère, de son vivant, avait été adepte d'ésotérisme. La mort, apparemment, n'y avait rien changé.

— Tu sais, reprit Grant pensivement, du point de vue de la conscience humaine, un labyrinthe est perçu comme une porte entre deux mondes. Certains croient aussi que ces labyrinthes préhistoriques pourraient avoir servi de pièges, symboliques ou pas, pour... des esprits malveillants.

Je secouai la tête.

— Je suis convaincue. Message reçu.

La bouche de Grant fut agitée par un tic.

— Cela n'explique toujours pas l'écart dans l'iconographie. Le manque d'ordre, les neuf points d'entrée.

Je me blottis plus profondément contre son flanc.

— Tu parles comme un professeur.

— Est-ce que cela te fait vibrer ?

— Continue de parler.

Il commença à sourire, mais une ligne timide se creusa entre ses yeux. Il leva le disque de pierre, le tournant dans la lumière.

— Quoi ? demandai-je.

— Quelque chose ne colle pas. Je n'arrête pas de penser qu'il s'agit de mon imagination. (Il hésita, observant toujours la pierre.) Une personne dans le coma a une aura. Des indicateurs profonds. Mais plus cette personne dort profondément et longtemps, plus cette lumière devient superficielle. Et ceux qui n'ont aucun espoir de guérison...

— Ils ont un pouls, dis-je calmement, tendant la main pour toucher les gravures, les éclats d'argent.

Je suivis la trace des lignes, sentant quelque chose changer dans mon esprit ; un frémissement sombre. Réduit aux simples battements du cœur.

Grant me fixait.

— Tu le vois.

— Oui, quelque chose. (Mon regard était tendu vers ma main :) Un autre genre de vrille, une mixture de nœuds et de complications, un dédale de chair, temps et mort. Chaque ligne sur ma peau, preuve d'une vie dont j'étais responsable. Pas de fuite possible non plus. J'étais les barreaux de ma propre cage. Gardien et prisonnier à la fois.

Le téléphone sonna. Grant ne décrocha pas. Il m'attira encore plus près de lui et vint s'allonger sur mon corps jusqu'à ce que sa peau me recouvre. J'enroulai ma jambe autour de la sienne. Je me sentais petite quand il me tenait. Plus en sécurité que je n'aurais dû. Au chaud. Grant était la seule chose que les garçons m'autorisaient à toucher lorsqu'ils dormaient.

— Écoute-moi, dit-il calmement, tu n'es pas seule dans cette histoire.

— OK, murmurai-je, mais nous avons déjà eu cette conversation.

Il appuya son front contre le mien.

— Je le pense sincèrement, Maxine. S'il te plaît.

— Je sais. (J'embrassai le coin de sa bouche.) Va comprendre.

Il sourit, d'une manière forcée. Je ne pouvais pas voir ses yeux. Ce qui rappela à mon esprit le souvenir du démon Oturu, et je repoussai Grant suffisamment pour pouvoir le regarder pleinement.

Il ne me cacha rien. Pas un tremblement. Pas la chaleur ou la pleine mesure de sa force, qui était stable, posée. Je ne sais pas ce qu'il vit dans mes yeux, mais en revanche, je savais ce que j'éprouvais. Cela me faisait peur.

— Ne fais pas ça, dit-il.

— Les gens se blessent à cause de moi.

— Foi, endurance. (Il souleva la pierre.) Écoute ta mère.

L'ironie de sa déclaration me fit rire.

— Si j'écoutais ma mère, je ne serais pas là à la minute présente. Et tu serais probablement mort.

Grant fit la grimace et roula hors du lit. Je m'assis, repoussant les couvertures sur le côté. Les tatouages rendaient mon corps noir, y compris les ongles de mes orteils : la couleur des griffes. Pas de vernis pour moi. Ça n'avait jamais tenu.

Je pensai à Byron et attrapai mon jean et mes bottes, tirant du placard un pull à col roulé en cashmere bleu marine. Grant enfila d'un coup sec un pantalon de jogging qu'il portait bas, suspendu à ses hanches minces. Je lui lançai sa canne. Ses yeux avaient un regard perçant, sa mâchoire était serrée. Animal sexy.

Je raflais le disque du lit et le fis glisser dans la poche arrière de mon jean. Le plancher de la salle à manger était glissant de lumière. J'eus un aperçu sur le ciel bleu à travers les vitres et attrapai une paire de gants sur la table basse.

Byron n'était pas dans la chambre d'amis. Le lit était fait.

Je restai plantée là, déçu. Grant plaça sa main sur mon épaule.

— Peut-être devrions-nous vérifier en bas. Il pourrait être en train de prendre son petit déjeuner.

Ou peut-être avait-il fui à la vitesse de l'éclair. Je ne l'en aurais pas blâmé. J'étais la cause de ses blessures. Il avait probablement compris que j'étais aussi la cause du meurtre de Badelt.

Je laissais Grant finir de s'habiller. Il n'y avait pas d'accès direct au foyer depuis son appartement. Je devais passer par l'extérieur et l'air du dehors était vif et humide, avec seulement une faible odeur venant des docks pour troubler la brise. Cela faisait de moi la Miss Wisconsin levers du soleil d'hiver, avec un temps si froid que cela tranchait les poumons comme un couteau. Durant la journée, je ne pouvais éprouver la température que grâce à eux . Cela donnait aux lieux une sorte de texture.

Je pénétrai dans le foyer à côté des cuisines. Cela sentait le bacon, la friture et le café. Passé les portes battantes, les casseroles cognaient et le lave-vaisselle crépitait, faisant concurrence aux rires. Smokey Robinson[1] beuglait dans l'interphone qui donnait dans la cafétéria. Les mecs aimaient écouter du son Motown en mangeant leurs céréales.

Une des bénévoles entra en titubant. Elle arrivait de l'aire de chargement et portait une auge de donuts, nappés d'un glaçage qui dataient de la veille, offerts par une boulangerie locale. J'en piquai un.

— Vous avez pas vu un gosse traîner dans le coin, par hasard ? Ado, piercé, cheveux noirs en épi et sweat-shirt ?

— Il y en a une douzaine comme ça dehors aujourd'hui, marmonna la femme. Tentez votre chance.

J'ouvris les portes battantes d'une poussée et jetai un coup d'œil dans la cafétéria. De longues tables emplissaient la pièce, la plupart d'entre elles bourrées de monde. Mon regard glissait sur des visages fatigués, usés, quelques sourires chaleureux, et plusieurs hommes et femmes tendus, des enfants calmes assis entre eux. Je vis un groupe d'ados, essayant de se faire petits contre le mur. Mais pas de Byron.

Pas de zombies non plus ce matin. C'était un soulagement. Trop de tension quand ils étaient dans le coin. Et quand des nouveaux venus se montraient, les premières interactions entre nous étaient toujours imprévisibles. Particulièrement si le zombie faisait ma connaissance avant celle de Grant.

---

1. Chanteur américain de R & B et de soul né en 1940. (*N.d.T.*)

Je terminai le donut, traversai rapidement les couloirs principaux, puis me retrouvai de nouveau dehors. Je fis une balade dans le jardin et respirai la saveur piquante et aiguë du cèdre et de l'herbe. Je sentis les garçons faire de même dans leur sommeil. Raw tira sur mon bras. Je marquai une pause, puis pris dans la direction qu'il m'indiquait. Mes yeux me faisaient mal.

À l'orée du terrain où se trouvait le foyer, près d'un portail endommagé et fermé par une chaîne, je remarquai une toute petite silhouette qui se tenait à côté d'un arbre. Une petite fille, seule. Je ne pouvais distinguer son visage parce qu'elle regardait fixement la route à l'opposé d'où je me trouvais, mais ses cheveux étaient noirs, elle était habillée en jean de la tête aux pieds et portait des bottes rouges. Tenue mignonne. Je me souvenais d'avoir eu exactement la même.

Je cherchai un parent aux alentours – un adulte quelconque – mais mis à part quelques figures solitaires devant l'entrée principale du foyer, je semblais être la seule. Mon cœur se serra, pris d'un mauvais pressentiment. Parfois les gens abandonnaient leurs enfants au Coop. Je n'en avais été témoin qu'une seule fois, mais Grant m'avait assuré que, d'ici à l'été, nous verrions cette situation se reproduire probablement à plusieurs reprises. Les gens étaient épuisés, désespérés. Ils pensaient que c'était la seule manière de prendre soin de leurs gosses et de leur offrir une vie meilleure.

Les garçons commencèrent à tirer fort sur ma peau comme je m'approchais de l'enfant. Je frottai mes bras et ralentis, maintenant une certaine distance entre la petite fille et moi.

— Bonjour, lui dis-je.

— Salutations, répliqua-t-elle sans bouger.

J'attendis un instant, puis décrivis un large cercle autour d'elle, incapable de détourner mes yeux de son visage. Je sentis mon ventre se creuser. Un vertige me saisit. Il m'était difficile de rester debout. Une peur glacée prit le pas sur toute raison.

Cette petite fille, c'était moi. À huit ans.

Je la contemplais fixement. Des voitures passaient derrière moi. J'entendais les mouettes et le mugissement de la sirène lointaine d'un navire ; un rire rauque depuis le foyer ; le léger craquement du cuir quand mes mains gantées se serrèrent en un poing. Essayant de ne pas les laisser trembler.

La petite fille ne me regardait pas, mais je pouvais voir le coin de ses yeux : la même forme et la même couleur que les miens, mais froids, vides.

— J'ai entendu des choses, même dans les ténèbres. De l'intérieur du Voile. De fabuleuses fables au sujet de ce monde, qui ont pris vie après notre passage. L'humanité, élevée en un empire de lumière, comme aucun autre par-delà le Labyrinthe. De telles merveilles, murmura-t-elle, sa voix était celle d'une adulte. De telles merveilles, terribles et désespérées.

— Et maintenant tu es là. Maintenant tu vois.

— Je vois, reprit-elle. Je suis pleine de visions, et pourtant, j'en suis affamée. Tu ne comprendrais pas une telle faim. Pour les immortels piégés derrière l'éternité, dans l'obscurité interminable de la prison, les histoires sont une monnaie. Les histoires sont la vie. Les histoires sont faites pour être troquées, pour devenir sang.

Son apparence physique était un affront, destinée sans aucun doute à me déséquilibrer. Mais ce furent ses mots qui me renversèrent.

— Tu n'as pas traversé le Voile pour chasser des histoires.

La petite fille sourit, regardant au loin.

— Au contraire. Je ne suis venue que pour ça. Et, des fables, je vais en avoir à conter. Pas de Gardiens. Pas de Métamorphoses. Des humains, ignorants et poussant des cris perçants dans leur misère. Rien pour protéger ce monde. Ce monde, qui ne ressemble en rien à ce que nous croyons. Empires dilapidés. Or et fer, et pas d'âme.

— Tu as l'air déçu.

La petite main de la fillette glissa hors de sa poche. Une ficelle se balança. Ou peut-être était-ce des cheveux, tressés.

— Les souvenirs se font concurrence. Je suis plus âgée que d'autres. Je me souviens d'autres mondes. De mondes éblouissants. J'avais espéré que celui-ci gagnerait sa place dans le panthéon. Mais que suis-je, à part un être pétri de désirs surannés ? Quand tout sera terminé ici, il y aura d'autres empires à admirer. Une infinité, par-delà le Labyrinthe.

Elle se parlait à elle-même. Énigmes.

— Tu es venue ici pour me voir. Tu sais ce que je suis.

— Toi, Chasseuse, dit-elle d'un ton dédaigneux. Gardienne de prison. Hôte d'une armée d'avortons. J'ai entendu des histoires sur ta lignée, aussi, mais tu n'as pas si grande importance. Dix mille ans amincissent l'esprit. Et la chair humaine n'a jamais été aussi facile à dépecer.

— Alors tu ne me connais pas, dis-je calmement, me rapprochant. Et tu es la bienvenue pour prendre ta place dans la file d'attente.

La fillette sourit.

— Une chose d'abord, Chasseuse, avant que nous luttions dans l'herbe. Parle-moi de Jacques. De Jacques et de sa Sarai Files. Le loup et la licorne.

Attends-toi à l'inattendu. Mais cette question matraquait encore mon cœur. Je luttais pour garder une expression lisse, froide.

— Comment les connais-tu ?

La gamine leva la main. Sa peau miroita, devenant si translucide que je pouvais presque voir son visage à travers sa paume. Comme de la fumée. Ou un fantôme. Autour de nous, l'air se refroidit comme si de la glace le frôlait.

Je serrai les dents.

— C'était toi la nuit dernière.

Sa main se solidifia.

— Mes yeux sont partout. Et Jacques et Sarai, qu'importent les noms qu'ils se donnent, sont... de vieux amis. Imagine ma surprise de te voir en leur compagnie. Imagine simplement. Si tu n'avais pas été là, nous ne serions pas en train d'avoir cette conversation. Je t'aurais... ignorée.

— Et maintenant ?

— Maintenant, tu fais partie du jeu. Maintenant, puisque mes maîtres m'ont donné un sursis, je vais en profiter pour régler de vieilles histoires.

— Non, soufflai-je froidement, tu ne t'approches pas d'eux.

— Sinon quoi ? (La petite fille me regardait avec une condescendance impérieuse, distante.) Tu es la dernière, et tu es toute seule. Les Gardiens sont morts, Chasseuse. Et tu seras le sang que j'utiliserai comme encre, quand j'écrirai le mot Fin sur ma peau.

Je marchai jusqu'à elle, ce démon portant mon visage d'enfant, et me baissai, un sang de glace dans les veines.

— Je n'ai jamais aimé perdre mon temps.

— Rien n'est jamais perdu.

Le démon agrippa ma gorge. Sa poigne était forte. Elle aurait pu pulvériser une chair humaine normale, l'écraser en bouillie, mais je me contentai de me tenir là pendant qu'elle peinait, et silencieusement je retirai mes gants.

Je me saisis de son poignet. Aaz y plongea. J'observai mon propre visage – moi à huit ans, ce démon – trembler de surprise. Je durcis mon cœur et tins bon, m'agenouillant pendant que tous les garçons se mettaient à absorber sa vie dans leurs corps – utilisant Aaz comme tuyau conducteur. La prise du démon sur ma gorge se fit plus lâche, sa bouche se tordant de douleur. Ses yeux se fermèrent.

— Merci de ne pas m'avoir ignorée, chuchotai-je.

L'enfant grogna, les traits de son visage se contorsionnant, perdant de leur solidité. Et alors, dans un bruit sec comme le craquement d'un os, elle disparut complètement en fumée.

Aaz ne put se maintenir. Pas plus que je n'y parvins. En quelques secondes, le démon avait disparu. Mais elle réapparut hors de portée, une ombre de moi-même – couleurs évanouies, délavées, comme si elle s'était tenue de l'autre côté d'un écran de télévision en noir et blanc.

— C'est mon monde, dis-je d'une voix rauque.

— Le mien d'abord, souffla-t-elle. Encore le mien. Tu ne peux pas arrêter cela. Le Voile est en train de tomber, Chasseuse. Et quand les autres apprendront ce que j'ai découvert...

Elle s'arrêta, un frémissement passant à travers sa silhouette comme un déchirement et le visage qu'elle affichait, le mien, trembla juste brièvement pour se faire plus vieux et bien plus expressif. La marque d'Oturu me brûla, palpitant dans le battement de mon cœur. Je voulais la toucher, mais à la place j'enfonçai mes doigts dans mes cuisses.

— Rentre chez toi, démon, lui dis-je. Retourne dans ta prison, ou je te tuerai.

Le visage de la fillette cessa de se modifier et elle me regarda avec des yeux sans fond qui brillaient, âgés et terrifiants.

— Ce n'est pas ma maison, Chasseuse. Et je ne suis pas un démon.

Je bondis vers elle. Elle s'éclipsa de nouveau. Seulement, cette fois-ci, elle ne revint pas.

Je me mis à genoux, fixant l'endroit où elle avait disparu. Les garçons, impatients sur ma peau. Dix minutes passèrent avant que je sois de nouveau assez forte pour me remettre debout. Vingt minutes avant que mes pensées se fixent dans l'écho d'un calme rationnel.

Mais mes jambes tremblaient. Mon cœur battait à tout rompre.

J'avais peur. Vraiment peur.

Pas uniquement pour moi.

Chapitre 9

À douze ans, j'ai vu ma mère tirer un homme hors de sa voiture en feu. Accident flippant sur une bretelle d'autoroute en Oklahoma. Pas beaucoup d'autres véhicules impliqués, mais un semi-remorque changea de file, entrant en collision avec une berline et cela devint moche. Incendie, chauffeur inconscient.

Ma mère n'hésita pas un instant. Elle disparut dans le souffle de l'explosion et en ressortit, les vêtements en flammes, les cheveux consumés. Un homme pendait en travers de ses épaules ; blessé mais vivant. Ma mère, complètement indemne. Jouant de sa nouvelle coiffure. Elle laissa tomber l'homme et retourna à notre voiture, mit la gomme et effectua un demi-tour serré sur la bande du milieu. Pour nous conduire loin des lieux.

Jamais entendu le moindre mot à la radio après coup – pas même une brève aux infos –, alors que de nos jours il y aurait probablement eu la vidéo d'un téléphone portable sur You-Tube pour faire de nos vies un enfer. Même si cela importait peu, vu l'alternative.

— Exceptions à la règle, aurait dit ma mère. Il y a toujours des exceptions.

Attirer l'attention pour une bonne cause était l'une d'elles. Comme combattre les démons, même si c'était en plein jour. Après tout, rater une opportunité revenait à gaspiller ses réserves de souffle en pleine noyade à dix mètres de profondeur. Qu'importait qu'il puisse y avoir des témoins.

Je me retournai et découvris Byron.

Je ne savais pas depuis combien de temps il se tenait là, mais il était pâle et maigrichon dans ses vêtements cent fois trop grands, et ses yeux étaient ceux d'un gosse qui non seulement avait vu de vilaines choses, mais qui venait aussi d'assister à un truc carrément fou, comme une bagarre entre une femme adulte et une enfant capable de s'évanouir dans les airs.

— Hé, dis-je maladroitement, je te cherchais.

— J'étais sur votre toit, dit-il, la voix caverneuse, presque comme s'il parlait en pilotage automatique. Grant a dit que vous n'aviez pas vérifié à cet endroit.

J'opinai et me rendis compte que son regard était tombé sur mes mains. J'avais enfoui mes gants dans une poche et oublié de les remettre. Trop occupée à penser à la fin du monde. Et à un vieil homme qui était peut-être mon grand-père.

Je devais le prévenir. Il me fallait des réponses.

J'essayai de la jouer cool tandis que j'enfilais mes gants, mais j'avais l'impression que le masque avait glissé de mon visage. Tous mes secrets, à nu et brûlants.

Byron avala sa salive bruyamment.

— Vous en avez d'autres comme ça ?

— Ici et là, dis-je brièvement.

— Vous n'avez pas l'air du genre à être tatouée.

— Je t'ai prévenu que j'étais flippante.

Ses épaules relâchèrent un peu de leur tension.

— C'est pas mal parfois.

Un sourire tira fort les coins de ma bouche.

— Merci, gamin.

Il sembla embarrassé et frotta son nez, jetant un coup d'œil par-dessus mon épaule. Je fis de même, juste au cas où, mais ne vis aucun signe d'une mini-moi démoniaque. Je le retrouvai encore en train de me jauger du regard. Je ne reculai pas devant son air inquisiteur, son inspection ; les émotions voletaient sur son visage : doute, peur, gêne. Peut-être un léger sentiment de reconnaissance, Dieu seul sait pourquoi.

— Tu as pris ton petit déjeuner ? lui demandai-je.

— J'étais sur le point de partir, répondit-il. Je ne peux pas rester ici.

— Ne t'en va pas le ventre vide. (Je passais devant lui, essayant de me la jouer plus détendue que je ne l'étais.) À moins que tu ne sois végétarien. Dans ce cas, t'es baisé.

Je n'attendis pas de vérifier s'il me suivait car j'avais l'oreille tendue en direction de ses pas. Après un moment, ils se firent entendre. Je gardai la bouche fermée lorsqu'il me rattrapa, et se mit à marcher à mon allure. Il avançait en traînant, voûté – mauvaise posture, essayant de ne pas se faire remarquer.

— Pourquoi habitez-vous ici, me demanda-t-il.

— Pourquoi pas ? (Je regardai autour de nous pour vérifier s'il y avait des démons, ou des morceaux de ciel en train de tomber ; peut-être des criquets et des crapauds volants.) Pourquoi vis-tu dans la rue ?

— Parce qu'elle est là, répliqua-t-il.

Je jetai un regard sur le côté.

— Tu n'as pas encore vu ces chambres. Serrures sur les portes. Ta propre clé. Peut-être possible de te trouver un boulot ici, ou quelque part pas loin.

— On verra, marmonna-t-il, mais je pouvais sentir que cela l'intéressait.

Je n'avais pas beaucoup d'expérience dans la manière de traiter avec les gosses de son âge – les gosses tout court, point barre – mais je trouvais que je m'en sortais bien. Il n'était pas encore parti en courant. Malgré ce qu'il avait pu voir.

Nous atteignîmes les portes principales du Coop. Byron s'éclaircit la gorge, sa main glissant pour aller toucher du doigt un bleu sur le côté de son cou. Je ne l'avais pas remarqué la nuit précédente. Je voulais lui demander d'où venait la blessure – s'il en avait d'autres – mais je pensais savoir. Juste une chose de plus pour laquelle je pouvais me sentir mal.

Byron me surprit en train de regarder et sa main se figea. Je fis semblant de ne rien noter et continuai juste de marcher. Jacques et Sarai flottant à l'arrière de mon esprit.

Vieux amis.

Vieux amis avec un démon. Ou quoi que cette créature puisse être.

Je tapotai ma poche arrière et sentis le disque de pierre. Ma mère et ses secrets. Ma grand-mère.

— Merde, murmurai-je. (Byron me jeta un coup d'œil et j'ajoutai :) Pardon.

Il haussa les épaules comme si ce n'était rien, mais je me sentais encore embarrassée. Je n'étais pas un brillant exemple du comportement à adopter. Ce n'était pas comme si Byron en avait quelque chose à faire, soupçonnai-je.

La cuisine principale avait un salon pour les bénévoles, où tous les types qui faisaient marcher le Coop pouvaient se détendre. Manger, lire, regarder un peu la télévision. Byron et moi-même attrapâmes plateaux et assiettes et nous nous insérâmes entre les serveurs sur la file principale pour attraper de quoi déjeuner. Je n'avais pas faim – je devais me mettre en route maintenant – mais le gamin était un écorché. Je pouvais le lire dans ses yeux. Si je me barrais, il pourrait ne pas se trouver là à mon retour. Et je voulais qu'il y soit. J'avais presque autant besoin qu'il soit en sécurité que de voir Jacques et Sarai.

Pas de bonne raison pour expliquer cela. Simplement, quelque chose en Byron me touchait d'une manière brutale. Ou peut-être était-ce la culpabilité. Il avait de nouvelles cicatrices à cause de moi, de Badelt, et de ses questions.

Je m'obligeai à manger, et à mi-chemin entre la deuxième et la troisième bouchée, mon estomac commença à grogner de bonheur. Byron engloutissait plus de nourriture que moi, mais pas de beaucoup. Nos deux assiettes croulaient sous les œufs brouillés, le bacon, les marrons hachés aplatis par le ketchup ; toast, beurre, confiture. Un autre donut.

— Je vais gerber, dit Byron, après avoir vidé presque toute son assiette.

Il enfonça un autre morceau de pain dans sa bouche.

— Tu pourrais manger comme ça tous les jours, murmurai-je en composant le numéro des renseignements sur mon téléphone portable. Je demandai celui de la Galerie d'art Sarai Files, mais selon l'homme qui frappait sur les touches de son ordinateur de l'autre côté de la ligne, un tel endroit n'existait pas. Ou s'il existait, il n'était pas répertorié.

J'envoyai le téléphone dans la poche de ma veste. Byron me fixait, un morceau de bacon pendant mollement entre ses doigts.

— Brian était marié à une femme appelée Sarai.

Je me sentis soudainement désolée d'avoir passé cet appel devant lui.

— Il t'a parlé d'elle ?

— Il a dit qu'elle était belle. (Byron eut un haussement d'épaules et laissa retomber le bacon dans son assiette.) Aussi qu'elle était chiante, mais ça, la plupart des femmes le sont.

Ça ressemblait bien au type de la photo, ce genre de commentaires.

— Est-ce elle qui a engagé Brian pour qu'il se mette à ma recherche ?

— J'sais pas. (Byron frotta ses mains contre son jean.) Vous n'allez pas dire à la police que j'ai vu quelque chose, hein ?

— Non, dis-je fermement. Pour autant qu'ils sachent, tu n'existes pas.

Il opina, mâchoire serrée. Un peu comme s'il avait vraiment la nausée. Je repoussai ma chaise.

— Laisse-moi te montrer cette chambre.

L'aile privée se trouvait au deuxième étage de l'entrepôt du milieu, entre la salle à manger et les parties communes. Grant l'avait mise en état afin de loger ces cas spéciaux qu'il rencontrait occasionnellement – familles ou individus qui étaient en passe de se remettre sur pied, mais avaient besoin de ce coup de pouce supplémentaire – ou même des mecs qui n'étaient pas proches du succès, mais qui reprenaient confiance en bénéficiant d'un lieu qui leur était propre.

C'était un secret étroitement gardé. Un équilibre délicat. Grant était bon dans ce domaine. Mon porte-clés était plein. Je nous fis pénétrer dans l'aile, et nous avançâmes dans un long couloir peint d'une couleur sable pâle avec des touches de blanc. Des appliques le long du mur et un simple carrelage au sol donnaient un côté chic au lieu, ce qui aidait les résidents à oublier qu'ils vivaient dans un foyer pour sans-abri. Arrivée à mi-chemin, je m'arrêtai devant une porte blanche, l'ouvris et laissai entrer Byron.

Elle avait les mêmes formes et dimensions qu'une chambre d'hôtel, avec une salle de bains directement à la droite de la porte et, juste devant, un lit et une commode. Un téléphone se trouvait sur l'étroite table de nuit, aux côtés d'un bloc-notes et d'un stylo. Une fenêtre donnait sur le sud-est. Le soleil affluait à travers le fin rideau. Les murs étaient blancs, le mobilier simple, du genre de celui qu'on trouve dans un cottage.

Byron s'immobilisa au milieu de la pièce, observant ce qui l'entourait. Il me tournait le dos. Je voulais voir son visage mais je craignais de faire le moindre mouvement.

— C'est à toi, gamin. Pas de loyer, même si la plupart des gens aident en bas pour compenser. Et comme je te l'ai déjà dit, pas de drogues, pas de fêtes. Nous te harcèlerons pour que tu obtiennes ton diplôme.

Il ne dit rien. Je songeai à Jacques, au démon, et me glissai plus près de lui.

— Byron, je dois y aller, il y a un truc dont je dois m'occuper. Ça ira si je te laisse là ?

Il acquiesça. Je lui tendis par-dessus son épaule la clé de la chambre.

— Cette serrure est la même que celle de l'entrée principale. Nous la changerons si tu décides de t'installer.

Il baissa les yeux vers la clé, puis la prit, presque avec prudence. Raw tira fort sur ma main, la cabrant vers le gosse. Il voulait que j'enlève mon gant. Je l'ignorai. Je reculai, enfouissant ma main qui protestait dans la poche de ma veste.

Comme je commençais à quitter la chambre, le gamin se retourna, juste légèrement.

— Maxine.

Maxine. C'était étrange de l'entendre prononcer mon nom. Il parlait si doucement que je pouvais à peine l'entendre. Je ne parvenais toujours pas à voir son visage.

Sa main pendait contre son flanc, serrée autour de la clé.

— L'homme qui a tué Brian... c'était l'un d'entre eux. Tu sais. Un membre du groupe qui vend de la drogue et prend les filles. (Il marqua une pause.) Tu m'as demandé hier. Je n'ai jamais répondu à ta question.

— Merci, dis-je d'une voix forte. Tu viens de m'aider.

Il eut un brusque mouvement de la tête, dont je ne voyais toujours que la nuque. Il avait l'air très petit et fluet dans ses vêtements crasseux. J'éprouvais le besoin irrésistible de l'emmener faire les boutiques, ce qui prouvait qu'il était temps de sortir de là, et vite. Génial.

Ma mère avait eu raison. Reste au même endroit trop longtemps et tu risques bien de perdre la tête.

Je fermai la porte et partis. Tout ce qu'il me restait à faire maintenant, c'était de traiter avec Grant.

Je le trouvais à la chapelle. Il était en train de jouer de la flûte, perché sur le coin d'une chaise à côté du pupitre, sa canne appuyée contre sa cuisse. Plus de la moitié des chaises devant lui étaient occupées. Déjà profondément pris par son inspiration matinale, quelque chose que les habitués aimaient à appeler une « bizarrerie de l'homme ».

C'était un rendez-vous informel. Grant pouvait bien avoir quitté la prêtrise, le prêtre, lui, n'avait pas quitté l'homme, et il aimait dire quelques mots le matin à quiconque se montrait pour prier. Rien de doucereux, ou empli de feu et de soufre. Juste un sentiment gentil ou deux, la plupart du temps sur le fait d'être optimiste, de trouver la joie dans la vie. Suivi d'un peu de musique. Toujours, la musique.

Il était en train de jouer *Danny Boy* ce matin-là, donnant libre cours aux douces notes tristes. Son pouvoir picota ma peau. L'homme au travail. Grant était la seule personne que j'aie jamais rencontrée à pouvoir se tenir à la limite du banal et du surnaturel. Il le faisait facilement, avec grâce. Jouant sa musique, la faisant passer pour un petit jeu – à la minute même, déplaçant les auras de l'assemblée de manière subtile, calme. Laissant les types avec l'esprit léger, des perspectives et un sentiment de confiance. Une sorte d'allégement du désespoir.

Grant était capable de créer la joie en n'importe qui. Mis à part moi. La seule personne qu'il ne pouvait toucher ainsi. Et c'était mieux ainsi. J'avais une manière qui m'était propre d'être heureuse – elle résidait dans les petits moments. Des flashs gravés ensemble dans mes souvenirs comme un patchwork, ou des scènes de films – un western, un tireur solitaire face à une armée entière. Mauvaise attitude, probabilités terribles. Difficile à tuer.

Je vis quelques zombies dans le public, charmés.

Tu joues avec le feu, dis-je à Grant en pensée, incapable de chasser la vieille gêne, la peur que je ressentais pour lui – qu'il soit capable de changer les âmes et les démons avec rien de plus qu'une chanson.

J'avais peur qu'un jour il n'en vienne à se changer lui-même.

J'entendis des pas marteler le couloir, et reculai hors de la chapelle juste à temps pour voir Marie courir de manière désordonnée dans cette direction. Sa robe était imprimée de tournesols géants et des chats de la taille d'un ballon de foot ornaient un immense pull informe qui lui descendait jusqu'aux genoux. Une ligne de rouge à lèvres écarlate avait été appliquée de manière hasardeuse sur sa bouche flétrie. Elle me dépassa presque au pas de course à l'entrée du lieu de culte, mais s'arrêta alors, me regardant d'un air fier.

— Quelqu'un est en train de commettre un péché.

— Un péché, répétai-je.

— Péché, siffla-t-elle impatiemment, et elle pointa du doigt derrière elle. Meurtre.

Je cillai une fois, le cerveau hors service. Puis me mis à courir.

Je n'avais aucune idée d'où aller, mais je tendis l'oreille, et perçus un cri quelque part devant moi, tout au bout des couloirs tortueux. Du verre vola en éclats, le bruit prenant le dessus sur celui des halètements effrayés. On aurait dit que cela venait du hall. Je fis le tour du couloir en courant, frôlant au passage des femmes en guenilles qui regardaient par-dessus leur épaule en tirant leurs enfants derrière elles.

Au bout du couloir, devant le bureau des bénévoles, je découvris un homme imposant portant un pantalon gris ample, son corps rapetissé par un immense manteau marron qui lui donnait l'allure d'un ours. Sa barbe était sale, emmêlée et humide, ses mains poilues taillées comme des gants de base-ball.

C'était aussi un zombie. L'un des réguliers, converti par Grant.

Byron était au sol, à ses pieds.

Mon attention s'affina jusqu'à être aiguisée comme un couteau. Douloureuse. Le gamin était conscient, mais méchamment blessé. Incapable de se tenir debout. Je vis avec horreur l'homme lui balancer sa lourde botte dans le dos. J'étais trop loin pour l'arrêter.

D'autres essayaient d'intervenir, mais le zombie était trop massif, et semblait avoir perdu l'esprit. Rex était au milieu, luttant pour parvenir à se glisser entre les deux combattants. Sa jambe était entaillée et saignait. Du verre partout sur le sol. De la colère dans ses yeux. De la colère et de la faim. Se nourrissant, s'abreuvant de la douleur et de la peur – gorgées d'énergie pure. Je pouvais presque voir la paille dans sa bouche.

Il me vit arriver, et son expression changea. Il cria de nouveau à l'attention de l'autre zombie, mais cette fois-ci il s'agissait d'un avertissement.

Trop tard. Rex se jeta sur le côté tandis que je me jetai comme une fusée sur le zombie. Je le frappai si durement qu'il décolla du sol, s'écrasant contre le mur. J'entendis un craquement, un grognement, sentis le plâtre pleuvoir sur ma tête – mais le zombie continua de lutter, les yeux exorbités, fous. Je n'en avais jamais vu d'aussi aveuglés par la rage.

Il se redressa, et je suivis, grinçant des dents comme il agrippait mon bras, me secouant durement. Il n'arrêtait pas. Il se mit à hurler et les garçons s'agitèrent, impatients, rêvant de violence. Rêvant de l'odeur du zombie.

J'agrippai sa bite et la tordis de toutes mes forces. Les parasites démoniaques éprouvaient de la douleur lorsqu'ils habitaient leurs hôtes humains, et l'homme sous moi se mit à hurler. Je serrai encore plus. Son pantalon large rendait la chose facile. Il relâcha mon bras et essaya de me frapper, mais je fis un pas de côté, toujours en tirant, et cela ne fit que décupler la douleur qu'il éprouvait.

Il se laissa tomber. Je tirai si fort qu'il partit en arrière, tel un tank. Le sol trembla. Je posai le pied sur sa nuque avant qu'il ne puisse se mettre en boule, et lorsqu'il évita de me regarder je lui assénai un coup et agrippai sa barbe. Il trembla, le visage rouge, la respiration sifflante.

Il était sérieux maintenant. Aussi sévère qu'une nonne. Me fixant du regard comme s'il se rendait compte qu'il était sur le point de mourir.

Je me contrôlais mais à peine.

— Rex. Fais sortir ces gens.

— Non, répondit-il, Chasseuse.

Je tournai brutalement la tête et plantai mes yeux dans les siens.

— Fais-le ou ensuite ce sera ton tour.

— Je l'écouterais si j'étais toi, Rex, intervint Grant. Je regardai par-dessus mon épaule pour le découvrir se tenant derrière nous, aussi calme qu'un loup. Ses articulations étaient blanches autour du pommeau de sa canne. Dans son autre main, sa flûte.

Le zombie remua sous moi. Je me baissai, envoyant mon poing dans le sol près de sa tête, éclatant le carrelage en morceaux.

— Ne pense même pas à me baiser. Si tu tentes quoi que ce soit, si tu envisages ne serait-ce que de te relever, alors j'en ferai tellement baver à ta queue que tu me supplieras de te l'arracher.

Le zombie se glaça. Tout le monde était calme. Des points noirs dansaient devant mes yeux. Rex dit quelques mots à voix basse, et j'entendis le bruit de pas traînants, un murmure hésitant. Je regardai sur le côté et aperçus Byron près de moi, les yeux fermés. Inconscient.

Tout se figea en moi. Le visage du garçon était ravagé. Son œil gauche se tuméfiait, des veines couvertes de bleus couraient le long de sa joue. Son nez était brisé, le sang coulait sur sa lèvre supérieure, et son front était parsemé de coupures et d'égratignures, comme si le talon d'une botte en avait arraché la peau. Cela ne semblait pas réel. Je pouvais encore me le représenter dans ce maudit appartement. Je l'avais perdu de vue seulement dix minutes.

Rex s'agenouilla.

— Les secours ont déjà été appelés.

Je m'obligeai à détourner les yeux. Grant se pencha plus près, aussi loin que sa canne le lui permettait, le regard fixé sur le zombie étalé sous moi.

Il lui dit :

— Tu as frappé cet enfant.

Sa voix était incroyablement douce, froide à en être effrayante. Le zombie ravala son souffle, tremblant ; ses yeux étaient injectés de sang, sa poitrine se soulevait avec effort.

— Je me suis oublié. S'il vous plaît. S'il vous plaît, ne la laissez pas me tuer. Je l'ai vu et j'ai oublié. J'ai oublié.

Je ne croyais pas aux coïncidences. Byron faisait une cible trop évidente.

— Pourquoi le garçon ? Est-ce que quelqu'un t'y a poussé ? Edik ? Mama Sang ?

Le regard du zombie passait de Grant à moi, et il secouait la tête, désespéré. Les mots tombaient de sa bouche, des mots démoniaques. Rex se rapprocha encore et le zombie passa à l'anglais.

— Dis-leur, soufflait le possédé, Rex, dis-leur.

Rex détourna les yeux.

— Non, Scotty.

Le zombie eut l'air incrédule.

— Mais... Il n'est qu'une peau.

— Peau, repris-je durement, lui faisant écho. Que veux-tu dire par là ?

Scotty se tut. Rex se détourna, marchant jusqu'au coin de la réception. Il n'avait pas de but en agissant ainsi, il avait simplement besoin de cette distance. Je regardai de nouveau Byron. Il semblait respirer, mais était aussi immobile qu'une pierre.

— Réponds à sa question, dit Grant. Pourquoi as-tu utilisé ce mot ?

Scotty refusa de parler. Je repris.

— Il est allé trop loin. Tu le sais.

— Maxine.

— Non. Il est à moi.

Grant ferma les yeux. Je retirai mes gants. Le zombie pleurnichait, il avait cessé de lutter ; suppliant seulement, suppliant si fort. Je n'éprouvais aucune miséricorde. J'avais lutté contre des démons qui avaient pris possession de grands-mères ou de gouvernantes, d'officiers de police et de politiciens. J'avais exorcisé des gamins et des mourants. Les démons étaient tous les mêmes. La douleur était garantie, qu'importait l'emballage.

Je plaçai ma main sur le front du zombie.

— Une dernière volonté ?

— Chantage.

— Non. Parle-moi librement et je ferai en sorte que ce soit court. Jure-moi que personne ne t'a demandé de faire ça.

Scotty ne dit rien, ce qui était la réponse dont j'avais besoin. Son aura commença à se retirer de sa tête ; le démon à l'intérieur se préparait à une fuite rapide.

Dans ses rêves. J'appuyai ma main encore plus fort contre son front et crachai les mots que ma mère m'avait appris. De vieux mots, anciens. Le démon dans son enveloppe humaine se secoua vaguement dans l'instant. Je le piégeai dans ma main. Juste une ombre, un signal de fumée. Le petit démon hurla, sa voix comme un sifflement aigu, perçant.

Et les garçons, dans leur sommeil, aspirèrent son corps dans ma peau – et le mangèrent.

Dix secondes entre le début et la fin de l'opération. Grant avait encore les yeux fermés. J'étais effrayée à l'idée de le toucher, mais comme je m'éloignai d'une poussée, il attrapa ma main, la souleva jusqu'à sa joue et la maintint là. Je recommençai à pouvoir respirer et embrassai son épaule.

Sous moi, Scotty grogna. Je me dégageai de son corps et m'agenouillai à côté de Byron. Je touchai ses cheveux et m'arrêtai là. Je ne voulais pas le blesser. La peur me rendait malade. Tout comme la rage.

Grant dit :

— Rex, nous avons besoin d'aide ici.

Le zombie ne répondit pas. Il quitta la réception.

Grant se baissa et chanta une douce mélodie tout bas. Le pouvoir picota. Sur le sol, la respiration du sans-abri se calma. Grant n'arrêta pas de fredonner. Je ne savais pas ce qu'il observait dans l'aura de l'homme, mais sa mélodie se modifia, et je pouvais presque imaginer un puzzle : un assemblage de pièces, les nouveaux signes glissant à leur place.

Possession, chuchota une petite voix dans ma tête. Grant n'est pas différent.

Mais il l'était. Je ne pourrais pas croire qu'il en fût autrement.

Il cessa de fredonner. Son silence était profond, aussi tranchant que sa chanson. Il s'appuya lourdement sur sa canne, pensif, et jeta un coup d'œil à quelques hommes parmi ceux qui se trouvaient maintenant dans la réception. Tous venaient régulièrement au foyer, des sans-abri amis entre eux, des gars grands et forts qui étudiaient pour obtenir leur bac. Je le savais parce qu'il m'arrivait de temps à autre de diriger une classe. Ils s'agenouillèrent près de Scotty et l'aidèrent à s'asseoir.

Je me laissai tomber par terre, me sentant l'âme d'un chien de berger, et veillai sur le garçon jusqu'à ce que l'ambulance arrive.

Les emmerdes se démultiplièrent au même moment. Les ambulanciers, la police, les sirènes hurlant si fort que j'entendis des bébés se mettre à crier. Certains des types qui avaient aidé Scotty se dispersèrent rapidement. Personne ne voulait se trouver à proximité d'un badge et d'un uniforme. Y compris moi.

Je dus parler aux officiers. Aucun signe de Sawanai ou McCowan mais la nouvelle finirait par se répandre. Je pouvais seulement imaginer ce qu'ils penseraient. Tout ce que j'espérais c'était que personne ne ferait le lien entre Byron et Badelt. Un sac de nœuds auquel je ne voulais pas faire face. Pas de manière officielle du moins.

Les ambulanciers emmenèrent Byron sur une civière. Il portait une minerve. Grant boitait à ses côtés, hagard.

— Je vais devoir appeler les services sociaux. Si je ne le fais pas, l'hôpital s'en chargera.

J'appuyai la jointure de mes doigts contre mon front.

— J'aurais dû faire plus attention. J'ai promis au gosse que tout irait bien. Et maintenant, il est pratiquement dans le coma.

Grant soupira.

— Il fait semblant d'être inconscient, Maxine. Il est réveillé.

Je me glaçai.

— Tu plaisantes.
— J'étais distrait. J'ai remarqué la marque dans son aura il y a seulement dix minutes, mais il y avait trop de monde autour pour l'interpeller. Les ambulanciers vont vite s'en rendre compte, si ce n'est déjà fait.
— Tu crois qu'il m'a entendue tuer ce démon ?
— Je ne sais pas. Mais même blessé aussi grièvement, je doute qu'il reste à l'hôpital suffisamment longtemps pour donner l'occasion à la police de l'interroger. Ou aux services sociaux de le prendre en charge.
Ça me rendait malade, je me sentais monstrueuse de ne pas avoir été capable de protéger le garçon – ni de lui assurer une prise au sol assez ferme.
— Il faut que quelqu'un reste avec lui.
— Pourquoi ai-je le sentiment que cette tâche va m'incomber ?
— Parce que tu es le seul en qui j'ai confiance. Scotty a traité Byron de morceau de peau. Rien d'autre qu'une peau. Zee a utilisé le même mot hier pour décrire Jacques Ingère, et le voilà de nouveau, cette fois dans la bouche d'un zombie. Un zombie qui venait juste d'attaquer un garçon qui connaissait Badelt.
Je fermais les yeux, et tapotais mes cuisses de la main.
— Byron a dit que Badelt avait été assassiné par les mêmes personnes qui tiennent le marché de la drogue à travers le quartier de l'université. Il s'agirait du groupe d'Edik.
— Et il obéit à Mama Sang, ajouta Grant en colère, avant de suivre du regard la police qui sortait Scotty du hall.
C'était terrible. Le grand homme semblait perdu. Humain de nouveau... et maintenant, cela. Je me demandais pendant combien de temps il avait été possédé, quelle part de sa vie avait été volée. Certainement, sa liberté. Si je l'avais exorcisé comme j'aurais dû le

était apprécié. Mais il se nourrissait encore de souffrance – même s'il n'en causait aucune.

Rex ne bougea pas. Moi non plus. Derrière nous, les gens se remettaient à discuter, à rire avec gêne. J'entendis le bruit d'un balai, le tintement du verre. Quelque part, le doux fredonnement de Smokey Robinson. Je sentais l'odeur du sang, mais Rex ne semblait pas se soucier de sa blessure.

— Allons ailleurs, lui dis-je.

Nous trouvâmes un banc plus loin dans le couloir et nous y assîmes. Rex avait les yeux fixés sur le mur qui nous faisait face, peint d'une couleur crème et couvert de papillons gras, dessinés par les enfants qui se trouvaient à la garderie du foyer. Je vis des tulipes, des fées se cachant derrière des pétales rouges – un oiseau bleu pris dans un rayon de soleil épais et gluant, déployant ses ailes au-dessus des vagues déchiquetées d'une mer verte. Une sirène me renvoyait mon regard.

— Ça va mieux ? demanda Rex. Un petit meurtre illumine ta matinée ?

— Tu n'as pas protégé le gamin.

— Je ne suis pas arrivé à temps. Scotty était incontrôlable. Je ne suis pas responsable de la suite.

Mais peut-être en avait-il aimé le goût. Peut-être était-ce agréable. J'étudiais ses yeux, le vacillement de son aura, qui était une ombre dont l'obscurité était plus superficielle que chez certains de son espèce. La seule preuve que Grant l'avait affectée.

— Scotty a essayé de tuer Byron pour une raison, fis-je remarquer. Et tu sais laquelle.

— Faux, répliqua-t-il, mais un petit quelque chose frétilla dans son regard, et je sentis comme un déclic en moi, semblable à celui d'une clé déverrouillant une porte.

Nous étions seuls dans le couloir. Je retirai mes gants.

— Rien ne t'échappe, Rex. Je parie que tu savais qu'Edik avait un message pour moi, attendant juste d'être remis. Peut-être étais-tu au courant pour Badelt aussi, Un homme, humain, recherchant la Chasseuse. Le genre de chose qui provoquerait les ragots. Bon Dieu, je suppose que tu sais même peut-être qui a ordonné sa mort. Comme... Edik ? Mama Sang ?

Rex fixait mes mains, les tatouages.

— Tu te trompes.

— Grant ne se sentira pas concerné si je me débarrasse de toi. Plus maintenant. Pas si tu m'as trahie.

— Grant ne sait pas ce que tu es.

— Tu admets donc que tu me caches des choses.

— Va te faire foutre, se fâcha-t-il. Je n'ai rien fait.

— C'est bien le problème.

Je posai ma main sur sa blessure. Son sang s'infiltra sous ma peau et il eut un frisson, ses poings s'enfonçant dans le haut de ses cuisses. Il n'eut pas un geste pour me combattre. Pas si bête.

— Arrête cela, souffla-t-il.

— Donne-moi ce que je veux, lui dis-je calmement. Ou reste assis là. Les garçons te saigneront à blanc. Tu seras mort en dix minutes.

— Et si je quitte ce corps ? lâcha-t-il d'une voix mal assurée, me regardant avec des yeux pleins de haine. Si je m'enfuis, tueras-tu quand même mon hôte ?

— Je te tuerai, répliquai-je. Je te tuerai d'une manière ou d'une autre. Mais seulement si tu ne parles pas.

— Je n'ai pas trahi Grant, gronda Rex. Pas lui. Pas sa confiance.

— Touchant. Réponds à mes questions.

— J'avais entendu des rumeurs, mais n'y ai pas cru. Cela n'avait pas de sens.

— Et Edik ? Le Voile ? À quel jeu joue Mama Sang ?

— Elle fait ce qu'elle a à faire pour survivre. Mais si tu veux savoir si elle a conclu un marché, je ne peux pas te le dire. Je n'en sais rien.

— Tu en sais assez, lui signalai-je. Tu dois bien avoir une idée.

— J'ai dans l'idée que tous les captifs veulent détruire la prison. N'est-ce pas suffisant ? (Rex ferma les yeux, secouant la tête.) La seule raison pour laquelle Mama Sang n'a pas donné l'ordre de m'exécuter, c'est parce qu'elle pense que je serai utile aux côtés de Grant. Elle n'a pas laissé tomber en ce qui le concerne. Ni maintenant ni jamais, Chasseuse.

Je retirai ma main de sa cuisse. Ma paume était chaude, sèche. Les garçons étaient installés confortablement sur ma peau. Ils aimaient les en-cas.

— Mama Sang et moi avons un accord. Un marché passé par l'une de mes ancêtres. Grant est intouchable. Quiconque marqué par moi est sauf.

Je me sentais comme une idiote en prononçant ces mots. C'était un mensonge. Personne n'était jamais en sécurité. Rex me lança un regard dédaigneux.

— De vieux marchés. Toi et ta peau, concluant des contrats pour vos descendants. Négociant le prix de votre âme.

— Je ne sais rien à ce sujet.

— J'en sais plus que toi. (Sa bouche s'ourla d'un sourire sinistre.) Ne sois pas si vertueuse, Chasseuse. Tu feras la même chose, à la fin. Elles le font toutes. Même ta mère.

Je le saisis à la gorge.

— Répète ça.

Rex respira bruyamment, s'accrochant à mon bras. J'entendis des voix à l'autre bout du couloir et le relâchai au moment même où des enfants faisaient leur apparition, accompagnés par l'une des responsables de la garderie, une enseignante à la retraite qui s'appelait

Betty. Une vieille femme gentille. À la voir agir, elle pouvait faire passer June Cleaver[1] pour une mauvaise mère, bien que son mari soit en train de purger une peine de trente années de prison pour une série de braquages de banque commis au début des années 1990. La police n'avait jamais retrouvé l'argent.

— Madame Sansbury, dis-je poliment.

Rex se plia en deux, toussant.

Betty fronça les sourcils en l'observant, éloignant les enfants de lui.

— Vous devriez mettre votre main devant votre bouche, monsieur Mongabay.

Rex grogna, toujours penché en avant. Betty secoua la tête. Je souris et fis un geste de la main aux enfants, qui étaient mignons et souriaient comme des anges. Lorsqu'ils furent hors de vue, Rex marmonna :

— Ne ruine pas cela.

— Ruiner quoi ?

— Cette vie. (Il tourna des yeux injectés de sang dans ma direction, sa bouche tordue.) Ma liberté, le peu que j'ai. C'est tout ce que j'ai.

— Tu es un démon, Rex. Tu n'es pas un homme.

— Je peux être les deux, siffla-t-il. Tout comme toi. Je peux changer. J'ai changé.

— Seulement à cause de Grant. Il t'y a obligé.

— Il a ouvert une porte dont j'ignorais l'existence, répliqua Rex, avec une ferveur qui m'avait toujours mise mal à l'aise. Il a brisé le lien qui m'unissait à la Reine.

— Elle te contrôle encore.

— Mais pas ici. (Le zombie appuya son poing contre sa poitrine.) Je ne suis plus uniquement une de ses

1. June Cleaver était un personnage de *Leave it to Beaver*, sitcom de la fin des années 1950, maman et ménagère parfaites. (*N.d.T.*)

bouches, Chasseuse. Je ne suis pas un tube d'alimentation. Je suis moi. Je suis cet homme.

— Une peau usurpée.

— Il n'en voulait pas.

— Pratique.

Rex se redressa, frottant sa gorge. De la haine dans son regard.

— Tu ne vaux pas mieux qu'un tueur en série, Maxine Kiss. Présente les choses comme tu veux, mais tu ne peux pas vivre sans la chasse. C'est dans ton sang. Vous êtes toutes les mêmes, vous, les Chasseuses, à nourrir votre dépendance.

— Et ceux de ton genre ?

— Ceux de mon genre sont libres. Et durant toutes ces années, tu as été du bon côté sur le terrain de la moralité. Tu avais une excuse parce que nous faisions souffrir les humains. Nous nous nourrissions de leur douleur. Mais c'est plus difficile maintenant, non ? Ce que Grant fait rend cela impossible pour toi.

— C'est un casse-tête, admis-je. Mais je n'en perds pas le sommeil.

— Bien sûr que non. (Le zombie se pencha vers moi, les yeux étincelants.) Mais si ce n'est pas nous, alors qui, Chasseuse ? Qui tueras-tu si tu ne peux plus nous avoir ?

Je penchai la tête, étudiant son regard, le vacillement de son aura. Ferme, forte.

— Ta moralité n'est rien d'autre qu'un artifice. Une illusion. Grant te l'a donnée. Il pourrait te la reprendre.

— Jouant à Dieu, chuchota Rex. Et pourtant, tu ne doutes pas de lui.

Si seulement il savait. Je remis mes gants d'un coup sec.

— Le gamin. Explique-moi cela.

Rex baissa les yeux vers le trou dans sa jambe. Il ne saignait plus.

— Laisse tomber, Chasseuse. Tu as des problèmes plus importants.

De plus en plus, à chaque minute qui passait.

— Je veux savoir.

— Non, tu ne veux pas. Fais-moi confiance.

— Rex, j'ai besoin d'avoir des informations. Le Voile s'est ouvert. Quelque chose est passé à travers. Quelque chose de petit, méchant et plein de merde. Avec mon visage. (Un nœud acide se tordit dans mon ventre.) Qu'est-ce qui s'est échappé ?

— Un éclaireur. (Rex avait soudain l'air fatigué.) Enfin, plus qu'un éclaireur. Quelque chose qui n'aurait jamais dû être enfermé là-bas.

J'hésitai.

— Il ne s'agit pas d'un démon ?

Rex me regarda droit dans les yeux.

— Qu'est-ce qu'un démon ? Tu crois que tu le sais ? Est-ce tout ce qui n'est pas humain ? Ou y a-t-il un signe sur nos fronts qui nous marque d'un D majuscule et rouge ? (Il ferma brièvement les yeux, secouant la tête.) Toi, Chasseuse. Tu es si ignorante. Tu ferais mieux de te demander ce que tu es avant de t'en prendre à nous.

Il marquait un point, ce que j'étais peu disposée à admettre. Ou peut-être avais-je fréquenté Grant pendant trop longtemps. Je commençais à penser aux démons en termes individuels. Pas juste comme... de la viande.

Je touchai le point juste sous mon oreille, qui picota.

— Que sais-tu au sujet d'un démon qui a des couteaux pour pieds ?

Rex me regarda fixement.

— Quoi ?

— Des orteils comme des lames. Grande cape, chapeau noir. Qui danse comme un envoûteur.

Il vacilla, puis se leva. Je l'attrapai par l'épaule, sentant le démon se tortiller sous la peau humaine. Je vis la terreur dans son aura, brûlante.

— Qu'est-ce que c'est ?

Il se dégagea. Je le saisis de nouveau, et il m'envoya un coup de poing dans le ventre. Cela ne me fit pas mal, mais me prit par surprise, alors je le relâchai. Il recula en titubant, me fixant d'une manière horrifiée, comme s'il voyait mon visage pour la première fois. Cela me rappela la réaction de Jacques à la vue de la marque d'Oturu sur moi.

Je m'inclinai vers le zombie et répétai :

— Qu'est-ce que c'est ?

Il s'éloigna en titubant, puis s'arrêta, figé. Derrière lui, j'entendis les enfants rire et crier.

— Rex, soufflai-je.

— La Chasse, murmura-t-il. Tu vas tous nous tuer.

Chapitre 10

Plus tard, je compris pourquoi ma mère avait arraché ces pages de son journal intime.

Il y avait des trucs que je ne pourrais jamais confesser. Pas à ma fille, si je vivais assez longtemps pour en avoir une – et pas à Grant. Pas aux garçons, même si je suspectais qu'ils étaient capables de lire dans mon esprit. Il valait mieux laisser à l'état de fantômes certaines pensées, celles qui s'attardaient.

Certaines choses devraient rester sous la peau.

Rex s'enfuit. Je lui donnais la chasse, mais il était rapide, vif, et je le perdis une fois qu'il fut dehors. Il allait à fond la caisse, pied au plancher – comme quelqu'un qui aurait le feu aux fesses –, et si je n'avais pas été complètement certaine du besoin qu'il avait de Grant, je l'aurais bien vu effacer toutes ses traces et quitter la ville. À la minute même, pour ne jamais y revenir.

Je ne perdis pas mon temps à le chercher. J'avais des alternatives. Mais je me rendis d'abord à l'appartement. J'avais besoin de certaines choses qui s'y trouvaient.

Tout était calme à l'étage. Grant était déjà parti. Je jetai un coup d'œil dans la chambre d'amis, pensant à Byron. Aux promesses que je lui avais faites. À l'inaptitude dont j'avais fait preuve pour garder ne serait-ce qu'un seul garçon en sécurité. Un seul, quand le monde entier avait besoin d'être protégé.

Si ça, ça ne s'appelait pas merder.

Dans le salon, je contemplais les larges fenêtres, les canapés profonds, les guitares et le piano, la Triumph, polie au point d'être d'un rouge brillant et adorable. Des masques et des photographies couvraient les murs de brique, aux côtés de pierres et autres bibelots dispersés sur de minuscules tables. Les livres si nombreux, souriant depuis leurs étagères ; la plupart en lien avec la religion, couvrant la chrétienté, le judaïsme, l'islam, le bouddhisme ; des croyances chamaniques, même ; mythes et légendes. Des textes archaïques, dont certains étaient en latin, italien et français.

Le coffre de ma mère était contre le mur, sous la tapisserie tibétaine qui enlaçait le coin de la longue table où Grant sculptait certaines de ses flûtes. Parmi ses outils, du bois de différentes sortes avait été étalé : bambou, noyer, cerisier.

Le soleil était chaud. Je pouvais voir, à travers la fenêtre, le fer et le verre du centre-ville, étincelants.

Je m'agenouillai devant le coffre et tâtonnai sur la serrure à combinaison. Il s'ouvrit. Les journaux intimes étaient entassés sur le dessus. Des livres à la reliure de cuir, des liasses de feuilles de papiers, des dossiers attachés par des trombones. Une Bible. Un vieux panier à linge empli de photographies se trouvait sous un lapin en peluche, adoré et raccommodé, composé de maintes pièces décousues. Une veste en cuir martyrisée, une paire de gants, en cuir aussi. Noirs, souples, petits. Cousus main pour ma mère. Je les considérais, distraite.

Tout au fond du coffre, sous un faux panneau, je trouvai les armes. Deux pistolets et le vieux douze coups bien installés sur une boîte de munitions. J'essayai d'ignorer les fusils. Je me souvenais de ma mère en train de les nettoyer, assise les jambes croisées sur des lits d'hôtels, les infos en bruit de fond, ou Buggs Bunny et Elmer Fudd.

Je me souvenais de son corps, aussi. Sur le sol. Du sang partout. Mon vingt et unième anniversaire, les bougies encore en train de brûler sur le gâteau. Les garçons, sanglotant. Nous tous, orphelins.

Je pris une profonde inspiration. Atteignis le baluchon enveloppé d'un tissu de velours noir. Le posai sur mes genoux, puis sur le plancher, m'asseyant sur mes talons comme je déroulais le tissu riche et lourd.

Dedans se trouvaient les couteaux de ma mère. Je ne les avais pas vus depuis sa mort, n'avais pas pensé à les utiliser. Je m'étais promis de ne pas le faire.

Les lames étaient simples, nobles. Faites main. Pas de garde, juste l'acier, plié et aiguisé. Coupantes comme un rasoir, à double tranchant, leurs deux extrémités effilées et crantées. Les toucher était dangereux. Cela requérait d'avoir la peau dure, ou des gants doublés de fer. Ma mère en avait hérité de sa mère, tout comme ma grand-mère de la sienne. Vieux, mais encore puissants. Chargés d'histoire.

Je retirai mes propres gants et fis passer mon col roulé par-dessus ma tête. Nue de la taille aux cheveux, chaque millimètre de ma peau jusqu'au menton couvert par les garçons. J'attrapai le premier couteau, et l'acier se mêla aux écailles et épis qui couvraient ma paume et mon poignet, scintillant tandis que l'argent s'encastrait dans ma chair. Je me rappelais de ma mère tenant aussi ses couteaux, exactement de la même manière, et les souvenirs se firent plus vivaces pendant que j'aiguisais chaque lame – les douze – contre mes bras.

Des étincelles volèrent. Les garçons adoraient les couteaux. Ils aimaient ma mère encore plus. Je me demandais quel genre de secrets, s'il y en avait, ils lui avaient cachés.

Le lien en cuir s'ajusta comme un holster d'épaule. Je me glissai dedans et il tomba parfaitement. Les couteaux reposaient contre mes côtes. Je jouai avec ma veste avant de lui préférer le manteau de cuir de ma mère et ses gants. Stupide. J'allais trop loin. Mais cela me fit me sentir mieux, et le cuir était doux, souple, chacune de ses égratignures comme une cicatrice.

Je remis tout le reste dans le coffre, sauf la boîte de photos. Celle-là, je la laissai sur l'établi pour Grant. Juste au cas où. Il ne les avait jamais vues. Je ne les avais jamais sorties, ne souhaitant pas en faire un spectacle ni observer ses réactions.

La pierre en forme de cercle était chaude dans ma poche arrière. Je la tapotai puis m'arrêtai face au miroir avant d'atteindre la porte.

Edik avait raison.

Je ressemblais vraiment à ma mère.

Il y avait toujours un taxi ou deux autour du Coop. Je montai dans l'un d'entre eux pour me rendre dans le quartier de l'université et y récupérer la Mustang. Nous étions encore le matin, et tout Seattle gambadait déjà. Le beau temps avait conduit la populace à sortir en troupeau, ne portant que short et tee-shirt et ces sandales bizarres et gauches qui semblaient être du dernier cri dans cette partie de l'Amérique du Nord. La température était seulement de quinze degrés, mais on aurait aussi bien pu se trouver en Arizona en plein été au vu de toute la chair qui s'étalait sous mes yeux. Pauvres bâtards affamés de soleil.

La Mustang se trouvait là où je l'avais laissée. *Bohemian Rhapsody*[1] à la radio. Je montai le volume et bais-

1. Chanson du groupe Queen. (*N.d.T.*)

sai les fenêtres, appréciant l'air salé croustillant dans mes poumons. Les garçons dormaient d'un sommeil lourd contre ma peau : rêvant de ma vie, rêvant de celles des autres, de femmes mortes et disparues. Ma seule promesse d'immortalité, perdue dans le sang, le souvenir.

La galerie d'art était ouverte. Pas d'éclaboussures de sang sur les murs. Une seule personne à l'intérieur, une blonde jeune et jolie, habillée d'un jean et d'une tunique. Elle était assise derrière un petit bureau et se leva lorsque j'entrai. Je lançai :

— Sarai et Jacques m'attendent.

— Oh, oui, répondit-elle, vous pouvez monter.

Je m'arrêtai devant le tableau de la licorne piégée sur le champ de bataille. Je ne vis ni signature ni date.

— Sarai a peint celui-ci, n'est-ce pas ?

La femme acquiesça.

— Mais il n'est pas à vendre. Rien de ce qu'elle fait ne l'est.

— Alors cette galerie n'est qu'un lieu d'exposition pour elle ? (Je me retrouvai incapable de détacher les yeux de la toile.) Je suis surprise qu'elle ne soit pas plus connue.

— Mais qu'est-ce que la gloire pour une licorne ? dit alors Sarai, apparaissant d'une porte sur le côté.

Deux épaisses tresses couleur argent encadraient son visage, et sa peau semblait briller entre elles. J'eus autant de mal à détourner mon regard d'elle que j'en avais eu avec le tableau. Sarai jeta un coup d'œil à la jeune femme.

— Linn, vous pouvez prendre le reste de la journée. Je fermerai tôt.

Pas de discussions, pas d'hésitation. La blonde m'adressa un sourire, attrapa son sac et courut presque jusqu'à la porte. Sarai la verrouilla derrière elle. Le silence tomba sur la pièce.

— Merci d'être revenue, dit-elle alors, et pour votre compréhension.

— Ne me remerciez pas si tôt, répliquai-je. Les choses deviennent incontrôlables. J'ai fait la rencontre ce matin d'une créature... non humaine... qui vous connaît, Jacques et vous. Qui vous appelait de vieux amis.

En dire autant à une étrangère était comme l'inviter à vous traiter de malade mentale, mais Sarai resta silencieuse et pensive, et son manque de réaction ne me permettait pas d'en juger. Elle tourna la tête, ce fut tout, et contempla la rue à travers la vitrine de la galerie. Nous nous trouvions près de Pike Place Market[1]. Je pouvais voir les pavés et des pots de fleurs. Le ciel était bleu, et le soleil tirait des lignes blanches à travers le plancher de bois propre. Je regardai derrière moi et rencontrai le regard d'une licorne qui se trouvait dans la mer, luttant contre les balles et le sang pour atteindre le rivage.

J'attendis que Sarai ajoutât quelque chose, n'importe quoi, mais elle ne le fit jamais. Je pris donc un moment pour prendre mes repères, reposer mon esprit. Sarai était une femme difficile à déchiffrer, mais son regard était assez dur, et elle avait une manière de se déplacer qui effaçait le moindre doute sur le fait qu'elle était quelqu'un qui avait besoin d'observer les choses. Comme une chouette.

— Vous êtes talentueuse, dis-je. Vous cachez quelque chose.

— Je suis patiente, répliqua-t-elle. J'ai eu des années pour aiguiser ma technique.

— Pourquoi des licornes ? Pourquoi me connaissez-vous ?

---

1. Pike Place Market est l'un des hauts lieux de Seattle. Le marché est célèbre dans tous les États-Unis. (*N.d.T.*)

— Les trouvez-vous enfantines ?
— Pas de la manière dont vous les dépeignez.
— Bien, dit-elle. Allons trouver Jacques.

Comparé à l'intérieur lumineux de la galerie, le bureau de Jacques donnait l'impression de se retrouver dans la cave de quelque ermite des montagnes, un intellectuel vagabond amassant mots, papiers et livres comme s'il se préparait à la longue famine née d'un morne hiver sans fin. Je l'adorais. Le trouvais confortable, comme si ma pensée et mon esprit y étaient adoucis par de bonnes choses solides. J'aurais fait une excellente recluse.

Jacques était assis au milieu du chemin, perché avec précaution sur un tabouret branlant bien trop petit pour un homme de sa taille. Ses genoux s'appuyaient contre des piles d'ouvrages. Il avait des livres ouverts sur les genoux. Un autre en main. Il leva les yeux lorsque Sarai et moi entrâmes et son sourire était chaleureux. Malgré toutes mes interrogations – et ma peur – j'eus un petit frisson en le voyant.

— Ma chère enfant, dit-il, bonjour.
— Jour, répliquai-je, oui, mais pas bon.

Je répétai ce que j'avais déjà dit à Sarai, cette fois avec plus de détails. Je n'étais pas certaine de savoir jusqu'où je pouvais aller sans leur faire exploser la cervelle, mais compte tenu des circonstances, j'avais le mauvais pressentiment que Jacques Ingère et Sarai Files en savaient même bien plus sur l'état surnaturel que moi.

La réaction réservée de Jacques ne changea en rien mon opinion. Une angoisse subie et inattendue s'infiltra en moi. Mon rêve fut percé de toute part par des épingles et des aiguilles en nombre. J'étais à la recherche d'un grand-père, d'un archéologue, un homme normal qui aimait les livres, la pagaille et creuser dans la poussière. Ce que j'obtenais à la place, avec peut-être aussi encore toutes ces choses, était un truc... bien plus compliqué. Et, peut-être, pas aussi agréable.

Jacques ferma son livre et le posa sur la table. Une tasse de thé se trouvait au sol devant son pied. Il la saisit, en avala une gorgée, lentement, le regard distant.

— Le silence est surfait, finis-je par dire, après avoir compté, assez littéralement, jusqu'à cent.

— Le silence est habituel, répliqua Sarai, quand quelqu'un réfléchit.

Je lui balançai un regard.

— Pensez plus vite. Ou mieux encore, dites-moi juste la vérité. Vous ne devriez pas avoir à y réfléchir.

— Exactement comme Jeannie, soupira Jacques. Elle me manque.

— Elles te manquent toutes, marmonna Sarai, mais avant que je puisse lui poser une question, elle ajouta : Avez-vous regardé le cadeau de votre mère, Maxine ? Comprenez-vous sa signification ?

Je n'en croyais pas mes oreilles.

— Vous êtes tous les deux sur le radar d'un démon. Vous comprenez ce que cela veut dire, n'est-ce pas ? Un démon, qui, très certainement, est venu pour vous tuer. Et vous vous inquiétez d'un bout de pierre ?

Sarai fronça les sourcils, ce qui semblait ne faire que rehausser sa beauté.

— Mettez-moi de bonne humeur.

Je voulais argumenter, mais j'avais le sentiment qu'elle gagnerait en continuant simplement à être trop têtue pour vivre. Je tirai le disque de pierre de ma poche et le tendis précautionneusement.

— Un labyrinthe. Le guerrier dans le dédale. La foi.

— La foi, dit Jacques, est la pierre d'angle de toutes les tentatives les plus grandioses.

— La foi, d'accord, répliquai-je, mais la vérité huile les rouages. Maintenant, s'il vous plaît, de quoi s'agit-il ? Pourquoi un démon se mettrait-il à votre recherche à tous deux ? Et pourquoi Badelt enquêtait-il sur moi ?

— Ces questions peuvent attendre, dit Sarai fermement. Votre mère a laissé ce présent à votre intention pour une raison particulière, une raison que vous ne devriez pas ignorer.

Je détestai la vive arrogance de son ton, comme si elle pensait que j'avais cinq ans et étais désireuse de plaire en échange d'une sucette. Je me penchai en avant, en bordure de son espace vital.

— Ma mère n'est pas là. Ma mère est morte. Et je viens juste de voir un gosse s'en prendre plein la tête. Un gosse qui connaissait Badelt. Alors évitez de me dire ce qui peut ou ne peut pas, attendre. Parce que d'autres gens sont en train d'être blessés en ce moment même. Ce gamin ? On l'avait mis en garde contre le fait de me parler.

Jacques frotta l'arrête de son nez.

— Est-il à l'hôpital ?

— Quelqu'un se charge de sa surveillance. Ne changez pas de sujet.

— Comment le pourrions-nous ? demanda Sarai amèrement. Vous nous avez envahis. Nous pouvons difficilement nous échapper.

Je voulais agripper ces tresses et faire tournoyer cette femme autour de ma tête.

— Vous, qui êtes-vous ?

Jacques et Sarai échangèrent un long regard.

— Des amis de ta famille, ma chère. Des amis de confiance.

— Confiance, lui fis-je écho. N'est-ce pas un drôle de mot à utiliser ?

— C'est la vérité. Tu dois le croire.

Je le voulais. Je voulais croire beaucoup de choses.

— Vous voulez savoir ce que je crois ? Je crois que vous saviez où je me trouvais. Avant que je ne vous trouve la nuit dernière, vous auriez pu venir vers moi à n'importe quel moment pour dire bonjour. Mais vous ne l'avez pas fait. Vous aviez peur de quelque chose. Si peur, que Sarai a embauché Badelt. Elle lui a donné mon nom. Elle lui a demandé de faire des recherches sur moi. Et il en est mort. On lui a tiré dessus. Et pourquoi ?

Je m'inclinai, la colère faisant monter dans ma gorge une fureur terrible, horrible.

— Il était sur l'avenue de l'Université, la nuit de sa mort. Il parlait aux sans-abri. Et la seule raison qui pouvait l'amener à faire cela, c'était s'il espérait trouver quelqu'un qui aurait séjourné au Coop. Quelqu'un qui aurait pu me rencontrer.

Je pointai cruellement mon doigt sur Sarai.

— Vous saviez déjà ce que et où j'étais. Vous vouliez que Badelt découvre le qui.

Silence de mort. Un silence tranchant, morbide. Puis, presque comme s'il y pensait après coup.

— Te l'avais dit. Exactement comme Jeannie.

— Tu peux bien tatouer son nom sur ta poitrine aussi, lança sèchement Sarai, ses tresses se balançant. Et quant à vous, Maxine...

Ses mains se serrèrent comme si elle voulait frapper quelque chose, moi peut-être, et ses petites jointures devinrent si blanches que je crus que quelque chose allait en jaillir.

— Nous savions où vous viviez. Mais ne connaissions pas la personne que vous étiez devenue en grandissant. Et nous nous devions de le savoir. C'était important. Brian était supposé trouver des histoires, des rumeurs, suffisamment éloignées pour que personne n'ait à rapporter les recherches... mais dans un cercle suffisamment proche pour qu'elles soient vraies.

Je la regardai fixement, incrédule.

— Vous auriez pu tout autant vous présenter vous-même. Je ne suis pas si subtile.

Jacques commença à siroter son thé, mais sa main tremblait, secouant le breuvage par-dessus le rebord de la tasse.

— Nous avions promis à ta mère. Pas de contact. Pas à moins que tu ne nous trouves de toi-même. Ce que... nous aurions arrangé, si la mort de Brian n'avait pas... accéléré le processus.

Sarai regardait au loin.

— L'assassinat de Brian était un message à mon intention. Une invitation à rester loin de vous. Ou peut-être, comme pour le gamin, une punition pour ne pas l'avoir fait.

Je cherchais son visage des yeux, mais quelles qu'aient été les rares émotions que j'y avais lues la veille, elles étaient cachées si profondément que Sarai aurait aussi bien pu être en train de parler de la mort d'un étranger plutôt que de celle de son ex-mari.

— Un démon l'a tué, dis-je, un parasite démoniaque, possédant un humain. J'en suis certaine. Et cela... ne vous surprend pas. Comme tout le reste.

— Je sais comment agit Mama Sang, marmonna Sarai, me surprenant, moi. Elle ne s'inquiète que d'elle-même. Même ses enfants, elle les sacrifie. Tuer un être humain n'est rien pour elle. Moins qu'une arrière-pensée.

Il fallait que je m'assoie. Je renversai presque une pile de livres, mais je trouvai un équilibre précaire sur le coin de la table et pris ma tête entre mes mains. Le disque de pierre était chaud entre mes doigts. Je baissai le regard vers ses lignes concentriques : son chemin singulier, juste. Enduré jusqu'au bout. Un pas après l'autre. M'étourdissait. Ou peut-être était-ce la peur glacée qui battait dans mes entrailles ; une peur déferlante, horrible, submergeante. Ma vie entière, préparée pour le moment où ce serait la merde intégrale, et maintenant que c'était le cas, la seule chose que je voulais faire c'était tordre mes mains légendaires et commencer à chanter. Je ne sais pas quoi faire, comme un mantra religieux. Je n'avais pas la moindre idée.

Concentre-toi. Petits pas de bébé. Un petit grignotement après l'autre. Tu peux gérer ça. Le regard sur la récompense. Et bon sang, quoi qu'elle puisse être. Je pouvais choisir entre plein de choses.

Mais en premier lieu : Mama Sang. La vieille reine démon ne faisait rien sans une bonne raison. Elle évaluait tout jusqu'à la faute. Un tout petit peu trop amoureuse des machinations. Cette petite reine qui s'ennuyait. Qui ne voulait pas que je parle à Jacques et Sarai. Amis de la famille.

— Que savez-vous, demandai-je lentement, que je ne devrais pas savoir ?

Jacques se tourna légèrement, ses genoux menaçant de faire s'effondrer les livres.

— Des choses que ta mère ne pouvait pas te dire. Des choses qu'elle espérait que tu n'entendrais jamais.

Les articulations de Sarai encore tendues, blanches.

— Elle avait peur pour vous. De ce qui pourrait arriver si le Voile s'ouvrait.

Je pensais aux pages manquantes dans son journal.

— Il s'est ouvert la nuit dernière. J'ai rencontré ce qui est passé au travers. Ce démon dont je vous parle. Celui qui vous connaît.

Le vieil homme chancela vers l'avant sur son tabouret, ses genoux heurtant des ouvrages.

— Raconte-nous.

Je ne pouvais le regarder en face. Cela faisait trop mal. Voilà, l'homme que je voulais pour grand-père – et il avait su où j'étais. Il l'avait su et n'était pas venu me trouver. M'avait caché des choses.

Ma mère m'avait caché des choses.

— Elle – cette créature – ressemble à une version plus jeune de moi-même. Jusqu'aux vêtements. Elle s'est évanouie en fumée lorsque j'ai essayé de l'arrêter. (Je rencontrai le regard de Jacques.) Vous saviez la nuit dernière, malgré tout… n'est-ce pas ? Vous saviez exactement ce qui se trouvait là.

Une rougeur vint colorer ses joues. Plus de thé se renversa, et je tendis la main, incapable de m'en empêcher, et retirai la tasse des siennes. Il sembla retenir sa respiration lorsque nos mains se frôlèrent, et son expression révéla une telle douleur que je voulais me mettre au sol et le supplier de me dire s'il était ma famille. Mais ses doigts s'enfoncèrent dans ses genoux et il dit :

— Je le suspectais. Cela ne serait pas le premier visiteur de ce genre que j'aurais eu, mais cette présence spécifique procurait… une sensation particulière. Familière, dirais-tu.

— Donc vous connaissez vraiment le démon qui a traversé le Voile. (Je posai le thé, craignant que mes propres mains ne se mettent elles aussi à trembler.) La prison a été construite il y a presque dix mille ans.

— Il y a plus longtemps que cela, grommela Sarai, et Jacques la fit taire.

— Dix mille, répétai-je, fermement. Et à moins que ce démon ne se soit montré d'un côté et de l'autre du Voile durant ces soixante dernières années, à peu de chose près, je dirais qu'il est peu probable que vous trois soyez de vieux amis.

— À moins que nous aussi ne soyons… aussi âgés, dit Jacques, faiblement.

Merde. Je bus son thé chaud, faisant descendre le liquide en une seule gorgée. Je m'étouffai et me mis à tousser, les larmes ruisselant de mes yeux. Jacques tendit la main, à titre d'essai, mais elle s'arrêta juste avant de venir me tapoter le genou.

Sarai avait l'air légèrement dégoûté.

— Nous n'avons pas le temps pour ça. Tu sais ce que veut la Petite Tanneuse, Vieux Loup.

— Ma seule priorité est Maxine, lui rétorqua Jacques, d'un ton tranchant.

Son regard effleura légèrement ma joue. Mes cheveux étaient baissés, couvrant la peau tatouée sous mon oreille, mais j'imaginai qu'il pouvait la voir de toute façon.

— De plus, il y en avait un autre.

Du verre s'écrasa. Je baissai les yeux et découvris la tasse de thé entre mes doigts. En morceaux. Je laissais l'air s'échapper de mes poumons, doucement. L'archéologue se leva, me dominant, et pointa Sarai du doigt.

— Attrape une serviette, si tu peux.

Elle crispa la mâchoire, mais elle traça sa route le long du chemin étroit entre les livres, pour disparaître dans la cuisine. Dès qu'elle eut disparu, Jacques se pencha et murmura :

— Nous sommes amis, ma chère. Que tu le saches ou non. Ta mère nous faisait confiance pour ton bien-être.

— Ma mère aurait dû m'en parler.

— Elle avait ses raisons. Elles étaient bonnes.

— Et ?

— Et rien, j'en ai peur. (Il détourna le regard, les joues encore rouges.) Certaines choses sont hors de mon contrôle.

— Le démon qui est passé à travers le Voile a dit de toi que tu étais un ami. Tu peux expliquer cela ?

— La Petite Tanneuse, dit Jacques en colère, prononçant chaque mot avec un dégoût froid et vif, n'est pas une de nos amis. Ni un démon. Certainement pas comme ceux avec lesquels elle a été emprisonnée. Franchement, je suis surpris qu'elle soit encore en vie. J'étais persuadé que les autres l'auraient tuée.

Je le regardai fixement.

— Est-ce supposé répondre à mes questions ?

Sarai réapparut. Je tenais encore le disque de pierre dans mon autre main et le déposai à temps pour attraper le torchon qu'elle me jeta à la figure. Je vidai les morceaux de verre dans le tissu. Comme j'en faisais un paquet, Jacques me surprit en repoussant gentiment les cheveux de mon visage – exposant le bord de ma mâchoire, sous l'oreille.

— Astucieux, murmura-t-il, et il recula de manière à ce que Sarai puisse voir.

— La preuve a été camouflée, mais je l'ai vue moi-même la nuit dernière. Il l'a marquée.

— Oturu, dis-je.

Sarai oscilla, les yeux levés vers Jacques. Il y avait tant d'histoire dans ce bref coup d'œil, que j'avais le sentiment d'être une intruse juste parce que je respirais le même air qu'eux.

— Donc, finit-elle par dire. De nouveau.

— De nouveau, répéta-t-il, avec tout autant de précautions. Peut-être.

— Elle a été marquée. Il n'y a pas de peut-être.

— Je parlais de l'interprétation. Rien n'est jamais ce qu'il semble être.

Je réprimai un frisson.

— De quoi est-il question ?

— De tout, répondit Jacques avec lourdeur, et il tapota un livre du coude, le même texte que j'avais regardé la veille. Un vieux contrat arrivant à expiration. Toujours en lien avec une faiblesse dans le Voile. Ce qui, je suppose, pourrait expliquer pourquoi, dans des temps anciens, elle était vue comme signe de sombres événements. Guerre, lèpre, famine.

— Elle, répétai-je.

— La Chasse, répondit Jacques. La Chasse Sauvage.

C'était trop fortuit, trop déplacé. Ma tête me faisait mal. Je jetai un coup d'œil au livre à côté de lui.

— C'est juste une histoire, un mythe.

— Et d'où viennent les mythes, qui vivent si profondément dans le sang ? Ils ne fleurissent pas, comme par magie, d'un courant d'air. Il y a toujours une racine. (Sa voix tomba jusqu'à n'être plus qu'un murmure, et ses yeux se firent distants.) Toujours.

— Et Oturu ?

Sarai émit un bruit bas.

— Oturu est le bras de la Chasse. Et le bras... sert toujours le cœur.

J'étudiai leurs visages, luttant contre le désir pressant de reculer et de mettre de la distance entre nos corps.

— Comment savez-vous tout cela ? Ma grand-mère, ma mère n'auraient pu tout vous dire. Pas suffisamment en tout cas pour vous faire raconter ces choses.

— Vous pensiez être la seule à être au courant, pour les démons ? (Sarai leva un sourcil et ajouta, une pointe de dédain dans la voix :) Ou pour le Voile ?

— Assez. (Jacques eut un mouvement de la main dans sa direction.) Sois gentille. Nous n'avons pas rendu les choses faciles à cette fille.

— Alors faites en sorte que cela le soit. Je suis ici. Je vous ai trouvés. Qu'est-ce que ma mère cachait et qu'avait-elle eu si peur de me raconter ?

— Ça, ma chère, nous ne pouvons te le dire.

Jurer face à des personnes âgées et de possibles parents limitait les réactions envisageables. Alors je fulminai, silencieusement. Sarai dit :

— C'était sa décision, Maxine. Elle avait le sentiment que les mots ne seraient pas appropriés. Elle voulait que cela vous soit révélé.

— Révélé quoi ?

— Vous, dit la femme doucement. Juste vous.

— Ce dont tu es faite, ajouta Jacques. Sous la peau.

Je pressai mes jointures contre mon front et essayai de garder le contrôle de ma voix.

— Homme Ingérant. Que cachez-vous sous votre peau ?

Jacques se figea et, pendant un instant, je vis quelque chose d'ancien s'exprimer derrière ces yeux bleus, quelque chose de si vieux, fatigué et dur que je dus détourner les miens – seulement pour un instant. Mais lorsque quelques secondes plus tard je rencontrai son regard de nouveau, je n'y vis rien d'effrayant. Ce n'était rien d'autre que celui d'un vieil homme, intelligent et chaleureux.

Sarai reprit, très calmement :

— Aucun de nous n'est ce qu'il semble être, Chasseuse. Nous avançons comme des reflets, seulement.

— C'est parler par énigmes.

— Parfois les énigmes sont le seul chemin conduisant à la vérité.

— Et votre… Tanneuse ? Et Mama Sang ?

— D'autres énigmes, répondit Sarai. Malgré tout, plus de joueurs dans la partie.

Des frissons parcoururent mon épine dorsale.

— Vous n'êtes pas un démon. Mais vous n'êtes pas humaine non plus, n'est-ce pas ?

Sarai ne me répondit jamais. Zee tira fort contre mon estomac ; tous les garçons s'agitant sur ma peau. Une mise en garde. Je regardai derrière moi, vers la porte ouverte. Tendis fortement l'oreille. Jacques commença une phrase. Je levai la main, lui imposant le silence.

J'avançai vers la porte. Je n'entendais rien, mais les garçons frappaient contre mon corps, luttant dans leurs rêves, et le silence que je me fatiguais à écouter était plein et lourd, tendu comme s'il avançait masqué, qu'il fût en train de se cacher.

Quelque chose, se dissimulant.

L'effroi m'emplit. Une froide certitude. Je pensais à ce petit démon, portant mon visage, ou Oturu, mais cela semblait différent. J'essayai de me rappeler de la disposition des marches, et me souvins qu'elles montaient plus haut, mais que là, ici, au premier étage, il n'y avait qu'une porte.

Je revins vers Jacques et Sarai, parcourant rapidement le chemin étroit entre les livres. J'enfouis le disque de pierre dans ma poche arrière et commençai à agiter les mains.

— Allez-y, bougez. Y a-t-il une autre sortie ?

Jacques secoua la tête. Je poussai l'épaule de Sarai. Elle hésita puis dit.

— Brian m'a donné son revolver. Il est au-dessus.

Pas le temps. Ils firent quelques pas, puis regardèrent derrière eux, dans ma direction. Leur regard me dépassa.

Je me tournai. Et reçus une balle dans la poitrine.

Chapitre 11

Ma mère a été tuée par balles. J'ai arrêté de porter une arme à feu après ça. Je n'en avais pas touché une en cinq ans.

Ce fut une attaque rapide. Un homme et une femme se glissèrent dans la pièce encombrée, l'un après l'autre, si vite que leurs mouvements en devenaient flous. Je vis des cheveux blonds. Coupe-vent et jeans. Visages rougeauds familiers.

Les Jumeaux Prodiges d'Edik. Le bras long et tendu de Mama Sang. Cela n'avait pas de sens.

Les piles de livres et de papiers ne ralentirent pas leurs index. Ils commencèrent à tirer dès qu'ils furent visibles, des coups précis, assourdis par les silencieux. Je fus frappée par la première salve – sentis l'impact, pas la douleur. Cela ne semblait pas embêter les Jumeaux Prodiges que je reste sur pieds. L'intensité de leurs regards n'en fut pas modifiée. Aigus, intensément concentrés.

Les balles rebondirent sur mon corps. L'une d'elles alla entailler le bras de la tireuse, mais elle vacilla à peine. Elle gardait son arme bien dressée sur moi, cherchant dans sa veste un second revolver lorsque l'autre se trouva à court de munitions. Me noyant sous le métal.

Il me fallut moins de cinq secondes pour me rendre compte que je n'étais pas leur cible. Cinq secondes pour être aspergée et pilonnée. Cinq secondes avant que je ne rassemble mes esprits et ne tende la main vers ma poche pour m'emparer de mes couteaux.

Ma mère m'avait entraînée à utiliser ses armes blanches. Je l'affrontais tous les jours, même à l'époque où j'étais à peine plus haute que ses genoux – mais cela faisait maintenant cinq ans de cela, et toutes ces compétences étaient devenues obsolètes. Je l'avais jouée cool. J'avais laissé les garçons faire le sale boulot. Et maintenant, un seul jour de merde me le faisait bien comprendre.

Idiote. J'étais une putain d'idiote.

Je lançai les couteaux. Je visais mieux avec la main droite, et la lame rasa le bras de la femme qui tenait son arme, rognant la chair, l'obligeant à la laisser tomber. L'homme, lui, victime de mon revers, reçut le coup de couteau dans le haut de la cuisse. Il tira avant que je ne l'atteigne. La balle toucha ma clavicule. Je lui plantai mon poing dans la figure. Il tomba durement au sol et ne se releva pas.

La femme avait déjà la main sur un autre revolver. Je me jetai sur elle de toutes mes forces, et nous tombâmes sur une pile de livres, roulant et luttant. Elle m'envoya un coup de poing et je la laissais faire ; un lance-flammes ou un bazooka m'aurait procuré la même sensation. Les garçons absorbaient tout.

Je finis par l'épingler, livres et papiers cascadant de manière incontrôlable. Elle essaya de me désarçonner, mais j'enfonçai mes doigts dans son aisselle, pinçant un nerf, et elle hurla de douleur. Les garçons grondèrent dans leur sommeil.

Je cherchai Jacques et Sarai des yeux. Le vieil homme avait disparu. Aucune trace de lui, même si je n'excluais pas la possibilité qu'il soit caché sous la table.

Sarai était au sol, perdue dans un tas de livres. Jambes tordues. Couverte de sang.

Mon attention se concentra étroitement sur elle, mon cœur battant à coups de tonnerre dans ma gorge. Sous moi, la femme se remit à lutter. Je lui balançai mon poing dans le visage. Je la frappais si durement que l'os craqua, laissant une entaille dans sa joue de la taille de mon poing. Le sang gicla de son nez. Elle perdit connaissance. Je vérifiai son pouls. Toujours en vie.

J'enjambai son corps et trébuchai jusqu'à Sarai, tombant à genoux à ses côtés. Elle respirait, son regard incapable de se fixer. Je pensais à ma mère et avais envie de vomir.

— Sarai, chuchotai-je, tendant la main vers ma poche pour attraper mon téléphone portable, Sarai, tenez bon.

Elle agrippa mon poignet. Je ne savais comment. Elle semblait trop faible pour respirer, mais sa prise était ferme.

— Vous allez mourir.

— Oui. (Elle commença à rire ; un rire passager, douloureux.) Mais une fois de plus cela ne me tuera pas.

Je grinçai des dents, luttant encore pour trouver mon téléphone. Sarai murmura :

— Écoutez-moi, Chasseuse. Vous, Chasseuse. La première Chasseuse. Comme Athéna et Inanna, Kali et Badb[1]. Reines du sang et de l'épée. Reines de la guerre, nées de nouveau. Ses doigts se serrèrent. Vous êtes née de nouveau.

---

1. Athéna, déesse de la guerre et de la sagesse pour les Grecs ; Inanna, déesse de l'amour physique et de la guerre pour les Sumériens ; Kali, déesse du temps, de la mort et de la délivrance, mère destructrice et créatrice pour les Hindous ; Badb, déesse de la guerre dans la mythologie celtique irlandaise. (*N.d.T.*)

Des frissons me parcoururent.
— Sarai, rendez-moi ma main. Vous avez besoin d'aide.
— Vous avez besoin d'aide, dit-elle dans un souffle, le sang tachetant ses lèvres. Vous êtes crainte, Chasseuse. De toutes les manières possibles, vous devriez l'être. Pour de bonnes raisons. Mais ces temps touchent à leur fin. Le Voile est en train de tomber.
J'attendais qu'elle en dise plus, mais elle détourna vivement la tête, comme si elle avait entendu quelque chose. Je regardai autour de nous, mais les tireurs étaient encore inconscients. Nous étions seules. Jacques n'était visible nulle part. Je me sentais comme un enfant dans un film d'horreur, piégé dans un cauchemar.
— Sarai, s'il vous plaît.
— S'il vous plaît, répéta-t-elle doucement en écho, le visage crispé. Oh, Brian, Brian, je suis si désolée.
Sa poigne était encore trop puissante. Je tentai d'atteindre ma poche de mon autre main, mais Sarai me tira vers elle d'un coup sec, si fort que je tombai presque en travers de ses blessures. Je me tins juste par-dessus son corps, le souffle court et désespérée, et plongeai mon regard dans le sien. Infini. La même force antique que j'avais pu apercevoir dans celui de Jacques ; seulement plus profonde, plus imposante. Inexorable.
— Vous êtes quelqu'un de bien, murmura-t-elle durement, en tremblant. Votre mère voulait que vous le restiez. Elle a choisi de faire ce qu'elle a fait pour cette unique raison. Pour rien d'autre.
Sarai me relâcha, soutenant mon regard – mais ses yeux s'éteignirent presque immédiatement, son corps relâchant sa tension. Le sang bavait au coin de sa bouche. Elle émit un son, le souffle coupé. Je me penchai, les larmes me brûlaient les yeux.

— Labyrinthe, chuchota-t-elle.

— Sarai, sifflai-je, mais il était trop tard.

Je la regardai mourir.

J'étais encore là lorsque j'entendis les sirènes. Il pouvait s'être écoulé une minute, peut-être dix. Mon ouïe était très bonne, et elles étaient très lointaines. Je jetai un coup d'œil par-dessus mon épaule. Les Jumeaux Prodiges étaient toujours au sol, recouverts de livres, étalés, saignants et les membres brisés. Je me levai et allai vers leurs corps, mes bottes roulant sur les douilles des balles.

L'air de la pièce sentait le froid. Je m'agenouillai et arrachai d'un coup sec mon couteau de la cuisse de l'homme. Mis à part le faible mouvement de sa poitrine qui montait et descendait, il ne bougeait ni ne faisait de bruit. Je trouvai mon autre couteau par terre et rengainai les deux lames.

Le froid grandit. Je ne pouvais le sentir sur ma peau, mais lorsque je respirais, l'air avait un goût arctique dans mes poumons. Mon haleine s'échappait en un délicat nuage blanc. Les garçons grondaient contre mon corps, impatients, rêvant.

Je passai devant le corps de Sarai, appelant Jacques, et vérifiai s'il se trouvait dans la pièce adjacente. Je n'y vis qu'un lit aux draps froissés et une petite salle de bains. Aucune trace du vieux monsieur. J'avais peur pour lui. Lorsque je me retournai, je découvris que j'avais de la compagnie.

La petite fille. Mini-moi. Encore habillée de jean et avec les bottes rouges, ses cheveux sombres glissant sur ses épaules. Elle était accroupie à côté de la tête de Sarai. Un tout petit doigt s'enfonçait au centre du front de cette dernière.

— La licorne a perdu sa corne, murmura l'enfant.

— Éloigne-toi d'elle.

— Ce n'est qu'une peau, Chasseuse. Il ne reste rien à blesser.

La fillette planta son index en plein milieu du front de Sarai. L'os craqua. Son doigt creusa jusqu'à la jointure dans la tête de cette dernière. Je hurlai, bondis, mais des livres se trouvaient sur mon chemin et je tombai au sol, m'étalant juste hors d'atteinte. J'avançai en tâtonnant mais pas avant que la fille n'ait retiré son doigt. Il était recouvert de matière cérébrale. Elle le regarda fixement, en fronçant les sourcils. Comme s'il y avait des mots inscrits dans la chair de Sarai.

Cela m'était égal. J'attrapai un couteau et le lançai violemment. La lame glissa à travers sa poitrine et fit un bruit sourd en touchant le mur qui se trouvait derrière elle. Sous mon oreille, la marque d'Oturu brûlait.

— Tu ne peux pas prendre ma vie, déclara la gamine distraitement. Même les démons dans leur prison ne pourraient m'abîmer. Ce n'est pas faute d'avoir essayé.

Je m'accroupis, malade.

— Qu'es-tu, alors ?

Elle leva finalement les yeux sur moi. Elle n'avait jamais rencontré mon regard. Le sien était noir comme celui d'un requin, d'une poupée, comme le riche pétrole venant de la pierre, épais et chaud, et l'intelligence sans âge qu'il affichait m'enveloppa de miasmes emplis de tant de pressentiments que je pouvais difficilement réfléchir normalement.

— Je suis une Métamorphose, chuchota-t-elle. Je suis ce qu'il reste sous la peau.

J'entendis les sirènes à nouveau, plus fortes. Je les avais éliminées, mais je savais qu'elles venaient ici. Très bientôt maintenant, cet endroit fourmillerait de policiers.

— Et Sarai ? Et Jacques ?

Le petit bourgeon qu'était sa bouche se fit plus dur. Elle nettoya son doigt sur la robe éclaboussée de sang de Sarai.

— Ils sont morts. Ils seront morts. Ici, ou dans le Labyrinthe.

Son regard bascula sur l'homme et la femme étendus derrière elle et qui finalement commençaient tous deux à bouger.

J'aperçus une tresse dans sa main droite. Elle dit, très calmement :

— Cela n'aurait pas dû se produire. Quelqu'un est en train d'interférer.

Mama Sang. Je luttais pour me mettre debout, essayant de ne pas regarder le trou béant dans le visage parfait de Sarai.

— Elle est partie. Que veux-tu de plus ?

— Des réponses, dit l'enfant d'un air absent, les yeux fixés sur la gauche, comme si elle écoutait quelque chose.

Elle se leva et dériva vers les livres. Devant elle, je vis le cadeau de ma mère. Le disque de pierre, scintillant comme une douce perle sombre.

Je courus. Si je n'avais pas été invulnérable, je me serai brisé les os en bondissant ainsi sur les livres, mais je dérapai et glissai en travers de monticules de cuir et de vêtements découpés, luttant pour atteindre le disque avant la fillette.

J'étais trop lente et elle en était trop proche. Sa main se referma sur la pierre, et son expression devint froide, si cruelle que la pièce entière – l'air lui-même, les livres et les papiers – sembla se raidir sous le choc. Un tremblement me balaya intérieurement, un tumulte d'horreur par anticipation. Zee tira contre ma poitrine si violemment que je trébuchai.

Je vis des choses dans ma tête : des souvenirs enfouis, des flashs, des éclairs. Ma mère, se tenant sur le bord du Grand Canyon avec le soleil embrasant sa peau tatouée, sautant dans l'abîme avec les bras grands ouverts comme un oiseau – sa chute, une saignée dans les yeux de loups – une meute de loups courant dans son dos vers un coucher de soleil violet remarquablement doré contre les cimes des arbres au feuillage persistant. Et, devant elle, se tenant sur un promontoire rocheux, bronzé, fort et souriant...

— Jacques.

Je le perdis. Je perdis tout. La douleur me poignarda et je plaçai violemment ma paume contre mes yeux. Me retrouvai à quatre pattes, dégringolant dans les livres. Je sentis un mouvement et relevai la tête à temps pour voir la fille – quoi qu'elle fût – laisser tomber le disque comme s'il la brûlait. Son visage était ravagé, tordu comme s'il était reflété par un miroir déformant, de ceux qu'on trouve dans les palais des glaces, ses yeux et son nez tellement écrasés contre son front qu'elle ressemblait à un cyclope. Elle rejeta la tête en arrière, frémissante, et pivota sur elle-même pour me fixer de son regard atroce.

— Où, souffla-t-elle, où as-tu trouvé cela ?

Je grondai dans sa direction, vacillant sur mes pieds. Ses traits s'adoucirent, mais cette fois-ci elle ne prit pas mon visage ; c'était une autre femme à la place, petite, à la peau sombre, à peine une ombre. Des dents pointues brillèrent dans sa bouche.

— Je vais te tuer, murmura-t-elle, dis-le-moi.

Je n'avais pas souvenir d'avoir retiré mes gants, mais mes doigts se pliaient, libres et chauds, et les garçons rageaient. Je bondis, déchirant des livres sous mes bottes, et fis claquer mes mains dans le nuage de son corps.

Les garçons essayèrent de s'y attacher, mais comme la fois précédente elle fut aussi fuyante que l'eau. Rien à voir avec le fait de retenir l'essence même d'un parasite. Elle se dispersa au-dessus de l'homme et la femme qui se trouvaient à côté de nous – ils étaient assis et observaient la scène. Je ne pouvais l'arrêter.

Et alors, juste comme ça, tous eurent disparu. Les Jumeaux Prodiges. La fille – démon ou pas. Je me tenais là, seule en compagnie d'une femme morte dans une pièce emplie de livres, et les sirènes des voitures de police hurlant dans ma tête.

Je n'avais pas de temps. Je raflai le disque de pierre au sol – surprise par la chaleur qui s'écoula de lui aux garçons – et l'enfonçai profondément dans ma poche. Le couteau que j'avais lancé n'était pas loin. Je l'attrapai, puis avançai entre les bouquins en luttant pour venir m'agenouiller près de Sarai. Je caressai sa joue du dos de ma main. Sa peau était encore chaude, mais je me dis qu'il ne s'agissait là que d'une enveloppe vide. Une coquille. Que de la peau.

Que de la peau. Je sentis quelque chose me chatouiller dans le cerveau, mais j'étais tendue, trop malade pour réfléchir. Je balayai de la main mes yeux qui me brûlaient, la gorge serrée par la peine. Je ne savais pas pourquoi. J'avais à peine connu cette femme. Je ne savais pratiquement rien, sur rien. Je fermai les yeux, l'obscurité s'agitant derrière mes côtes.

— Fais-moi confiance, dis-je dans un souffle à la morte. Fais-moi confiance pour m'occuper de ça.

Je partis rapidement. Sur le palier, je criai de nouveau le nom de Jacques mais n'obtins aucune réponse. Les sirènes étaient audibles même à travers les murs. Pas le temps de quitter les lieux par la porte principale. Je fis demi-tour et grimpai les marches en courant. Je découvris un studio. Vide, plancher propre, murs nus, grandes fenêtres qui inondaient l'espace de lumière. Un lit parfaitement fait dans un coin et une minuscule salle de bains ordonnée. Pas de Jacques.

Sur ma gauche je remarquai une table couverte d'un arrangement méticuleux de peintures et de pinceaux, et une toile qui faisait au moins deux mètres sur deux. Sarai avait travaillé à une nouvelle création. Rien d'autre qu'un espace sombre sur la toile, peint d'un noir riche et empli de tons bleus sous-jacents. Un abysse, ou quelques cieux sans étoiles. Une sombre faim. Je pensais à Oturu. Son sourire. La fillette et sa rage.

Sarai morte. Tuée par balles.

Il fallait que je trouve Jacques.

Les sirènes approchaient. Je me demandais qui avait appelé la police. Peut-être qu'il s'agissait d'un coup monté. J'avais déjà été associée à Badelt. Me trouver là, sur le lieu du meurtre de son ex-femme, rendrait Suwanai et McCowan délirants.

Je courus à la fenêtre. Il y avait un escalier de secours à l'extérieur, donnant dans la ruelle. La police n'était pas encore arrivée. Je rampai à l'extérieur. Fermai la fenêtre derrière moi et commençai à y monter. Il était vieux et rouillé. Ses barreaux gémissaient sous mon poids. M'obligeant à me faire toute petite.

Mais personne ne cria après moi. Personne ne m'ordonna de m'arrêter.

Je grimpai plus vite, et eus à escalader une échelle étroite sur les derniers mètres menant au toit. Je tombai lourdement sur ce dernier, en courant. Il me fallait encore pouvoir redescendre, mais cela ne présentait aucune difficulté inattendue. Les immeubles de cette rue en particulier étaient vieux et reliés entre eux, leurs toits unis les uns aux autres et tous à la même hauteur. Je courus sur les gravillons et le goudron à vif, m'éclaboussant dans les flaques. Lorsque j'atteignis l'autre extrémité du bloc d'immeubles, j'entendis des sirènes encore plus nombreuses et jetai un coup d'œil pardessus le bord du toit. On pouvait compter trois voitures de patrouille et une ambulance. Je pris un moment supplémentaire pour balayer la rue du regard à la recherche de Jacques, mais ne le trouvai pas. Juste des gens bizarres, dont n'importe lequel, supposai-je, pouvait bien travailler pour Edik. Et Mama Sang.

Il y avait une porte d'accès qui conduisait à l'intérieur du bâtiment. Pas de verrou. J'avançai dans la cage d'escalier et un air chaud glissa sur moi. Il avait l'odeur de vieilles baskets. En dessous, rien que le silence.

Je descendis les marches en courant aussi vite et précautionneusement que cela m'était possible. Je pensais pouvoir me trouver dans un immeuble de bureaux. J'entendais des téléphones sonner derrière les murs, et, presque arrivée en bas, une voix : jeune, ridicule, une fille quelconque en train de tenir une discussion unilatérale au sujet d'une copine de classe.

Je poussai du coude la porte des escaliers, seulement un peu, et la vis qui se tenait dans le hall. Il y avait là une petite boutique de bonbons et une autre de livres New Age sur sa gauche, et juste au-delà, une porte de verre qui menait à la rue. J'étais sur le point de sortir lorsque je me souvins de mon apparence. Je boutonnai la veste de ma mère pour cacher les trous dans mon pull. Vérifiai l'état de mon jean et enlevai un de mes gants pour toucher la peau de mon visage à mains nues. Pas de sang.

La fille me regarda à peine quand j'émergeai de la cage d'escaliers. Dehors, je me mis à marcher vite, le temps était vif et ensoleillé. Juste en bas de la rue se trouvaient la police et une foule qui grossissait. Il avait été difficile de trouver à me garer près de la galerie. Ma voiture était donc une rue plus loin. J'allai jusque-là, gardant la tête haute, essayant d'avoir l'air détendu. Je parvins à maintenir cette façade suffisamment longtemps pour atteindre la Mustang, mais une fois dedans, portières verrouillées, mon corps tout entier se mit à trembler. J'eus du mal à mettre les clés dans le contact. Je dus me contenter de rester assise là, à respirer, pendant dix minutes.

Mes pensées n'arrêtaient pas de retourner à Sarai. À ma mère. Ressassant des histoires de voiles, de démons et de garçons adolescents.

Je tâtonnai à la recherche de mon téléphone portable et appelai Grant. Il répondit à la troisième sonnerie. Il avait l'air tendu.

— Byron a deux côtes cassées, une commotion, et le nez brisé. Il pourrait aussi avoir une hémorragie interne ou d'autres blessures qui nous sont encore inconnues. Le convaincre de rester là n'a pas été facile. Il est flippé à mort par les policiers et les représentants des services sociaux.

— Est-ce que l'un d'entre eux s'est déjà montré ?

Grant hésita.

— Je gère.

Gérer. Cela pouvait vouloir dire tout et n'importe quoi. J'eus besoin d'un moment pour reprendre mes esprits. Mon odeur était celle du sang.

— Il s'est passé quelque chose. Sarai est morte. Jacques a disparu. Nous avons été attaqués. On nous a tiré dessus. Les hommes d'Edik en sont responsables. J'ai peur que Byron ne soit une autre cible.

— Et toi ?

— Ça va, grommelai-je, ce qui était un mensonge manifeste. Il faut que tu fasses attention. Je vais essayer d'être à l'hôpital dans moins d'une heure, mais si tu ne me vois pas arriver, appelle Suwanai et McCowan. Dis-leur que tu penses que Byron ne a été témoin du meurtre de Badelt et que quelqu'un est après lui. Ils pourront peut-être vous protéger.

— Cela les conduira jusqu'à toi, Maxine. Et Byron n'acceptera pas.

— Peu importe. Fais ce que tu as à faire, quoi que cela te coûte. Ces gens sont rapides, Grant, ce sont des professionnels.

— Maxine.

— Promets-moi.

Son silence était dur, intransigeant. Je répétai son nom, et entendis en arrière-fond quelqu'un d'autre faire de même. « Monsieur Cooperon », dit une femme, et la tension monta en moi ; un effroi terrible et atroce.

— Ils sont en train de le déplacer, m'expliqua Grant, il faut que j'y aille.

— Grant...

— Je ferai ce que j'ai à faire, à n'importe quel prix, m'interrompit-il calmement. Je t'aime.

Il raccrocha. Je regardai fixement le téléphone, puis le glissai dans ma poche de manteau. J'envisageai de me rendre à l'hôpital – séance tenante – mais mes jointures se firent blanches sur le volant et je continuai de conduire dans la direction opposée. Une chose à faire avant. Une de plus.

Je garai la Mustang dans le parking qui se trouve sous Pike Place Market. Je sentais l'odeur du poisson. Elliot Bay[1] était à une bonne encablure de là, ses eaux étincelant comme si des diamants avaient été jetés sur les vagues. Les garçons tournaient dans leurs rêves.

J'utilisai le pont suspendu pour enjamber Western Avenue et atteindre la galerie principale du marché. Il y faisait sombre, dédale décousu, murs couleurs crème et fissurés, les coins les plus éloignés du sol couverts de couches de fins débris. L'air sentait mauvais et j'avais les oreilles emplies d'un bourdonnement – voix, voitures, le glissement étrange des patins à roulettes – mêlé à un ronronnement, un doux battement qui n'était pas humain, ni même de ce monde.

Je n'aimais pas venir à Pike Place Market. Je n'y avais qu'un seul bon souvenir – c'est là que j'avais rencontré Grant, sauvé sa vie – mais rien d'autre ne m'y réconfortait. Le Voile était mince entre la terre et la mer, là où

1. Baie de Seattle. (*N.d.T.*)

tant d'humains se rassemblaient. Les murs de la prison étaient faibles, si transparents que j'étais capable d'y entendre un autre genre d'océan, sombre et rouge comme le sang. Fait de sang. Je pouvais presque imaginer les enfants de Mama Sang réunis sur le bord du mur, espionnant les humains qui passaient dans ces couloirs embrouillés. Recherchant des âmes, quelqu'un de brisé. La tentation suffisante pour se tortiller et se serrer à travers les craquements du Voile et lutter pour une bonne possession.

Je sentais ces yeux qui m'observaient. Je les sentais à travers le Voile, et par-dessus eux, Mama Sang elle-même – se fondant de l'autre côté, faisant ses bébés, les écoutant réclamer une poussée rapide pour s'en nourrir.

Je traînais. Attendant qu'un message soit transmis à travers le Voile. Je me promenai tranquillement dans l'allée principale, passai devant les artisans et leurs bijoux, leurs objets en cuir ; étalages de savon, confitures, tee-shirts. Je sentais les fleurs. Des voitures klaxonnaient. Des gens partout ; des enfants avec leur mère, et quelques personnes qui n'étaient pas de la ville riant, café dans une main et appareil photo dans l'autre.

Je me sentais nue, exposée. Je ne pouvais m'empêcher de penser que quelqu'un allait me regarder en face et montrer du doigt du sang ou des impacts de balles ; comme si la mort était contagieuse ; ou comme si la violence brutale dont j'avais été témoin avait placé une sorte de masque devant mes yeux me montrant continuellement Sarai, où que je regarde, si immobile, avec cet horrible trou de la taille d'un doigt dans la tête.

Votre mère voulait que vous restiez quelqu'un de bien. Elle a fait ce qu'elle a fait pour cette unique raison. Ses derniers mots, chuchotés dans mon esprit. Ce qui suscitait encore plus de questions. En tout premier lieu, pourquoi quelque chose qui paraissait à ce point inoffensif méritait que l'on tue pour lui.

Je sortis le disque de pierre, le petit labyrinthe. Rien ne semblait différent. Mais je me souvenais. Je me souvenais de cette vision de ma mère. Et de Jacques.

Pas un fantasme. Pas un de mes souvenirs. Quelque chose d'autre.

— Framboises ? demanda une voix douce comme la soie près de moi, sur la droite.

Je jetai un coup d'œil sur le côté et découvris une femme sculpturale, habillée d'une veste en cuir rouge et d'un pantalon assorti. Ses longs cheveux roux avaient été peignés en avant en boucles lâches qui cascadaient autour de son visage joliment soigné - épilé, peau lisse et tendue. Sa bouche était saisissante - les lèvres, une fente cruelle et rouge - et ses yeux étaient sombres comme une pierre que la rivière aurait lustrée, froids et durs. Une aura grande comme le ciel, serrée dans un espace de la taille d'une pastèque.

Elle tenait un récipient de framboises à la main, potelées et hors saison. Elle en tira une et en mordit un petit morceau entre des dents d'une blancheur parfaite.

— Délicieuse. Honnêtement, Chasseuse. Je ne sais pas comment tu supportes de vivre parmi une telle abondance de sensations.

— Mama Sang, la saluai-je. Je m'attendais à voir quelqu'un d'autre.

— Edik, dit-elle en souriant avec une timidité feinte. Oh, mon petit animal de compagnie n'est pas loin.

— En train de tuer des gens.

— Entre autres.

— Tu essaies de me cacher quelque chose.

— Vraiment ? (Mama Sang avala une autre framboise.) Marchons, Chasseuse. J'éprouve le désir de voyager parmi les mortels et de m'abaisser au niveau de leur ignoble existence.

— Menteuse. Tu rêverais d'être l'une d'entre eux.

— Jamais, protesta-t-elle. Je suis une voyageuse, seulement cela. Une nomade des âmes. Être liée à un corps unique, de bébé hurlant à bête ridée incontinente, sans autre récompense que la mort... Oh, Chasseuse, ça, c'est une prison. Je ne vous envie vraiment pas. Ni maintenant ni jamais.

— Mais tu vas et viens comme tu l'entends.

J'observai l'océan au-delà du marché, imaginant tous ces cercles de la prison, se pliant l'un par-dessus l'autre, leurs frontières se frottant à sa dimension. Une armée de démons, cachée à la vue de tous. Aucun télescope, aucun œil assez perçant pour discerner leurs cœurs battants. À supposer qu'ils aient un cœur.

— Le Voile est faible.

— Il l'a toujours été. (Mama Sang sourit largement à un jeune homme dégingandé portant des lunettes, qui la fixa ouvertement comme elle passait en tanguant.) Mais la différence est que le Voile est en train de tomber entièrement, et lorsque cela sera fait, ce monde n'aura personne pour le protéger. Préserve-toi.

— Bien, dis-je en touchant du doigt la peau sous mon oreille qui me picotait. Et tu t'en inquiètes parce que tu as peur des autres.

Son sourire dérapa.

— Je risque beaucoup en te rencontrant. Si Ahsen me voit...

— Ahsen, l'interrompis-je. Celle qui a traversé le Voile ?

— Ahsen. Métamorphose. (Elle regarda rapidement de tous côtés.) Capricieuse bâtisseuse de prison.

Je m'arrêtai. Elle ajouta :

— Ne fais pas semblant. Je sais que tu n'es pas étonnée.

Mama Sang ne me connaissait pas si bien que cela. J'étais étonnée. Pas autant que j'aurais pu l'être. Je pensais rarement aux constructeurs du Voile de la prison. Ils étaient une force inconnue, brièvement évoquée dans les histoires familiales, mais jamais en détail. Tout ce que je savais, c'est qu'ils avaient combattu aux côtés des humains contre les démons. Tout ce dont j'étais sûre, c'est qu'ils avaient donc créé le Voile de la prison.

Après ça, plus rien. Aucune autre mention d'eux. Parfois, il m'arrivait de penser qu'ils pourraient bien n'avoir jamais existé.

Jusqu'à ce jour. Jacques et Sarai avaient tout changé.

Mama Sang continuait de manger ses framboises, en savourant chaque bouchée comme s'il s'agissait d'un baiser d'adieu. Les hommes la regardaient. Bonne chance, pensais-je, elle vous dévorera vivants.

— Pourquoi, demandai-je lentement, es-tu ici ?

Elle sourit.

— Mon intérêt est de te garder vivante.

— Parce que tu veux que je sauve tes bébés des grands méchants démons. Même si je te les prends.

— Je suis prête à sacrifier quelques innocents pour calmer ta faim. (Son aura se fendit, tout comme son sourire.) Une Chasseuse doit être nourrie.

— Et distraite. Insipide dans sa suffisance. (Je souris aussi, d'une manière sinistre.) Combien de jeux joues-tu, Mama Sang ? Qu'as-tu promis à cette Ahsen ? Que t'a-t-elle fait promettre ?

L'aura de Mama Sang se mit à danser. Elle balança le reste de ses framboises au sol, emballage inclus – même si une poubelle était à côté. Personne ne se plaignit, mais je remarquai des regards méchants, voire incrédules.

Elle frotta ses mains l'une contre l'autre pour les nettoyer. Ses ongles étincelèrent, cramoisis.

— Je n'ai promis rien d'autre qu'une porte temporaire. Et peut-être un peu d'aide. Si nécessaire.

— Tu as ordonné la mort de Badelt. De Jacques et de Sarai. Du gamin.

Mama Sang ne dit rien. Je regardai autour de nous. Il y avait très peu d'endroits où s'installer qui ne soient pas au milieu du chemin. Devant nous se trouvait le marché aux poissons. Je vis des hommes, habillés d'une blouse de travail orange, se lancer un saumon comme s'il s'agissait d'un ballon de rugby, riant et s'invectivant fort. Flashs des appareils photos, cris perçants des enfants. Disneyland pour les amoureux des produits de la mer, et tous les autres vendeurs de poisson qui regardaient ces bouffons comme s'ils voulaient leur planter dans le dos des tisonniers rouges de chaleur.

— Un beau monde, murmura Mama Sang, et j'en suis la reine.

— Un jour, je te tuerai. Ou quelqu'un d'autre s'en chargera.

Elle me lança un regard perçant.

— Tu n'es pas autorisée à me blesser. J'ai passé un marché avec tes ancêtres. Sur votre sang.

— Peut-être. Mais je n'ai pas à te sauver.

Je souris, froide, dure ; savourant son regard calculateur, la réévaluation. Je pensais à ma mère, ma grand-mère... Des centaines de femmes assassinées par le démon parasite qui habitait le corps en face de moi. Je pouvais la jouer polie, parce que je devais. Parce que Mama Sang pourrait être utile. Mais c'était superficiel comme un lit de rivière à sec et tout aussi craquelé.

Je la haïssais. Je la haïssais tant que je pouvais en sentir le goût.

— Pourquoi ? demandai-je de nouveau. Pourquoi les blesser ?

— Parce que cela sert un but. (Mama Sang avança dans le soleil, quittant l'abri de l'auvent du marché. Elle leva la main et une berline noire apparut.) Ahsen est dangereuse, Chasseuse. Elle est vieille et puissante – mais sa colère la rend faible, facilement manipulable.

La berline s'arrêta à côté de nous, et la portière arrière s'ouvrit de l'intérieur. J'entrevis Edik dans l'obscurité. Mama Sang balança un talon aiguille de cuir verni rouge contre le bord de l'habitacle et se retourna pour me regarder.

— Si tu sais ce qu'Ahsen veut, Chasseuse, tu peux l'utiliser contre elle. Tu peux la bloquer. Garde-la aussi affamée, et elle ne voudra pas retourner au Voile.

Son visage ne révélait rien de plus, mais je perçus une touche d'urgence dans sa voix, peut-être de peur. Je me rapprochai doucement.

— Tu n'as rien dit aux autres démons dans le Voile, n'est-ce pas ?

Mama Sang me regarda dédaigneusement.

— Leur dire quoi ? Que les Gardiens sont morts ? Que les Métamorphoses, ces créatures qui ont construit le Voile, ont abandonné ce monde ? Ou peut-être devrais-je expliquer comment mes enfants se sont débrouillés pour rôder librement durant tous ces millénaires, pendant qu'eux restaient enfermés dans leur cellule. Oh, ils le prendraient bien, sûrement.

— Tu t'es jouée d'eux.

— Je les ai évités, quand je le pouvais. (Mama Sang s'appuya contre la portière ouverte de la voiture, me regardant durement droit dans les yeux.) Apprends à comprendre ton ennemi, Chasseuse.

Je m'appuyai moi aussi contre la portière. Je retirai mon gant, et fis reposer ma main nue contre la sienne. Elle ne recula pas. Son aura resta ferme. Raw bougea contre sa peau. Ayant faim, mais restant sur ses positions.

— Il n'y a rien de plus intime que la mort, reprit Mama Sang, s'inclinant plus près, la voix rauque. J'ai appris cette leçon à plus d'une de tes ancêtres.

— Et leur as-tu dit ce qui te faisait peur à toi ? Toi, Mama Sang ? (Je baissais moi aussi la voix, mais seulement parce que des touristes étaient en train de marcher particulièrement près de la voiture, nous regardant.) Peut-être pourrais-tu partager avec moi ce qui est si particulièrement inquiétant au sujet du secret que ma mère a laissé ? Parce que je crois que tu le sais.

Son regard chancela et elle retira sa main – glissant dans la berline avec une grâce distraite. Edik était assis dans les ténèbres à ses côtés – une forme silencieuse, maigre, encore en train de repousser ses lunettes sur son nez. Il ne pouvait me regarder dans les yeux, mais Mama Sang, elle, soutint mon regard ; la beauté froide et lisse de son hôte s'affadissant derrière la tempête de son aura immense.

— La vérité est simple, dit-elle calmement. Il y a une mince ligne entre le salut et la damnation. Et toi, Chasseuse, j'ai bien peur que tu ne sois cette ligne.

Elle claqua la portière. La berline démarra. Je me tenais sur le côté de la rue pavée, la regardant partir, et retirai le disque de pierre de ma poche.

Dans la lumière du soleil, niché dans le cuir noir des gants de ma mère, les lignes gravées brillaient comme des perles écrasées incrustées de veines de feu d'argent, oscillant au-dessus de sa surface comme si l'aurore boréale était en train de planer sur la pierre.

Labyrinthe, avait murmuré Sarai.

Tant de mystères. J'avais tant d'ennuis.

J'entendis le grondement d'un gros moteur. Je me retournai, et le soleil m'aveugla. Des mains touchèrent mon dos.

Quelqu'un me poussa.

Et un bus me frappa.

Chapitre 12

Je n'avais jamais été renversée par quoi que ce soit de plus grand qu'un buggy – et ce, dans des circonstances atténuantes qui impliquaient un âne fugueur, un zombie unijambiste armé d'un flingue, et l'arrivée malencontreuse d'une tempête de sable. Le tout combiné contribua à ma soudaine et intime connexion avec les roues d'un véhicule rapide.

Un bus était infiniment plus grand.

Je m'écroulai durement au sol. Sentis les garçons bouger dans la fraction de seconde qui précéda l'impact, déplaçant leurs corps endormis sur mon visage. Mon nez et ma mâchoire s'écrasèrent sur les pavés avec une force suffisante pour broyer l'os mais je n'éprouvai aucune douleur.

Je devais avoir fait choir le disque. Je le vis devant moi, et ma main se referma dessus au moment même où un pare-chocs gifla mon épaule et ma tête. Je glissai ; je tombai en vrille ; des roues écrasèrent mes jambes – et le soleil disparut sous un châssis en acier qui était long, sombre, et m'étouffa sous les gaz d'échappement.

Une sale journée. Très sale journée.

Tout s'arrêta. Mon corps. Le bus. Tout ce que je pouvais entendre, c'était le moteur gouttant et mon sang tonnant. Mes mains étreignirent la pierre sur ma poitrine, mes doigts creusant dans ses lignes gravées, et pendant un moment une sensation étrange me traversa, comme si j'étais en train de m'évanouir. Je vis ma mère dans ma tête – et au-delà, d'autres femmes, ayant toutes mon visage. Toutes, ayant peur.

Peur d'elles-mêmes.

La vision disparut mais fut remplacée par une autre : je vis le démon dans sa cape – Oturu – et devant lui une femme avec les mêmes traits que moi – portant ses tatouages et n'ayant pratiquement rien d'autre sur elle. Ils se tenaient ensemble, proches, inclinés l'un vers l'autre avec tant de confort, une telle aisance qu'il était évident qu'ils le faisaient vraiment souvent, et depuis longtemps. Derrière eux, je découvris un ciel violet, deux lunes. Des lunes qui ne ressemblaient en rien à l'exemplaire unique que j'aimais à contempler lorsque le soleil se couchait.

Je me secouai. Le monde émergea à nouveau. Je pris une profonde inspiration. Encore sous le bus, le regard fixé sur son moteur. La pierre tenue fermement en main.

Mais tout ce que je fus capable de discerner était cette vision. Oturu, une de mes ancêtres – pas moi, pas moi – se tenant sous un ciel étranger.

Des bruits firent intrusion : une femme, hurlant si violemment qu'elle aurait aussi bien pu être celle coincée sous le bus. Mes mains se mirent à trembler. Je rangeai le disque dans ma poche, puis pris une grande inspiration et roulai avec précaution sur le ventre. Des hommes étaient en train de partir en reconnaissance sous le véhicule pour venir à mon aide. Je les laissai faire, essayant d'ignorer leurs regards comme ils découvraient mon visage. Je mis un moment pour me rendre compte de la raison pour laquelle ils semblaient si déconcertés.

Les garçons. Les garçons avaient recouvert mon visage. Et ils y étaient restés. Ma figure disparaissait sous les tatouages.

Je pris une nouvelle profonde inspiration. Mes sauveteurs étaient en train de discuter, disant que ma colonne vertébrale devait être brisée, mes jambes écrasées. Je pouvais avoir des dommages cérébraux. Ils me conseillèrent de ne pas bouger.

Tu parles. Je commençai à ramper. Les gens me tirèrent pour me sortir de là. J'entendis un sifflement collectif s'échapper de la foule au moment même où elle me découvrit – qu'il soit provoqué par ma survie miraculeuse ou mon visage, je n'en avais aucune idée. Le flash d'un appareil photo se déclencha, cependant. Des téléphones portables furent tendus dans ma direction. J'étais un spectacle.

— Nous avons appelé une ambulance, dit l'un des hommes, se mettant à genoux à mes côtés. (Son regard ne parvenait à se poser sur aucune partie de ma figure.) Ne bougez pas.

— Merci, lui répondis-je en me levant.

Je fis semblant de vaciller. Des mains m'attrapèrent et les gens me fixèrent. Il y en avait tant. J'essayai de voir par-delà la foule, mais tout ce que j'arrivais à discerner, c'était toujours plus d'yeux, des yeux innombrables, observant mon visage, chacun de mes mouvements. Des bouches grandes ouvertes.

Quelque chose de désagréable rampait dans mes entrailles, et je me souvins d'une main contre mon dos juste avant que je ne sois précipitée sur la route. Je devais trouver de quoi il s'agissait.

J'avançai en titubant, repoussant au passage des hommes et des femmes qui essayaient de m'arrêter. J'entendis des mots comme miracle et attention, et me retournai alors, une seule fois, pour regarder le bus qui m'avait renversée. Il s'agissait d'une navette pour touristes, pas d'un bus de ville. Son chauffeur sur la chaussée, à quatre pattes, vomissant ses boyaux. Je me sentais mal pour lui. Il n'y pouvait rien si quelqu'un avait essayé de me tuer.

Dans le lointain, des sirènes hurlaient. Elles avaient été trop nombreuses pour une seule journée. Les garçons étaient agités sur ma peau. J'atteignis l'endroit d'où j'avais été poussée.

Et y trouvai un homme. Grand, large. La peau couleur de l'œil d'un chat, doré et fauve, ses cheveux, noirs et longs, déchaînés autour de son visage anguleux. Je ne remarquais généralement pas le nez des hommes, mais le sien était imposant, crochu, presque horrible, et malgré tout, plus proche d'être séduisant. Yeux noirs. Regard agressif.

Il portait un jean, un col roulé noir, des gants et la boucle de sa ceinture était de la taille de ma main, en argent et ornée de suffisamment de lapis pour faire comprendre, au premier coup d'œil, qu'il portait une solide étendue de pierres précieuses sur sa ceinture. Difficile de détourner les yeux, mais j'y parvins et aperçus une bande de fer sous son menton. Elle dépassait à la dérobée depuis le coin de son col.

Je n'avais jamais vu auparavant cet homme de ma vie, mais je connaissais ces yeux. Je connaissais ce visage. Je le connaissais comme s'il faisait partie d'un rêve dont je ne parvenais pas complètement à me souvenir, mais même cela était suffisant. Il ne s'agissait pas d'une coïncidence.

— Vous m'avez poussée, lui dis-je.

— Vous avez survécu. (Il sourit froidement.) Mais bon, ceux de votre espèce y parviennent toujours.

Sa voix était rocailleuse et dure, masculine sans effort. Je pensais aux couteaux de ma mère.

— Comment savez-vous qui je suis ?

— Le monde est plein de mystères.

Il se mit à marcher. J'avais les yeux braqués sur lui, déchirée. Puis je lui emboîtai le pas sans regarder en arrière. Mes choix étaient restreints. Les sirènes se faisaient plus fortes, et les gens continuaient à m'observer. Je pouvais tout aussi bien partir dans la même direction que lui. Me pousser sous un bus n'était pas le meilleur moyen pour attirer mon attention. En revanche, savoir que j'étais invulnérable l'était sûrement. Et bien trop d'individus à mon goût étaient conscients de ce fait plutôt important me concernant. J'avais gardé des secrets toute ma vie. Pour rien.

J'aperçus mon reflet dans la vitre d'une voiture et vis un masque d'écailles taillées comme des ailes s'évaser sur mes joues. Au-dessus de mes sourcils, Zee, les yeux comme des rubis et le regard fixe, les extrémités de ses longs doigts enroulées autour de ma mâchoire. Impossible d'entr'apercevoir ne serait-ce qu'un petit bout de ma peau, pas même au niveau des paupières. J'aurais pu appartenir à un cirque. *National Geographic*, peut-être. Je me reconnaissais à peine moi-même.

Mais j'étais vivante. Rien de cassé. Je rattrapai l'étranger et me sentis à l'affût, embrouillée. Le manteau de ma mère avait de nouvelles cicatrices. Je recherchai des auras sombres, et pensais au temps, s'enfuyant. L'heure dont j'avais parlé à Grant.

— Qui êtes-vous ? demandai-je.

Son sourire était froid.

— Je suis blessé que vous ne vous en souveniez pas.

Ce n'était pas Ahsen, qu'importait qu'elle puisse changer de forme.

— Nous ne nous sommes jamais rencontrés.

— Vous êtes toutes les mêmes. Ce regard dans vos yeux. Il ne change jamais.

Son aura était pure, mais cela ne voulait rien dire.

— Qui êtes-vous ?

L'homme me regarda, l'air furieux.

— Je suis ton Fou, Chasseuse.

Il agrippa mon bras. Le monde disparut.

Je ne perdis pas conscience. À peine la vue et l'ouïe. Je me trouvais dans un lieu d'une obscurité absolue ; ininterrompue, évidée, jusqu'à ce que j'éprouve un changement dans mon corps, mes intestins se répandant dans l'os. Et, bien que je sois encore dans l'obscurité, il y avait une lune dans le ciel, illuminant un champ sans fin de neige et de glace ; et l'air était plus âcre. C'était la nuit.

La nuit. Les garçons se réveillèrent.

La douleur était pire que d'habitude, mais je ne flanchai pas et n'émis aucun son. J'observai l'homme qui se tenait sur la neige, un air d'amusement cruel sur le visage. Et lorsque les garçons tirèrent pour se libérer, s'enroulant autour de mon corps comme des fantômes vif-argent, son expression resta la même ; seul le coin de sa bouche remonta plus haut et je sentis en lui une satisfaction qui me réduisit à la rage.

Pas de temps pour agir, malgré tout. À l'instant où les garçons se détachèrent de ma peau, je fus frappée par le froid qui me poignarda aussi sûrement que si je m'étais jetée moi-même sur un lit de clous. La froideur âpre vola mon souffle et je respirai bruyamment, serrant mes bras contre mon ventre, luttant contre l'envie pressante de me laisser tomber à genoux. Le froid était incroyable, horrible ; comme si j'étais avalée par l'hiver et lentement digérée par de la glace.

Puis, Zee. Un aperçu sur ses yeux rouges, les barres de ses dents aiguisées, juste avant qu'il ne s'enroule autour de moi, me serrant fort dans ses bras. Dek et Mal serpentaient autour de ma gorge et de ma tête, pendant que Raw occupait mon dos. Mes jambes étaient plus difficiles à protéger, mais Aaz fit de son mieux, tous autant qu'ils étaient se cramponnant comme des singes. La chaleur s'infiltra à travers mes vêtements jusqu'au centre de mon corps. Leurs cœurs battaient comme le tonnerre. Je pouvais de nouveau penser.

— La chair est faible, dit l'homme, ne semblant pas concerné par le froid. Même la vôtre, Chasseuse.

— Où sommes-nous ?

Ma voix était enrouée, cassée.

— Pôle Nord. (L'homme se rapprocha, et les garçons grondèrent. Il rit, calmement.) Zee, tu n'as pas vieilli d'un poil à ce que je vois.

Zee chercha à mordre l'air, sifflant, puis débita un flot de mots qui étaient aussi mélodiques et sauvages que le vent froid qui coupait à travers la glace. Jusqu'à ce que, finalement, sa tirade se ralentisse et qu'il grince :

— Enkidu. Toi, salope tranchante.

Le sourire de l'homme s'évanouit. La lune projeta des dagues au-dessus de ses cheveux noirs jusqu'à ce qu'il ne soit rien de plus qu'un bloc de ténèbres, strié par la lumière de l'astre mort. Son corps, si immobile. Sa voix, dure.

— N'utilise jamais ce nom, Zee. Plus jamais. Tu me dois bien ça.

Zee cracha, sa salive brûlant la neige comme de l'acide. L'homme fit un pas de plus en avant. Je me tendis, prête à me battre. Il s'arrêta cependant, et leva les yeux. Je vis une ombre couper les étoiles en tranches, et un démon tomba du ciel.

Oturu. Il s'enfonça brutalement dans la glace comme une flèche taillée dans la nuit, et le craquement que produisit son impact me fit trembler. J'oubliai d'en respirer. Sa cape étouffait la lumière. La partie inférieure de son visage pâle brillait comme de la poussière de diamant scintillant à travers la neige.

Je mis les mains dans ma veste, mes doigts éraflant les couteaux de ma mère. Mon cœur battait violemment entre mes côtes.

— Zee.

— Oui, Maxine, chuchota-t-il.

— Vas-tu m'aider cette fois ?

Il ne dit rien. Le démon rit, d'un rire voilé et chaud. Ses pieds, les orteils comme des poignards, perchés sur la surface de la neige comme s'il était plus léger que l'air.

— Zee ne peut rien faire pour briser sa parole, elle est irrévocable, dit le démon.

Une mèche de cheveux rampa de sous son chapeau, atteignant l'homme qui se tenait, calme comme la mort, à ses côtés. Je n'arrivais pas à détourner le regard comme les cheveux du démon caressaient la joue humaine, et j'eus un aperçu rapide dans ses yeux sombres d'un moment de pure haine.

— Traqueur, reprit le démon, tu as fait du bon travail.

— Il en allait de mon honneur, répliqua l'homme, avec une déférence que je savais être mensongère.

Le démon semblait lui aussi s'en rendre compte. Cette mèche de cheveux, délicate comme un long doigt, rampa sous le col de l'homme. Je distinguai le collier de fer autour de sa gorge ; un lien protubérant. Un crochet. Les cheveux du démon se nouèrent eux-mêmes à travers la petite ouverture et tirèrent. Une fois. L'homme tomba à genoux.

— Traqueur, murmura le démon, apprends à t'agenouiller devant notre Dame.

L'homme resta silencieux. Il tenta de se lever, et la laisse frappa plus fort, le faisant tomber, les jambes couvertes de neige. Il exhala, ses lèvres devenaient bleues. Le froid. Il pouvait le sentir maintenant.

La cape du démon s'évasa, se refermant en claquant sur les étoiles.

— À genoux. Dans ton cœur, agenouille-toi.

— Non, grinçai-je, arrêtez.

Le démon se tourna, et bien que ses yeux fussent cachés par le bord de son chapeau, je savais qu'il regardait droit dans les miens. Austère contre la glace, se tenant sur ses orteils avec cette cape perverse, vivante, soufflant à contre-courant du vent. Plein de grâce. Dangereux.

La bouche dure s'incurva.

— Tu nous admires.

— J'admire votre grâce, admis-je, d'une voix rauque. Mais je te tuerai de toute manière.

— Tu nous tueras tous, répondit le démon. Mais pas aujourd'hui.

Pas si je restais là plus longtemps. Les garçons ne pouvaient pas en faire beaucoup plus dans ces températures. Je supposais que c'était le but. Me déshabiller de mon armure, me rendre vulnérable. Facile à effrayer.

Mes dents allaient bientôt se mettre à claquer.

— Que voulez-vous ?

— Toi, dit-il, et contre mon corps, les garçons tirèrent, leurs yeux rouges cillant, leurs cœurs martelant.

Je jetai un coup d'œil à l'homme dans la neige. Il m'observait, les épaules tremblantes, les mains cachées dans le sédiment cassé et glacé.

— Pour me tuer.

Le démon sourit.

— Pour te suivre.

Je le regardai fixement et il dansa vers moi, flottant sur les congères plates, perçant la neige et la glace de ses orteils. Il tirait l'homme derrière lui, ses longues mèches de cheveux toujours attachées au collier de fer – et bien qu'il m'ait poussée sous un bus, j'éprouvai un instant de la pitié pour cet homme quand il essaya de se lever une fois de plus, et tomba.

Le démon apparut indistinctement, se mêlant au ciel nocturne, sa bouche semblable à une ligne sombre, dure, droite et froide comme le lointain horizon illuminé. Je ne pouvais pas voir ses yeux sous le chapeau, mais sa cape se déploya comme des ailes, et j'entr'aperçus un mouvement, tout au fond : des visages et des mains, des corps remuant dans l'abysse. Avalant la lumière du soleil, des étoiles, la froide réflexion de la neige. Les garçons resserrèrent leurs mains autour de mon corps. Je tremblais, mais ce n'était pas de froid.

— Tu as peur de nous, chuchota le démon. Ton cœur est perdu, mais nous sommes là, maintenant. Nous, tous autant que nous sommes, nés de nouveau, les uns pour les autres.

— Alors, dis-moi, croassai-je, ma voix glacée dans ma gorge. Dis-moi ce que je devrais savoir.

— Ce que tu devrais savoir, murmura-t-il, ce que tu devrais connaître est le monde à tes pieds. Toi, Maîtresse, avec tes chiens de meute et la Chasse à portée de main. Déesse, éternelle. Mais tu as oublié. Tu es devenue un mystère. (Le démon hésita.) Que t'a-t-on fait, Chasseuse ?

Je pensais à ma mère. Une mèche de cheveux claqua près de ma tête. Zee l'attrapa, la tint serrée, mais pas avant que son bout n'ait éraflé mon front. Une chaleur incroyable se répandit à travers mes os. Dorée comme le soleil levant, aveuglante. À travers mon pantalon, contre ma peau, la pierre ronde brûlait.

Le démon se fit parfaitement immobile. Nous tous, le regard fixe, pris dans le silence du sombre arctique, dans une rivière d'étoiles et la lumière de la lune. Sa beauté m'aurait coupé le souffle si la peur et la mort ne l'avaient déjà fait.

— Tu as été altérée, dit le démon.

— Oturu, non, grinça Zee. Pas de marché brisé. Juste des changements. Fait longtemps. Les vieilles mères avaient nouvelles façons de procéder.

— Et de nouvelles alliances, répliqua-il d'une manière sinistre. Je sens l'odeur du loup. Je peux goûter la licorne.

Mes genoux cédèrent. Je tombai dans la neige et ne pus me relever. Mes muscles étaient trop froids. Aaz rampa jusqu'à mes pieds transis, s'enroulant autour d'eux. Le démon glissa jusqu'à s'accroupir, sa cape s'étalant sur la neige comme une tache d'encre. L'homme était derrière lui, invisible. J'avais les yeux fixés sur le bord de ce chapeau noir, tremblante.

— Nous oublions le temps, murmura-t-il. Nous oublions, toujours, que tu es une créature mortelle. Toi, Chasseuse, qui devrait porter l'éternité sur tes épaules. Nous te voyons, nous les voyons toutes, et nous nous souvenons d'elle. Elle, toujours.

— Elle, soufflai-je, frissonnante à cause du froid. Une de mes ancêtres.

— La meilleure de toutes. La plus terrible. (Le démon fit un bruit comme un sifflement, une calme respiration.) Tu es comme elle, Chasseuse. Nous pouvons la goûter en toi. C'est pour cela que nous t'avons donné la marque de notre clan. Notre marque, que nous n'avions offerte à personne d'autre depuis sa mort. C'est la prédiction d'un prodige.

Ma main tremblait, mais je me débrouillai pour toucher mon visage. Juste sous mon oreille, je pouvais sentir ces lignes. Je pouvais les voir dans ma tête. Le démon se pencha, le bord de son chapeau proche au point de me toucher.

— Tu penses que nous sommes très différents mais nous sommes les mêmes, Chasseuse. Nous sommes les hôtes extrêmes et les maîtres des morts, et lorsque nous ordonnons aux hommes de suivre, ils nous obéissent.

Et donc ce sont les hommes sur terre qui tuent et mutilent, comme une bande d'oiseaux cuivre rouge de sang, pendant que nous dansons sur ce monde comme des ombres puissantes et formidables. Mais nous sommes tout juste l'épée, Chasseuse, et seulement cela. Nous devons avoir un cœur pour nous manier. Ce sont les termes, et nous respectons nos accords.

— Quel accord ?

Je contemplais ses cheveux qui creusaient dans la neige et commençaient à y sculpter des dessins, des nœuds, des enchevêtrements qui me rappelaient les gravures de la pierre, le labyrinthe.

— Les termes de notre survie, chuchota-t-il. Notre dispense pour une faveur faite. Autorisés à survivre et chasser, mais seulement lorsque ta lignée l'ordonne, ou quelqu'un que vous choisissez. C'était sa dernière requête. Elle avait peur. Elle se désolait. (Une mèche de cheveux tapota l'épaule de Zee.) On aurait dû le raconter à ta Chasseuse.

Zee secoua la tête.

— Fais une promesse.

— Ton serment le contredit.

— Non, grinça-t-il, il le sauve.

Je secouai la tête, tremblante.

— Je n'y crois pas. Non. P... pas avec toi.

— Parce que nous sommes des démons. Et que tu nous détestes.

— Vous d... détruirez les humains.

— Ou serait-ce toi ? (Il sourit, légèrement.) Il nous est interdit de porter le premier coup, à moins qu'on ne nous le propose. Mais on nous le propose toujours, Chasseuse. La tentation est trop grande.

Les frissons me causaient une douleur extrême, me faisant claquer des dents. Les garçons se serrèrent plus fermement. Zee appuya sa bouche contre mon oreille, chuchotant :

— Pas des mensonges, Maxine. Crois.

Ma vue se brouilla ; tout comme mes pensées. Le démon murmura :

— Nous avons été convoqués par ton cœur, quand ton cœur en a éprouvé le besoin. Ne peux-tu pas te faire confiance, Chasseuse ?

— Le V... Voile, dis-je en claquant des dents. V... vous êtes venus p... parce qu'il s'est ouvert.

— Parce qu'il s'est ouvert, et que tu l'as senti, et que ce que tu sens, nous le sentons aussi.

— P... pourquoi ? P... pourquoi mon ancêtre a... aurait-elle p... passé ce marché ?

— Ta lignée avait besoin d'aide. Nous vous avons aidées.

La cape du démon se déploya, et la chaleur se répandit sur moi, fondant à travers mes muscles et jusqu'à mes os. Douce et délicieuse, coulant du bout de mes orteils jusqu'en haut de mon crâne. Mes dents cessèrent de s'entrechoquer ; mon esprit s'éclaircit. Je voulais demander au démon d'arrêter, mais je n'y parvins pas. Je voulais survivre plus que je ne tenais à mon orgueil.

Mais le reste... C'était mal. Quelque chose m'échappait. Un accès. Il y avait toujours un accès, et ma mère... Ma mère n'aurait pas pris tant de mal à garder des choses secrètes sans une bonne raison.

Elle avait peur pour vous, m'avait dit Sarai. De ce qu'il adviendrait si le Voile s'ouvrait.

— Ma mère était au courant de ceci, dis-je à Zee. Elle savait pour lui.

Zee me tint plus serrée encore, appuyant son visage contre mon cou. Aucun des garçons n'acceptait de me regarder dans les yeux. Le démon s'inclina, ses cheveux tissant encore des dessins dans la neige – plus d'enchevêtrements fermés en cercles, liés par des chaînes.

— Ma mère, lançai-je brutalement, pourquoi m'aurait-elle caché cela ?

— Il y a eu beaucoup de Chasseuses, dit le démon, comme s'il n'y avait que nous, ensemble dans le monde entier. Beaucoup de ton sang. Nous les avons rencontrées. Nous les avons aidées, comme promis. Mais tu es différente des autres. Dans ton cœur. Nous pouvons le goûter. Nous pouvons le voir. Tu es comme elle. Plus proche de l'obscurité. Et la Chasse est... sombre. Dans le passé, cela a... éveillé des choses.

Je baissai les yeux vers les garçons, qui fixaient le démon comme s'ils voulaient lui planter une beigne en travers de la bouche.

— Quel genre de choses ?

— Des choses, dit-il lentement, qui font qu'une mère a peur pour son enfant.

Zee lança un mot brusque. Il avait l'air en colère. Derrière, l'homme dans la neige arriva finalement à se remettre sur pied. Il avança d'un pas vers nous. Ses lèvres n'étaient plus bleues et les cristaux de glace avaient fondu de son visage. La laisse de cheveux avait disparu, mais ses mouvements étaient désordonnés comme s'ils étaient effectués sous la contrainte.

Zee continuait à débiter une litanie haineuse, pépiant avec la colère de quelque querelle démoniaque. Raw et les autres étaient silencieux, mais frémissants ; les yeux flamboyant, des grognements de fond de gorge grondant. Les mots du démon brûlaient.

Il se mit debout, se balança sans effort sur les pointes effilées de ses longs orteils pointus.

— Nous t'avons blessée.

— Oui, répondis-je.

— Ah, dit-il dans un souffle. (Puis, il ajouta doucement :) La Chasse a commencé. Notre promesse tenue, de nouveau. Tu dois nous conduire.

— Non. Je ne vais pas faire quelque chose juste parce que vous le dites.

— Tu ne nous fais pas confiance.

— Jamais.

Le démon se fit parfaitement immobile

— Nous avons un marché conclu par le sang, Chasseuse. Ton sang. Le mien. Celui de tes Gardiens.

— Je ne comprends rien à tout cela, et encore moins cette histoire de marché.

Sa bouche se tordit de mécontentement.

— Et si tu ne comprends jamais ? Reviendras-tu sur la parole donnée ? La parole de ton ancêtre ?

Je sentis les garçons se tendre.

— Non. Mais il m'en faut plus.

Le démon se détourna. Je luttai pour retrouver ma voix.

— Tu peux me donner des réponses.

Il regarda en arrière, le bord de son chapeau tranchant comme une faux.

— Les réponses que tu veux se trouvent dans ton sang, et celles-là, nous ne pouvons pas te les donner. Tout ce que nous pouvons faire, c'est te laisser du temps. Un peu de temps. (Sa tête se tourna brutalement vers l'homme.) Protège-la, Traqueur.

— Non, répondit l'homme, et une mèche d'obscurité attaqua depuis la cape du démon, frappant le visage de l'homme.

Il vacilla, tenant sa joue. Le sang suintait entre ses doigts.

— Protège-la, siffla le démon, coûte que coûte.

Je fis un pas en direction du démon, les garçons encore collés à moi, leurs corps chauds comme la braise, de vieux feux dans une vieille terre, s'infiltrant dans mon corps. Je tendis une main vers lui, n'ayant pas l'intention de le toucher, mais désespérée, déterminée.

Un silence tomba sur le démon, immobilité lourde et riche comme le poids du ciel semé d'étoiles au-dessus de nous. Il tanguait, lent et délicat, et dans mon cœur je sentis quelque chose de sombre se tortiller, une ombre derrière mes côtes voltigea. Un souvenir, une impression de *déjà-vu*[1], vieux, froid et dur : et je pensais à des loups et à des épées, des cloches sonnant et des femmes mourant. J'entendis mon sang. J'entendis mon cœur. Une musique, dans mes veines.

Le démon se pencha plus près, cheveux et cape se déployant autour de moi – ne me touchant pas mais embrassant l'air autour de mon corps. Enveloppée par l'abysse, proche de la mort. Embrassée par la mort.

Des doigts rudes attrapèrent ma main. L'homme. Traqueur. Une coupure sombre, saignant sur son visage. Je renvoyai un regard à Oturu, la dure ligne de sa bouche.

— Nous n'en avons pas fini.

— Jamais, murmura-t-il, et avec un geste prétentieux qui avait plus à voir avec Errol Flynn que Freddy Krueger, il bondit dans les airs.

Je tendis le cou, abasourdie, et le regardai voler dans la lumière de la lune, évaporé en un coup de sifflet. Étreint par la nuit. Dek et Mal chuchotaient à mes oreilles. Zee et les autres fermaient leurs yeux, les épaules fléchies.

Mon cœur semblait bizarre. Traqueur serra ma main. Je levai la tête et mon regard rencontra le sien, dur. Je sentis des pierres s'amonceler dans ma poitrine, dans le creux de mon estomac. J'avais soudainement si foutrement froid que j'aurais pu en mourir, mais je n'allais pas ciller, pas la première. Je refusais.

Il serra la mâchoire.

— Cela pourrait être intéressant.

Il tira brutalement. Je glissai dans l'obscurité.

Et émergeai dans la lumière.

---

1. En français dans le texte. (*N.d.T.*)

Chapitre 13

Lumière du soleil. Maison. Quatre murs familiers, briques et livres ; et des fenêtres de la taille de ma voiture. Je n'avais aucune idée de comment je m'étais retrouvée là, mais les garçons étaient doux contre ma peau. J'étais au chaud.

Je me retournai. Traqueur se tenait près de la moto, une imposante main musclée en équilibre sur la finition rouge cerise. Ses longs cheveux sombres brillaient contre ses traits intransigeants. Il était difficile à situer, doté d'une allure sophistiquée qui défiait toute origine ethnique. Il aurait pu être à sa place partout – et, en même temps, nulle part. Comme Grant. Comme moi. Des intrus.

Il me jeta un coup d'œil et son regard était sombre, furieux. Je vis le fer autour de son cou. Je m'attendais à ce qu'il dise quelque chose, mais il semblait se contenter de m'assassiner du regard, dans un silence menaçant. Je me frottai le visage de la main et me détournai, titubant jusqu'à la cuisine pour attraper une bouteille d'eau au réfrigérateur. J'hésitai, et lui en lançai une. Il la laissa tomber et frapper le sol.

J'ignorai son attitude, en ouvris une autre, et bus une longue gorgée. Mes lèvres étaient craquelées et saignaient. Ma langue collait à mon palais. Traqueur m'observait, sans faire un geste. Je finis la bouteille, la jetai à la poubelle et vérifiai l'heure à ma montre.

Presque deux heures de retard. Ma vie, cette vie à laquelle je tenais tant, pouvait bien être finie.

Je cherchai mon téléphone portable en tâtonnant et essayai de joindre Grant. Je tombai directement sur sa messagerie. Je ne laissai pas de message. J'essayai immédiatement de le joindre de nouveau, mais ce fut la même chose. J'étais déjà à cran. J'allai rapidement jusqu'à la porte de l'appartement. Pas de voiture. Il allait falloir que j'attrape un taxi.

Traqueur fit son apparition devant moi. Littéralement. J'entendis un souffle d'air déplacé au moment où il se manifesta, et ce fut comme d'observer les garçons lorsqu'ils se déversaient hors des ombres. Mis à part qu'il faisait pleinement jour et qu'il n'y avait pas le moindre brin d'obscurité dans l'appartement.

— Où vas-tu, Chasseuse ?

— Pas tes oignons.

Traqueur enfonça la bande de fer qui se trouvait autour de sa gorge.

— C'est toi, mes oignons.

J'étais incapable de quitter ce collier des yeux. Je le haïssais avec une intensité qui me surprenait moi-même, comme je haïssais aussi le souvenir de cet homme à genoux. Il me semblait familier, comme un sentiment de *déjà-vu*[1], mais c'était impossible, faux – je n'en étais pas responsable.

Je m'entêtai.

— Tu vas dire à Oturu qu'il peut reprendre sa protection et se l'enfoncer là où le soleil ne brille pas. Je ne veux pas de toi ici. Je n'ai pas besoin de toi.

Traqueur agrippa mon bras mais je me libérai, lui envoyant mon poing dans le ventre. Je pouvais réduire des briques en miettes de ce simple mouvement – j'aurais dû être capable de lui couper le souffle, au

1. En français dans le texte. (*N.d.T.*)

minimum. Mais il ne bougea pas. Il se contenta de rester là, immobile, baissant les yeux vers moi, comme si mon poing n'était que de l'air.

— Ça y est ?

— J'ai même pas commencé, grommelai-je, puis : Je ne pourrais pas t'avoir blessé. Je ne te connais pas.

— Vous êtes toutes les mêmes. Toutes autant que vous êtes.

— La dernière fois que j'ai vérifié, il n'y en avait qu'une comme moi.

— Juste une, dit-il froidement. Mais le point culminant d'innombrables. Et votre sang, votre nature, ne change jamais, Chasseuse.

Il ne racontait que des conneries. Les hommes pleins d'hostilité étaient comme ceux qui avaient une pierre à la place du cerveau : on pouvait frapper, cogner et hurler autant qu'on le voulait. Cela ne servait à rien, et je n'avais pas l'énergie nécessaire pour me lancer dans un débat. J'avais le sentiment que des morceaux de mon cœur étaient en train de tomber sourdement autour de ma poitrine, saignant et inutile, et si Traqueur ne s'était pas trouvé face à moi, j'aurais été capable de me convaincre que cela n'était jamais arrivé, que j'avais imaginé me trouver assise dans la neige du Pôle Nord, en face d'un démon qui voulait être ma main armée, mon épée mortelle.

— Bien, dis-je, reste dans les parages. Mais commence par être un petit peu moins en colère, et peut-être que je coopérerai. Peut-être en aurai-je quelque chose à foutre.

— Tu veux conclure un marché.

Il le dit comme si je lui avais demandé de nettoyer de la merde de chien à mains nues.

— Je suis prête à parler. Mais pas ici. Je dois y aller.

C'était un homme plein de charme, mais il n'y avait rien d'attirant dans sa colère – et cela faisait plus mal que cela n'aurait dû. Je m'attendais presque à ce qu'il ait un nouveau mouvement contre moi – il semblait n'être qu'un grand nerf à vif – mais la lumière changea dans ses yeux, j'y remarquai un moment de calcul, et il inclina la tête, juste comme cela.

Je me détournai, laissai échapper ma respiration, et quittai l'appartement en vitesse. Une fois dehors, je descendis le chemin du jardin qui se trouvait devant le Coop. Pas de taxi stationné là. Je commençai à pianoter sur mon téléphone à la recherche du numéro de la compagnie de taxis. Traqueur adopta la même allure que moi.

— Que fais-tu ?

— J'essaie d'atteindre l'hôpital.

— Lequel ?

Sa curiosité, si acerbe était-elle, me rendit suspicieuse.

— Le CHU.

Il agrippa mon bras et le monde disparut – comme s'il avait été avalé, profondément perdu dans le tonnerre noir de la mer. Je ne pouvais lutter, bouger. Mon cœur hurla.

Et je me retrouvai alors libre, revenue au monde. Ciment. Voitures. Voix proches. Je chancelai, clignant péniblement des yeux, pressant ma main contre mes paupières. Traqueur se tenait à mes côtés, son visage affichant un air froidement amusé.

— Tu es un salaud, grinçai-je.

Un salaud efficace. Nous nous trouvions à l'hôpital. Nous tenant dans une niche de graviers et de buissons qui améliorait le paysage juste devant la petite allée conduisant à l'entrée des urgences. Une ambulance était garée devant les portes de verre. Personne ne semblait avoir remarqué notre soudaine apparition.

Quinze kilomètres couverts le temps d'un battement de cœur. Aller-retour au Pôle Nord en un mouvement de paupière. Jamais rêvé, jamais imaginé. Pas humain. Pas démon.

Quelque chose d'autre. Quelque chose de magique.

Je pris une profonde inspiration et me mis en route. Traqueur m'emboîta le pas. Il se mouvait avec une grâce particulière qui me rappelait celle d'un danseur – se balançant, léger, presque comme Oturu. Comme s'il pouvait tournoyer sur ses pointes d'un instant à l'autre ; tournoyer et tuer, en un seul geste.

Un homme dangereux. Les garçons se querellèrent dans leur sommeil. Dek, qui se reposait sur mon bras droit, ne cessait de tirer vers Traqueur. Son geste était obstiné. Je devais me concentrer pour ne pas frôler l'homme.

J'essayai de nouveau d'appeler Grant. Pas de réponse. Je me mis à courir. Mon cœur me donnait l'impression d'être très petit et dur. Je passai les portes automatiques et entrai dans une salle d'attente décorée de panneaux de bois sombre, la lumière juste suffisamment baissée pour créer une atmosphère de calme nuancé, aidée en partie par les larges fenêtres qui bordaient un petit jardin. Plusieurs télévisions à écran plat pendaient aux murs. Une des principales chaînes d'informations y était diffusée. Des images d'enfants pleurant et d'immeubles écroulés passaient en boucle. Un tremblement de terre massif. Iran.

La femme derrière le bureau des admissions avait le regard qui naviguait de moi à Traqueur, sur lequel il s'arrêta. Elle resta à le fixer, bouche bée.

— Hey, dis-je, claquant des doigts devant son nez, madame.

Elle cilla, une rougeur brusque venant teinter ses joues. Confuse. Je n'osai pas regarder Traqueur. Un loup dans un habit de loup, voilà, c'était lui. Il resta silencieux tandis que je parlais avec la femme et j'obtins le numéro de la chambre de Byron. Grant avait enregistré le garçon sous son propre nom de famille à lui, Cooperon.

L'adolescent s'était vu attribuer une chambre au cinquième étage. Personne ne partageait l'ascenseur avec nous. Je m'appuyai contre une barre métallique, tournai les yeux vers Traqueur et lui demandai :

— Pourquoi m'as-tu poussée sous le bus ?

Sa bouche se recourba.

— Parce que j'étais d'humeur à le faire. Parce que je voulais voir ça.

— Tu es timbré.

— Peut-être, répliqua-t-il, après toutes ces années, oui, je pense que c'est le cas.

Je me détachai de la paroi de l'ascenseur d'une poussée.

— Écoute-moi bien. Je ne sais pas quel genre d'histoire tu crois que nous partageons, mais là tout de suite, cela n'a pas d'importance. De mauvaises choses sont en train de se produire, et je risque d'en découvrir une de plus dans cet hôpital. Tu te mets sur mon chemin, tu essaies de faire du mal aux gens que j'aime, et je t'enterrerai.

— Chasseuse, me répondit Traqueur alors que l'ascenseur s'arrêtait, je n'en attendrais pas moins de toi.

Nous pénétrâmes dans une salle d'attente. Grant n'y était pas. Pas plus que des policiers, ou une armée de tireurs russes attendant d'assassiner un adolescent. La seule occupante était une vieille femme blottie sur une chaise dans un coin. Elle regardait les infos. L'Iran faisait encore la une. En grosses lettres rouges, le mot SÉISME ! défilait au bas de l'écran, coupant la vidéo troublante d'un homme en train de hurler et de brandir le poing dans la nuit étoilée.

Les portes étaient verrouillées. J'attrapai le téléphone qui pendait au mur et composai le zéro. Deux sonneries retentirent avant qu'une femme ne réponde. Sèche, pas de balivernes. Je demandai après Byron Cooperon et elle m'informa que quelques membres de la famille étaient déjà là.

— Chambre 2. Êtes-vous la femme de son oncle ?

— Oui, mentis-je.

— Entrez, me dit-elle alors, et la porte s'ouvrit.

L'air sentait le froid de l'autre côté. Froid et épais, avec des relents de désinfectant, à tel point que l'atmosphère semblait plus sale que propre, âpre de produits chimiques. Je détestai cela. Je ne m'étais pratiquement jamais rendue dans un hôpital et n'avais jamais été à la place du patient. Seulement lors de chasse. Les professionnels du corps médical faisaient de terrifiants zombies.

Plus loin, au poste des infirmières, plusieurs femmes s'étaient rassemblées, s'appuyant contre le comptoir avec des dossiers médicaux étalés devant elles.

— C'est horrible, entendis-je l'une d'entre elles dire. Il y a eu des tremblements de terre ce matin dans tout le Moyen-Orient. Et ces morts ? Vous savez que la Croix-Rouge a commencé à faire appel à des volontaires ?

— J'ai déjà donné avec Katrina, dit une autre femme. Mais c'était aux États-Unis. Je n'irai pas à l'étranger, pas avec les gosses encore en âge d'aller à l'école.

— Le mont Saint Helenes[1] sera le suivant à exploser, répliqua une troisième femme, avec une touche d'amusement effrayé. C'est à Seattle qu'aura lieu celui qui nous tuera tous.

— Ou peut-être les sauterelles vont tomber du ciel, chuchota Traqueur à mon oreille. Ou l'eau se changer en sang ?

Je lui lançai un regard dur, essayant de comprendre à quel genre d'homme j'avais affaire.

— Tu n'es pas en train de me dire que les démons sont responsables de ce tremblement de terre ?

1. Le mont Saint Helenes est un stratovolcan actif situé dans l'État de Washington. (*N.d.T.*)

Les coins de sa bouche s'abaissèrent.

— Sers-toi de ton imagination.

Je le regardai fixement. Derrière moi, j'entendis un cliquètement familier, faible et prudent. Je me tournai. Grant se tenait sur le seuil d'une chambre juste un peu plus loin dans le couloir. Tout en moi s'immobilisa, avide. Il portait un jean et un sweat-shirt bleu délavé. Ses cheveux étaient ébouriffés. Il s'appuyait fortement sur sa canne et son regard passait de moi à Traqueur.

Lorsqu'il s'arrêta sur ce dernier, tout en Grant devint acéré – acéré comme des dents – et il étudia la couronne autour de la tête de Traqueur avec une intensité qui ressemblait à celle du loup avant qu'il ne passe à l'attaque. Eux deux, des loups. Les infirmières avaient cessé de parler et nous observaient.

J'avançai vers Grant, rapidement, et son regard vacilla en direction de ma propre couronne ; mon aura, mon cœur, exposés. Lorsque je l'atteignis, mes jambes s'étaient mises à trembler. Son bras se glissa autour de ma taille, et il me tira si fort contre sa poitrine que je ne pouvais plus respirer. Je fermai les yeux, le cœur battant. Ses lèvres se posèrent sur mes cheveux.

Je ne le laissai me tenir ainsi qu'un instant. Pas le temps, ni le lieu, et des spectateurs indésirables. Je rencontrai brièvement son regard, mais cela fut suffisamment long pour découvrir de nouvelles rides autour de ses yeux, et il recula pour me laisser entrer dans la chambre. J'en franchis le seuil puis me tournai pour vérifier si Traqueur m'avait suivie. Il s'y glissa comme une ombre, passant très près de Grant. J'éprouvai un sentiment de peur pendant un instant, à les voir ainsi si proches. Mais aucun des deux hommes n'eut un mouvement. Ils se contentèrent de s'observer sans ciller – et l'énergie qui s'écoula d'eux agita les garçons dans leur sommeil.

C'était une chambre privée, lumières tamisées, rideaux à moitié tirés. Byron était allongé sur le lit, semblant assoupi. Ses coupures avaient été nettoyées, mais l'enflure de son visage s'était aggravée. Je pouvais à peine le reconnaître. Grant claudiqua dans la chambre et referma doucement la porte derrière lui.

— Maxine, gronda-t-il sans quitter l'autre homme des yeux, tu vas bien ?

— Oui, mentis-je.

— Et si ce n'était pas le cas ? (Le regard de Traqueur était dissimulé, se perdait presque derrière ses longs cheveux et son nez.) Vous croyez que vous pourriez vous battre contre moi ? Avec juste une jambe ?

Le coin de la bouche de Grant s'incurva.

— Je vous ferais regretter d'être né.

Traqueur sourit – un sourire amer, atroce – éblouissant et horrible – et me lança un coup d'œil si rempli de dégoût, de répugnance, qu'il rampa sur ma peau. Grant avança d'un pas vers lui. Je tendis la main, attrapant son bras.

— Il n'en vaut pas la peine, lui dis-je, fixant Traqueur. Même pas la peine que tu y penses.

Je m'en aperçus uniquement parce que je regardais Traqueur dans les yeux – un vacillement, un moment si bref que j'aurais pu croire l'avoir imaginé.

Blessé. Je l'avais blessé.

Son visage se recouvrit alors d'un masque, cette même vieille colère, et je détournai les yeux pour les poser sur Byron. Je m'approchai du lit et retirai mes gants. Touchai la main du garçon. Raw remua, impatient. Grant se rapprocha de mon épaule, solide et chaud. L'étui de sa flûte pendait à son épaule, long et étroit petit sac matelassé d'un velours couleur de la nuit, une touche de sa Muramatsu[1] de 24 carats pointant du nez

1. Marque renommée de flûte. (*N.d.T.*)

de sous le revers. L'instrument auquel il accordait le plus de prix, fait sur mesure. Il l'utilisait rarement en public, particulièrement au Coop. Trop voyant ; trop tentant pour des voleurs.

— Ils lui ont fait passer une IRM, dit Grant. Ça s'est terminé il y a une trentaine de minutes. Tu viens à peine de manquer le docteur. Ils lui ont donné un sédatif. Il refusait de rester calme. Il s'est mis à se battre pour partir d'ici avant même qu'ils n'aient fini de nettoyer ne serait-ce que sa première coupure.

Je m'appuyai contre son épaule.

— Tu n'as pas répondu à mes appels. Je m'inquiétais.

— Le docteur m'a fait éteindre mon téléphone.

— Et la police ? Tu aurais dû lui téléphoner.

Un faible et ironique sourire vint effleurer ses lèvres.

— Je savais que tu viendrais. Même si la police s'était trouvée là, tu serais quand même venue. Et te voilà.

— Et si je n'étais pas venue ?

— La pensée ne m'en a pas traversé l'esprit. Je te connais, Maxine Kiss. Je sais de quoi tu es faite.

Ses mots faisaient presque trop parfaitement écho à ceux que Sarai avait prononcés pour que je sois complètement à l'aise. Je n'avais pas le sentiment d'être une personne dotée de bonté. Je ne m'étais jamais sentie bonne. Pas même juste. Seulement... dévouée. Une fille avec un boulot à accomplir. Une fille avec une mission. Ma mère ne m'avait pas encouragée à penser autrement. Elle disait que cela conduirait à mélanger les priorités. À prendre la grosse tête. La gloire avant la bonne décision. Et cette dernière, disait-elle, était toujours prioritaire. Qu'importait le reste.

— Il y a quelque chose que tu dois savoir, reprit Grant.

— Au sujet de Byron ?

Il hésita.

— Non. Peut-être.

Je le regardai. Derrière nous, la porte grinça. Je m'attendais à voir apparaître une infirmière, mais ce qui entra à la place me fit vaciller, c'était insensé.

C'était Jacques. Ses vêtements étaient froissés, ses cheveux blancs fous. Il avait les bras remplis de sandwiches et de boissons. Il n'eut pas l'air entièrement surpris de me voir là, mais ses yeux glissèrent jusqu'à Traqueur et restèrent posés sur lui.

— Vieux Loup, dit ce dernier. Encore à causer des problèmes ?

— Oh, mon Dieu, répondit Jacques.

— Monsieur Ingère a fait son apparition vingt minutes après ton coup de fil, me dit Grant sévèrement. J'ai essayé ton téléphone, aussi. Je n'arrivais même pas à tomber sur ta messagerie.

Je n'avais pas trace d'un appel manqué. J'envoyai un sale coup d'œil à Traqueur. Puis, à Jacques :

— Que s'est-il passé ? Que faites-vous là ?

Le vieil homme installa la nourriture qu'il portait.

— Certaines affaires demandent qu'on y porte une attention personnelle. Et je savais que tu viendrais. En fin de compte.

— Une attention personnelle ? En fin de compte ? Vous avez fui. Sarai est morte.

Et je m'inquiétais de ton sort. J'avais si peur.

Jacques émit un faible bruit, arrangeant ses sandwiches à l'emballage de plastique en une pile. Il ne me regardait pas. Ses mains tremblaient légèrement.

— Sarai aurait fui, elle aussi, si elle avait été à ma place. Je peux te l'assurer. L'un de nous devait survivre. Le contraire aurait été... fâcheux.

Fâcheux n'y changeait rien. Je pouvais encore sentir l'odeur du sang de Sarai, éprouver la force de sa prise sur mon poignet. Sa douleur et sa détermination.

Luttant pour m'aider, même à la fin. La colère vibra en moi.

— Vous ne semblez pas trop attristé par la nouvelle.

Traqueur croisa ses bras sur sa poitrine.

— Pourquoi le serait-il ? Il n'est qu'une peau, Chasseuse. Une Métamorphose. La mortalité n'est pas un problème pour ceux de son espèce.

Entendre ces mots envoya une vague de chaleur en moi, rendit mon estomac faible. Une fois de plus, comme si je me noyais. Je jetai un regard entre les deux hommes, puis à Grant. Je m'attendais à lire la confusion sur son visage, et elle y était visible – mais s'y lisait principalement une résignation peinée qui m'amenait à penser qu'il avait déjà entendu cette histoire.

Il rencontra mon regard, eut un haussement d'épaules modéré. Je grinçai des dents.

— Quelqu'un m'explique, maintenant ?

Le silence était lourd. Je touchai de nouveau la main de Byron. Jacques dit :

— Le gamin est résistant. Il guérira.

Je lui lançai un regard dur.

— Je veux savoir ce que tu es.

Jacques tripotait le plastique des sandwiches. Il avait l'air aussi normal que n'importe quel autre vieil homme – soigné dans ses pantalons lâches et son tweed, son visage autrefois beau encore robuste et empreint de profondeur. Si je n'avais pas vu, entendu ou su ce que je savais, j'aurais pensé que j'étais folle de poser ces questions, d'imaginer que cet homme puisse être autre chose que ce qu'il laissait deviner de lui, doux, brillant, bégayant et timide ; un homme que j'aurais du plaisir à appeler grand-père ; un homme que je voulais encore voir lié à moi, par le sang. Grand-père. Famille.

Mais les apparences étaient décevantes. Les zombies faisaient ça tout le temps. Maintenant j'étais celle qui était dupée. Du côté de la réception.

Jacques était plongé dans l'étude de ses mains, comme l'avait fait Sarai, comme si elles étaient nouvelles et peu familières, un fardeau ou une merveille.

— Je suis humain. Dans cette vie, humain. J'ai été humain de nombreuses fois, pendant de nombreuses années. J'ai été d'autres créatures, aussi. Mais là, maintenant, tout de suite, je suis Jacques Ingère. Je suis cette peau.

Mon cœur marqua un temps d'arrêt. Et sous cette peau ?

Il serra la mâchoire.

— Je suis... quelque chose d'autre.

Grant courba sa tête plus près de la mienne.

— Son aura a des tons multiples. Deux couches, l'une sur l'autre. Je pensais que j'avais des visions.

Jacques émit une faible protestation.

— Mon vieux, tu ne devrais pas être capable d'en voir autant. Tes yeux sont trop ouverts.

— Mes yeux sont très bien comme ils sont. Rien de mal à voir la vérité.

— Ça dépend, dit le vieil homme, lui lançant un regard spéculatif qui me mit mal à l'aise.

Mais il se détourna ensuite pour venir rencontrer les miens, honnête et sincère.

— Ce corps est ma métamorphose actuelle. Ma coquille. Tout comme n'importe quel humain sur cette planète, ou sur n'importe quelle autre, n'est rien d'autre qu'une coquille. Un foyer pour l'âme.

— L'âme, répétai-je, lui faisant écho.

— L'âme, qui est une énergie ayant un but. Une énergie dotée d'un esprit. Et ceux de mon espèce, il y a longtemps, ont appris à vivre en n'étant rien d'autre que cette énergie.

Ses paroles rebondirent. Je luttai pour me concentrer, mes pensées ombrageuses, sauvages ; comme si Jacques était devenu une sorte de feu, et que je fusse un cheval piégé dans sa stalle, percevant la fumée. Pas de sortie. Je voulais lui dire qu'il ne racontait que des conneries, mais n'y parvenais pas. Trop de vérité dans ses yeux. Trop de choses dans mes entrailles qui disaient que oui, je savais cela.

Cela me terrifiait. J'avais le sentiment d'être avalée par le monde, et j'écrasai mes orteils dans mes bottes, les tortillant jusqu'à en avoir mal. Me rappelant à moi-même que mes pieds étaient sur le sol. Solide. Ici. Maintenant.

Je relâchai ma respiration, lentement.

— Où avez-vous trouvé le corps ?

Il cilla, semblable à un hibou. Traqueur rit, mais c'était atroce.

— Où ces démons parasites trouvent-ils le leur, Chasseuse ?

La main de Grant me frôla le dos. Je ne le regardai pas. Des frissons traversaient mon estomac.

— Vous possédez cet homme ?

— Non. (Jacques lança un regard dur à Traqueur.) Je suis né en lui.

— Né.

— Du ventre d'une femme. Je suis entré dans ce corps des mois avant sa naissance. Pour empêcher un conflit de personnalité.

Je voulais m'asseoir. Je serrai la main de Byron, chaude, sans force, puis la laissai aller avant de me saisir des barreaux du lit à la place. Ma tête me faisait mal. C'était le cas depuis la veille, lorsque j'avais senti le Voile s'ouvrir. Une douleur calme, mijotant derrière mes yeux. Comme si mon cerveau voulait que je voie quelque chose – s'y efforçant au point d'en devenir douloureux.

Je fermai les yeux.

— Sarai ?

— Vivante. Quelque part.

Quelque part. Je ne savais pas s'il fallait en rire ou en pleurer.

— Et Byron ? Le zombie qui a battu le gamin l'a traité de peau.

Jacques hésita.

— Il a été induit en erreur. Le garçon a été un candidat, brièvement, mais a été abandonné. Le démon aurait goûté l'écho de ce contact.

— Une simple coïncidence. Byron, ami avec l'ex-mari de Sarai ? Je me penchai, la colère enflant dans ma gorge. À quel jeu jouez-vous, Homme Ingérant ?

— À aucun, dit-il lourdement. Je te le promets.

— Et Ahsen ?

Il vacilla.

— Où as-tu entendu ce nom ?

— Est-elle l'une des vôtres ?

— Le nom. Dis-moi.

— Mama Sang.

Jacques avait l'air malade.

— Oui, ma chère. La Petite Tanneuse est l'une de nous.

— Elle veut votre mort.

— Vraiment ? Quelle délicatesse.

Je fis un pas vers lui.

— Ne faites pas ça. Ne soyez pas désinvolte. Des gens ont trouvé la mort. D'autres vont mourir. Et vous… Vous ne valez pas mieux que les démons. À voler des corps. (Ma voix était basse, dure – une déception amère tissant des nœuds dans mon ventre.) Que dois-je faire, Jacques ?

Je n'avais pas eu l'intention de poser cette question. Ce que je voulais demander, c'était « Comment puis-je l'arrêter ? » ou « Quelle est sa faiblesse ? » Mais les mots sortirent, lourds et plaintifs, et je me sentais comme l'enfant au pied de la fameuse chaise à bascule, venu chercher conseil auprès du vieux du village. Cela me fit rougir de honte, mais je ne pouvais reprendre mes mots. Je ne pouvais cacher combien cette unique question me faisait me sentir faible. Ou seule.

Jacques m'observa silencieusement, des ombres se rassemblant autour de ses yeux.

— Tu dois faire attention, ma chère. Avancer doucement. Notre Tanneuse était puissante à une époque et cela n'a pas changé.

— Pourquoi ne vous a-t-elle pas tué la nuit dernière ? Quand nous l'avons sentie pour la première fois dans la galerie ?

Le vieil homme hésita.

— La chair n'est pas souveraine. Tue ce corps, et je me retirerai simplement et renaîtrai à nouveau. M'anéantir, moi, ce qu'il reste sous cette peau, est bien plus difficile, et de loin.

Si tu sais ce que veut Ahsen, avait dit Mama Sang, *tu peux l'utiliser contre elle.*

Comme tuer Sarai. Sa mort rien d'autre qu'une distraction. Un moyen de garder Ahsen affamée, ici, chassant. Gagner du temps de manière à ce que je puisse réfléchir à ce que je devais faire.

— Comment pourrait-elle vous tuer ? demandai-je à Jacques. Si c'est si difficile ?

Le vieil homme ne dit rien. Traqueur rit, calmement.

— Il ne te fait pas confiance, Chasseuse.

— Ou peut-être est-ce à toi, lançai-je, irritée, bien que je puisse encore sentir sa pointe. Jacques, j'ai besoin de savoir comment vous garder en sécurité.

— Ne t'inquiète pas pour ça, murmura-t-il, jetant un coup d'œil à Byron. Je suis capable de me cacher de la Tanneuse. Maintenant que je sais qu'elle me cherche.

— Pourquoi ne l'avez-vous pas fait plus tôt ? Quand Sarai était en vie ?

— Arrogance, répondit-il. Nous ne nous attendions pas non plus à une interférence... extérieure.

Tout ça était bien beau, mais si Ahsen ne pouvait trouver Jacques, alors il y avait des chances pour que je devienne sa prochaine cible – et me tirer de la ville et fuir n'était pas une option attirante. Je n'avais aucun moyen de savoir ce qu'Ashen connaissait de ma vie. Elle pourrait essayer d'utiliser les autres contre moi.

À côté de moi, Grant eut un drôle de petit mouvement. Je le trouvais en train de regarder l'espace vide entre Byron et Jacques avec un léger froncement de sourcil. Traqueur aussi étudiait le garçon – furtivement – comme si quelque chose l'embêtait.

— Jacques, dis-je lentement, vous avez mis Ahsen en prison. Enfermée avec les démons. Vous avez fait cela à un membre de votre espèce.

Traqueur détacha son regard de l'ado.

— Vieux Loup. Tu *es* froid.

Je l'ignorai, me concentrant sur Jacques.

— Je veux savoir pourquoi. Qu'a-t-elle fait ?

Le vieil homme détourna le regard, une légère rougeur venant colorer ses joues.

— Ce qu'elle a fait pour mériter d'être emprisonnée n'a désormais plus d'importance. Tu ne peux pas lutter contre elle. Elle n'a pas de corps à blesser, pas de lien physique avec ce monde pour l'y attacher.

— Vous devez vous tromper.

— Ma chère, dit-il lentement, si seulement.

Je me ressaisis et me tournai vers Traqueur.

— Oturu pourrait-il le faire ?

Son sombre sourcil fut pris d'un sursaut.

— Tu devrais lui demander toi-même.

— C'est à toi que je pose la question. Tu es l'un d'entre eux, non ? Une Métamorphose ?

— Jamais, répondit-il froidement. Quant à Oturu, pour connaître un tueur, il faut en être un. Tu n'as pas besoin de mon aide pour résoudre cela.

Je l'observai fixement, une froide colère s'installant avec dureté dans mon ventre. Traqueur soutint mon regard – effronté, provocant – mais il n'y avait aucun doute dans mon esprit, aucune interrogation à ce sujet. Il n'était absolument pas question que je recule.

Traqueur dut s'incliner. Il commença par ciller, puis détourna les yeux. Je ne me sentais pas particulièrement triomphante. Juste fatiguée. Grant glissa près de moi, suffisamment près pour que son épaule vienne frôler la mienne. Subtilement, rapidement, mais solidement. Je lui en étais reconnaissante. Il était mon seul véritable ami dans cette pièce. La seule personne sur laquelle je savais pouvoir compter.

— Jacques, repris-je, je ne peux pas laisser Ahsen retourner au Voile. Et elle ne peut être autorisée à errer librement. Cela ne laisse qu'une option.

— Tu n'as aucun moyen de la capturer, ma chère.

— Les bâtisseurs de prisons. C'est ce qu'est votre espèce.

— Il y a longtemps. Ce pouvoir a disparu.

Grant se pencha en s'appuyant lourdement sur sa canne.

— On dirait que vous laissez tomber.

Jacques lui décocha un regard froid.

— Mon vieux, si me rendre était dans ma nature, j'aurais abandonné ce monde il y a dix mille ans.

Grant ne sembla pas impressionné. Il me jeta un coup d'œil et je sus immédiatement à quoi il pensait.

— Trop dangereux, objectai-je.

— Y a-t-il une autre option ?

Sa bouche s'inclina en un sinistre sourire.

— Mama Sang avait suffisamment peur pour essayer de me posséder. Et si Ahsen est faite comme Jacques, alors les mêmes principes devraient s'appliquer. L'énergie est l'énergie, Maxine.

L'idée qu'il se retrouve près d'Ahsen d'une manière ou d'une autre me terrifiait. Je n'avais eu qu'un aperçu des capacités de cette dernière, mais cela me suffisait. Elle était mortellement dangereuse, sans pitié. Elle pourrait tuer Grant avant même qu'il n'ait porté sa flûte à sa bouche. Je secouai la tête.

— Dernière option possible.

— Non, dit-il. Je saisirai l'opportunité si je le peux. Il est possible que nous nous en sortions sans violence supplémentaire.

J'en doutais, mais ce n'était pas le lieu pour en discuter. Nous avions des témoins – deux hommes qui à la minute présente fixaient Grant comme s'il était quelque bête étrange, pleine de cornes, dotée d'une queue, et une armée de coccinelles chantant et flottant telle une couronne autour de son crâne. Je n'aimais pas cela. Pas du tout.

Byron remua. Peut-être parlions-nous trop fort. Je retins mon souffle alors que son œil droit, qui n'était pas enflé, s'ouvrit. Il me regarda – émit un bruit, du fond de sa gorge – et son œil se referma. Sa respiration se fit régulière. Je relâchai mon souffle, lentement.

— Nous devons le sortir d'ici, murmurai-je à l'intention de Grant. L'endroit n'est pas sûr.

Pas sûr. Et pas seulement parce que Byron avait prouvé qu'il était une cible, temporaire ou pas. La nécessité d'escamoter le gamin se fit plus profonde, une urgence primaire du même ordre que mon besoin de respirer.

Le regard de Grant était sombre, il savait. « J'ai déjà demandé. Ils ne libéreront pas Byron avant d'être certains que le danger que représente sa commotion soit passé. Dans le cas présent, je dois reconnaître que je suis d'accord avec les docteurs. »

Jacques s'éclaircit doucement la gorge.

— Les circonstances ont changé. Quand je... suis arrivé ici, j'ai pris la liberté de guérir la blessure physique infligée au cerveau du gosse. Il peut être déplacé... Si c'est ce que vous souhaitez.

Grant et moi le contemplions fixement. Traqueur sourirait furieusement, étudiant ses bottes comme si le cuir noir provoquait en lui une infinie fascination, ou lui donnait peut-être des leçons sur la manière de garder rancune.

Je me mordis l'intérieur de la joue. J'avais des questions, mais cela pouvait attendre.

— Grant, tu peux t'occuper du docteur ? Le convaincre que Byron devrait être autorisé à quitter les lieux ?

Il hésita, les yeux toujours fixés sur Jacques.

— Donne-moi dix minutes.

Il sortit de la chambre en claudiquant. J'attendais son retour, enfermée dans un silence étrange, peu confortable, surnaturel comme un mauvais rêve, en compagnie d'étrangers et d'étrangeté. Jacques avait les yeux rivés sur le mur, un sillon s'était formé entre eux ; ses lèvres bougeaient en une conversation silencieuse.

Même en s'asseyant sur une chaise, Traqueur parvint à dégager de l'agressivité ; et lorsqu'il se tourna vers moi, trop de choses se trouvaient dans son regard, une lourdeur qui donnait le sentiment d'être une cicatrice. Je ne comprenais pas du tout cet homme, et je me sentais piégée par cette ignorance – et sa haine. Cela me blessait, d'une manière inexplicable. Pas de mots. Pas le courage.

Les garçons aidaient, rêvant sur ma peau. Mes petits amis.

Mais dans mon cœur, j'étais seule. Je ne m'étais jamais sentie aussi seule.

Je tenais la main de Byron dans l'une des miennes. De l'autre, j'atteignis la poche arrière de mon jean et en sortis le disque de pierre. Il était chaud contre ma peau. Des chatoiements de perle semblaient se lever à travers sa surface sombre et douce, ces veines d'argent brillant dans les lignes concentriques qui y étaient incrustées. Je mis la pierre sur mes genoux et suivis les lignes du doigt. La tête me tourna.

Une main ridée, large, engloutit mon poignet. Jacques. Je ne l'avais pas entendu bouger. Il soutint mon regard, une lueur d'urgence dans les yeux.

— Pas ici, ma chère.

Je cillai.

— Pas ici quoi ?

— Explorer cela. (De la tête, il indiqua la pierre.) Le présent de ta mère représente plus qu'il n'y paraît.

— Ahsen avait l'air de le penser en tout cas, grognai-je.

Jacques vacilla.

— Elle l'a vu ?

— Elle l'a touché.

Je crus que mes mots allaient le tuer. Une tension terrible et puissante envahit son visage, comme s'il luttait de toute sa volonté pour ne pas se briser. J'avais la bouche sèche. Je sentis Traqueur se lever, nous regarder attentivement, mais je n'osais pas lui rendre son regard. Je ne le pouvais pas. Je me disais que si je le faisais, Jacques pourrait disparaître. Se briser, comme du verre.

— Oh, mon Dieu, souffla-t-il, c'est si malencontreux.

— Jacques, murmurai-je, et je sentis les garçons qui tiraient contre ma peau.

Je levai le disque de pierre, l'observant avec une grande attention. Pensant à ma mère. J'en suivis les lignes du regard, cherchant en profondeur dans ses veines – faisant semblant d'être sur son chemin éternel. La guerrière et le dédale. Un message d'au-delà de la mort. Je me sentis prise de vertige à nouveau, mais refusai de détourner les yeux. Je n'arrêtais pas de voir le visage de ma mère. Jacques dit quelque chose. Tout comme Traqueur.

Ce fut alors que, assez brutalement, je ne fus plus à l'hôpital.

J'étais dans une rue déserte. Il faisait nuit. Une brise fraîche courait sur ma peau.

Ma mère se tenait à mes côtés.

Chapitre 14

Ma mère.

Je l'appelai, mais elle ne m'entendit pas. Elle avait le regard acéré, concentré, rivé sur quelque point distant. J'essayai de toucher son épaule, mais ma main traversa son corps. J'essayai de nouveau, me sentant dans la peau d'un oiseau qui se jetterait contre une vitre, s'y brisant les os. Bête comme les pieds. Voulant passer au travers désespérément.

Rien. Je n'existais pas. J'étais un fantôme. Ou peut-être était-ce elle. Ce n'est pas comme si cela importait.

Nous étions ensemble.

Elle était plus jeune que dans mon souvenir, l'éclat de son visage vif et empli de vie, plein d'une vigueur à l'état brut que je n'avais jamais perçue sur mes propres traits. Elle était belle. Je ne pouvais imaginer qu'on ne puisse pas l'aimer. Je ne pouvais imaginer une puissance sur la terre ou dans le Voile de la prison qui s'opposerait à elle. Elle était une force de la nature. Plus grande que la vie même.

Elle était aussi enceinte.

Énorme, prête à exploser. Habillée d'un pull épais, d'une large robe hawaïenne et de santiags. Dek et Mal était enroulés bas sur ses épaules, alors que Zee et les autres étaient en rang autour d'elle comme des loups démoniaques. Elle tenait un pistolet à douze coups contre son ventre comme s'il s'agissait d'une relique.

— Tu t'approches d'un pas de plus et je te fais sauter la tête, dit-elle aux ombres.

— Chasseuse, dit doucement une voix féminine d'un ton de réprimande, tu n'es pas si bête.

Le regard de ma mère se fit plus affûté.

— Je sais que tu ne serais pas là si tu ne voulais pas conclure un marché.

— À peine pour transmettre un message. En personne, comme je t'apprécie tant.

Une silhouette émergea de l'obscurité ; une femme aux cheveux roux, habillée d'un long manteau pourpre. Entourée d'une aura si étourdissante que je pouvais à peine deviner l'humain possédé sous les effluves de cette énergie démoniaque.

Le visage était différent, mais je connaissais cette aura.

— Mama Sang, dit ma mère, va droit au but.

— Ton bébé est ce but, répondit la reine des zombies. Le Voile est en train de tomber, Chasseuse. Elle sera la dernière.

— Une vieille histoire. Tu as raconté la même chose à ma mère.

— Mais tu peux le sentir maintenant. Dans tes os, dans ton cœur. Ta fille annoncera le dernier souffle de ce monde.

Un sourire froid se dessina sur les lèvres de ma mère.

— Est-ce de la peur que je vois dans ton regard ?

— Tu sais bien que oui, admit Mama Sang. La même que dans tes yeux. Nous sommes mères toutes les deux, Chasseuse. Qu'importe si nos intérêts ne sont pas compatibles.

Les mains de ma mère serrèrent plus fermement son arme.

— Et ?

— Et ce monde survivra ou mourra selon la force de ta fille. C'est aussi simple que ça.

— Pas de pression, hein ?

— La façon dont tu l'élèveras...

— ... sera mon problème et pas le tien.

— Et si elle n'est pas assez forte ? Si son cœur ne peut contenir la bête ?

— Alors, tu es baisée, conclut ma mère, et je rirai à m'en péter le cul au Paradis.

Mama Sang pinça les lèvres.

— Tu ne peux te permettre de faire une erreur. Elle ne sera pas comme les autres.

— Dieu merci, répondit ma mère du tac au tac.

Mais je connaissais cette expression sur son visage. Elle cachait quelque chose. Le regard de Mama Sang se fit plus perçant, elle se pencha un peu plus vers l'avant – le corps de son hôte presque complètement dévoré par son aura.

— Jolène, murmura-t-elle, nous avons dansé ensemble pendant trop longtemps pour avoir des secrets l'une pour l'autre. Que gardes-tu pour toi ?

— Quelque chose que tu sais déjà, dit ma mère calmement. Quelque chose que tu ne peux même pas dire aux autres dans le Voile parce que tu sais ce qui se produirait. Tu sais ce qu'ils feraient.

Mama Sang s'immobilisa totalement. Même son aura se fit de glace.

— Qui te l'a dit ?

— Aucune importance. Mais je le sais maintenant. (Ma mère se pencha à son tour, sa bouche s'ourla d'un sourire où elle donnait plus l'impression de montrer les dents qu'autre chose.) Et elle le saura. Elle découvrira ce qu'elle est, et lorsque cela arrivera, tu prendras la fuite. Tu feras tes valises et tu dégageras de ce monde. Parce qu'il ne sera plus le tien. Il sera le sien.

Mama Sang rejeta la tête en arrière. Frémissante.

— Et toi, Zee ? Qu'as-tu à dire à ce sujet ?

Ma mère se tendit. Mais Zee enroula un bras autour de ses jambes et posa l'autre, avec beaucoup de douceur, autour de son ventre enflé. Raw et Aaz enlacèrent aussi les genoux de ma mère pendant que les ronronnements de Dek et Mal menaçaient de noyer le tonnerre.

— Elle est nôtre, dit Zee, provocant. Et nous sommes siens. En dépit du reste. En dépit des autres.

La reine des zombies semblait avoir envie de vomir.

— Le sentiment ne devient pas ce que tu es, petit homme. Il te rend faible.

— Ah, dit ma mère gaiement, alors voyons qui sera debout lorsque les murs tomberont ? Parce que, trésor, tu seras morte… et mon bébé, mon doux et merveilleux bébé, sera encore en train de lutter.

Puis elle arma le douze coups et tua l'hôte de Mama Sang.

Je la perdis. Incapable de dire au revoir. Tout comme lorsqu'elle était morte.

La nuit fuit dans l'obscurité, puis la lumière. J'ouvris les yeux.

J'étais sur un canapé, les pieds pendant, la tête ballottant. La bave coulait du coin de ma bouche. J'avais une bonne vue sur un plafond, et la rangée supérieure d'une étagère. Je reconnus cette vue. J'étais de retour dans l'appartement.

Je n'étais pas seule. La télévision était allumée. Traqueur était assis sur le bord de l'ottomane, les coudes vissés à ses genoux. Il regardait les informations.

C'était une vision si inattendue – et j'étais déjà si confuse – que je ne pouvais rien faire d'autre que l'observer fixement. Je doutais qu'il ait remarqué que j'étais éveillée. Comme les infirmières à l'hôpital, il semblait intensément préoccupé par les comptes rendus annonçant que le sud-est de l'Iran avait été dévasté. Des milliers de morts, et encore des milliers d'autres qu'on pensait trouver sous les décombres. Les équipes de secours étaient débordées. Il faisait nuit là-bas, ce qui entravait les efforts fournis pour trouver des rescapés.

— C'est ta faute, dit soudainement Traqueur.

Et il tourna son visage juste suffisamment pour me fixer d'un regard si dur qu'une onde de peur me traversa.

Je ne savais comment j'étais arrivée là, ou ce qui, exactement, venait juste de se produire, mais j'étais encore emplie du souvenir de ma mère, perdue sur une route sombre avec elle à mes côtés, et je regardai Traqueur droit dans les yeux avant de lui dire :

— Arrête de me parler par des putains d'énigmes.

Ses yeux restèrent plantés dans les miens pendant un long moment, puis il se mit lentement sur ses pieds. Je ne bougeai pas. Je ne baissai pas le regard, l'observant tandis qu'il glissait à travers la pièce, chacun de ses pas ayant une grâce froide. Il s'arrêta, si soudainement que c'était presque comme s'il se balançait en équilibre sur le bord d'une falaise. La coupure sur son visage, provoquée par les cheveux d'Oturu, était encore livide.

— Tu as soif ? me demanda-t-il.

— Où sont Grant et Byron ? répliquai-je. Où est Jacques ?

— Je ne sais pas. En route, je suppose.

Il n'y avait rien de méprisant dans sa réponse, ce qui fut l'unique raison pour laquelle je restais la bouche fermée. Je m'assis, nettoyant la salive de mon visage du dos de la main.

— Pourquoi m'as-tu amenée ici ?

— Tu t'es évanouie. Vieux Loup te voulait hors des lieux, là-bas.

— Il m'est arrivé quelque chose.

À la fois question et affirmation. J'attendis qu'il décide du sens. C'était un homme pour qui le contrôle était important. Je comprenais pourquoi. Exiger des réponses ne m'en apporterait aucune.

Son regard vacilla jusqu'au sol. Je suivis des yeux la direction qu'il avait pris et vis le disque de pierre par terre, à côté du canapé ; le petit labyrinthe, enroulé et brillant comme si une perle noire s'y était infiltrée. Traqueur s'accroupit et étendit sa main juste au-dessus, la paume à plat, comme s'il en inspirait la chaleur.

— La voilà, ta réponse.

— C'est une pierre.

— Une pierre, répéta-t-il avec dédain. C'est un Anneau de Vie, Chasseuse. Mais appelle-la comme tu veux. Elle a trop de noms pour qu'on puisse les compter tous.

Je me laissai glisser du bord du canapé au sol, où je m'assis à côté de lui.

— Qu'est-ce qu'elle fait ?

Traqueur s'inclina au-dessus du disque, d'une manière presque protectrice ; son entière concentration, maintenant qu'elle ne m'était plus destinée, était presque douce de vénération. Une chose étonnante à voir. J'avais peur de respirer, que cela ne brise le charme.

— Un Anneau de Vie emmagasine les souvenirs, dit-il gravement. Les tiens, ceux de quelqu'un d'autre. Sa taille détermine combien peuvent y être archivés. Un grand cercle, quelque chose de l'importance de ce mur, peut contenir la vie entière d'une personne. Une empreinte de son âme. Celle-ci, ici... peut-être un an, au plus. Ou suffisamment de souvenirs, choisis sur une vie entière, pour remplir le temps d'une année.

Il me fallut prendre un moment – perdue, encore, avec ma mère.

— Comment est-ce possible ? De conserver les souvenirs d'une personne dans une pierre ?

— La pensée est énergie, dit Traqueur, comme si c'était la chose la plus simple au monde. Et ceci n'est pas une pierre. C'est un fragment du Labyrinthe.

J'avais le regard fixe, vide. Traqueur leva un sourcil.

— C'est de la physique, Chasseuse. Mécanique quantique. Théorie des mondes multiples. Mis à part que ce n'est pas une théorie, et que le Labyrinthe n'est pas une sorte de haie. C'est un lien, hors du temps et de l'espace. Un croisement qui connecte chaque monde, chaque dimension entre eux. (Son regard se fit plus sombre, moqueur.) Tu te rends compte, n'est-ce pas, que le Vieux Loup et ceux de son espèce ont créé le Voile de la prison après la guerre avec les démons ? Escamoter la réalité est leur jeu. Et c'est aussi celui du Labyrinthe.

Je cherchai son visage du regard, me demandant s'il me mentait.

— Cela ne peut pas être réel.

Il se laissa aller en arrière, une touche d'ironie amère jouant sur ses lèvres.

— Une femme couverte de tatouages vivants qui sortent de son corps lorsque le soleil se couche ? C'est réel, ça ? À quel point une créature avec des couteaux en guise de pieds, qui danse quand elle tue, est-elle réelle ? Ou un vieil homme qui porte des peaux humaines comme de confortables manteaux ? (L'amertume tordit sa bouche.) Tu vis dans un monde de merveilles, Chasseuse, mais tu ne vois aucune d'elles. Ta vie est aussi petite que l'Anneau de Vie.

— Ne fais pas ça, dis-je doucement. Ma mère est à l'intérieur. Ne déprécie pas cette chose.

Il détourna le regard, mâchoire crispée. Devant lui, des images de destruction et de ruines défilaient sur l'écran de télévision : éclairs, enfants hurlant, hagards, visages suants emplis d'horreur. Le sud-est de l'Iran avait souffert d'un autre tremblement de terre quelques années plus tôt. Quinze mille personnes étaient mortes, peut-être plus. Même maintenant, ici, avec tout ce qui allait de travers, je ne pouvais ignorer cela.

— Tu as dit que c'était de ma faute. (Je détachai les yeux de l'écran pour les porter sur Traqueur.) Que voulais-tu dire ?

— Tu ne comprendrais pas. (Il se mit sur ses pieds et montra du doigt l'Anneau de Vie.) Garde cela aussi précieusement que ta vie, Chasseuse. Pas uniquement pour ta mère, mais pour la pierre elle-même. Les morceaux du Labyrinthe sont des fragments de possibilités. Et il n'y a rien de plus dangereux qu'une probabilité.

J'attrapai la pierre et découvris qu'elle était chaude, avec un pouls. Je la pressai contre mon cœur, pensant à ma mère – voulant en voir plus. Désespérément.

Il ne se passa rien. Traqueur se détourna et reporta son attention sur la télévision. Concentré sur l'écran.

J'appuyai ma joue contre la pierre, et la fis ensuite glisser dans ma poche. En sortis mon téléphone portable et composai le numéro de Grant. Il répondit à la deuxième sonnerie, le souffle court.

— Maxine.

— Je vais bien, répondis-je, consciente que Traqueur écoutait. Et toi ?

— Nous sommes dans la voiture. Byron, Jacques et moi. En route pour la maison.

Je relâchai doucement ma respiration.

— Des ennuis ?

— Juste toi. Tu es en sécurité ?

— Autant que possible. Contente-toi d'arriver ici.

— Tiens bon, dit-il, et j'entendis une voix basse à l'arrière-plan, groggy et jeune. Je suis avec toi.

Nous raccrochâmes. Je découvris Traqueur en train de regarder non la télé, mais moi.

— Quoi ? lui lançai-je comme il ne détournait pas les yeux.

Une fine ligne se forma sur son front.

— Ton homme. Qui est-il ?

— Je ne répondrai pas.

— Ce n'est qu'une simple question.

— C'est non. (Je me penchais en avant, soutenant son regard.) Tu lui fais du mal, tu te contentes même de le regarder avec un drôle d'air et j'arracherai chaque membre de ton corps.

Sa bouche s'entrouvrit.

— Et tu me battras jusqu'à ce que mort s'ensuive avec chacun d'eux ?

— Je laisserai ce plaisir aux garçons.

Le sourire de Traqueur s'épanouit – juste un peu plus.

— Qui est-il ?

Je tendis la main vers ma veste. Les couteaux de ma mère s'y trouvaient toujours. Traqueur me tourna le dos, étudiant la télévision, un mur d'épais cheveux cachant ses traits marqués. Je ne me détendis pas. Je me levai, puis le rejoignis, ayant un aperçu, juste avant que son expression se fasse plus dure, de son chagrin : profond et lourd, son impuissance réduisait en poussière chaque mot de haine et chaque regard, chaque idée préconçue. Traqueur, né de nouveau dans mon esprit – mais je ne savais toujours pas que faire de lui.

— Tu veux aider ces gens, lui dis-je. Tu veux être là-bas.

— Et si c'était le cas ? (Il me jeta un regard, si fier.) Le ferais-tu, si tu le pouvais ?

— Aller là-bas ?

J'hésitai, pensant à Grant et Jacques. Byron. Ahsen, libre et en chasse. Traqueur secoua la tête de dégoût.

— Ce n'est pas si facile, protestai-je. Il y a des gens qui ont besoin de moi. Ici même. Maintenant.

— Et eux, non ? (Son regard cherchait le mien.) Sur quoi te bases-tu pour juger, Chasseuse ? Combien de morts sont-elles nécessaires avant qu'on atteigne la fin du monde ? Une seule ? Un millier ? Ou la fin n'arrive-t-elle jamais, seulement lorsque le dernier cœur s'est éteint ?

— Non, dis-je, sinistre. Mais je ne suis qu'une personne.

— Ah, répliqua-t-il. Et je suppose qu'une seule personne n'a jamais rien fait de bien. Chasseuse. Dernière Gardienne de ce monde solitaire, emprisonné.

Je le fixai, déchirée. Traqueur, après un moment, tendit sa main.

Je pensais à Grant et Byron. Jacques. Venant ici. S'attendant à m'y trouver. Ils seraient inquiets. Si j'étais à leur place, je serais terrifiée.

L'expression de Traqueur se fit plus dure. Il commença à retirer sa main. J'attrapai son poignet, mes doigts le serrant fort. Soutenant son regard.

Je ne laissais pas tomber. Je trouvai mon téléphone et appelai Grant.

— Changement de plans, lui annonçai-je.

Il faisait nuit de l'autre côté du monde. J'entendais des hurlements. Je vis les lumières des lampes torches et sentis la fumée. Les enfants criaient. Je discernais l'éboulement et les pierres brisées des gravats. L'air, saturé de poussière, de l'odeur âcre du sang et des intestins relâchés dans la mort, m'étouffait. Les garçons sortirent de mon corps, tombant au sol, près de m'entraîner avec eux dans leur chute, de douleur.

Traqueur se tenait à mes côtés. Je ne perdis pas mon temps à poser des questions, et les garçons firent de même. Je perçus le râle d'une femme et avançai jusqu'à l'origine du bruit, sous un empilement de pierres et de câbles. J'avais une excellente vision nocturne –

meilleure que celles des humains – et discernai une cheville, une main tordue.

Je claquai des doigts. Zee et Raw commencèrent à creuser dans les décombres. Aaz vagabondait autour d'eux, comme un petit dragon, reniflant l'air. Je lui emboîtai le pas, trébuchant, et lorsqu'il se mit à creuser, je le suivis sans hésiter. Dek et Mal glissèrent de mes épaules, disparaissant dans des interstices trop fins pour mes mains. La pierre était broyée, leurs mâchoires mâchant et moulant. En quelques instants, ils firent un trou suffisamment grand pour que l'on puisse s'y glisser. Ce que je fis, à l'aveuglette, tapotant le sol. Je sentis quelque chose de doux – une peluche – puis une petite main.

Je tirai doucement, et Aaz disparut dans les ombres pour libérer l'enfant en passant dessous en se tortillant.

C'était une petite fille. Je l'entraînai dans mes bras, et elle commença à tousser, pleurant. Je la berçai sur mes genoux, et Mal dégagea une poupée de chiffons du trou, son petit bras rapiécé entre ses dents acérées. Je plaçai le jouet contre la fillette et me mis debout. Découvris Traqueur en train de m'observer, son expression absolument indéchiffrable.

Je trouvai un lieu sûr où déposer la fillette, et la laissai là, enroulée autour de sa poupée. Je ne voulais pas la quitter, mais je pouvais entendre crier sous la pierre, des voix jeunes, et je courus dans cette direction, les garçons dans mon dos. Il faisait si sombre, et il y avait si peu de gens fouillant les gravats que je ne m'inquiétais pas d'être vue. À une seule occasion quelqu'un verrouilla son regard sur Zee. Un vieux monsieur, saignant d'une blessure à la tête et à moitié délirant. Il regarda directement droit sur Zee tandis que le petit démon mâchouillait le métal brut de la poutre qui lui épinglait les jambes et dit un mot que je ne compris pas.

— C'est le mot perse pour djinn, murmura Traqueur, près de mon épaule. Il pense que Zee est un esprit, quelque chose qui peut posséder un humain.

Je grognai, essuyant la sueur de mon front.

— Assez proche de la vérité.

— Tu vas trouver beaucoup de zombies ici, ajouta Traqueur.

— Les zombies sont partout, répondis-je précautionneusement.

— Mais tu es la seule de ton espèce, dit-il, laissant percevoir une certaine dureté dans son intonation.

J'enfonçai mes jointures dans la pierre, puis me penchai par-dessus Zee pour aider à soutenir la tête du vieil homme qui était lacérée de coupures.

— Ce n'est pas ma faute.

Le silence de Traqueur impliquait qu'il n'était pas d'accord. J'étais trop fatiguée pour discuter. Au lieu de ça, je dis :

— Oturu. Y en a-t-il d'autres comme lui ?

— Il est le dernier de son espèce. Un vagabond, avant qu'il ne soit amené ici.

— Où est-il maintenant ?

— Quelque part entre deux, répondit-il froidement, éloignant les pierres d'une poussée. Au-delà de ce monde. Son temps sur cette terre est limité à des fragments. Trop long, et sa faim pour la chasse le submergera. Il ne prendra pas le risque de briser sa parole.

Il se redressa, repoussant ses cheveux. Baissant le nez vers moi, il me regarda fixement.

— On m'a vendu à lui. Une de tes ancêtres avait besoin d'une faveur. J'en étais le prix.

Je sentais la tête me tourner et essayai de me concentrer sur le vieil homme. J'osai à peine le tirer pour le libérer. Ses jambes étaient écrasées.

— Où était-ce ?

— Sumer.

Je me permis un rapide coup d'œil.

— Sumer n'existe plus depuis cinq mille ans.

— Remarquable, rétorqua-t-il. C'est que ça réfléchit, en plus.

Je me mordis la langue. Le vieil homme n'émettait désormais plus aucun son. Je vérifiai son pouls. Il était encore fort. Il s'était évanoui.

— Aide-moi, dis-je, comme Zee finissait de nettoyer les décombres autour des pieds du blessé.

J'entr'aperçus Raw et Aaz en train de porter un jeune garçon de petite taille entre eux, leurs corps menus disjoints et voûtés, comme des loups essayant de marcher sur leurs deux pattes arrière.

Traqueur suivit mon regard.

— Combien de temps cela t'a-t-il pris pour les entraîner ?

Je lui balançai un regard dur, tout comme Zee.

— Ce ne sont pas des chiens.

— Ils t'obéissent, non ?

— Ce sont mes amis. Ma famille.

Zee présenta sa griffe du milieu dressée à Traqueur avant d'aller se fondre dans les ombres. Je le vis réapparaître à quelques pas sur ma droite, faisant un trou à travers la pierre. Ses griffes faisaient voler des étincelles. J'entendis des sirènes, dans le lointain, et des voix qui criaient, hurlant des noms. Plus d'activités. Si les garçons ne faisaient pas attention, quelqu'un d'autre finirait par les voir, même dans l'obscurité.

Je dis :

— Parle-moi de la femme.

— Regarde-toi dans une glace.

— Je pense qu'elles sont toutes brisées, murmurai-je. Tu vas devoir trouver les mots.

Traqueur me poussa sur le côté, poteaux en main. Il agrippa un câble de sous quelques gravats et tira fort jusqu'à en avoir un tas suffisant embobiné à ses pieds. Il commença alors à attacher les jambes écrasées du vieil homme ensemble pour qu'elles restent ainsi immobiles. Rapide, efficace.

— Elle est devenue folle. Trop de pouvoir. Cela l'a changée.

— Comme Oturu pense que cela me changera, moi ?

Les mains de Traqueur hésitèrent, puis se remirent à faire des nœuds.

— Il t'a donné sa marque. Ce qui veut dire qu'il voit quelque chose d'elle en toi.

— Toi aussi, tu dois le voir. À moins que tu ne haïsses toute ma lignée, juste par principe.

Il se détourna de moi avant que je ne puisse voir son visage. Dek apparut à mes pieds, tirant dans sa bouche une bouteille d'eau. Je n'avais aucune idée d'où il avait pu la trouver, mais je lui en étais reconnaissante. J'essayai d'en faire couler dans la bouche du vieil homme. Il ne se réveilla pas, mais je fus satisfaite de la minuscule goutte que j'arrivai à faire passer entre ses lèvres. De nouveau, je découvris Traqueur en train de m'observer.

Je lui tendis l'eau.

— Qui qu'elle ait été, je ne suis pas elle.

Il prit une gorgée, sans jamais lâcher mon visage des yeux.

— Nous verrons, Chasseuse.

Avant que je ne puisse penser à une réponse appropriée, les garçons émergèrent des ombres, m'entourant. La marque d'Oturu commença à me picoter. Traqueur se raidit.

— Tailleuse, siffla Zee. Chaude trancheuse.

Je me redressai.

— Où ?

— Arrivant de derrière, dit le petit démon.

Raw et Aaz arrachèrent des piques de leurs dos, et les bruits humides de la chair déchirée me firent frissonner. Je jetai un coup d'œil à Traqueur. Notai son regard spéculatif comme il observait les ombres. Je me souvenais de ce qu'il m'avait dit à l'hôpital.

— Tu étais sérieux, chuchotai-je, une activité démoniaque a provoqué le tremblement de terre ?

Il finit de lier les jambes du vieil homme.

— Pas celui-là. Mais cela ne veut pas dire qu'ils ne vont pas essayer d'en tirer profit. Il y a de nombreux démons qui se cachent sur cette terre, Chasseuse. L'ouverture imminente du Voile va les rendre téméraires.

Je pensais aux enfants rescapés qui se reposaient tout près, et commençais à avancer entre les gravats en luttant. Traqueur attrapa mon bras. Je tirai pour tenter de me libérer, et sentis la température tomber comme si un sac de glaçons avait été déversé le long de ma colonne vertébrale.

Je saisis un mouvement devant moi, la lueur d'une peau pâle – un aperçu qui descendit en moi pour atteindre la partie de mes entrailles la plus primaire et hurler : *pas humain*. Des cheveux argent tressés en cordes, flottant le long d'un corps émacié portant pour seul habit une ceinture de cuir. Des doigts comme les dents des fourches, où étaient empalés des morceaux de chair rouge, dégoulinant. Le démon bougeait comme une feuille tombant d'un arbre : avec grâce, avec des mouvements balayant, étranges, qui l'envoyaient bas vers le sol, de haut en bas, encore et encore.

Étranger. Si étranger qu'une partie de moi voulait s'égosiller. Oturu même avait semblé plus familier que cette créature. Elle était si éloignée de tout ce que ce monde pouvait porter que l'idée traversa mon esprit, avec une terrible certitude, que quoi qu'aient été les démons, ils n'étaient pas arrivés ici les premiers. Intrus. Envahisseurs. Quelque chose d'au-delà de l'horizon pâle de ce monde. Peut-être, même, que « démon » était inapproprié, un mot qui avait tellement trempé dans la religion qu'il avait cessé de s'appliquer. Parce que la chose que je voyais maintenant ne semblait pas surnaturelle, si bizarre que son apparence puisse être.

Je jetai un coup d'œil à Traqueur et le surpris en train d'analyser le démon d'une manière qui me frappa violemment – à cause de ma propre incapacité et d'un sentiment de familiarité terrible. *Déjà-vu*[1], même. Comme si j'avais déjà fait ça avant – accroupie avec cet homme, me préparant à chasser. Cela me mit mal à l'aise. Me fit peur, même.

— Mahati, chuchota Traqueur, prisonnier du second cercle.

— Comment un truc de ce genre peut se cacher sur cette planète ?

— Facilement. Mais ce n'est pas un vrai Mahati.

Ahsen. Le cercle de pierre était chaud dans ma poche. Je n'osai pas y toucher.

— Comment nous a-t-elle trouvés ?

— L'énergie. (Les lèvres de Traqueur se pressèrent l'une contre l'autre en une dure ligne.) Chaque créature vivante dégage une signature quantique, une vibration qui est distinctivement unique.

— Elle aurait pu venir après moi à l'hôpital, marmonnai-je, et je tapotai l'épaule de Zee. Prêt ?

— Non, dit Traqueur.

— Prêt, répondit Zee, alors que Dek et Mal s'installaient lourdement sur mes épaules. Mais nous avons une foule, Maxine. Plus d'une trancheuse. Plus venant pour le sang.

— Arrête, intervint plus fermement Traqueur. Quelque chose ne va pas. Il y a quelque chose qui cloche.

---

1. En français dans le texte. (*N.d.T.*)

— Pas le choix, répliquai-je, pensant aux blessés qui se trouvaient juste derrière nous et à tous ces sauveteurs qui approchaient.

Des gens qui n'étaient pas préparés à un autre genre de désastre, à quelque chose qui appartenait seulement aux cauchemars. Il n'était pas question d'esprits invisibles, de quelque faible zombie parasite – au lieu de cela, c'était un démon fait de chair, d'os et de sang, qui pouvait facilement se nourrir dans cette destruction, sans laisser la moindre trace de son existence derrière lui. Des corps morts seraient attendus. Des corps disparus anticipés. Personne n'y réfléchirait à deux fois.

J'avançai d'un pas pour me sortir des décombres, les garçons se rassemblant autour de moi. Je sentis une charge sous ma peau, un élan, comme si j'étais en train de conduire à 150 km/h le long d'une route dans le désert, à minuit, lancée à travers le monde dans le corps d'une armure. Pas invulnérable, mais pleine de quelque chose de grand et à couper le souffle – vieux jeu, même. Du courage à l'état pur.

La peau argentée d'Ahsen et ses doigts aiguisés s'effilochèrent en fumée tandis que j'approchais, enveloppée d'un miroitement qui s'effondra momentanément tel un ballon qui se dégonfle ; tout ça était étranger et s'évanouit comme un rêve, jusqu'à ce que, quelques instants plus tard, une petite fille se tienne devant moi. Portant encore mon jeune visage. Une tresse de cheveux à la main.

L'air était si froid que je pouvais voir mon haleine. Ahsen regarda légèrement sur sa gauche, comme une poupée volée à une petite fille, tombée, polie et brillante, dans une fosse macabre. Rien de plus triste, rien de plus glaçant.

— Tu voyages avec des chiens, maintenant, dit-elle.

Je penchai la tête, confuse ; puis sentis Traqueur avancer plus près. Un sourire amer éclaira sa bouche.

— Tanneuse. Je ne crois pas que nous nous soyons rencontrés.

Ahsen vacilla, son petit corps presque perdu dans les gravats, mon jeune visage lisse comme de la neige vierge.

— Tu n'étais rien d'autre qu'un microbe dans mon esprit avant qu'on me mette dans le Voile. Enkidu. Traqueur.

Le visage de ce dernier ne révéla aucune émotion. Pas plus que le mien. Mais à l'intérieur de moi-même, je tremblais. Ahsen avança encore d'un pas, légère comme l'air, les yeux flottant comme deux scarabées noirs.

— J'ai eu du temps pour considérer la situation, Chasseuse. Mes frères et sœurs étaient des hypocrites. Ils méprisaient mes méthodes. Ils accordaient de la valeur aux résultats. (Ses yeux planaient à travers mon corps.) Je crois que j'aurais pu faire un meilleur boulot avec toi aussi. Les erreurs commises avec ta lignée... répréhensibles, nées du désespoir.

Je n'avais aucune idée de ce dont elle était en train de parler.

— Tu peux développer ?

Un léger sourire cruel vint effleurer ses lèvres ; elle était amusée, mais comme pourrait l'être un bourreau, comme si elle savourait la touche finale d'une bonne mise à mort difficile.

— Chasseuse. Tu devrais te demander ce qu'il y a de si différent chez tes avortons, pourquoi, au lieu d'être emprisonnés dans le Voile, ils furent condamnés à passer l'éternité sur une peau humaine. Le Voile, je peux te l'assurer, aurait été assez vaste pour accueillir cinq corps supplémentaires. Mais pour une raison ou pour une autre... pas les leurs.

Zee grogna, ses griffes ratissant des tranchées dans le ciment. Ahsen reprit, s'adressant à lui :

— Toi, l'avorton. Petit roi sans couronne. Sais-tu ce que tu es ?

J'entendis comme un écho inconfortable dans ces mots, ils ressemblaient trop aux souvenirs que j'avais vus dans l'Anneau de Vie. Je pensais à ma mère. Ma main glissa dans ma poche. Le regard d'Ahsen plongea, lui aussi, et la peau sur son visage se tendit tant qu'on aurait dit qu'il y avait des crochets dans son cuir chevelu pour la tirer sèchement en arrière. Traqueur se rapprocha encore de moi, tout comme les garçons.

— Ahsen, dis-je tranquillement, tu étais, tu es l'une d'entre eux. Une Métamorphose. Pourquoi es-tu ici ? Même si tu as été emprisonnée, pourquoi aides-tu les démons ? Est-ce juste par revanche ?

— Parce que je n'ai pas le choix, chuchota-t-elle, sa voix d'adulte effrayante et palpitante. Mais j'ai réévalué mes priorités. J'ai décidé de remodeler ma destinée.

Elle claqua des doigts. Je sentis un souffle d'air sur mon visage, saisis une odeur si crue, si abjecte que c'était comme si une chose composée de soufre et de merde venait juste de s'ouvrir une veine et saignait sur mes pieds. Des corps pataugeaient, venus de l'obscurité, squelettes de chair et d'ombre. Pas d'yeux ni de bouches, seulement des trous humides là où aurait dû se trouver un nez ; des membres longs, cousus de tendons durs, des veines épaisses qui pulsaient comme des cordes taillées dans du pétrole pur. Je n'avais jamais rien vu de tel. Ils n'auraient pas dû être si nombreux. Au-delà, le monde pressait – une réalité surnaturelle : des cris bas, des sirènes, les pales du rotor d'un hélicoptère.

— Je fus la première parmi mon peuple, dis Ahsen calmement. La première des greffeurs, des fileurs, des complices ; la première à vaincre l'essentiel divin. Et je recommencerai une fois encore. Je construirai ma propre armée. Je ne me verrai pas refuser le Labyrinthe. Plus jamais.

Les créatures autour de nous se balançaient et reniflaient. Sur l'une d'entre elles j'aperçus une mèche de cheveux blonds dépassant du cuir chevelu brut, comme les derniers fils d'un patchwork, pas complètement liés. L'horreur déchira mon cœur. Je regardai plus attentivement, en quête de quelque chose de reconnaissable, et me demandai si ces imposantes épaules m'étaient familières.

— Ce ne sont pas des démons, dis-je, nauséeuse. Ils étaient des humains.

Ahsen émit un son qui ressemblait à un fredonnement.

— Le terme d'humanité est une classification si ténue, qu'on peut le rendre aisément obsolète. C'est une chose que tu devrais savoir, Chasseuse. Toi, qui es à peine aussi humaine que mes créatures à la démarche lourde.

Ces dernières attaquèrent. L'expectative ne signifiait rien. Elles étaient rapides, et je manquais d'entraînement, mortelle, les mains emplies de couteaux et de rien d'autre. Je m'obligeai à atteindre un endroit en moi-même froid, dur, essayant de ne pas penser aux gens qu'ils avaient pu être. Ça me rendait malade. Mon cœur martelait dans ma gorge et la sueur me piquait les yeux comme toutes ces années d'entraînement saignaient dans mes muscles, prenant le pas comme si j'étais un autre genre de zombie, esclave des leçons de ma mère.

J'en perdis le compte. Trop nombreux. Trop nombreux à s'être cachés ici, invisibles, à moins de parvenir à se déplacer comme Traqueur et les garçons – à travers les ombres, en un clin d'œil de l'obscurité à la lumière. Mais ce qu'elle était en train de faire n'avait pas de sens, cependant. Jeter des corps sur nous, les gaspiller. Zee et les autres déchiraient les créatures humaines comme si elles avaient été faites de papier, y perçant des trous, arrachant les membres – pendant que, sur mes épaules, Dek et Mal poussaient en avant, soufflant du feu en direction de ceux qui s'approchaient trop près. Je vis des moignons carbonisés là où auraient dû se trouver des mains.

Je cherchai Traqueur du regard. Le trouvai en train de lutter dans mon dos, un long tuyau entre les mains, le maniant avec aisance et une grâce impossible, comme s'il s'agissait d'une épée, la plus parfaite jamais dessinée. Il rencontra mon regard une seule fois, et j'éprouvai un choc en y plongeant, une familiarité effroyable ; de nouveau, l'impression que j'avais fait cela avant. Avec lui.

Ahsen ne bougea pas un muscle, pas une seule fois durant tout le combat. Elle se contenta de me regarder, tout comme je le faisais, jusqu'à ce que je m'arrête brusquement de lutter, lui faisant face comme lors d'une confrontation finale dans *Tombstone*[1]. Pas de revolvers mais une armée derrière moi et les couteaux dans mes mains. Je faisais confiance aux garçons pour assurer ma sécurité. Je leur faisais tant confiance que je ne prêtai attention à rien d'autre qu'à Ahsen comme je la traquai de plus près, ne détachant pas une seule fois mes yeux de son petit corps, ce fantôme de moi-même.

— Tu veux l'Anneau de Vie, lui dis-je.

— C'est une babiole pour toi, répliqua-t-elle. Donne-le à quelqu'un qui comprend ce qu'il vaut. Le toucher juste une fois, Chasseuse… Juste une, et je deviendrai quelque chose de plus. Suffisamment puissante pour *les* créer.

Je secouai la tête.

1. Western de 1993. (*N.d.T.*)

— Tu n'es pas venue ici pour demander quelque chose.

— Non. (Son corps commença à s'évaporer.) Mais j'apprécie nos conversations.

Il faisait nuit et j'étais mortelle. Éminemment tuable. Je savais déjà que je ne pouvais pas la blesser. Je m'immobilisai, une main tenant une lame – l'autre dans ma poche, agrippant l'Anneau de Vie comme s'il s'agissait d'une bouée de sauvetage. Celle que ma mère m'avait lancée.

Derrière moi, Traqueur luttait encore. Tout comme les garçons. C'était son plan, me rendis-je compte. Attendre le bon moment. Puis distraire, occuper quiconque pouvait m'aider, les noyer sous le nombre – comme elle me submergeait, moi. Je pensais que cela pourrait marcher. Mon cœur était effrayé – pleinement, mortellement effrayé. J'entendis une petite voix dans ma tête chuchoter, *s'il vous plaît*.

La marque d'Oturu picota. Je perçus le bas grondement du vent, comme le premier déchaînement d'une tempête hivernale, et souffris d'une douleur aiguë dans la poitrine, une supputation éloquente de besoin et de connaissance. Je levai les yeux. Juste à temps.

Un imposant corps lisse atterrit violemment dans les décombres, comme une lame façonnée, l'impact si violent que je me détachais du sol. Une immense cape noire s'épanouit à sa suite, très proche de me toucher, et je plongeai le regard – respiration coupée, cœur battant – dans le souffle de l'abîme, qui tapait et se tordait ; une mâchoire dure et pâle, la courbe d'un sourire, le bord d'un chapeau noir, et des cheveux qui s'enroulaient, sauvages.

— Tu ne toucheras pas à elle, murmura Oturu.

Ahsen le fixa, ses yeux sans pitié vieux et opaques.

— Les hommes de la Reine ne sont pas tous capables de maintenir la Chasseuse unie. Pas encore.

Elle disparut. Et réapparut autour de mon corps. Cette force prête à broyer, amenée à se poser sur la chair humaine ; serrant inexorablement comme si j'étais à l'intérieur de l'estomac d'un python, en train d'être lentement digérée. Je sentis une pression immense autour de ma main tenant l'Anneau de Vie, mais je ne voulais pas lâcher prise. Je refusai, de tout mon cœur.

J'arrêtai de respirer. Des lumières papillonnèrent dans mes yeux.

Quelque chose se déplaça en moi. Une ombre derrière mes côtes.

Je me souvins de cette sensation. Vieille et tenace, un cauchemar d'enfance ; un cliquètement, une clé qui tourne, et soudain la pierre se fit si chaude que je fus certaine que ma main allait prendre feu.

N'importe où sauf ici, pensai-je, comme je commençais à mourir. *N'importe où, où elle ne pourra pas suivre.*

Une autre voix, profonde dans mon esprit, répondit *oui*.

Le monde disparut sous moi. Je tombai. La pression s'allégea, mais je continuai de tomber. Il n'y avait pas de sol sur lequel atterrir. J'imaginai la voix de Traqueur appelant mon nom, mais l'obscurité l'avala, avala la nuit – et je n'eus plus rien, je ne fus plus rien, j'étais consumée.

Je tombai, sans fin.

Je tombai, et ne m'arrêtai pas.

Chapitre 15

Il y a des choses qu'on apprend en tombant dans le noir.

L'une d'entre elles est que l'anticipation est mère de terreur. À chaque instant, je me disais, ça y est, dans une seconde, je touche le sol, mais le moment passait, et je m'aplatissais encore – et c'était l'anticipation qui faisait battre mon cœur à coups de tonnerre, et qui me donnait la chair de poule. Un corps n'était pas censé tomber pour toujours.

Il y avait autre chose, aussi.

L'obscurité rendait les choses pires.

Je ne pouvais rien voir. Je sentais l'air passer autour de mon corps, la pression de la gravité, mais c'était la seule sensation, le seul indice qui me montrait que je bougeais encore. Cela continua ainsi, encore et encore, et à la fin, je fermai les yeux. Effrayée à l'idée de me perdre moi-même. Incapable de faire autre chose que subir.

Je perdis le compte de mes battements de cœur. J'oubliai le monde. Dans ma tête, j'entendis la flûte de Grant. Je vis son visage et m'accrochai à ça.

Je m'y cramponnai.

Enfin, la pierre.

Étendue sur la pierre. L'air, froid dans mes poumons. Je n'avais aucun souvenir de l'impact, juste que j'avais été en mouvement et que je ne l'étais plus. Je voyais seulement l'obscurité, et restais calmement étendue, tendant l'oreille de toutes mes forces. J'entendais mon cœur, le frottement de ma respiration ; plus loin, des gouttes qui tombaient et un léger bruit d'éclaboussure. De l'eau.

Je me redressai d'un bond et me sentis comme une vieille femme : étourdie, assoiffée, désorientée. Je ne pouvais rien voir. J'attendais que ma vision s'ajustât – mes yeux ne m'avaient jamais fait défaut, même dans l'obscurité la plus sombre. Mais je ne vis rien. J'étais aveugle.

Les garçons étaient sur ma peau. Impatients. Rêvant.

J'étais nue également. Mes vêtements, mes couteaux, mes bottes – disparus comme s'ils avaient été faits d'un souffle d'air. La liste incluait l'Anneau de Vie. Je tentai de chercher, mais ne trouvai rien. J'étais aveugle, mes mains étendues devant moi. Mes affaires pouvaient aussi bien être pendues à un crochet à portée de main, mais ma vue était si inexistante que j'aurais aimé pouvoir demander à un étranger si mes yeux se trouvaient encore sur mon crâne. J'étais capable de les sentir, ça oui, mais la possibilité de perdre l'esprit tendait à saper même la plus évidente des certitudes.

J'avais tout perdu.

Le désespoir s'enroula en moi. La peur. Je luttai pour retrouver mon calme. Respirai profondément. Rien n'y fit.

J'étais assise dans un cratère étroit, de pierre, une fissure approximativement de la taille de mon corps. Je pouvais la palper de mes doigts. Je me mis lentement debout, chancelant quand mon équilibre vacillait, et m'obligeai à me tenir complètement immobile dans l'obscurité. Écoutant, percevant. Je frottai mes bras. Les garçons s'agitaient contre ma peau. J'entendis de nouveau le bruit de l'égouttement et me mis en marche. Réticente. Lentement et avec précaution, piétinant comme un bébé, les mains tendues devant moi. Je ne rencontrai rien d'autre que de l'air, et la pierre sous mes pieds.

Jusqu'à ce que, finalement, je perçoive de nouveau le bruit d'une goutte qui tombait, proche.

Je marchai dans quelque chose de mouillé. Je m'agenouillai et mes doigts rencontrèrent une marre d'eau étonnamment profonde. Mes mains s'attardèrent, permettant aux garçons d'y goûter. Lorsque je sentis qu'ils ne faisaient preuve d'aucune résistance, je me penchai pour boire. L'eau était froide et douce, ce qui était un soulagement. Je pouvais vivre des garçons, s'il le fallait – partager leur métabolisme – mais cela ne ferait rien pour apaiser ma soif ou ma faim.

Lorsque j'eus fini de boire tout mon saoul, je m'assis, les genoux collés à la poitrine, calme et immobile. L'obscurité était lourde. Je n'avais jamais eu peur du noir, des endroits déserts, mais c'était la première fois depuis la mort de ma mère que je me sentais si seule. J'aurais aimé avoir l'Anneau de Vie avec moi. J'espérais avec l'énergie du désespoir qu'il n'avait pas fini entre les mains de Ahsen. Ou qu'il n'était pas ici, quelque part, introuvable.

— Lève-toi, me lançai-je, juste pour entendre le son de ma voix.

Elle semblait infime, petite, mais dans ma tête, une litanie sans fin : pas le temps de me sentir désolée pour moi-même, pas le temps pour la peur, pas le temps de s'attarder là-dessus. Rien de ce que je pouvais faire n'allait me permettre de me sentir mieux. Je pouvais tout aussi bien m'y mettre. Les garçons m'entraînaient. Je chuchotai :

— Hé, j'ai besoin d'une indication.

Après un moment, le côté droit de mon corps vacilla. Je pris cela pour un signe.

Je vagabondai longtemps. Les garçons me guidaient et je me retrouvai à tourner, ralentir, en fonction de sensations dans mes membres. Je me cognai la tête une fois, mais dans l'ensemble le chemin était libre et silencieux. Je ne m'arrêtai que lorsque les garçons trouvèrent de nouveau de l'eau. Se balançant, bruyante et froide. Une crique, peut-être. Je l'entendis pendant un bon moment avant d'atteindre sa berge rocailleuse et envisageai de m'y reposer. Mais je pensais à Grant et Byron, même Traqueur, Jacques – le monde entier – et me remis en marche. Je le devais.

J'étais dans le Labyrinthe. Je le savais. Je ne pouvais expliquer comment ou pourquoi, ou ce que cela signifiait, mais j'en avais moi-même ouvert la porte. J'étais tombée dans le monde *entre*, mais il n'y avait pas de portes ici, et si c'était là un carrefour, alors personne d'autre n'y voyageait. J'avais le sentiment d'avoir fait une énorme erreur. Je n'étais pas sur une route. J'étais dans une cellule. Un lieu où l'on pouvait être oublié, à jamais.

Je ne m'arrêtais que pour boire. Il n'y avait pas de nourriture. Les garçons partageaient, leurs métabolismes liés au mien, mais cela n'apaisait en rien la douleur dans mes entrailles. Après un moment, l'obscurité, elle aussi, blessa mes yeux, à force d'essayer de voir.

Je les fermai. Imaginai des lumières de l'autre côté de mes paupières, mais c'était juste des ruses de l'esprit. J'essayai de parler à voix haute de nouveau, mais entendre ma voix, petite et solitaire, rendait l'isolement pire encore.

Le calme était plus facile. Bouger était encore plus facile que tout le reste. J'essayai de ne pas réfléchir au fait qu'il pouvait y avoir quelque chose dans l'obscurité, m'observant. Je ne savais pas ce qui serait pire – être perdue dans un vrai vide, ou savoir que j'étais chassée.

Je pensais à ma mère. Je m'obligeai à réfléchir à ce jour, presque vingt ans plus tôt, dans la neige. Ce jour maudit. Le zombie dans son costume avec sa peau qui s'écaillait, disant à ma mère d'en avoir un autre – un autre enfant. Le crépitement de ses cris dans le bar. Ces zombies rassemblés, luttant pour me posséder.

Une partie du jeu, avais-je lu dans le journal de ma mère, après sa mort. Un jeu, un vieux marché passé avec Mama Sang. Chance ou discernement, joué pour la vie d'un enfant. Pour le tester et découvrir sa force. Pour savoir si j'étais suffisamment forte pour lutter. Plus important encore, suffisamment forte pour les garçons.

Parce que si une future Chasseuse ne pouvait parer une possession démoniaque en tant qu'enfant, alors elle n'aurait aucune chance de pouvoir porter cette charge une fois adulte.

Le concept, si brutal fût-il, faisait sens à mes yeux – mais je n'avais jamais compris pourquoi Mama Sang se souciait de connaître la puissance d'une Chasseuse, ou pourquoi elle avait un intérêt manifeste à maintenir cette puissance. Ni pourquoi mes ancêtres avaient permis un tel test.

Mais je comprenais maintenant. Il existait des démons que Mama Sang ne voulait pas affronter. Des démons contre lesquels il était de ma responsabilité de lutter.

Je pensais à ma mère, enceinte, se tenant dans la rue, faisant face à la reine zombie avec un sourire. Des secrets dans son cœur, alors et maintenant. Mais je pouvais vivre avec ça. Même si je ne découvrais jamais ce qu'elle avait caché – même si j'y parvenais et que c'était terrible – tout se passerait bien.

J'étais peut-être en train de tomber dans les secrets, mais je savais que quelque chose était vrai : Ma mère m'avait aimée. Qu'importaient les circonstances.

J'étais aimée.

J'avais l'impression de marcher depuis des années. Je mesurais le temps à la longueur de mes ongles et de mes cheveux. Cela ne mentait pas. Distorsion impossible. Mes ongles poussaient. Mes cheveux étaient plus longs. Emmêlés et sauvages.

Mon esprit changeait aussi. Je ne sais pas comment cela commença. Je ne l'ai jamais deviné. Mais lorsque je fermais les yeux, quand je marchais, je rêvais.

Rêves éveillés. Somnambulisme. Rêves rapides, vieux films égratignés en noir et blanc, colorés et salis par le temps. Je rêvais par éclats et moments, et vis des femmes dans le clair de lune, pâles comme la neige, leurs cheveux noirs comme l'aile d'un corbeau – de l'acier entre les mains, toujours, épées attachées, cheveux attachés, et, dans la lumière du soleil, tatouages attachés – et je volais avec elles, je courais et leurs corps s'unissaient en un seul, une femme imposante comme le tonnerre, avec des yeux comme une nuit étoilée et des loups à ses côtés.

Je donnais la chasse à des contrefaçons dans mes rêves. Je courais après des vols d'idées et de fantasme : dragons humides de gouttes d'océan et hommes dotés d'arcs, de sabots et de longues queues lisses ; des géants assoupis dans les courants des montagnes ; ou le sphinx, lourd de mystères, accroupi dans un soupir. Je rêvais de lunes ; je rêvais de guerre, des armées respirant dans mon dos avec des princes en armure suppliant ; et je rêvais des garçons relâchés comme les hordes de l'Enfer, brûlant la terre sous leurs griffes, la détruisant avec fureur.

Lorsque je fermais les yeux, je rêvais. Mais mes yeux étaient toujours clos, et ici, dans le Labyrinthe, les rêves habillaient les murs, les rêves peignaient mes yeux, et comme j'avançais, entourée et nourrie par les garçons, souffrant après des jours ou des années de famine, je me perdis dans les pistes de sang, fondues dans les veines des chemins sur lesquels je voyageais, marchant – puis dansant, puis courant.

Je courais. Je courais si vite, les pieds aussi légers que l'ombre, et je ne m'arrêtais pas. J'apprenais à écouter les garçons, j'apprenais à devenir le noir et la pierre, épaisse, rude et dure avec l'âge, et j'oubliais ce que c'était de marcher, j'oubliais, et lorsque je m'arrêtais pour boire aux cours d'eau, ma peau hurlait pour bouger, et je hurlais, je hurlais.

Je hurlais.

Moi, Chasseuse, sur le terrain, Chasseuse, ne meurs pas, Chasseuse, continue d'avancer, Chasseuse, cours, Chasseuse, ne laisse pas tomber, non, non, Chasseuse. Rêve, Chasseuse. Lutte, Chasseuse. Ne t'oublie pas, Chasseuse.

Souviens-toi, Chasseuse.

Je me souvenais de ma mère, comme je buvais à une rivière froide, ses eaux s'écrasant du haut des murs dans un bruit de tonnerre.

Quelque chose de petit. Dans un hôtel d'une ville quelconque avec toutes les lumières éteintes sauf celles de la salle de bains, porte fermée de manière à ce que seul un rai de lumière dorée glisse jusqu'à la chambre, ma mère dans un lit de camp à côté du mien et les garçons rôdant et sa voix chuchotant, dans le noir, *il y a des choses qui vont s'éveiller dans ton cœur, des choses dont tu ne soupçonnais pas l'existence, et tu dois faire attention à ce qui viendra s'agiter ; tu dois être attentive.*

Je faisais attention, mais tout ce que j'avais, c'était l'obscurité, tout ce que j'avais, c'était les garçons, et parfois je les entendais dans ma tête, si proches que si le soleil se levait jamais, je me demandais s'ils me quitteraient, si je survivrais à la rupture. Cela faisait longtemps maintenant. Nous étions plus liés. Nous ne faisions qu'un.

Sur les bords de la rivière, les pierres étaient rondes et douces, et l'eau profonde. Je barbotais dans le courant simplement pour en sentir la texture, pour savourer la différence entre l'eau et l'air. La rivière était rapide, son grondement assourdissant. Je fus prise d'une lubie et m'y allongeai. L'eau me transporta comme un enfant dans son berceau, me balaya. Je ne pensais pas aux conséquences. Je ne m'inquiétais pas de perdre le rivage. La rivière me prit et je ris.

Arrête, dit une voix dans ma tête, *Maxine.*

Mais je l'ignorai. Je fermai les yeux. Je me perdis dans des rêves. Je vivais dans un autre lieu à une autre époque, loin de l'obscurité, et je vis Grant, les garçons. Ma mère était là, et c'était plus réel que l'eau sur ma peau – mon cœur, battant ; mon âme, emprisonnée. Je rêvai d'épées, et dans mon rêve, j'en goûtai la lame, froide sur ma langue. La découvris faite de larmes.

Mes larmes. Je pleurais.

J'ouvris les yeux et ne les fermai plus.

Les eaux se firent agitées. J'atteignis un endroit dur et allai sous l'eau. Mes poumons me firent mal, et je refis surface, cherchant mon souffle. Commençai à battre des pieds, à ramer, mais le courant était fort. Je détestais nager. Je détestais les bateaux. Je me souvenais de ces choses, mais avec distance, et je ne savais pas à quoi j'avais pensé en sautant ainsi dans cette rivière. Je ne savais pas comment j'avais pu oublier ça.

Tu as perdu l'esprit, chuchota cette petite voix. *Maxine.*

Je coulai de nouveau, comme si des mains tenaient mes chevilles, mais lorsque j'essayai de refaire surface, ma tête heurta la roche. La terreur s'empara de moi. Je m'y colletai, la balayant, les ongles creusant la pierre au-dessus de mon visage. Mes poumons hurlaient. Je hurlais. Les garçons s'arrachèrent à ma peau, et je les sentis s'agiter, tirant et s'étirant, mais avec une violence jusque-là jamais éprouvée. Je tirai brutalement une seule fois, pensant que j'étais sur le point de me noyer, mais la douleur cessa dans mes poumons.

Je respirais. Sous l'eau, je respirais. Cela avait le goût de la pierre et de la cendre, peut-être semblable au sang. J'étais trop soulagée pour m'en soucier. Je touchai mon visage, essayant de comprendre. Mais lorsque ce fut le cas, j'aurais aimé que cela n'arrivât pas.

Mes narines avaient disparu. Ainsi que ma bouche. Mes yeux et mes oreilles, couverts de peau. Je n'avais pas de visage.

L'horreur me bourra de coups. Révulsion, consternation. Je me sentais malade. Je voulais vomir. Je voulais pousser des cris. Je griffai ma propre peau. Je déchirai mon visage. Je hurlai sans bruit en direction des garçons, lançant mes poings dans la pierre au-dessus de ma tête. J'essayai de nager, mais ne pouvais revenir en arrière. Je ne trouvai ni fond, ni sable.

La pierre me maintint sous l'eau pendant très longtemps. Plus longtemps que des jours et des semaines. Plus longtemps encore. Cela semblait durer depuis toujours. J'étais entraînée par le courant comme une poupée de chiffons, sans visage, sans voix, et bien que je respirasse à travers les garçons, tout ce que j'éprouvais était de la peur. J'étais si effrayée. J'étais si seule. J'avais été enterrée vivante et c'était un cercueil d'eau, une tombe de chair, bougeant rapidement.

J'étais immortelle maintenant. Je serais ainsi pour toujours. Perdue pour toujours. Enterrée sous l'eau, enragée de soif.

Moi, tout entière, enragée.

Mais comme je rageais, quelque chose s'éveilla.

Je le sentis quand cela se produisit, comme un aiguillon dans mon cœur, et cela me ramena instantanément à la raison comme si mon cerveau était un élastique tendu à se rompre et que – en un éclair – la pression cessât.

J'étais encore piégée dans mon corps, mais comme je descendais la rivière souterraine, l'eau et l'obscurité devinrent un nid plutôt qu'un cercueil : un changement de perception, si doux. Ma chair, un cocon. M'épinglant dans quelque chose de nouveau. Je m'écoutais. Les battements de mon cœur, le cliquètement de ma mâchoire attachée, le gonflement de ma poitrine en effectuant les mouvements nécessaires à la respiration. Plus profond aussi, au-delà des pensées et de la mémoire ; plus profond encore, dans le sang même.

Elle vient de nous, cette chasse, cette chasse sauvage et enragée qui transcende la nature d'un Âge et détruit afin que d'autres puissent renaître. Des mots, des mots changeants, accompagnés par un visage dont j'arrivais à peine à me souvenir : cheveux blancs, yeux bleus, la puissance dissimulée sous une peau ridée.

La puissance sous la peau. Dormant dans l'obscurité. Reposant contre mes os, coulée dans le muscle, partageant le sang. Un autre corps rêvant à l'intérieur du mien, lisse comme le reflet de la lune sur une eau sombre, ou le tranchant d'une lame.

Je me sentais comme une lame.

Tu es la lame, chuchota une voix dans ma tête, et l'obscurité se tourna à l'intérieur de ma peau, s'étendant juste ainsi. Je la sentis, une touche délicate, comme si les bras de l'esprit étaient en train de s'étirer, cherchant quelque chose. Je ne m'y joignis pas, pas plus que je ne réfléchis ; simplement, je flottais dans mon cocon, attendant de voir ce qu'il adviendrait.

Mais il ne se produisit rien d'autre qu'une impulsion – un désir soudain et fou – de plonger en profondeur et de me tortiller dans l'eau comme une anguille, poussée par le courant.

J'obéis. Je n'avais pas fait travailler mes jambes et mes bras depuis longtemps, mais je battis des pieds et mon corps tourna, et je battis encore plus fort, utilisant mes mains en coupe contre l'eau. Les garçons travaillaient aussi, m'aidant à rassembler mes forces tandis que je suivais mon instinct et nageais en profondeur, à la recherche du lit de la rivière.

Je ne l'avais pas trouvé auparavant – et ce fut presque le cas de nouveau. Mais l'obscurité déferla dans ma poitrine, m'aiguillonnant, et je poussai encore plus fort –

jusqu'à ce que, à ma grande surprise, ma main touche le fond – et, un moment plus tard, du métal.

Je m'y accrochai. Je m'y agrippai. Je m'y tenais de toute ma force alors que le courant faisait rage autour de moi. Mes doigts serrèrent, coupant dans un morceau d'armure dur et incurvé, et mon autre main était aux prises avec des pierres, les démolissant. Je touchai les maillons d'une chaîne, petite et délicate, et, dessous, la longue surface d'un os. Je ne laissais pas tomber. Je continuai de chercher, conduite par ce bras, le suivant jusqu'à atteindre une main.

Et dans cette main, une épée.

Le métal en était dentelé, gravé et très aiguisé. Mais la main qui la tenait, quel qu'ait été le temps qu'elle avait passé dans la mort, ne voulait pas lâcher. Je brisai les os des doigts pour la libérer, mais ne ressentis pas plus de culpabilité que si je me volais moi-même.

L'obscurité en moi approuva. Au moment où je tins l'arme dans mes mains, je ne ressentis plus le besoin de rester au fond de la rivière. Je laissais filer l'armure, et, bien que je fusse en train de porter une épée contre ma poitrine, je flottai vers le haut, le courant me chassant.

Je fis courir mes mains le long de la lame. L'arme était mince, mais longue, sa garde délicatement forgée, ressemblant, dans mon imagination, à des griffes allongées, rigides. Sa poignée était douce et s'ajustait à ma main comme si elle avait été faite pour elle.

Comme si j'avais été faite pour elle.

À la maison, chuchota la voix dans ma tête.

Le monde s'écroula autour de moi. L'eau, disparue. Les murs, disparus. Pas de plancher pour m'attraper. Je tombais. Et continuai de tomber.

L'anticipation était mère de terreur.

Mais cette fois-ci, je fis semblant de voler.

Chapitre 16

Du Labyrinthe aux lumières de la ville, aveuglantes comme un cœur empli d'étoiles.

Je tombais sur le ciment, et même si j'avais repris possession de ma capacité à voir à travers la mémoire et le rêve – des rêves si stupéfiants – l'utilisation physique de mes yeux était choquante, étonnante.

J'étais dans ma propre peau. J'avais une bouche et un nez. Je pouvais voir.

Je n'avais en revanche pas le temps de m'habituer à moi-même. Il faisait nuit. Les garçons s'éveillaient – Zee et les autres, sortant de mon corps – et chaque millimètre de ma peau, des orteils aux paupières, me donnait l'impression de me quitter avec eux : comme si j'étais coupée en deux, centimètre par centimètre ; ou plongée dans un bain de feu, d'acide ; frottée dans du sel, ma peau n'étant plus qu'une sorte de nerf mis à vif.

Je crus que la séparation allait me tuer. Je ne pensais pas être capable de vivre sans les garçons sur mon corps. Cela faisait trop longtemps. Nous faisions partie les uns des autres. Ils étaient moi.

— Maxine, grinça Zee.

Raw et Aaz se rapprochèrent plus près, Dek et Mal s'enroulèrent chaudement autour de mes épaules. Ils me fixaient du regard, les yeux grands ouverts, mais je ne pouvais leur répondre. La douleur était trop importante.

Zee disparut en un battement de cils. J'entendis des voix proches, et un rire vulgaire. Je fus soudainement terrifiée à l'idée d'être vue et me mordis la main, essayant de ne pas hurler. Je ne savais pas si je me trouvais sur un trottoir ou dans une ruelle. Je sentais l'odeur des poubelles.

Zee réapparut. Derrière lui, une ombre imposante cachait les lumières de la ville. Des bras s'enroulèrent autour de mon corps. Je hurlais, la douleur trop aiguë pour que je puisse m'imposer le silence.

— Chut. (Je reconnus la voix de Jacques.) Tais-toi maintenant, douce petite fille.

Je ne pouvais pas respirer. Mon corps tremblait. J'étais en train de faire une attaque.

Jacques toucha ma nuque.

Je m'évanouis.

Je me réveillai en Enfer. Il y avait une enseigne au-dessus de ma tête qui l'affirmait, ce qui voulait dire que c'était vrai. J'étais dans un lit étroit, au matelas épais, enfouie profondément sous de lourdes couvertures qui sentaient l'odeur de la fumée de pipe. J'étais nue. Je vis un miroir dans le plafond. Écrit en rouge sur la glace : « VOUS ÊTES EN ENFER ».

L'histoire de ma vie. J'étais allongée très immobile, à peine capable de respirer. Terrifiée. Désespérément terrifiée. Emplie de souvenirs, emplie de choses terribles, s'intensifiant et brûlant. Je voulais crier, mais mis un couvercle sur cette envie. Si je commençais, je ne m'arrêterais jamais. Je me rendrais malade à force de pleurer, et cela ne serait jamais assez de toute manière.

Je relâchai doucement ma respiration, et de petits corps se déroulèrent d'autour de ma gorge. Dek et Mal jetèrent un coup d'œil à mon visage, les yeux rouges écarquillés, leurs petites mâchoires détendues comme leurs langues noires goûtaient l'air. Je voulais les gratter derrière les oreilles, mais lorsque j'essayai de lever mon bras, mes muscles étaient trop faibles pour y parvenir. Paralysée, de nouveau entièrement.

— Tu es réveillée.

Jacques s'avança plus près, m'observant. Il était comme dans mon souvenir, portant du tweed et des pantalons larges. Tricheur. Métamorphose. Quoi qu'il soit.

— Vieux Loup, murmurai-je, me sentant faible en entendant le son bourru de ma voix. J'ai fait une petite promenade.

Les larmes brillaient dans ses yeux.

— Exactement comme ma Jeannie.

C'était trop. Je me mis à pleurer. Je pleurais comme un bébé, mais calmement, en tremblant – si faible que je pouvais à peine le supporter, mais les sanglots étaient involontaires, et mon corps brûlait avec eux. Jacques tortilla ses mains, puis disparut rapidement de ma vue. J'entendis tomber des objets, puis il fit sa réapparition portant une pile de Kleenex. Il tamponna mon nez, en mit sur mes narines et ordonna :

— Souffle.

Ce que je fis, me sentant ridicule – faisant la grimace comme j'observais Jacques essayant en vain de se montrer galant au sujet de la morve qui avait atterri sur ses doigts.

— Merci, grommelai-je, à peine capable de respirer.

Jacques essuya ses mains sur son pantalon, se pencha en avant et planta un lourd baiser sur mon front. Dek et Mal léchèrent mon visage. Je me demandai où se trouvaient Zee et les autres, mais Jacques quitta la pièce avant que je ne puisse poser la question.

Il avait le visage rouge et marbré lorsqu'il revint, tenant une tasse de porcelaine si minuscule qu'elle ressemblait à un dé à coudre dans sa poigne. Il s'assit sur le rebord du lit. Avec beaucoup de délicatesse, il glissa une main sous ma tête et la souleva. Il appuya la toute petite tasse à mes lèvres. Cela sentait le bouillon de poulet.

J'en avalai une gorgée. Il était chaud et salé, et chaque gorgée semblait éviter mon estomac pour se diriger dans mon flux sanguin. Il avait si bon goût. Le meilleur repas de ma vie. Mon cœur se mit à battre plus fort.

Je murmurai :

— Souris, Homme Ingérant.

Mais Jacques resta extrêmement sinistre.

— Lorsqu'on m'a dit ce qui s'était passé, j'ai essayé de te donner la chasse. Mais je ne le pouvais pas. Pas même Enkidu – Traqueur – ne le pouvait. Ou Oturu. Et nous avons essayé, ma chère. Nous avons essayé par tous les moyens. (Ses yeux étaient très rouges.) Tu es entrée dans les Terres Perdues. As-tu aucune idée d'où se trouve cet endroit ?

Je me contentai de le regarder. J'y avais survécu. J'en savais probablement plus que lui. Jacques rougit, courbant la tête, ayant un mouvement d'excuse de la main.

— Bien sûr. Mais tu n'aurais pas dû t'en échapper. Personne ne le peut. Il n'y a pas de portes. Nous pensions... Nous pensions que nous t'avions perdue.

Je tentai de m'asseoir, mais la nausée déferla dans ma gorge et ma vision se brouilla. Jacques plaça sa main puissante sur ma cheville. Pendant un instant, il sembla se transformer. Son apparence, son corps... il était moins *lui*. Ses yeux n'allaient pas avec sa peau. Je vis un loup déguisé d'une peau d'agneau.

J'avais besoin de dire quelque chose. N'importe quoi pour remplir le silence. Je tâtonnais à la recherche de mes mots.

— Où est l'Anneau de Vie ? Est-ce que Ahsen l'a ?

— Oturu s'est débrouillé pour le récupérer. Il te le garde.

— Vous lui faites confiance ?

— Je n'avais pas le choix. Mais il est en sécurité. Elle ne sera pas capable de le lui reprendre.

— Vous l'appelez toujours la Tanneuse ou « elle », mais jamais par son nom. Jamais Ahsen. Pourquoi cela ?

Jacques baissa les yeux, observant ses mains.

— C'est... douloureux. Elle était la plus brillante de tous nos esprits, notre plus grande adepte de la Nature Divine. Mais elle est allée trop loin. Elle n'avait... aucune conscience.

— Elle a blessé des humains.

— Non, répondit-il. Elle s'est fait courtier en chair à démons. Et ce sont ces... transactions... qui ont conduit l'Armée de la Mort sur terre.

— Elle a provoqué la guerre ?

— La guerre avait déjà commencé. Nous étions simplement en train d'essayer d'échapper au combat. (Le vieil homme croisa mon regard, un sourire amer effleurant sa bouche.) Tu dois comprendre, nous n'avions jamais rien rencontré de comparable aux créatures que tu appelles démons. Elles étaient éboueurs, chasseurs, des êtres uniquement faits pour la mort. Humains, et autres. Nous avons amené quelques survivants jusqu'à ce monde, pensant qu'il était trop éloigné, que les démons ne seraient pas capables de nous y suivre. Mais alors, elle prit l'affaire en main. Se justifiant en disant que si nous pouvions seulement développer des peaux plus puissantes, nous serions capables de nous défendre nous-mêmes plus facilement.

— Vous l'avez jetée en prison pour cela.

— Pas au début. Certains ont défendu sa position. Ce ne fut qu'à partir du moment où la guerre tourna mal que... nous nous retournâmes contre elle.

— Sarai et vous.

— Nous nous sommes toujours opposés à elle. Et nous l'avons enfermée dans la prison du Voile lorsque l'heure fut venue.

— Et maintenant elle est libre. (Je fermai les yeux, brièvement.) Est-ce que ceux de votre espèce nous aideront ?

Jacques soupira, se levant.

— Assez, assez, tu as besoin de repos.

— Pourquoi ne répondez-vous pas à la question ?

— Pourquoi en poses-tu autant ?

— Parce que je suis comme ma grand-mère, répliquai-je. Je suis comme ma mère.

— Ça, dit-il, c'est une sale tactique.

— Vieux Loup, insistai-je, nous aideront-ils ?

— Non, répondit-il gravement. La guerre a quasi détruit mon espèce. Tu ne peux pas imaginer. Nous qui étions supposés être immortels, nous mourions au combat. Après la guerre, seule une poignée d'entre nous est restée dans ce monde. La plupart sont partis à travers le Labyrinthe pour guérir, et oublier.

— Ils ne sont pas concernés par la vengeance ? Ou par le fait que tout ce pourquoi ils se sont sacrifiés sera détruit ?

Le dégoût tordit son visage.

— Ils pensent que les démons auront compris la leçon, qu'ils éviteront nos mondes. C'est la plus grossière des erreurs, ils ont enfoui leur tête dans le sable. Une fois que les démons seront libérés, une fois qu'ils auront conquis ce monde, ils entreront dans le Labyrinthe, de nouveau, et personne ne sera en sécurité.

— C'est pour cela que vous vous battez si dur. C'est pour cela que vous êtes resté.

Jacques hésita.

— Ce monde n'est pas le meilleur, ma chère, ni le plus agréable. Mais il porte ses défauts avec une beauté dure, profonde, et même moi, à mon grand âge, je me trouve constamment surpris.

— Ah, dis-je doucement, je sais pourquoi ma grand-mère vous aimait.

— Elle était une femme adorable, répondit-il avec révérence. Elle serait fière de toi.

Mes joues s'empourprèrent. J'avalai bruyamment ma salive, regardant partout autour de moi, et aperçus une horloge sale sur le mur. Une peur différente m'emplit.

— Combien de temps suis-je restée dans le Labyrinthe ?

Jacques suivit la direction de mon regard.

— Le temps passe différemment là-bas. À tes yeux, peut-être des mois. Ici, un seul jour.

Des mois. J'avais eu le sentiment que des années s'étaient écoulées. J'étais sur le point de le lui dire, mais lorsque je posai les yeux sur lui, les siens étaient fixés sur ma main droite, il avait l'air extrêmement préoccupé. Pour la première fois, je pris conscience qu'il y avait quelque chose de pesant à mon doigt, et baissai le regard.

Je portais une bague – un anneau épais et lourd qui pouvait avoir été fait de fer ou d'argent massif, mais qui s'étendait de la base de mon doigt à son articulation, couvrant entièrement ma peau. Des lettres romanes y étaient gravées, des gravures à l'eau-forte qui ressemblaient à des roses étranges, élégantes, mortelles même. Lorsque mon doigt eut un spasme, je sentis comme un courant souterrain, une brûlure électrique entre ma peau et la bague.

L'épée.

Je savais qu'elles ne faisaient qu'un. Je le sus immédiatement. Mais n'avais aucune idée de comment c'était possible. Je gardai mes sentiments pour moi, malgré tout – comme si reconnaître cela à haute voix revenait à trahir une confiance quelconque : il ne s'agissait pas d'un secret, mais pas non plus d'une chose à raconter à tout-va.

Fou, peut-être. Mais j'avais cette impression. J'éprouvai une sensation entre ma main et la garde, ma main et la bague, comme si elle m'avait attendue. Patiemment. Dans le noir. J'avais peur de ne pas lui faire honneur.

Jacques continuait de la fixer. Je m'éclaircis la gorge.

— Qu'en est-il des autres ?

— Ils vont bien, finit-il par dire. Tu les retrouveras bientôt.

Je commençais à me sentir fatiguée, les paupières lourdes. Je cherchai Zee au-delà de Jacques, mais je ne pus discerner rien d'autre que des rideaux en plastique poussiéreux, une table de pique-nique en plastique elle aussi et de mauvaise qualité, croulant sous les journaux, et une moquette dorée à longs poils qui rappelaient un motel à cafards. Jacques attrapa une bouteille d'eau au pied du lit.

— Désolé pour le logement, dit-il en la plaçant contre ma bouche, j'ai dû m'arranger en pénétrant par effraction dans l'appartement d'un inconnu.

— Je ne vous aurais jamais traité de criminel, répondis-je, somnolente.

— On apprend des choses en vieillissant, dit-il gentiment.

L'eau avait bon goût, mais n'était pas aussi douce que celle que j'avais bue dans le Labyrinthe. Je fermai les yeux, ayant besoin d'obscurité. Être aveugle me manquait. Je pensais de nouveau à Zee, mais poser la question était trop difficile. Mon cerveau cessa de fonctionner.

Je tombai de sommeil.

Je tombai sur des chemins de pierre et de nuit, chassant les rêves le long des murs du Labyrinthe. Je rêvai que je tenais l'épée. Je rêvai que j'étais aveugle et devais m'arrêter au cours de mon voyage. L'épée sur les genoux, le plat de sa lame appuyé contre mes cuisses. Me balançant, appuyant un poing contre ma gorge pour réprimer quelque peine que j'étais incapable de nommer. Je rêvai d'une glissade, silencieuse, en dessous de mon cœur. L'obscurité, chuchotant.

Des monstres, dans les profondeurs. Des monstres, dans le sang.

Je rêvai mon chemin dans une forêt, tournant à l'aveuglette à travers un bocage, les troncs des arbres doux sous mes doigts qui tâtonnaient. Une odeur de neige et de glace vint vers moi. Mon pied pris par quelque chose de grand et doux. Je tombai durement, le pied accroché. L'épée toujours dans la main.

Ma jambe s'appuya contre une fourrure chaude et douce, un flanc mince. Les côtes se dilataient et se contractaient et mes doigts touchèrent une crinière rude où s'enchevêtraient des feuilles et des petites pierres rondes.

— Salutations, chuchota une voix familière. De nouveau salutations, Chasseuse.

Je m'immobilisai, le souffle coupé, et la voix reprit.

— Prenez votre temps. Je sais ce que c'est que d'être perdue dans l'obscurité.

Alors je m'assis et rêvai, et ma main resta emmêlée aux longs poils. Après un temps, je me rapprochai rapidement. Un large museau effleura mon bras, et le bout de quelque chose de dur et froid s'appuya contre mon front. Je le touchai et découvris une corne, longue et en spirale.

— Me reconnaissez-vous ? demanda la voix, calme comme l'hiver.

— Oui, Sarai, soufflai-je, le cœur battant à tout rompre. Vous êtes la Licorne.

Elle resta silencieuse, jusqu'à ce que, dans un murmure, elle ajoute :

— C'est si bon d'entendre ce nom.

— Bon, répétai-je. Vous êtes morte. Donc je rêve. Ou je suis folle.

— Les fous, dit-elle, n'entretiennent pas des discussions polies avec des licornes.

— Peut-être pas dans votre monde. Quel qu'il soit.

— Mon monde... (Sa voix flotta, pensive.) Ceux de mon espèce, nous avons de nombreux mondes. Nous en sommes les... globe-trotteurs. Les voyageurs, si tu préfères. Le Labyrinthe est le croisement des chemins, le vieil arbre avec ses branches jusqu'aux étoiles. Depuis le Labyrinthe, tu peux voir chaque monde, tu peux traverser à pied les rêves des mondes et trouver des îles rares, à la dérive dans l'obscurité.

— Jacques m'a un peu expliqué, lui dis-je. Mais il ne m'a rien dit sur les licornes. De toute manière, ce n'est pas votre corps, n'est-ce pas ?

— Ce que vous sentez n'est que de la chair, répondit-elle avec simplicité. Et dans le Labyrinthe, ceux de mon espèce peuvent exister comme ils le désirent, peu importe l'étrangeté de leur moule ou de leur forme. Bien que je doive admettre que j'éprouve une tendresse particulière pour cette peau. Mon dernier écho d'une race qui a péri il y a des siècles de cela.

Je rêvais que sa corne en spirale touchait mon front.

— Je ne peux rester ici, repris-je, je dois me réveiller.

— Alors, réveillez-vous, dit Sarai avec douceur dans les ténèbres. Mais vous êtes du Labyrinthe, maintenant, Chasseuse. Il est dans votre sang.

Mon corps me donnait un sentiment de lourdeur. Bien trop lourd, pour un rêve. Je luttai pour me relever, aveugle. Ma paume était moite autour de la garde de l'épée.

— Au revoir, entendis-je Sarai murmurer. Merci d'être restée à mes côtés, à la fin. Merci de vous être souciée de Brian.

Je tentai de lui dire quelque chose – n'importe quoi, tout – mais j'éprouvai une grande sensation de succion au-delà de mon cerveau, comme si un aspirateur avait été glissé dans un trou à l'intérieur de mon crâne, et assez brusquement mes yeux papillonnèrent et s'ouvrirent.

Éveillée. Je vis Jacques qui se tenait près de mon lit. Un autre homme était avec lui.

— Grant, murmurai-je.

Ma peau me donna l'impression de se hérisser, chaude.

— Non, dit l'homme en se penchant en avant.

Il s'agissait de Traqueur. Des coupures couvraient sa gorge, au-dessus du collier de fer. Ses yeux étaient perçants et chauds. Dek et Mal levèrent la tête.

— Nous devons te déplacer, dit-il, la voix basse, rauque. L'aube est presque là. Nous ne pouvons pas laisser les garçons dormir sur ton corps. Cela intervient trop tôt. Tu as presque eu une attaque lors de la première séparation.

J'essayai de secouer la tête. Traqueur plaça sa paume contre ma joue – juste un moment, avant de l'en éloigner en reculant, comme s'il s'était brûlé.

— Je prendrai soin de toi, Chasseuse. Tu as ma parole.

Ma parole. À une époque, je pouvais avoir confiance en sa parole. À une époque, il pouvait avoir confiance en la mienne. Je me souvenais de cela. Peut-être.

Quelque chose m'arriva. Un délire. Je voulais tenir la main de Traqueur, je voulais le toucher, à un tel point que c'était comme si j'avais attendu cinq mille ans pour ce seul geste. Comme s'il allait réparer quelque chose. Faire que cela aille mieux.

Je luttai pour sortir mon bras de sous les couvertures, mais mon corps semblait être coulé dans le ciment, et un geste aussi simple que me libérer de l'édredon me donnait le même sentiment que lorsque j'avais eu ce bloc de pierre sur la tête dans la rivière des Terres Perdues. Me noyant, de nouveau.

Je luttai plus fortement, ravalant un sanglot qui fit rougir mes joues de honte. Mon cœur martelait, incontrôlable. J'avais besoin de bouger. J'avais besoin d'être libre. J'avais besoin de hurler.

Peut-être cela se vit-il sur mon visage. Traqueur se pencha, tirant les couvertures en arrière. La pression se calma. Je pouvais respirer. Mais ce moment passa et ma main resta collée à mon flanc. Je regardai les coupures sur son visage.

— Est-ce qu'Oturu t'a blessé ?

Il resta silencieux. Jacques intervint.

— Vite. Le soleil sera levé dans moins d'une minute.

Traqueur acheva de retirer les couvertures, ne laissant qu'un drap sur mon corps. Il me prit dans ses bras. Ma tête dodelina. Je n'avais pas la force de la tenir. Dek et Mal s'enroulèrent sur mon torse, entre mes seins.

En un clin d'œil, nous étions hors du monde et plongés dans une profonde obscurité. C'était un soulagement pour mes yeux.

Cela ne dura pas. Une chambre apparut autour de nous. Plancher de bois, murs de brique, larges fenêtres. Un grand et doux lit blanc avec les couvertures tirées en arrière. Et un homme qui faisait les cent pas, s'appuyant lourdement sur sa canne, une flûte en or dans son autre main dont les jointures étaient blanches.

Grant. Il tendit les doigts vers mon visage alors que Traqueur m'installait sur le lit, repoussant mes cheveux en arrière, la paume de sa main tremblante s'attardant sur mon front. Il y avait de nouvelles rides autour de ses yeux, sa mâchoire épaissie d'une barbe de plusieurs jours, et bien qu'il soit âgé d'une trentaine d'années, je jurerai y avoir aperçu des nuances de gris. Son regard était très grave. Zee, Raw et Aaz apparurent sur le lit, se pressant au plus près, rampant sous les couvertures pour venir s'allonger contre ma peau.

Grant fit de même. J'étais vaguement consciente de Traqueur sortant de la chambre. Jacques lui emboîta le pas, même si je n'avais aucune idée de la manière dont il était arrivé là. Le vieil homme éteignit les lumières. La porte se referma derrière lui.

— OK, souffla Grant en embrassant ma joue, me tenant contre lui. Ça va aller, Maxine. Il n'y a que moi, maintenant.

Je fermai les yeux. J'avais déjà pleuré avec Jacques, mais là, il s'agissait de Grant.

J'ai attendu cela pendant longtemps, pensai-je, et je trouvai suffisamment de force dans mon doigt pour gratter la tête de Zee.

Je parlai à Grant. Je lui parlai comme si ma vie en dépendait, même quand j'étais trop groggy pour prononcer mes mots. Je lui racontai ce qui m'était arrivé dans les Terres Perdues. Je lui dis tout. Toute la saleté et la laideur et la terreur qui me serraient encore la gorge de panique. Enterrée vivante. Courant pour rester saine d'esprit. Perdant la tête. L'épée et la bague.

Grant écouta. Il me donna de l'eau lorsque ma gorge se fit sèche. Il m'aida lorsque j'eus besoin d'aller à la salle de bains. Il m'habilla de vêtements doux et ne me laissa pas seule.

Il me tint dans le noir. Il me tint serrée.

Une heure avant l'aurore, Zee dit :

— Peux pas rester, Maxine. Devons aller où le soleil ne brille pas.

— Ça va aller ici, lui répondis-je. Je me sens déjà mieux.

Grant eut un grognement bas et ses lèvres frôlèrent ma nuque.

— Tourne-toi et embrasse-moi.

Je m'y appliquai de mon mieux. Je parvins à rouler de nouveau sur mon dos avant de manquer d'air. Les couvertures, les deux, me donnaient l'impression de peser une centaine de kilos. Je fixai le plafond des yeux, le cœur battant fort, la tête me tournant. Grant se tenait très immobile à côté de moi. Dek et Mal fredonnaient la chanson d'Elton John, *I'm still standing*.

— Bien, dit Grant en allumant la lumière, j'ai un combattant sumo dans le salon, à qui tu pourras filer une raclée après le petit déjeuner.

Je tentai de frapper son bras, mais ma main s'affala, inutile, sur les couvertures. Aaz attrapa mon poignet et le souleva pour moi, et fit claquer ma paume contre l'épaule de Grant.

— Ouille, dit-il.

— Merci, murmurai-je, et le petit démon m'offrit un sourire épanoui aux dents saillantes.

À l'autre bout de la pièce, quelqu'un frappa à la porte. Jacques jeta un coup d'œil à l'intérieur, ses cheveux emmêlés, ses vêtements froissés, des poils gris lui couvrant le visage. Il ressemblait à un professeur lessivé qui serait devenu obsédé par quelque texte obscur et aurait passé la nuit à imprimer des cercles de café sur les devoirs de ses étudiants et sur les feuillets des bibliothèques. Je voulais l'imaginer entouré de bols emplis de crayons aux bouts mâchouillés et de muffins rassis, une photo de ma grand-mère encadrée, cachée par des piles de livres – mis à part lors de ces moments particuliers où il dévoilait le cliché, comme un trésor magique. Je voulais qu'il la regarde avec un sourire sur le visage. Je le voulais tant. Je me rendis compte, dans une douleur alarmante, que j'étais une fille écorchée.

— J'ai du thé, dit Jacques, rougissant lorsqu'il vit que nous étions Grant et moi encore au lit – habillés, rien de moins.

Grant repoussa les couvertures et s'assit. Ses doigts se mirent à courir à travers ses cheveux. Jacques pénétra plus avant dans la chambre, une planche à découper entre les mains faisant office de plateau. Je tentai de m'asseoir et y parvins un peu mieux qu'avant, bien que Zee et Raw aient à m'aider. Aaz fit bouffer les oreillers derrière mon dos. Dek et Mal soutinrent ma nuque.

Grant ravala un sourire.

— À ton avis, de quoi auraient-ils l'air dans de petits uniformes blancs d'infirmiers ?

— Sexy, répondit Zee, et les autres rirent sous cape.

J'entr'aperçus une ombre sur le seuil de la porte – Traqueur, rôdant, fixant du regard les garçons comme s'il venait juste de voir une pierre autour de laquelle des jambes auraient poussé et qui se lancerait dans une pool dance. Il me surprit à l'observer et recula, hors de vue.

Jacques installa la planche à découper et se percha sur le bord du lit. Il porta la tasse à mes lèvres. Le thé était chaud et sucré. J'essayai de la tenir moi-même, mais mon bras ne voulait pas se lever aussi haut. L'archéologue l'attrapa et l'appuya contre sa chemise froissée, au-dessus du cœur. Il posa la tasse.

— Mon vieux, dit-il en s'adressant à Grant, regarde ça et apprends quelque chose.

Je fronçai les sourcils. Tout comme Grant. Jacques ferma les yeux. La bague picota à mon doigt, scintillant dans les ombres de la chambre ; lourde mais aisée à porter, si collée à ma peau que j'imaginais des racines d'argent qui s'étendraient du métal à ma chair, s'attachant à l'os ; du mercure pour moelle épinière.

Tout d'abord, je ne remarquai rien de différent – rien, à part l'expression sur le visage de Grant lorsqu' il s'assit sur le lit, le regard fixé entre Jacques et moi, une ligne profonde creusée entre les yeux, ses doigts dansant une mélodie dans l'air au-dessus de son ventre. Comme s'il prenait des leçons de musique de l'âme.

Jusqu'à ce que, soudainement, je remarque un échauffement incroyable dans ma main. La chaleur affluait, se déployait depuis l'endroit que Jacques touchait jusque sous ma peau. La transpiration fit son apparition dans mon dos, contre ma nuque et les garçons se rapprochèrent encore, reniflant l'air. Zee lécha sa griffe, puis fit courir une ligne dans le vide au-dessus du corps de Jacques.

— Homme Ingérant, dit-il, et Jacques ouvrit un œil.

— Que fais-tu ? demandai-je à ce dernier.

Son sourire était tendu.

— Essaie de lever ton bras, ma chère.

Je le fis. Et je réussis. J'étais plus forte.

— Mon vieux, reprit Jacques en parlant à Grant, de minces lignes se formant autour de ses yeux, va chercher ta flûte.

L'instrument se trouvait sur la table de nuit. Grant se retourna pour l'attraper de son long bras et, d'un seul geste souple, souleva la flûte en or, la porta à sa bouche, et en fit sortir une vrille de notes chantantes. Je sentis la musique me traverser ; je sentis son pouvoir – mais même quand je me souvins que la musique de Grant ne nous avait jamais affectés, les garçons ou moi, je me rendis compte qu'il jouait pour Jacques. Le soutenant, lui. Et je pouvais le voir dans le vieil homme. Sa colonne vertébrale se fit plus droite, et la tension disparut de son visage. Je pouvais le sentir aussi, alors que la chaleur entre nous s'intensifiait, comme si un bébé soleil était en train de ricocher entre nos mains.

— Oh, mon Dieu, murmura Jacques, le jeu de Grant s'intensifiant. Tu es fort.

Et c'était aussi mon cas. Je me penchai en avant, me testant, et découvris que j'étais facilement capable de bouger, sans me sentir fatiguée. Zee tira sèchement sur ma main et la pointa vers Grant. Je le regardai, un sourire pétillant le long de ma gorge. Je ne l'avais jamais entendu jouer aussi sauvagement, ses doigts bougeant si vite qu'on avait l'impression qu'il avait à peine besoin de respirer. Les notes ondulaient à travers l'air. Je pouvais les goûter dans ma bouche. Je pouvais presque aussi voir la lumière. Il me surprit en train de l'observer, et ses yeux se plissèrent, chauds et doux.

Mais même si c'était Jacques lui-même qui lui avait demandé de jouer, le visage de ce dernier affichait soudainement peu d'amusement. Il devint assez pâle alors qu'il regardait Grant. Je perçus un mouvement du côté de la porte et découvris que Traqueur s'y tenait de nouveau, lui aussi le regard figé. Mais pas sur Grant. Sur moi. Sombre et grave.

Quelque part dans le lointain, je crus entendre marteler. Des poings.

Jacques laissa mes mains glisser. C'était difficile : nos peaux semblaient être collées ensemble, se séparant avec un petit « pop ». Un coup vint de l'autre pièce, un cri bas. Traqueur disparut pendant un moment, et je l'entendis grogner. Grant cessa de jouer, et le silence était si profond qu'il ressemblait presque à la mort.

Marie fit son apparition sur le seuil. Cheveux blancs flamboyants, se hérissant comme s'ils sortaient d'un casque plein d'électricité statique. Elle portait une robe droite couverte de dragons roses et un cardigan bleu marine, parsemé de petits trous râpés, dont certains avaient été recousus à l'aide de fils rouges.

Ses yeux étaient fous, ses mains pleines du courrier de Grant ; l'une des petites tâches qu'il lui avait confiées et qu'elle prenait très au sérieux. Elle le regardait fixement, sa poitrine se soulevant avec effort. Son regard glissa sur le côté, vers Jacques.

Et tout changea.

Le courrier lui tomba des mains. Une fureur dure, perçante, s'inscrivit soudainement sur son visage.

— Loup, dit-elle.

Chapitre 17

Loup.

Traqueur fit son apparition derrière Marie. Légèrement penché en avant. Difficile pour moi d'imaginer qu'une vieille dame ait été capable de le blesser – alors que j'avais à peine pu l'atteindre – mais l'air qu'il affichait me laissait penser que c'était pourtant exactement ce qu'elle venait de faire.

Marie glissa dans la pièce avec une grâce et une vitesse surprenantes, les yeux fixés sur Jacques comme s'il n'était rien d'autre que le présage d'un malheur. Le courrier gisait éparpillé au sol, mais dans sa main droite, elle tenait un bloc de papier d'aluminium qui sentait d'une manière suspicieuse le brownie. Zee et les autres s'assirent à mes côtés sur le lit, très immobiles – des poupées avec des lames de rasoir à la place de la peau. Marie les étudia, eux aussi, mais seulement pendant un moment. Sa concentration était dirigée sur Jacques.

— Loup, chuchota-t-elle de nouveau, ses lèvres flétries bougeant à peine. Pécheur.

Elle aurait pu être une balle plus qu'une femme. Jacques la fixait, les muscles de la joue animés d'un tic spasmodique.

— Marritine, finit-il par sortir avec difficulté. C'est une telle surprise de te voir.

Oh. Dieu. J'avais les yeux rivés sur le vieil homme, incrédule. Grant émit un petit bruit étouffé. Nous échangeâmes un rapide regard. Il avait l'air tout aussi égaré – et inquiet – que moi.

Marie commença à trembler. Lentement au début, à peine un frémissement, mais les tremblements se firent plus violents au point qu'elle commença à claquer des dents. C'était effrayant de voir le corps de cette vieille femme se désintégrer pendant que ses yeux qui ne cillaient pas, creusés et froids, fixaient Jacques avec répulsion.

Grant luttait pour se lever du lit. Je tâtonnai à la recherche de sa canne, et il la prit dans un silence lugubre pour se soulever et se mettre sur pied. Il balança un autre regard rapide à Jacques, puis claudiqua rapidement à travers la pièce jusqu'à se tenir entre Marie et le vieil homme. Il ne prononça pas un mot. Il l'emmitoufla juste de son bras libre, la berçant contre sa poitrine. Marie enfouit son visage dans le pull de Grant.

J'attrapai l'épaule de Jacques. Il cligna des paupières, arrachant son regard de Marie pour le poser sur moi, puis au-delà de moi, loin.

— Cela n'a pas de sens, murmura-t-il. Le destin ne conspire pas.

Je pressai son épaule osseuse.

— Jacques. Que se passe-t-il ?

— Marritine, dit-il de nouveau, sa vision s'éclaircissant. Oh, mon Dieu.

Grant émit un grognement sourd qui aurait pu passer pour un grondement.

— Elle a peur de vous.

Jacques se secoua, regagnant un semblant de calme.

— Balivernes. Mauvais souvenirs, oui... Mais si Marritine a peur, c'est à cause de l'endroit où je l'ai trouvée. Cette femme... Elle n'est pas née sur terre.

Je laissai tomber. J'enfouis ma tête entre mes mains. Traqueur fit un pas dans la pièce. Il s'était tenu si immobile que je l'avais presque oublié. Les ombres venues de la lampe rendaient son visage encore plus menaçant. Un homme difficile à déchiffrer, mais il était en train de regarder Jacques avec une intensité brutale. Comme s'il y avait quelque chose à faire. Et qu'il voulait être l'homme de la situation.

Le regard de Grant se fit plus étroit.

— Marie est humaine.

— Je ne dis pas le contraire, grommela le vieil homme, lançant un rapide regard à Traqueur. Mais elle n'est pas de ce monde.

— Quoi ? lançai-je durement, elle est arrivée ici en navette spatiale ?

Jacques eut un regard cinglant dans ma direction.

— Le Labyrinthe, Chasseuse. Perdue dans la Rose Quantique.

Marie se cramponna au pull de Grant, visage caché, observant le vieil homme d'un seul œil enflammé. Je me penchais plus près de lui, essayant aussi de deviner les émotions qui traversaient ce vieux et beau visage.

— Qu'as-tu fait à Marie ?

Il frotta son visage, ses joues s'enflammant.

— Je l'ai trouvée dans le Labyrinthe. Il y a des années de ça. Elle était incapable de me dire depuis combien de temps elle y vagabondait, mais il était évident qu'elle avait perdu l'esprit. Je l'ai emmenée dans ce monde.

— Vous l'avez jetée à la rue, dit Grant d'une voix dure. Je l'ai trouvée dans une ruelle, gelée, presque morte d'overdose.

— Je l'ai laissée aux bons soins d'une personne en qui j'ai confiance, répliqua Jacques doucement. À Hawaï.

Grant avait encore l'air en colère. Il fit courir une main apaisante le long du dos de Marie.

— Comment a-t-elle fini dans ce... Labyrinthe ?

— Dans les contes de fées, dit Jacques, hommes et femmes sont toujours en train de tomber à travers des trous dans d'autres mondes.

— Beaucoup de choses arrivent dans ces histoires. Ça ne veut pas dire qu'elles sont réelles.

— Ne le sont-elles pas ? intervint Traqueur – sa voix basse, forte. Chasseuse, tout comme le Voile de la prison a des fissures, le Labyrinthe aussi. Les gens peuvent faire un mauvais pas, n'importe où et... se perdre.

— Et il y a des humains... ailleurs ?

La voix de Grant était tendue.

— Partout, lui répondit Jacques. Le Labyrinthe est un lieu d'entrées infinies.

— Loup, grommela de nouveau Marie, délinquant.

— Marritine, lui dit-il, et elle lui lança violemment au visage ses brownies enrobés d'aluminium.

Jacques esquiva.

— Reste loin de Grant, dit-elle, énervé. Mangeur de lumière.

Jacques recula. Traqueur se tendit. Grant serra Marie plus fort et la fit pivoter de manière à ce qu'elle n'ait pas à regarder le vieil homme. Je me levai avant qu'il ne me vienne à l'esprit que je pourrais me sentir faible.

Mes jambes tinrent le coup. Ma tête avait l'air bien. Mon cœur ne martelait pas. Pas de surexcitation en tout cas.

Grant avait en lui quelque chose de clairvoyant ; une conscience surnaturelle inflexible ; chercheur de vérité, musicien, mon dangereux Joueur de Flûte. Sa voix était douce comme le tonnerre, son ton lyrique, grondant de puissance.

— Tu as tort, Jacques. Marie n'a pas uniquement peur du Labyrinthe.

Ses mots se répercutèrent en écho dans ma tête, sans fin. Mon cœur sombra. Bien sûr, pensai-je, fixant du regard ce vieux monsieur déroutant.

— Homme ingérant, chuchotai-je. Jacques.

Peut-être cela se vit-il sur mon visage. Le vieil homme pâlit et commença à secouer la tête. Je levai la main, un geste tranchant, qui lui cloua le bec.

— Je n'arrête pas d'oublier comment cela fonctionne, lui dis-je doucement. Je le repousse, parce que je vous apprécie tant. Mais ton espèce... Vous traitez les humains comme du bétail, ainsi que le font les démons, et n'importe quel zombie. Vous êtes juste... habillés plus joliment. Pas de dents. (Je fermai les yeux, m'affermissant.) Alors pourquoi les démons ont-ils chassé ceux de votre espèce, Jacques ? Était-ce parce qu'ils ne vous aimaient pas ? Ou étiez-vous... en compétition... pour les mêmes ressources ?

Il eut l'air dévasté.

— Ma chère enfant. Non.

— Non ? (Je soutins son regard.) Vraiment, Jacques ?

Il ne dit rien, le rouge de ses joues s'étendant jusqu'à sa gorge. Ma peau me semblait chaude aussi. Je me consumais. Brûlais. Traqueur fit un pas dans ma direction. Grant lui adressa un regard perçant et les deux hommes se regardèrent fixement – loups, tous deux, une chasse dans leurs regards sombres.

De minuscules mains agrippèrent les miennes. Zee. Raw. Aaz. Dek et Mal calmes sur mes épaules.

Je me détournai et quittai la chambre.

Ma mère me demanda une fois de choisir entre la vérité et le mensonge.

Une chambre de fer, décrivit-elle, sans fenêtres ni portes. Une chambre que je ne pouvais quitter. Les gens avaient l'air endormi, à l'intérieur. Nous tous, suffoquant. Eux tous, sombrant dans une mort facile, sans douleur.

Les réveillerais-tu ? m'avait-elle demandé. *Préférerais-tu qu'ils aillent à la mort en pleine conscience ? Serais-tu aussi cruelle ?*

Lu Xun[1]. Ma mère adorait ses écrits. Mais j'étais stupide à l'époque, et je lui dis que oui, je serais à ce point cruelle. Parce que la vérité valait mieux que l'ignorance, et que les gens devraient avoir le choix d'être en accord avec leur fin. Faire que ces derniers instants signifient quelque chose. Ou essayer de trouver une issue.

Je n'étais plus si sûre de moi dorénavant.

La télévision était en train de clignoter dans la salle à manger, le son baissé. Les nouvelles en cours. Parlant encore du tremblement de terre en Iran. Des milliers de morts, des milliers d'autres victimes qu'on soupçonnait encore sous les décombres. Des inquiétudes grandissantes ailleurs : activité volcanique à Hawaï, tempêtes de glace et de neige à travers tout le Middle West américain et plus haut sur la côte Est. Une fusillade dans une école du Maryland. Plus de coups de feu encore dans un immeuble de bureaux de Vegas. Violeurs en série en Floride, jeunes filles portées disparues en Idaho. Tous ces événements pouvaient bien ne pas être liés à une activité démoniaque – aucun d'entre eux également – mais cela n'importait que peu. C'était la chambre de fer, la maison de fer. Un monde de fer, suffocant, mourant dans son sommeil. Moi, une parmi une poignée à savoir la vérité.

Et même cela n'était rien. Je ne savais rien.

Je quittai la pièce. J'étais presque arrivée au milieu du salon lorsque je me rendis compte que je ne portais qu'un débardeur et un survêtement et que si n'importe qui me voyait sans mes tatouages, j'aurais des explica-

1. Auteur chinois du XXe siècle. (*N.d.T.*)

tions à fournir. Négligente. Ou peut-être qu'avoir vécu pendant des mois et des années dans les Terres Perdues m'avait guérie de l'obsession que j'avais au sujet de l'opinion des autres sur mon corps, ou concernant les questions qu'ils pouvaient se poser sur les particularités de ma peau.

Je continuai de marcher. Je ne pouvais pas retourner dans la chambre et faire face une fois encore à Jacques. Ou même Traqueur. Le conflit me donnait l'impression que j'étais de nouveau une gamine, et pas d'une manière agréable.

Zee et les autres sautillaient dans les ombres, avalés comme des spectres, ou des gouttes d'eau, doux et calmes. La porte de la chambre d'amis était fermée. J'espérais que Byron était endormi et pas en train de nous écouter.

Je montais dans le jardin sur le toit. J'avais besoin d'air. Le vent sentait l'humidité et était suffisamment froid pour me faire frissonner. Je m'y tins pourtant. Fis face à la petite rafale, cheveux emmêlés s'agitant comme un doux casque autour de mon visage. Le ciel était en train de s'illuminer. Des nuages d'un velours violet striaient le ciel à l'est, bourdonnant avec un clignement d'or. L'aurore, bientôt, perforée par le soleil. Roussissant ma peau incrustée de démons.

La marque d'Oturu picota. La chaleur lava mon corps, comme si je me tenais dans les bulles d'un sauna.

Je ne regardai pas. Je ne me tournai pas. Pas même lorsque Dek siffla doucement, ou lorsque je sentis un frottement délicat contre mon coude, un contact éthéré, comme pour vérifier.

— Nous avons entendu ton cœur, chuchota Oturu. Entre les éternités. Mais nous ne pouvions pas t'atteindre, malgré toute notre rage.

Je jetai un coup d'œil derrière moi. Tout ce que je vis était une cape se tordant, dansant contre le vent. Il se tenait si près de moi qu'il aurait pu m'avaler dans l'abysse de son corps. Se pencher simplement en avant, d'un millimètre, et me prendre.

Zee, Raw et Aaz apparurent instantanément hors des ombres pour se presser contre mes jambes. Je grattai derrière leurs oreilles, et leurs ronronnements craquèrent et explosèrent comme de la glace. Je sentis qu'Oturu les observait l'un après l'autre, le dessin de sa bouche ayant une douceur surprenante qui aurait pu être de l'affection. Cela me fit éprouver quelque chose de bizarre dans mon cœur. Sa cape frôla mes bras, douce et froide comme de la soie glacée.

— Amie, dit-il dans un souffle, nous avons eu peur pour toi. Nous avons encore peur.

— Non, dis-je. Pas toi.

Il s'inclina, si proche que nous aurions pu nous embrasser, et malgré cela, je ne pouvais toujours pas voir ses yeux. Mais je le sentais, lui, le poids de l'abysse, le contact de ses cheveux qui s'enroulaient à travers les miens. J'aurais dû éprouver du dégoût, mais j'examinai mon cœur et n'y trouvai rien d'autre qu'un sentiment de *déjà-vu*[1] qui confinait au souvenir.

— La première fois que nous nous sommes rencontrés, murmura-t-il, tu nous as laissés vivre en échange d'une faveur. Et cela aurait pu s'arrêter là. Mais tu en as fait plus, au-delà de notre marché, au-delà des promesses. Nous étions seuls, Chasseuse. Tu es devenue notre amie. Tu… étais bonne.

— Je ne l'étais pas, lui dis-je. Ce n'était pas moi.

— Même ainsi, souffla-t-il. C'est la vie.

— Tu as essayé de me tuer la première fois que nous nous sommes vus.

1. En français dans le texte. (*N.d.T.*)

Sa bouche s'ourla d'un sourire.

— Pour faire nos preuves. Nous choisissons de te garder en sécurité, Chasseuse – mais il est en notre pouvoir de prendre ta vie. Elle nous a donné ce droit. Elle nous faisait confiance pour ne pas abuser de sa foi en nous. Une confiance que personne d'autre ne nous a montrée, ou ne nous montrera de nouveau.

Je ne pouvais croire en un tel marché. Je ne pouvais complètement le comprendre. Je le regardais fixement, impuissante.

— Est-ce que ma mère savait ?

À mes côtés, Zee se tendit. Oturu dit :

— Elle en a aussi eu un besoin, une fois.

Je me détournai de lui. Je me souvenais de la vision que j'avais eue sous le bus – Oturu avec une femme qui me ressemblait, se tenant sous un ciel étranger empli de lunes – et pendant un moment je ne fus pas certaine de savoir s'il s'agissait d'une vision ou de la réalité, passée ou future. Le ciel se faisait plus clair, une ombre dorée de violets pâles se pourchassant et de cumulus roses faits de la nuit s'évadant. J'avançai jusqu'au bord du toit, observant la ville. Oturu me rejoignit.

— Tu as l'Anneau de Vie, lui dis-je.

Il resta silencieux, mais sa cape s'ouvrit et ses cheveux plongèrent dans l'abîme qui se tordait. Des visages se pressaient contre l'obscurité, le contour de joues et d'yeux creux, puis le démon se tourna, juste légèrement, et ses cheveux se libérèrent de la cape, enroulés autour d'un paquet.

La veste de ma mère. Ses gants. Ses couteaux. Et, sur le dessus, l'Anneau de Vie, scintillant comme une perle noire.

— Tu as tout sauvé, dis-je calmement.

— Tu t'es dépouillée de tes affaires comme un fantôme, murmura-t-il. Ahsen ne pouvait les attraper assez vite.

Je fis courir ma main sur le doux cuir de la veste de ma mère. Mes yeux me brûlaient, ma gorge était serrée. J'acquiesçai une fois, essayant de parler, mais tout ce que je peux chuchoter fut « merci ».

— Ton cœur vit en eux, dit-il gentiment. Un danger, Chasseuse, de se soucier autant de petites choses.

— Petites choses, petits moments. (J'attrapai la pierre et la berçai dans ma paume.) N'as-tu jamais aimé, Oturu ?

— J'ai aimé, me répondit-il. Si l'amour est le désir de voir les autres survivre. Si l'amour est le désir de ne jamais chasser seul.

Ma main se ferma sur la pierre.

— Qu'est-ce que ma mère m'a caché ?

— Elle seule peut te le dire. Mais fais attention. Dès que tu utiliseras la pierre, Ahsen le sentira. Elle viendra à la source.

J'hésitai.

— Resteras-tu avec moi ?

— Je ne peux pas te protéger d'elle.

— Je sais. (Je regardai fixement le bord de son chapeau, faisant semblant de croire que je pouvais voir ses yeux.) Je ne veux pas être seule.

— Ah. (Il soupira.) Ah, Chasseuse. Tu as les autres.

— Tu es ici, lui fis-je remarquer, mais c'était plus que cela, plus que ce à quoi je pouvais faire face ou nommer. C'était dur pour moi. Plus je restais en sa compagnie, plus je souffrais d'un sentiment de confort troublant, comme si sa présence était un vieux gant, un couteau familier, le poids du manteau de ma mère. Ce n'était pas bien. Il était un démon. J'étais folle.

Oturu s'éloigna en dansant, les dagues de ses pieds coupant le toit comme il tournoyait pour s'accroupir. Sa cape s'étendit à travers la feuille de goudron et l'acier. Je me mis à genoux, juste au bord de l'abîme. Il commença à pleuvoir. Zee, Raw et Aaz se rassemblèrent plus près, pendant que Dek et Mal reposaient leurs mentons sur mes oreilles. Je tenais l'Anneau de Vie, le regardant durement, traçant du doigt les lignes gravées du Labyrinthe. Je me sentais étourdie.

Oturu chuchota.

— Fais attention où tu tombes, Chasseuse. C'est un long chemin à descendre jusqu'à ton cœur.

Un long chemin à descendre. Mais pas jusqu'à mon cœur. Je pensais à ma mère. Fixais durement l'Anneau de Vie, ces veines d'argent et de perle. Contre mon doigt, le fer sculpté, l'épée, brûlait.

Zee agrippa mon poignet. Oturu hésita, une mèche de ses cheveux serpentant pour aller toucher le métal.

— Attends, souffla-t-il, Chasseuse...

Mais il était trop tard. L'Anneau de Vie avala mon esprit.

Et me recracha.

J'ouvris les yeux ailleurs. Le soleil était haut dans le ciel, aussi gros que le monde, projetant un halo doré. De l'herbage, aussi loin que je pouvais voir, même si, contre la ligne d'horizon, j'avais un aperçu sur des pics dentelés, recouverts de neige, hantés par les nuages. Je sentais l'odeur de chevaux. J'entendis un rire d'homme fruste. Des cloches carillonnaient.

J'étais encore vêtue de mon débardeur et de mon survêtement, mais les garçons étaient sur ma peau. Je me tournai lentement et vis que je me trouvais sur le haut d'une petite colline. Sous moi, assez près, des tentes ramassées et rondes avaient été érigées près d'une rivière argent qui serpentait. Des moutons paissaient. Quatre hommes étaient à dos de cheval. L'un d'entre eux tenait un aigle doré à son bras, qui nichait dans un support rembourré s'élevant depuis le côté de sa selle.

Les hommes me regardaient fixement. Je leur renvoyai leur regard – perdue, pendant un moment, dans l'intensité de leurs yeux clairs et honnêtes, et émerveillée soudain de me tenir, pieds nus, dans l'herbe d'une autre époque.

Il me vint aussi à l'esprit que j'aurais dû être invisible. Du moins, était-ce ainsi que l'Anneau de Vie semblait fonctionner.

— Eh bien, dit une voix graveleuse, ça, c'est différent.

Je reculai, sautillant sur un pied. Le soleil lançait des dagues dans mes yeux, mais je clignai des paupières, levant ma main...

... et me retrouvai nez à nez avec ma grand-mère.

Jeanne Kiss.

Je ne la connaissais que par de vieilles photographies, mais ces yeux étaient les mêmes : sombres, intelligents, emplis d'une vive attention. Une femme qui ne ratait rien. Elle était jeune, aussi. Proche de la quarantaine, au plus. Habillée comme les hommes qui montaient à cheval, combinaison de pantalons lâches bleus qui se rassemblaient dans de hautes bottes de fourrure, léger manteau bleu marine qui collait à sa silhouette mince. Un chapeau en fourrure encadrait aussi son visage, soulignant la couleur crème de sa peau. Elle se tenait là, grande et majestueuse. Un support pour ses couteaux pendait en travers de sa poitrine. Elle était belle, noble. Naturellement intimidante.

— Oh, dis-je, le cœur emballé, oh, mon Dieu.

C'était un choc de la voir. Une blessure portée directement à mon cœur.

Je ne m'attendais pas à ce qu'elle m'attaque. Ma grand-mère était incroyablement rapide, comme une vipère : bondissante, en rage, sans pitié. Sa lame était déjà en train de déraper le long de ma nuque, faisant courir des étincelles contre ma peau, avant que je ne me rende compte de ce qu'elle était en train de faire. Je tombai, et elle fit de même sur moi, me chevauchant sur l'herbe, son genou dans ma poitrine. Ses yeux étaient terrifiants.

Et n'avaient qu'une seule idée : me tuer.

Elle m'épingla, appuyant sa lame contre ma gorge. Mon cœur battait comme un tambour. Il m'était difficile de respirer. J'étais trop choquée pour protester lorsqu'elle essaya de me poignarder – une fois encore. Le couteau rebondit sur ma peau.

Sa bouche se tordit.

— Qu'es-tu ?

— Maxine, balbutiai-je, Ta petite-fille.

Elle fronça les sourcils, chaque ligne et angle de son visage aussi dur que la pierre.

— Impossible. Tu es un démon.

— Regarde-moi, plaidai-je, écoute les garçons.

Ma grand-mère s'écarta, étudiant mon visage. Mon doigt me picota. La bague de fer.

Finalement, *finalement,* elle me relâcha avec précaution. Glissa dans l'herbe à mes pieds. La rage effacée de son regard. Remplacée par quelque chose de hanté. J'entendis les cloches, proches, semblait-il, et sentis que les cavaliers s'approchaient à notre rencontre. Ma grand-mère ne détourna jamais ses yeux de moi ; elle aboya seulement un unique mot tranchant. Un instant plus tard, j'entendis de nouveau les chevaux bouger – dans la direction opposée. L'herbe sifflait dans le vent. Un aigle cria.

— Comment ? interrogea ma grand-mère d'une voix rauque.

— Je ne sais pas. (Je m'exprimai faiblement, le souffle court ; encore bouleversée.) J'étais... en train de faire quelque chose. Mais tu ne devrais pas être capable de me voir. Je ne devrais pas... (Je m'arrêtai, léchant mes lèvres.) Où suis-je ? Quand ?

Son froncement de sourcils s'accentua.

— Mongolie – 1972.

Je relâchai ma respiration, durement.

— J'étais à Seattle – 2008.

Ma grand-mère ferma les yeux. Sur ma gauche, j'entendis une petite fille appeler. Tout en moi s'arrêta. Je ne pouvais plus bouger. Je ne pouvais plus respirer. Je m'assis, glacée, écoutant cette voix. Ma grand-mère semblait elle aussi pétrifiée, mais au dernier moment elle bondit sur ses pieds, se tournant, les mains tendues.

Trop tard. Ma mère fit son apparition.

Elle n'avait que quatorze ans, grande déjà, mais aussi mince qu'un fil. Cheveux tressés. Peau éclatante, yeux brillants, une rougeur aux joues signe de bonne santé, qui aurait pu faire pâlir d'envie une rose. Ses bras étaient nus. Pas de tatouages. Pas encore. Je sentis un sanglot s'élever dans ma gorge. Je voulais fondre dans l'herbe.

Elle se fit absolument immobile lorsqu'elle me vit. Totalement à l'arrêt. Je ne savais pas s'il valait mieux rire ou pleurer – ou hurler. C'était trop. Nous trois, ensemble. Comme cela. Je devenais folle. L'Anneau de Vie m'avait embrouillée.

— Jolène, dit ma grand-mère à la petite fille, assieds-toi.

Ma mère restait bouche bée face à moi, remarquant les tatouages sur mes bras. Mais elle finit par s'asseoir, se laissant choir dans l'herbe comme si ses genoux avaient cessé de fonctionner. Elle était maigre, gauche. Je savais qu'elle se débarrasserait de cela en grandissant. J'en étais encore à apprendre comment y parvenir.

Ma grand-mère tapota le genou de ma mère de son doigt.

— Voici Maxine, bébé.

— Bonjour, me dit ma mère, mal à l'aise.

— Salut, dis-je dans un souffle, et je reportai mon regard vers ma grand-mère.

Elle m'observait fixement, se frottant la joue de la même manière que ma mère lorsque je grandissais. Je me sentais comme un papillon dont on aurait épinglé les ailes.

Ma grand-mère mit la main dans sa veste et en ressortit une petite boîte de conserve. À l'intérieur se trouvaient de fins papiers et du tabac. Elle se roula une cigarette. Trouva une allumette, se pencha, et la frotta contre mon bras. Elle s'enflamma. Elle alluma la clope, en tira une longue bouffée, puis éteignit l'allumette sur sa langue. Elle ne fit montre d'aucune douleur. J'étais plutôt impressionnée.

— Bien, dit-elle en me soufflant la fumée au visage, tu poses un joli problème, ma chère.

La fumée avait une odeur âcre et agréable à la fois.

— Je ne sais pas quoi te dire. Je ne sais même pas si tout cela est réel.

Elle grogna, s'appuyant sur son coude, détendue comme un léopard, les griffes rentrées.

— Un homme m'a un jour dit que rien n'est réel. Et à la minute présente tu sembles penser que tu es dans le passé, alors que… je semble penser que je suis juste là où je dois être. Alors, faisons semblant de croire que nous sommes toutes saines d'esprit et trouvons une solution.

— Cet homme qui t'a dit ça, dis-je lentement, est-ce un tort de supposer qu'il s'appelait Jacques ?

Jeanne se fit complètement immobile.

— Comment connais-tu ce nom ?

J'essayai de ne pas regarder ma mère.

— Je l'ai trouvé. Il se passe des choses.

Ma grand-mère se leva et posa les yeux sur sa fille.

— Bébé, tu peux t'en aller.

— Mam…

— Maintenant… S'il te plaît.

— Non.

Je me mis difficilement sur pied et jetai à ma grand-mère un regard qui me semblait douloureux, désespéré.

— Accorde-moi une minute.

Une amère lueur de compréhension emplit ses yeux. J'hésitai, puis avançai vers Jolène. Ma mère. Elle était debout, m'observant avec attention. Prête à décamper. J'avalai péniblement ma salive. Je pouvais voir dans son visage la femme que je connaissais : plus jeune, plus douce, mais elle quand même. Une ombre de courage et de flamme.

— C'était agréable de te rencontrer, dis-je sans conviction. Prends soin de toi.

— Ouais, dit ma mère, regardant Jeanne derrière moi. Cherchant une issue, des réponses à l'énigme que posait cette femme étrange face à elle – tatouée jusqu'au cou de Zee et des garçons. Des tatouages que personne d'autre n'était supposé avoir. Cela me fit sourire, et fit jaillir des larmes qui me brûlèrent les yeux.

Je jetai mes bras autour de la fillette. La serrant fort.

— Je t'aime, soufflai-je à son oreille. Souviens-t'en lorsque tu me rencontreras de nouveau. Je t'aimerai toujours.

Elle me repoussa. Les yeux écarquillés. Je me sentais ridicule, à me tenir là. Privée de quelque chose. Mais je ne regrettai pas un seul de mes mots. Pas un seul.

— Vas-y, dit ma grand-mère à Jolène, la voix rauque. Jolène, mon bébé, cours.

Ma mère hésita, puis démarra comme un petit mustang, courant à travers l'herbe vers les hommes à cheval. L'un d'eux éperonna sa monture pour aller à sa rencontre, et trotta, tendant un long bras pour la déposer d'un geste sur la selle derrière lui. Elle enserra sa taille, mais se retourna pour nous contempler comme il l'emportait vers les autres. Je ne pouvais détacher mon regard d'elle.

Ma grand-mère avança plus près de moi. La fumée sortait de ses narines. Elle semblait être une dure à cuire. Ses gants étaient retirés. Je n'avais pas remarqué qu'elle les avait enlevés.

— Te voir signifie qu'elle est morte, dit-elle. Sais-tu ce que cela me fait éprouver ?

— Au moins, tu ne verras pas cela arriver.

— C'est juste. (Elle écrasa sa cigarette dans sa paume.) Allons faire un tour, Maxine.

L'herbe chantait sous le vent. Ma grand-mère enleva le support qu'elle portait pour ses couteaux et me le tendit pendant qu'elle déboutonnait sa veste. Elle avait enfilé dessous un fourreau en lin sans manches, et elle suspendit sa veste à son épaule, avec ses couteaux. Les tatouages couvraient ses bras. Des yeux rouges se reflétaient sur sa peau. Les garçons tiraient fort. Se tendant durement.

Ma grand-mère sourit brièvement.

— Tu sens ça ?

— Ils se sont toujours aimés.

— Gosses insolents. Plus encore maintenant qu'avant. Il fut une époque où les Chasseuses les traitaient comme des idiots, des chiens dotés de dents. Stupides garces.

Je la regardai fixement.

— Jamais entendu parler de ça.

— Vraiment ? (Ma grand-mère émit un faible son.) Eh bien, je suppose que chaque mère partage quelque chose de différent avec son enfant.

Je frottais mes bras, essayant de calmer Aaz et Raw. Zee se déplaça le long de mon sternum, impatient.

— Pourquoi suis-je ici ?

— Je n'en ai aucune idée, grommela-t-elle. Qu'étais-tu en train de faire ?

— Je tenais un Anneau de Vie. Ma mè... – ta fille...

Je m'arrêtai, pas certaine de savoir comment expliquer les choses. Jusqu'où je pouvais aller.

Ma grand-mère leva les yeux vers le ciel.

— Je connais l'existence des Anneaux de Vie. Jacques t'en a donné un, c'est cela ?

— Vous travailliez ensemble.

— Il t'a aussi dit ça ?

— Est-il mon grand-père ?

Ma langue avait fourché. Je n'avais pas pu m'en empêcher. Le pas de Jeanne Kiss se figea et elle me lança un long regard indéchiffrable.

— As-tu un homme dans ta vie ?

J'hésitai.

— Oui.

— Est-ce que tu l'aimes ?

— Plus que tout au monde.

— Pauvre petite, répondit-elle alors du tac au tac.

Je secouai la tête.

— Tu aimais Jacques. J'ai vu une photo.

— Je l'aime toujours, admit ma grand-mère, suscitant ma surprise. Difficile de ne pas éprouver de sentiments pour un homme comme lui. Mais il y a une raison qui explique que nous ne soyons plus ensemble.

— C'est dangereux, je sais.

— Non. Tu ne sais pas.

Jeanne effectua un tour complet sur elle-même et regarda le campement derrière nous. Je discernai des silhouettes distantes à cheval. J'imaginai une fille de quatorze ans en train de nous observer. Me demandai si cela était réel.

Ma grand-mère dit :

— Je n'ai été qu'avec un seul homme. Je n'en ai pas connu d'autre depuis.

— Jacques, dis-je.

— Vieux Loup, murmura-t-elle, et elle me balança un regard aiguisé. Tu sais ce qu'il est, n'est-ce pas ?

— Une Métamorphose, je marquai une pause, tentant de trouver les mots justes, et m'arrangeai pour être brutale. Ils sont comme les démons. Des êtres qui possèdent. Des manipulateurs.

— Tout comme le sont les humains. Ne te leurre pas toi-même. (Jeanne se rapprocha encore, fouillant mon visage des yeux.) Les lignes sont toujours brouillées, ma chère. Tu sais ce que les gens seront capables de se faire l'un à l'autre, uniquement pour satisfaire un besoin. Ils le justifieront, ils en feront l'éloge, ils sanctifieront le pire des crimes si c'est un moyen d'obtenir ce qu'ils désirent, quoi que ce soit. Comment peux-tu reprocher aux démons de faire de même ? Ou aux Métamorphoses ?

— De quel côté es-tu ?

— Du mien. Du tien. Nous sommes les Gardiennes, Maxine. Nous sommes le marteau et le cœur, et il n'y a pas de place pour l'absolu dans ce jeu. Il n'y en a que pour ce qui est juste. Et tu sais ce que c'est, au plus profond de toi. Tu le sais.

— Je ne sais rien.

Jeanne Kiss agrippa mon bras, et le contact en était électrisant. Cela me fit frissonner.

— N'aie pas l'audace de te sentir désolée pour toi-même. Ce que nous faisons est un privilège. C'est un honneur.

— Et si nous ne sommes pas assez nombreux ? (J'avais les joues chaudes.) Le Voile est en train de tomber.

Ma grand-mère ne relâcha pas son étreinte.

— Alors il tombera. Cela n'a pas d'importance. Alors le monde sera avalé. Cela non plus n'a pas d'importance. Ce qui importe est que tu luttes. Que tu vives. Que tu continues à respirer. Tu survivras et tu auras un enfant, et tu t'assureras qu'elle fasse de même. Tu lui apprendras à se battre. Tu te battras. Tu creuseras profondément dans le cœur qui est le tien et repousseras les Tailleurs. Prends soin de ce que tu peux, quand tu peux, mais ne laisse pas tomber. Fais preuve de respect envers toi-même. Ne déprécie pas ce que tu es.

Son regard s'était enflammé. Son contact était effrayant. Je n'étais pas entièrement certaine de savoir si je devais me sentir inspirée ou honteuse, mais je n'éprouvais aucun de ces sentiments lorsqu'elle m'enserra soudainement dans ses bras et appuya sa bouche contre mon oreille. Sa force était immense, chaude ; elle sentait comme les chevaux, l'herbe et la fumée.

— Je sais ce que tu es, murmura-t-elle, me faisant frissonner. La même chose que Jolène, mais plus forte. Je peux le sentir. Le Voile s'affaiblit, tout comme certaines parties de nous-mêmes. Des murs autour de nos cœurs qui n'étaient pas supposés tomber, jamais. Mais c'est en train d'arriver. Rapidement, maintenant. Et encore plus vite à ton époque, je parie. Alors, souviens-toi de quelque chose, Maxine Kiss. Tu dois rester honnête. Parce que ceci (elle posa sa main sur mon cœur) est ce qui brisera ce monde, ou le sauvera.

Elle m'embrassa sur la joue avant de me repousser, juste suffisamment pour pouvoir me regarder dans les yeux. J'y lus de la souffrance, une tristesse profonde jusqu'à l'os ; et une détermination qui me fit l'aimer plus que je n'aurais pu imaginer le faire, cette femme qui avait toujours été morte pour moi, jusqu'à maintenant.

Ma grand-mère attrapa mon poignet, ses doigts glissant sur la bague de fer. Elle ferma les yeux, ses lèvres bougeant en silence. Je la fixai, le souffle coupé, essayant de me reculer – puis je titubai, étourdie.

— Qu'est-ce que tu es en train de faire ? lui demandai-je en bredouillant. Arrête.

— Je te renvoie chez toi, murmura-t-elle. Transmets mes meilleurs sentiments à Jacques. Dis-lui que son thé me manque.

— Non, je ne suis pas prête.

— Tu es ma petite-fille, dit-elle, sa voix semblant plus lointaine. Tu seras toujours prête.

Soudain, elle avait disparu, et il y avait la pluie sur mon visage, la pluie qui avait un goût salé étrange, et le ciel était doré de nuages. Je n'étais pas seule. Zee et les autres recouvraient mon corps, me regardant fixement dans les yeux. Caressant mes joues. Les cheveux d'Oturu étaient encore enroulés autour de mon poignet.

— Chasseuse, murmura-t-il.

Je fermai les yeux, essayant encore de m'accrocher au visage de ma grand-mère, à sa voix, à l'odeur de ses cigarettes. Ma mère, si jeune, sans cette dure lueur dans le regard dont je me souvenais du temps de ma jeunesse.

L'Anneau de Vie reposait sur mon ventre. Il était chaud, presque brûlant. Zee chuchota :

— Maxine. Nous nous souvenons.

Les larmes coulèrent.

— C'était réel.

— Tu as voyagé dans le temps, dit Oturu. La bague que tu portes, la bague de fer, est née dans le Labyrinthe, taillée et fabriquée dans une mine de minerai au cœur du dédale. C'est une clé, Chasseuse. Une clé pour toutes les portes, à n'importe quel moment ou lieu. Une clé qui reflète les désirs de celui qui la porte.

Je plaçai ma main au-dessus du cercle.

— Alors, quand je regarde des souvenirs...

— Elle t'y emmène, ton corps et ton âme. (Le menton d'Oturu s'enfouit dans sa poitrine.) Tu dois faire attention, Chasseuse. La bague est liée à toi, maintenant. Tu ne pourras la retirer qu'à ta mort.

Je la regardai attentivement, puis tentai de faire glisser l'épais anneau de mon doigt. Il ne voulait pas bouger, pas d'un millimètre. Je ressentis un moment de panique, inspirai, et luttai pour rester calme.

— Comment en sais-tu autant à son sujet ?

— Parce qu'elle était *sienne*. Un cadeau, de la part du Labyrinthe. Faite *exclusivement* pour elle. Le fait qu'elle se soit unie à toi...

Oturu ne termina pas sa phrase, ce n'était pas nécessaire. Je levai ma main, contemplant l'anneau de fer, gravé de fines lignes qui s'enroulaient comme des roses. Je me souvins du corps dans la rivière des Terres Perdues, la sensation des maillons de la chaîne, des os. J'avais volé dans une tombe. J'avais volé ma famille.

Zee et les autres se rapprochèrent encore plus près.

— Vous le saviez avant, leur dis-je. Vous saviez que j'allais voyager dans le temps. Vous m'aviez rencontrée.

Raw et Aaz avaient les yeux fixés sur leurs pieds. Zee mâchouillait le bout de ses griffes.

— Plus de secrets. Choses qu'on ne pouvait pas dire.

— Le destin est fragile, murmura Oturu. Comme je te l'ai dit, Chasseuse. Tu dois faire attention. (Elle avait du mal à contrôler le pouvoir de la bague.) Ce sera difficile pour toi aussi.

Il se leva. J'eus un bon aperçu de ses orteils, qui ressemblaient à des couteaux à viande de la longueur de mon avant-bras. Il prit l'Anneau de Vie avec lui, et l'enfonça profondément dans l'abysse.

— Chasseuse, chuchota-t-il. Les ennuis commencent.

Chapitre 18

Dix minutes avant l'aurore. Dix minutes à rester en vie.

Je chancelai dans les escaliers en descendant à l'appartement – mais, à mi-chemin, un bras puissant sortit de l'air léger et m'agrippa.

Traqueur. Il se fondit plus près et m'épingla au mur. Il appuya sa bouche contre mon oreille. Dek ronronna. Zee et les autres enlacèrent mes jambes. Traqueur sentait comme le désert et le coucher du soleil, chaud et empli d'ombres.

— Nous avons un problème en bas, murmura-t-il. Grant a éloigné Marie, mais le garçon s'est réveillé. N'était pas trop content de voir des étrangers. Il a essayé de partir. A ouvert la porte, mais il y avait un zombie qui l'attendait derrière. Russe. Âgé.

— Edik, soufflai-je, tandis que la queue de Mal se serrait autour de mon cou. Un salaud.

— Il a un flingue. Il est assis avec le garçon. Et Jacques. J'ai peur d'être moins rapide que le doigt du démon sur la détente.

Raw gronda. J'essayai de passer en poussant Traqueur. Il refusa de céder. Je scrutai son regard. Son haleine était chaude sur mon visage. Je le bousculai de nouveau, mais il était inamovible.

— Quoi ? lui demandai-je, mais je n'eus pour seule réponse qu'un regard contemplatif qui semblait être une tentative déconcertante pour mémoriser mon visage. Comme si nous allions bientôt nous dire adieu. Comme s'il n'allait plus me revoir.

— Je suis désolé, dit-il, à la fin.

— Désolé ? répétai-je.

Il soupira.

— De t'avoir poussée sous un bus.

Je cillai, surprise.

— Oh, ça.

— Oui, ça, gronda Traqueur. (Et il se recula.) Tu distrais, j'extraie.

En un clin d'œil, il disparut à ma vue, et le vide créé par sa disparition baigna mon visage d'un air froid. Je le sentis aussi dans mon cœur. Juste une petite douleur. Une perturbante petite douleur.

Raw agrippa ma main, la tira.

Zee dit :

— Le garçon.

Oui. Byron. Jacques. Je baissai les yeux, étudiant les secrets de leurs yeux sans âge.

— Vous n'avez jamais manifesté le moindre intérêt pour aucun enfant. Pourquoi lui ?

Zee hésita.

— Pas le temps.

Jamais le temps. Une tellement bonne excuse. Je lui décochai un regard dur et continuai à descendre les escaliers – plus prudente maintenant –, ne cherchant pas non plus à dissimuler mon approche. Lorsque j'entrai dans le salon, j'essayai de me montrer surprise de manière appropriée.

Ce qui n'était pas du tout difficile.

Je vis d'abord Byron. Il était assis sur le bord du canapé. On aurait pu croire qu'un cheval avait balancé un coup de sabot dans son visage, qui était bandé et enflé. Ses bras étaient croisés sur ses côtes. Ses yeux s'écarquillèrent lorsqu'il me vit, mais seulement pendant un instant – une peur triste et résignée vint s'y inscrire et elle frappa mon cœur dans un tumulte paniqué.

Jacques se trouvait sur le tabouret du piano, proche, nerveux. Il était assez pâle. Je rencontrai brièvement son regard, et il eut un léger hochement de tête, vieux et rusé comme celui d'un loup.

Grand-père. Le mien. Ces mots voulaient dire tant de choses pour moi. Une musique dans mon esprit.

Grand-père.

Edik Bashmakov se tenait entre eux. Il avait une arme pointée sur la tête de Byron. Sa main était assurée, son doigt serré sur la gâchette. Je ne savais pas depuis combien de temps ils se tenaient ainsi, mais je supposais qu'Edik serait bientôt fatigué. Les zombies étaient seulement aussi forts que leurs hôtes et Edik était un vieil homme qui donnait l'impression d'avoir pratiqué comme seul sport le lever du stylo.

— Edik, grinçai-je, ne fais pas l'idiot. Éloigne-toi du garçon.

Le zombie enfouit son menton, ses lunettes glissant le long de son nez.

— Je m'excuse, Chasseuse. Mais j'agis à la requête de ma Reine, et c'est ce qu'elle m'a ordonné de faire.

Je levai un sourcil.

— Elle t'a ordonné de tenir une arme contre la tête du garçon ? Elle t'a ordonné d'agir comme appât ? C'est une mission suicide, Edik. Venir ici ? Avant l'aurore, alors que les garçons sont encore éveillés ? À quoi pensais-tu ?

Le vieux zombie ne dit rien, mais la tension contenue dans son silence était palpable et infiniment malheureuse. Il ne voulait pas être là. Il ne voulait pas viser la tête de Byron avec une arme. L'agitation de son aura était immense, elle étincelait si chaude et lumineuse que j'aurais pu voir le zombie à un kilomètre de là. Je jetai un coup d'œil à Jacques, mais il était concentré sur le garçon. Le fixant comme s'il était en train d'essayer, grâce à la force ou à la volonté pure, d'insuffler quelque force à l'ado.

Byron avait l'air d'en avoir besoin. Il semblait à peine respirer. Me regardant. Me tenant avec ces yeux âgés. Je fis quelques pas sur le côté, me tournant juste assez pour cacher le côté droit de mon corps, et je mis ma main dans mes cheveux. Mal s'enroula dans ma main. Edik ne pouvait pas avoir vu le petit démon, mais ses yeux s'assombrirent.

— Une chance, murmurai-je au vieux zombie, remarquant la position de la tête de Byron par rapport aux lampes dans la pièce. Pars maintenant ou tu mourras.

— Mieux vaut maintenant que plus tard, me répondit-il de manière inégale. Quand le Voile tombera, la mort ne sera rapide pour aucun d'entre nous.

— Ah, soufflai-je, tu es lâche.

— Pas par choix, répliqua-t-il, et je vis Jacques fermer les yeux.

Même Byron avait un sillon sur le front. Pas assez effrayé pour écouter. Pas assez effrayé pour être déconcerté.

— Terminé, Edik, lui lançai-je, et je pinçai la queue de Mal.

Il émit un gazouillement, disparut entre mes doigts…

… et réapparut, en partie imbriqué dans les ombres des cheveux de Byron. Le petit démon émergea, la bouche autour du canon du revolver. Edik recula et appuya sur la gâchette.

L'explosion gronda à travers la pièce, mais Mal avala la balle, protégeant Byron. L'ado cria, les yeux fermés, se jetant du canapé et plaquant ses mains contre ses oreilles. Mal se retrouva suspendu dans les airs, pendant au bout de l'arme alors qu'Edik appuyait une seconde fois sur la gâchette. Mal ballotta une fois, puis mordit durement. Il avala la moitié de l'arme. Tomba au sol, mâchouillant bruyamment.

Byron commença à se tourner pour regarder, mais Traqueur apparut juste derrière lui et arracha le garçon de là. Dès qu'ils furent partis, Zee et les autres se détachèrent des ténèbres. Edik recula. Jacques se leva de son tabouret, mais je l'ignorai comme je me rapprochai du vieux zombie, soutenant son regard creux.

— Pourquoi le garçon ? Pourquoi se concentrer sur lui ainsi ? Il a été une cible depuis le début. Poussé, choisi.

Le vieux zombie ne dit rien. Raw arracha un pic de son dos et l'enfonça dans le sol, encore et encore – comme un tam-tam guerrier ou un battement de cœur. Zee glissa vers l'avant, crachant de l'acide aux pieds du zombie. J'aurais fait la même chose si j'avais pu. Je pensais à ma grand-mère, à ma mère – Jacques – et sentis une ombre entrer dans mon cœur, lourde comme dix mille mains qui pousseraient contre mon dos.

— Laisse faire, chère enfant, dit Jacques.

— Non, lui répondis-je. Et si tu connais la vérité…

J'entendis un rire bas et calme derrière moi. Je connaissais cette voix, riche. J'avais à peine besoin de me retourner, mais je le fis – et vis Mama Sang entrer dans l'appartement par la porte principale qui était déjà ouverte. Elle portait un simple ensemble rouge et des chaussures à talons de la même couleur. La ligne mince que formait sa bouche était cramoisie. Elle s'arrêta un moment, son aura craquant comme un ouragan dans une bouteille de bière, et caressa Jacques d'un long regard qui me glaça jusqu'aux os.

— Vieux Loup, dit-elle lentement, ça fait longtemps.

— Mama Sang, répondit-il calmement, Reine des rats et de la racaille.

— Et pourtant, tu ne peux renier le fait que j'ai survécu, et joliment même, dans cette prison monde où tu m'as attachée. Toi, Métamorphose. Simulateur. (Les lèvres de Mama Sang s'ouvrirent sur ses dents en un sourire grotesque.) Chasseuse, parce que tu l'as demandé, le garçon est le talon d'Achille du Vieux Loup, la seule manière de donner à Ahsen exactement ce qu'elle veut.

Jacques vacilla vers l'avant.

— Tu vas le laisser tranquille.

— Toi, tu aurais dû le laisser tranquille. Cher vieux bâtard. (Mama Sang me scruta d'un regard perçant.) Le garçon n'est pas ce qu'il semble être, Chasseuse. Il est la clé pour tuer l'âme de Jacques Ingère. Tue le garçon, et tu tues l'Immortel.

Ses mots me survolèrent. Je leur fermai la porte. La température dans la pièce plongea, envoyant un bain d'air glacé sur ma peau. La marque d'Oturu me picota, et un moment après j'entendis le grattement des couteaux contre le bois. Je regardai derrière moi et aperçus le coin d'une cape noire qui flottait le long des escaliers descendant du toit.

— Pourquoi as-tu arrangé ceci ? dis-je à Mama Sang, pressée, désespérée. Pourquoi maintenant ? Pourquoi ici ?

— Une part du jeu, murmura Jacques. De l'horrible jeu.

— Et vous l'avez joué si médiocrement, reprit-elle. Ahsen pense qu'elle vient ici pour assassiner ton âme, Vieux Loup. Qu'elle y parvienne ou pas n'est pas vraiment mon problème. Mais toi, Chasseuse... ne perds pas une opportunité. Tu en as si peu, et tant, à tuer. (Elle sourit et claqua des doigts.) Edik, mon enfant, viens là.

Edik se mit sur ses pieds en titubant, avança d'un pas – et sans mon autorisation ou mon appel, Raw lui tomba dessus, déchirant son corps pour s'y introduire. Je ne m'y attendais pas. Pas à cette soudaineté, à cette solitude. Zee et Aaz reculèrent, laissant cela à Raw. Comme s'il méritait la tuerie.

Le vieux zombie hurla, essayant de parer le petit démon, mais l'assaut était comme de la mise à feu de mouchoirs – une destruction ne demandant aucun effort. Horrible à regarder. Je tentai d'arrêter Raw, mais il était rapide, efficace, et lorsque j'ouvris la bouche il était déjà trop tard. La plus grande partie de l'estomac d'Edik avait disparu, ses bras arrachés et dévorés à grandes bouchées. Raw gronda, lançant violemment ses griffes profondément dans le crâne d'Edik – pour le libérer en tirant le démon de son corps possédé. Il déchira le parasite, réduisant le spectre en lambeaux. Le sang du vieil homme était déjà absorbé par la peau du petit démon.

Jacques émit un faible son, en le regardant. Traqueur réapparut à mes côtés, sans Byron, et eut un hochement de tête dans ma direction. Un endroit sûr. C'était tout ce que je pouvais demander. Un air froid me balaya, lourd de l'odeur du sang, un froid profond, arctique. Une mèche de cheveux caressa mon épaule. Oturu, apparaissant. Je cherchais Mama Sang. Elle avait disparu. Bien sûr.

— Cela commence, murmura Oturu.

— Maxine, grinça Jacques. Je...

Il ne finit jamais sa phrase. J'aurais aimé qu'il le puisse. Dans le centre de la pièce, une minuscule silhouette fusionna. Cheveux noirs, yeux sombres, du rose aux joues. Des bottes rouges se tenaient fermement sur le plancher. Mon corps. Un écho vivant de mon enfance.

— Chasseuse, dit Ahsen, Comme il est remarquable de voir ton visage.

Je sentis le sol briser l'horizon comme une longue et chaude gorgée d'eau. Zee et les autres disparurent, réapparaissant instantanément sur ma peau, collés et durs. Mais bien que le soleil ait dû se lever, aucune des lumières de l'aube ne pénétrait à travers les fenêtres de l'appartement. Les lampes clignotèrent.

Les ombres bougèrent, s'étirant comme des bouches à travers la pièce, s'étendant et s'élevant du plancher aux murs, en de bruyantes vagues. Comme de l'huile dégoulinant des murs, ou l'abysse de la cape d'Oturu, emplie de visages qui s'y pressaient et de corps tordus. Une obscurité respirant, douloureuse ; un tsunami d'âmes en cage ; les démons ruaient en se tortillant. L'intérieur de l'appartement devint plus sombre et clos, aussi suffocant que les Terres Perdues, et c'était cette enceinte de démons qui le rendait ainsi. Nous ensevelissant, nous consumant.

Ahsen restait une petite silhouette dans l'obscurité planante, brillant comme l'étoile du matin. Je traversai la pièce. Je m'arrêtai à moins de cinquante centimètres d'elle, les démons s'étendant sous mes orteils comme une marée noire. Ahsen sortit une tresse étroite de cheveux de sa poche et l'enroula lentement autour de son mince poignet. Elle cherchait mon visage des yeux, comme je le faisais moi-même, et s'avança en glissant, resserrant la distance entre nous – les yeux brillants, son corps s'effilochant sur les bords, devenant fumée.

— Tu n'as pas créé ça, dis-je, ayant un geste pour désigner les démons.

— Non, répliqua-t-elle, mais je les ai rassemblés. Ils pouvaient sentir le Labyrinthe sur moi, après un seul contact avec l'Anneau de Vie. Cela a été suffisant. Tu ne peux pas mesurer la séduction qu'exercent les croisements, Chasseuse. Mais ça viendra, j'en suis sûre.

— Je suppose, répondis-je sèchement.

La peau autour de sa bouche se tendit d'une manière peu naturelle.

— Comment as-tu jamais réussi à t'échapper des Terres Perdues ?

— J'y suis parvenue, tout simplement.

Sa paupière trembla.

— Même une Métamorphose ne peut accomplir cela.

Je souris, sardonique.

— Peut-être cela signifie-t-il que je suis plus puissante que toi.

— J'en doute.

— Vraiment. Nous pourrions y aller, maintenant.

Elle caressait la tresse des doigts.

— Tu es en train d'essayer de me provoquer.

— J'essaie de dire la vérité. Mais c'est pire, n'est-ce pas ? Presque aussi méchant que de jeter un sort au reflet de quelqu'un quand tu es sur le point de le tuer, non ? (Je secouai la tête, souriant encore.) Je pense que tu as peur. Je pense que tu as eu peur pendant ces dix mille dernières années. Toute seule. Petit agneau au milieu des loups.

Son corps vacilla. Jacques se rapprocha de moi, effleurant mon épaule. Avec une grande douceur, il dit :

— Je suis là, finissons-en.

Ahsen ferma les yeux, comme si elle ne pouvait supporter de le regarder.

— Tu n'as pas le luxe d'imposer des requêtes. Toi, qui m'as condamnée, moi. Toi, qui m'as piégée avec notre ennemi.

— J'ai fait ce que j'avais à faire.

— Non, chuchota-t-elle. Il y avait des alternatives. Tu as dû être au courant de ce qui se passerait. Tu te dois de l'être. Et même si tu ne le savais pas, tu aurais dû. Vieux Loup, tu ne peux imaginer. J'étais leur pute. Pendant des millénaires, j'ai servi une armée. Réduite à n'être qu'une souillure.

À la fin, elle leva les yeux vers lui, et ils étaient noirs de dégoût, rudes avec horreur – choquant pour moi, de voir ces émotions peintes sur mon propre visage, comme si c'était mon corps tel qu'il était dans ses souvenirs et ma chair qui en portait la charge. Elle tendit la tresse de cheveux pâles, brillante, encore enroulée autour de son poignet.

— Tu te rappelles de cela, Vieux Loup ? C'est tout ce qu'il me reste du corps que je portais le jour où tu m'as emprisonnée. Tout ce qu'il me reste de l'humanité que j'avais développée.

Jacques ne dit rien, mais je sentis qu'une terrible tension le traversait. Sa main trembla.

Ahsen contempla la pièce, étudiant les corps noir d'encre des démons sans souffle, attendant.

— On m'avait promis un garçon, reprit-elle.

— Il est parti, l'informa Jacques. En sécurité.

— Mais encore tien. (Ses lèvres se firent plus fines.) L'enfant éternel. Ta plus grande erreur dans la nature divine. Condamné à vivre comme un garçon pour l'éternité, oubliant sans cesse, errant pour toujours. Tu aurais dû le tuer, Jacques. C'est ce que j'aurais fait. Il est ta faiblesse. Ton expérience ratée, qui porte une part de toi en lui. Si je tue le garçon…

Je jetai un coup d'œil à Traqueur, mais son visage était fermé, dur.

— Byron est immortel ?

Jacques me lança un regard appuyé.

— C'est un enfant spécial. Vous n'étiez pas supposé vous rencontrer, jamais. Le destin a conspiré.

Ahsen claqua des doigts. Le vieil homme chancela, tombant à genoux. Sa respiration s'agita bruyamment dans sa gorge. Il étreignit sa poitrine.

Je me tournai rapidement et envoyai violemment mon poing dans le visage d'Ahsen. Ma main la traversa et elle rit, un bruit aussi bref que le claquement du tonnerre. Le désespoir me rendait malade. J'essayai de la frapper de nouveau, et à chaque tentative, quelque chose en moi se brisait un peu plus – cette ombre derrière mes côtes, oscillant plus sauvagement, plus fort. Jacques grogna.

— Tu ne me feras jamais de mal, chuchota Ahsen, et lorsque j'en aurai fini avec la coquille humaine du Vieux Loup, je viendrai pour toi, je viendrai et te chasserai jusqu'à ce que tu me donnes ce que je veux. Et ensuite je te tuerai. Ou te referai, Chasseuse. Peut-être seras-tu ma peau et les garçons mes esclaves.

La colère se déversa en moi. La bague de fer autour de mon doigt me picota.

Une arme, pensai-je. *Donne-moi une arme.*

La chaleur de la bague s'intensifia. Je me souvenais de la rivière, de la tombe vivante, luttant contre le courant et la sensation de l'épée dans ma main, froide et vivante. Les murmures qui m'avaient conduite là. Je me souvenais. Je pouvais le goûter.

Ahsen cligna des paupières, baissant les yeux. Je fis de même.

Ma main rougeoyait. Blanche de chaleur. Jusqu'à ce que, soudain, la lumière mourût.

Et à sa place, je tenais une épée.

Je n'aurais pas pu imaginer une telle arme. Elle semblait plus faite pour l'art que pour la guerre. Une lame mince, polie et scintillante comme si des fragments d'étoiles avaient été dispersés dans l'acier – sertis et gravés à l'eau-forte avec des lettres romaines taillées comme des roses. Une mince chaîne courait de la garde à mon annulaire, que le fer encerclait encore.

Derrière moi, Jacques commença à rire. C'était un bruit atroce, grossier – et lorsqu'il leva la tête, ses yeux étaient injectés de sang. De l'écume tachait les coins de sa bouche.

— Non, murmura Ahsen.

Et je ne pouvais dire si c'était l'avidité ou l'horreur qui traversa son regard. Ni que je m'en souciai. Ma main me donnait l'impression d'être emballée dans un gant fait d'éclair – la peau picotant, un courant se précipitant à flot de l'épée et de la bague jusque dans mes os.

Je n'avais jamais utilisé une telle arme – à moins que faire face à Zee avec un bâton ne comptât – mais je balançai l'épée comme si je me trouvais dans un vieux film et plongeai la lame dans le corps de mes huit ans avec un cri rauque. L'épée traversa le ventre d'Ahsen comme si elle était faite d'air, mais elle poussa des hurlements, se tordant. Pour la première fois, touchée par une arme. Et avec ses cris, les démons attaquèrent.

C'était comme si j'étais à nouveau entièrement avalée par la basse-fosse. Je frappais à l'aveuglette, l'épée rougeoyant contre la chair des démons, mais ils étaient trop nombreux. Traqueur hurla. J'essayai de trouver Jacques. Les pieds d'Oturu cliquetaient à mes oreilles bien que je ne puisse le voir.

Quelque chose d'autre, aussi. Une flûte.

La musique tranchait comme un couteau, grossissant à travers moi, courant sur ma peau comme une centaine de petits rasoirs. Les démons, l'obscurité, agonisaient et pelaient, et je vis Grant – sa canne abandonnée – assis sur le sol contre le mur, juste devant la porte d'entrée. Il s'accrocha à mon regard comme à une bouée de sauvetage – ma vie, sa vie – encordée par sa musique.

Ahsen émit un son bas, ses yeux passant de l'épée à Grant, et bien que je crusse que son expression ne pouvait devenir plus affolée, le regard qu'elle lui offrit était au-delà de l'angoisse : une détresse qui déchirait sa petite carcasse d'un tremblement capable de réduire ses os en miettes.

— Le Porteur de Lumière[1], susurra-t-elle, sur son visage était vissée une expression de dévastation si

1. Autre nom de Lucifer. (*N.d.T.*)

complète que c'en était comme recevoir un coup de pied dans les dents. Elle s'évapora, mais j'entendis la basse mise en garde de Traqueur et découvris la Métamorphose rebelle en équilibre au-dessus du corps étendu, face contre terre, de Jacques.

— Tu savais ! lui hurlait-elle. Si les autres découvrent ce que ce monde abrite…

Jacques mugit, à bout de souffle, lui coupant la parole.

— Ils ne sauront jamais. Tu ne leur diras pas.

— Je le dois, siffla-t-elle. Tu es stupide…

Je plongeai l'épée entre ses épaules, la puissance enflant entre la bague et l'arme – et Ahsen arqua le dos, agonisant.

Jacques agrippa sa cheville, ses doigts traversant sa chair comme si elle n'était que fumée.

— Je n'ai jamais regretté ce que je t'ai fait, gronda-t-il. J'étais content de t'éloigner. Et Sarai l'était aussi.

Ahsen hurla, s'arrachant elle-même l'épée du corps. Traqueur essaya de lui porter un coup, mais son poing la traversa, tout comme l'avait fait le mien. Oturu ne fit rien. Il ne regardait que moi, et je sentais une question se manifester dans la ligne plate de sa bouche, le calme de sa cape.

La mélodie de Grant changea. Ahsen poussa de nouveau des cris, pivotant brusquement pour l'observer fixement – mais pas avant d'avoir violemment lancé son pied dans la tête de Jacques. Le vieil homme ne bougea plus.

Je vacillai, tout air en moi disparut, mais je n'avais pas le temps de vérifier comment il allait. Ahsen fut hors de vue en un clin d'œil, puis réapparut un battement de cœur plus tard, au-dessus de Grant, très proche de lui. Les yeux de ce dernier étaient fermés, ses doigts couraient sur l'instrument à la vitesse de l'éclair. Sa musique balayait l'appartement, rassemblant les démons comme s'ils étaient des morceaux de papier pris dans quelque vent terrible. Les épaules de Grant étaient voûtées, son dos courbé, sa peau pâle.

Il n'était pas seul. Rex se tenait devant lui, maniant avec aisance une batte de base-ball. Et derrière eux deux, en haut des marches, je vis Marie armée d'une poêle à frire, la haine dans ses yeux furieux comme elle les avait fixés sur Ahsen.

Je courus. Je courus aussi vite que je le pus. Ahsen allait tuer Grant. Je pouvais le sentir en elle. Toute la colère avait quitté son corps, et à sa place se trouvait un désespoir terrible qui était plus effrayant que sa rage.

Ma peau picotait, s'étirant. La puissance enflait à travers mes veines. Un abîme s'ouvrit dans mon cœur, plus profond qu'aucune cape ou terre perdue, et je sombrai profondément comme je fixai Ahsen du regard. J'entendis Traqueur crier mon nom, mais je ne laissai pas passer la rage qui m'emplissait. Je ne le pouvais pas. J'avais le goût de la mort dans ma bouche.

Je n'émis pas un bruit. Je chargeai Ahsen, balançant l'épée. Elle se retourna au dernier moment, écarquillant les yeux, et s'évapora avant que je ne puisse la toucher. Je hurlai son nom, puis Oturu fut là, ses cheveux et sa cape s'envolèrent autour de mon corps – et Traqueur agrippa ma main.

Nous passâmes dans l'obscurité, dansant entre les vides, sautant de la lumière à la nuit. Et dans mon cœur, quelque chose tira fort. Une cascade entre mes côtes, dans ma gorge. Un corps sinueux se tordant, se déformant sous ma peau. Des mâchoires s'élevant derrière ma bouche, la sensation si forte que je m'imaginais que ma propre mâchoire pourrait se dégonder, s'étirait en un bâillement capable d'avaler le soleil. Une faim, une telle faim, brûlante. Je me souvenais. Obsidienne et lumière des étoiles.

Dans ma main, l'épée rougeoyait. Dans mon corps, un autre rougeoiement, chaud et pulsant.

Traqueur nous subtilisa au vide. Je ne savais pas où nous nous trouvions. Je vis de l'eau. Je vis une ville houleuse de lumières. Il faisait nuit ici, et l'air était froid dans mes poumons, sur ma peau chaude. Je respirai profondément. Traqueur se tenait sur ma gauche. Zee et les garçons se détachèrent de mon corps, mais je n'en éprouvai aucune douleur. Rien d'autre que de la détermination.

Devant nous, Ahsen. Grande maintenant, aussi immense qu'Oturu, avec des mains comme des dents de fourches et cette tresse argentée glissant sur son épaule osseuse. Construite comme un fouet, avec des fentes pour yeux et un petit trou pointu pour bouche. L'illusion d'une Mahati, oscillant jusqu'à se trouver à genoux.

— Viens, chuchota-t-elle, je ne m'enfuirai pas cette fois, Chasseuse. Nous allons en finir.

— Tu mourras, dis-je, et ce n'était pas seulement ma voix qui parlait, mais un chœur de voix qui lui faisait écho. Vous allez tous mourir.

Ahsen hésita.

— Le Voile est en train de tomber, Chasseuse. Tu n'as pas idée de l'armée qui attend et se consume.

— Ils n'ont pas idée de ce que je suis, moi, soufflai-je, et je m'élançai violemment dans son corps – comme une bombe, je me lançai.

Et bien que ma chair dût être vulnérable, je ne ressentis rien de l'impact – rien, pas même lorsqu'elle essaya de me poignarder de ses doigts. Ma peau ne se brisa pas.

Mais ce fut le cas en revanche des doigts d'Ahsen – et elle cria. Je me baissai et attrapai ses cheveux, les arrachant. Dek descendit en glissant le long de mon bras, le feu hurlant de sa bouche, enveloppant cette tête grisonnante pointue.

Ahsen chatoya – manquant à sa parole, tentant de s'échapper – mais j'assurai ma prise plus fermement et sentis le pouvoir en moi sortir et envelopper la Métamorphose, l'attacher comme dans une cage. Sa peau se ratatina, s'effritant en bandes. La faim grognait en moi. Sans fin, violente. L'asséchant en l'aspirant.

Si facile. Comme respirer. La mort me traversa. Je ne ressentis ni pitié, ni miséricorde. La créature qui était en moi se détendit dans mon cœur, comme la touche manquante d'un piano, glissant à sa place pour donner un son parfait. Une note claire qui frissonnait.

Ce fut la musique qui me tira en arrière. Je me souvins de Grant. Et ensuite, je me rappelai de ma mère, aussi. J'entendis sa voix.

Rien n'est assez mauvais pour que tu aies besoin d'être cruelle. Dure, oui. Tu auras à tuer, oui. Mais il y a une différence dans le cœur. L'un te rend méprisable. L'autre te permet de continuer à aller de l'avant.

Ahsen hurla. Je la laissai aller, mais il était trop tard. Elle agrippa mon bras, et ses os se fracturèrent, sa peau disparaissant entièrement en bandes sèches de ses muscles. Zee me la retira, et les restants de sa chair devinrent poussière entre ses griffes.

Je reculai. À ce moment, je ne me reconnaissais pas moi-même. Tout ce que je ressentais était cette faim. Tout ce dont je pouvais me souvenir était ce bar d'un bled du Wisconsin, le souvenir d'un corps tournant sous ma peau, une créature que je sentais maintenant, de nouveau.

Une créature qui voulait sa liberté. Et je sus soudainement exactement ce dont ma mère avait eu peur, ce qu'elle ne pouvait pas me dire. Ce que ma grand-mère avait tenté de m'expliquer.

Le Voile devient faible, tout comme certaines parties de nous-mêmes, l'entendis-je me dire. *Les murs autour de nos cœurs, qui n'étaient jamais supposés tomber.*

Et puis : *Reste honnête.*

— Nous en avons fini.

Je chuchotai, et la sombre créature en moi protesta. Je la repoussai, gentiment, et cette gentillesse sembla la surprendre. L'obscurité hésita, puis se retira, doucement, avec un silence. Plongeant dans les racines de mon cœur ; l'ombre, attendant.

J'essayai de laisser tomber l'épée. Je tentai de la secouer pour la relâcher, mais elle était attachée à la bague, et cette dernière ne voulait pas quitter mon doigt. Je pensais – *fais-le maintenant ; fais-toi petite* – et l'épée étincela, une seule fois, et quand ma vision se fit plus nette, il ne restait rien d'autre que la bague – plus grande maintenant, recouvrant une partie plus importante de mon doigt, avec une curieuse petite charnière pour ma jointure. Je regardais le reste de mes mains, les tournais, avec douleur. Mon corps me semblait à peine réel. Rien ne semblait réel. J'entendis les mouettes. Les klaxons des voitures. Autour de nous, la nuit était calme.

— Que suis-je ? soufflai-je.

— Tu es la Chasseuse, murmura Oturu. Tu es la dernière.

Je le regardai fixement. Je ne pouvais entendre mon cœur. Je ne pouvais entendre mes pensées.

— Chasseuse, reprit-il à voix basse, sa cape s'étendant autour de lui.

Je me laissai aller contre lui. J'étais incapable de m'en empêcher. Ses cheveux attrapèrent mes épaules, et l'abîme de son corps – si brièvement touchât-il ma peau – était un étrange réconfort. Traqueur se mit à genoux, faisant des traces de doigt dans la poussière du corps de Ahsen. Zee et les autres se serrèrent plus près, le poussant sur le côté. Léchant le sol. Répugnant, je dus détourner les yeux.

— Donc, murmura Oturu, tu es éveillée maintenant. Tu as libéré la promesse enfermée dans ton cœur.

Je sentais Ahsen mourir. Je sentais le goût de sa vie dans mes veines. Je fermai les yeux et vis son visage flétri – mais lorsque je les ouvris, je découvris Traqueur, m'observant. En quête de quelque chose.

Son regard scrutateur me faisait peur. J'avais peur de moi-même. Je me tournai pour contempler Oturu.

— Était-ce la Chasse ? Était-ce tout ce dont il s'agissait ?

Le démon courba la tête.

— Il y a beaucoup de genre de Chasses. C'est ce qui nous définit, nous renouvelle. C'est la même chose pour toi, Chasseuse. Nous sommes nés dans le sang, et nous mourrons dans le sang, mais dans l'intervalle nous devons mettre du feu dans nos veines et trouver de nouveaux chemins sur lesquels poser les pieds. (Des mèches de cheveux tapotaient sa tête.) Des chemins, juste là. C'est ce que ta mère voulait.

Traqueur se rapprocha et tendit sa main. Je la pris. Il frotta son pouce contre ma paume, son regard indéchiffrable. Zee enroula ses bras autour de mes jambes, tout comme Raw et Aaz. Leurs ronronnements s'infiltrèrent dans mes os.

Nous rentrâmes à la maison.

Épilogue

Deux jours plus tard, je me trouvais dans le bureau de Jacques Ingère au centre-ville, enterrée sous une pile de livres. Grant et moi étions venus l'aider à nettoyer.

Ce même matin, Suwanai et McCowan s'étaient arrêtés au Coop – mais assez bizarrement leur visite n'avait rien à voir avec le meurtre de Sarai. Pour tout le monde, elle était encore en vie. Partie... voyager.

Le meurtrier de Badelt, nous avaient-ils informés, avait pris le large. Mais j'étais tirée d'affaire. Pas de preuves. Et un bon alibi.

Cela ne me consolait pas. Un homme était toujours mort. Sarai, bien que Jacques m'assurât du contraire, était morte elle aussi. Du moins de ce côté-ci de l'existence. Ce qui m'amena à penser à mon rêve. Sarai, comme licorne, de chair et d'os. Je pouvais presque y croire. Presque.

— Les flics ont été appelés à la galerie d'art, dis-je à Jacques. J'étais là. J'y ai laissé son corps.

Il leva un morceau brisé de poterie, observant son fond.

— Ne pose pas trop de questions, ma chère. Tu dois juste savoir qu'on a réglé cette situation.

— Cela semble vaguement menaçant, dit Grant, luttant pour empêcher une pile de textes sur la Mésopotamie, mesurant plus d'un mètre de haut, de s'écrouler.

Il la repoussa une fois, puis de nouveau, plus fort, mais elle ne cessait de pencher. Je le poussai du coude et commençai à défaire la pile.

— Je t'avais bien mis en garde sur le fait que l'entassement de livres était un art, lui dit Jacques. Tu as ta manière de faire, j'ai la mienne, vieux.

Grant grogna, lui lançant un regard suspicieux.

— Tout comme moi.

Je sentis un mouvement sur ma droite, et découvris Byron en train de rôder sur le seuil de la pièce. L'ado était resté dans le coin, sans qu'on ait besoin de beaucoup le pousser pour cela. Une autre surprise, une autre maille surréaliste dans ma vie. Il vivait au foyer, dans son petit studio. Grant s'était débrouillé pour éloigner les services sociaux. Pour l'instant.

L'enfant éternel. Ta plus grande erreur dans la nature divine. Condamné à vivre comme un garçon pour l'éternité, oubliant sans cesse, errant pour toujours.

Je ne savais pas ce que cela signifiait, mais cela me hantait à chaque fois que je voyais le garçon. Je pouvais alors entendre la voix d'Ahsen.

Je me levai, frottai mes mains contre mon jean, et allai vers Byron. Il ne quitta pas le seuil. Il tenait une boîte rose entre ses mains. Un goûter. Il y avait une boulangerie en bas de la rue. Son visage était encore coupé et contusionné, ses yeux caverneux. Mais pour un garçon avec les côtes brisées, il se déplaçait bien – peut-être trop bien – et il était là. Il ne s'était pas enfui, malgré tout.

Il était plus qu'humain. Et il ne s'en rendait pas compte.

— Hum. J'ai pris des donuts.

Byron poussa la boîte dans ma direction et mit la main à la poche. Il en sortit une liasse froissée de billets, la monnaie.

— Merci, dis-je.

— Tout est là, répliqua-t-il, visiblement mal à l'aise. J'ai le ticket de caisse, si tu veux vérifier.

— Je te fais confiance. (Je lui donnai un coup dans l'épaule, très gentiment.) Détends-toi, gamin.

Il haussa les épaules, jetant un coup d'œil à Grant, puis à Jacques.

Je dis :

— J'apprécie ton coup de main aujourd'hui.

Il fit traîner ses pieds. Timide, blessé, pensif.

— Tu m'as aidé.

— Tu as été blessé par ma faute.

— Tu m'as aidé. (Byron me regarda dans les yeux, puis hésita, avalant difficilement sa salive.) J'ai... vu des choses que je ne comprends pas. Mais ce n'est pas toi qui m'as blessé. Pas toi.

C'était à mon tour de me sentir gênée.

L'ado me demanda alors :

— Le vieil homme connaissait Brian ?

— Son associée avait été mariée à lui.

Le garçon acquiesça, mâchouillant sa lèvre inférieure.

— Il m'est familier. Je ne sais pas pourquoi.

Je savais à peine pourquoi. Jacques n'avait rien expliqué.

Je fis un pas sur le côté, regardant avec plus d'attention dans la pièce où Grant et Jacques étaient courbés sur une pile grandissante de livres, se chamaillant tranquillement.

— Tu veux parler à Jacques ? demandai-je à Byron.

— Non, répondit-il, reculant déjà. Je pense que je vais aller en bas regarder les peintures.

Il s'enfuit. Je le laissai partir sans un mot, remarquant sa rapidité, la rigidité de ses épaules. Quelque chose en lui, un instinct. J'avais peur de dire au garçon qui Jacques était pour moi. Fière comme je l'étais, il me semblait que cela devait rester un secret. Même plus encore que mes garçons, mon but, la prison qui entourait le monde. Jacques Ingère : une énigme sérieuse et mortelle.

J'amenai la boîte de donuts aux hommes, faisant glisser la monnaie dans ma poche en chemin. Je sentis les contours de mes couteaux sous ma veste. La veste de ma mère. Oturu l'avait déposée derrière lui, sur le toit de l'appartement, avec les armes. De petites choses.

Il n'avait pas fait de même avec l'Anneau de Vie. Je l'avais laissé à sa garde quand Ahsen était en vie, mais maintenant qu'elle était morte, je voulais le récupérer. J'en avais besoin, même juste pour le tenir. Ma mère y vivait. Son fantôme. Ses pensées. Ses souvenirs de ma grand-mère.

Mais Traqueur et Oturu avaient disparu. Je ne les avais plus vus depuis cette nuit-là.

— Byron, demanda Grant en creusant dans la boîte, s'est éclipsé de nouveau ?

— Il est en bas. (Je lançai un long regard à Jacques.) Prêt à expliquer qui il est, de quelle manière il t'est lié ?

Le vieil homme serra la mâchoire. Il eut un geste irrité en direction de Grant.

— Dans la cuisine avec toi, vieux. Je n'aurais pas tes doigts collants ou couverts de miettes autour de mes livres.

Le regard de Grant oscilla jusqu'à l'aura de Jacques. Je pensais qu'il allait dire quelque chose – et il y avait plein de remarques à faire, en passant de Byron à Marie – mais ses épaules se figèrent, et il se baissa pour m'embrasser sur la bouche, se reculant ensuite avec une expression solennelle sur le visage que ruinait la chaleur de son regard. Il fourra le donut à moitié mangé dans sa bouche, lança un regard dur à Jacques et prit dans une main la boîte rose de la boulangerie. Il claudiqua jusqu'à la cuisine, sa canne cliquetant lourdement.

Je le regardai s'éloigner. Lorsqu'il fut hors de vue, je demandai rapidement :

— Jacques, pourquoi Ahsen était-elle effrayée par Grant ?

— Pourquoi l'es-tu ? répliqua précautionneusement le vieil homme.

Je lui jetai un regard cinglant.

— Je ne le suis pas.

— Mais tu es circonspecte. Tu penses aux possibilités.

Je pris une profonde inspiration et comptai jusqu'à trois.

— Elle l'a traité de quelque chose.

— Les noms n'ont pas de signification, répliqua-t-il brusquement, et il me passa un livre. Voilà. Je crois que tu l'as admiré avant.

Je voulais continuer à débattre avec lui, mais je baissai les yeux et découvris le texte sur la Chasse Sauvage. Je ris presque en voyant le titre. Il me semblait l'avoir lu dans une autre vie, avoir alors été une autre Maxine Kiss.

Je remontai mes manches, obtenant une vue dégagée sur les fesses tatouées de Zee au moment où je m'asseyais sur une pile d'encyclopédies. J'ouvris le livre, inspirant l'odeur de vieux cuir, et trouvai en quelques instants la note manuscrite dont j'avais entamé la lecture quelques jours plus tôt.

Elle vient de nous, lis-je, cette chasse, cette sauvage et terrible chasse qui prend sur elle-même la nature d'un Âge, et détruit de telle manière que les autres puissent revivre. C'est pourquoi, je pense, le meneur de chasse doit si fréquemment changer, parce que les Âges changent, et qu'on ne peut s'appuyer sur ce qui définit une aire pour caractériser la suivante. Une nouvelle voix est requise, un nouveau cœur.

La chasse est définie par les cœurs, pour le meilleur ou le pire. Nous avons appris cette leçon de la manière la plus brutale qu'on puisse imaginer, et nous l'appren-

drons une fois encore. Nous n'avons pas le choix. Cet augure effrayant, si profondément enfoui dans notre mémoire qu'il s'est infiltré dans le sang humain, s'est ouvert et fermé, encore et encore. Plus rapidement maintenant, comme un battement d'ailes. Et lorsqu'il s'arrêtera, nous tomberons.

Nous ne pouvons pas recommencer. Cela impliquerait des risques. Mais comme Tacite l'a décrit : « Aucun ennemi ne peut résister à une vision qui est étrange, et, pour ainsi dire, diabolique ; car en toutes batailles, les yeux triomphent en premier. »

Les yeux triomphent en premier. Oui. Ou peut-être... juste peut-être... les yeux s'ouvriront en premier. Et eux une fois ouverts... l'espoir. Nous devons garder espoir et foi. Nous le devons. Personne n'est plus terrible que le meneur de la chasse. Personne n'est plus craint. Son désir est son aboutissement. Son souhait est son ordre.

Et donc son cœur doit être fort. La fin du monde repose entre ses seins. Les dragons qui se dévoreront eux-mêmes dans les ténèbres.

Je lus la page deux fois, incapable de m'en empêcher, ces mots s'infiltrant en moi comme si chaque lettre était faite de chaleur. Je me sentais terrifiée, exaltée.

Je levai les yeux pour découvrir que Jacques était en train de m'observer. Grant était encore dans la cuisine, hors de vue.

— J'ai peur, confessai-je au vieil homme. Où vais-je maintenant ?

— De l'avant, me dit-il d'une façon condescendante. Comme l'auraient souhaité ta mère et Jeannie. Avec force, honneur et bonté.

— Vieux Loup, répliquai-je, ce n'est pas si facile. La prison est en train de s'effondrer. Le monde tel que nous le connaissons touche à sa fin. Et je suis la dernière, Jacques. Je le crois maintenant. Lorsque le Voile tombera – je me tus, pensant à ma grand-mère, sentant ses mains, l'entendant par-dessus la toile de fond du ciel sauvage et du vent.

Tu creuseras profondément dans le cœur qui est le tien et repousseras les Tailleurs. Prends soin de ce que tu peux, quand tu peux, mais ne laisse pas tomber.

Ne laisse pas tomber. Non.

Je grinçai des dents et rencontrai le regard de Jacques.

— Il y a quelque chose en moi. Je l'ai senti lorsque je me suis battue contre Ahsen. Cette chose était affamée. Elle était forte. Elle réclamait la mort. Et si je continue à me battre, si je ne peux la contrôler...

Je ne pouvais aller plus loin. J'avais essayé de ne pas penser à cette chose. *Elle*... Sans nom, sans forme. Plus j'y repensai, plus j'éprouvais un craquement dans ma poitrine, comme une porte qu'on poussait – et une présence derrière celle-ci, espionnant dans mon esprit avec un œil froid, affamé.

Nous ne formons qu'un, dit cette voix calme.

Non, lui répondis-je, *jamais*.

Jacques se leva, avançant entre les livres et repoussant les papiers. Il se mit à genoux devant moi. Il tint mes mains, et avec beaucoup de précautions dit :

— Le monde est façonné par les cœurs. Regarde au fond. Fais-toi confiance, Maxine. Confiance, comme ta mère te faisait confiance. Comme ta grand-mère, comme chaque femme venue avant elles faisaient confiance à leurs filles pour rester honnête. N'écoute pas ce que tes yeux te disent. Vérifie ici

Il posa sa main sur mon cœur.

— Comme le disent les légendes.

— Cela n'empêchera pas les murs de tomber.

— Non, répondit-il avec bienveillance, mais tu auras les amis qu'il faut pour te soutenir lorsque cela arrivera.

Jacques embrassa ma main, mais lorsqu'il essaya de se relever, je l'aidai.

— Tu es ma famille, murmurai-je, émerveillée. Grand-père Loup. Homme Ingérant.

Son sourire s'élargit, et il appuya ma main contre sa joue ridée.

— Je l'ai toujours été, même avant que tu naisses.

Et cela fut suffisant. C'était tout ce dont j'avais besoin.

9721

Composition
NORD COMPO

Achevé d'imprimer en Espagne
par BLACK PRINT CPI (Barcelone)
le 5 septembre 2011.

Dépôt légal septembre 2011.
EAN 9782290026236

ÉDITIONS J'AI LU
87, quai Panhard-et-Levassor, 75013 Paris

Diffusion France et étranger : Flammarion